HEYNE

NORA ROBERTS

Gezeiten der Liebe

Roman

Aus dem Amerikanischen
von Brigitta Merschmann

WILHELM HEYNE VERLAG
MÜNCHEN

Die Originalausgabe RISING TIDES
erschien bei Jove Books, New York

MIX
Papier aus verantwortungsvollen Quellen
FSC® C014496

Penguin Random House Verlagsgruppe FSC® N001967

4. Auflage
Vollständige Taschenbuchausgabe 03/2016

Printed in Germany
Umschlaggestaltung: Eisele Grafik-Design, München unter Verwendung von
© Bigstock/Operative 401
Satz: Buch-Werkstatt GmbH, Bad Aibling
Druck und Bindung: GGP Media GmbH, Pößneck
ISBN: 978-3-453-41931-5

www.heyne.de

Für die geistreiche, wunderbare Christine Dorsey.
Ja, Chris, du bist gemeint.

PROLOG

Ethan schüttelte die Traumbilder ab und rollte sich aus dem Bett. Draußen war es noch dunkel, aber das war nichts Ungewöhnliches, denn sein Tagewerk begann stets vor Anbruch der Morgendämmerung. Das Leben, das er führte, gefiel ihm – die Stille, die schlichte Routine, die harte Arbeit, die er Tag für Tag leistete.

Er war zutiefst dankbar, weil er die Wahl gehabt und sich für dieses Leben hatte entscheiden können. Die beiden Menschen, denen er dies verdankte, waren zwar tot, für Ethan war das hübsche Haus am Wasser jedoch immer noch von ihrem Geist erfüllt. Wenn er morgens allein in der Küche frühstückte und den Kopf hob, rechnete er halb damit, dass seine Mutter in der Tür erschien – herzhaft gähnend, die rote Haarmähne vom Schlaf wild zerzaust, die Augen halb geschlossen.

Obgleich sie bereits vor sieben Jahren gestorben war, wärmten und trösteten ihn diese vertrauten Bilder und Gedanken noch immer.

Schmerzlicher war die Erinnerung an den Mann, den er als seinen Vater betrachtet hatte. Knapp drei Monate nach dem Tod von Raymond Quinn war der Kummer einfach noch zu frisch. Ray war unter nach wie vor ungeklärten, rätselhaften Umständen ums Leben gekommen. Der tödliche Autounfall hatte sich auf trockener Fahrbahn ereignet, an einem hellen Tag im März, an dem ein erster Hauch von Frühling in der Luft lag. Augenzeugen gab es keine.

Raymond Quinn war offenbar zu schnell gefahren und hatte in einer Kurve die Kontrolle über den Wagen verloren.

Oder er hatte absichtlich das Lenkrad herumgerissen. Tests hatten ergeben, dass keine physische Beeinträchtigung vorlag, die erklärte, warum er frontal gegen den Telefonmast gerast war.

Doch es gab Hinweise auf emotionale Probleme, die Ethan schwer zu schaffen machten.

Tief in seine Gedanken versunken trat er im Bad vor den Spiegel. Er zog flüchtig den Kamm durch sein vom Duschen noch feuchtes, von der Sonne aufgehelltes braunes Haar. Die dichten Wellen ließen sich ohnehin kaum bändigen. Dann begann er mit seiner Rasur. Ernste blaue Augen blickten ihm aus dem beschlagenen Spiegel entgegen, als er Schaum und Bartstoppeln von seinem Gesicht kratzte – einem gebräunten, markanten Gesicht, hinter dessen Zügen sich Geheimnisse bargen, die er fast nie mit jemandem teilte.

An seinem Kinn fiel eine helle Narbe auf, ein Andenken an eine Prügelei mit seinem ältesten Bruder. Seine Mutter hatte die Wunde selbst genäht. Wie praktisch, dass sie Ärztin gewesen war, dachte Ethan und fuhr geistesabwesend mit dem Daumen über die Kerbe. Drei Söhne, und mindestens einer musste immer irgendwie zusammengeflickt werden.

Ray und Stella hatten sie bei sich aufgenommen – drei halbwüchsige Jungen, verschreckt, verwildert, zutiefst misstrauisch. Und es war ihnen tatsächlich gelungen, sie alle zu einem festen Familienverband zusammenzuschmieden.

Wenige Monate vor seinem Tod hatte Ray dann noch einen vierten Jungen mit nach Hause gebracht.

Seth DeLauter war jetzt einer von ihnen. Daran bestand für Ethan nicht der geringste Zweifel. Für andere schon, wie man hörte. In St. Christopher's, der Kleinstadt, in der er wohnte, wurde gemunkelt, dass Seth nicht bloß einer von Ray Quinns

Streunern sei, sondern sein unehelicher Sohn. Ein Kind, das er noch zu Lebzeiten seiner Frau mit einer anderen gezeugt habe. Einer jüngeren Rivalin.

Bloße Gerüchte konnte Ethan mühelos ignorieren, nicht jedoch die Tatsache, dass der zehnjährige Seth die Augen von Ray Quinn hatte.

Die Schatten, die diese Augen trübten, kannte Ethan. Ein Leidtragender erkannte stets den anderen. Er wusste, dass Seths Leben, bevor Ray ihn zu sich geholt hatte, ein Albtraum gewesen war. Er selbst hatte einen ähnlichen Höllentrip hinter sich.

Aber jetzt ist der Kleine ja in Sicherheit, dachte Ethan, als er eine ausgebeulte Baumwollhose und ein verschossenes Arbeitshemd anzog. Jetzt war er ein Quinn, wenn auch noch nicht in streng formaljuristischem Sinn. Darum würde sich Phillip kümmern. Ethan verließ sich darauf, dass sein gewissenhafter Bruder zusammen mit dem Rechtsanwalt alle offenen Fragen klären könnte. Und Cameron, dem ältesten der Quinn-Brüder, war es bereits gelungen, eine emotionale Bindung zu Seth zu knüpfen.

Eine Bindung mit extremen Höhen und Tiefen, dachte Ethan grinsend. So manches Mal erinnerten sie an zwei rivalisierende Kater, die gefährlich fauchend ihre Krallen wetzten, um einander an die Kehle zu gehen. Doch nachdem Cam seine hübsche Sozialarbeiterin geheiratet hatte, würden sie vielleicht Frieden schließen.

Und Ruhe und Frieden gingen Ethan über alles.

Was nicht hieß, dass sie nicht noch allerlei andere Kämpfe zu bestehen hatten – zum Beispiel mit der Versicherung, die sich weigerte, Rays Police einzulösen, da der Verdacht auf Suizid nicht ausgeräumt sei. Ethans Magen zog sich zusammen, und er musste tief durchatmen. Sein Vater hätte niemals Hand an sich gelegt, niemals! Völlig undenkbar. Der Große Quinn hatte sich allen Problemen mutig gestellt und seine Söhne dazu erzogen, seinem Beispiel nachzueifern.

Doch der Verdacht hing über der Familie wie eine dunkle Wolke, die sich nicht vertreiben lassen wollte. Hinzu kamen noch weitere Komplikationen. Einige Zeit vor Rays Tod war plötzlich Seths Mutter in St. Christopher's aufgetaucht und hatte den Vorwurf erhoben, Ray habe sie sexuell belästigt. Sie hatte ihn sogar beim Dekan des Colleges angezeigt, an dem Ray englische Literatur lehrte. Das Verfahren war zwar eingestellt worden – ihre Aussage enthielt einfach zu viele Ungereimtheiten, zu viele Lügen –, aber jeder wusste, dass diese Episode seinen Vater zutiefst erschüttert hatte. Kurz nachdem Gloria DeLauter die Stadt verlassen hatte, war Ray ebenfalls weggefahren.

Er war mit Seth zurückgekommen.

Dann gab es da noch den Brief, den man nach dem Unfall in Rays Wagen gefunden hatte; einen erpresserischen Drohbrief von Gloria DeLauter. Wie sich herausstellte, hatte Ray ihr Geld gegeben – viel Geld.

Inzwischen war die Frau untergetaucht. Ethan hoffte, sie nie wiederzusehen, obgleich das Gerede in der Stadt wohl erst dann verstummen würde, wenn Rays Verhältnis zu ihr geklärt wäre. Ihm selbst waren in dieser Hinsicht die Hände gebunden; er wusste zu wenig.

Ethan trat in den Flur und klopfte an die Tür des Zimmers gegenüber. Er hörte ein Stöhnen, dann undeutliches Gemurmel, gefolgt von einem wüsten Fluch. Ethan wandte sich ab und ging nach unten. So wie jeden Tag würde Seth sich auch heute beschweren, weil er so früh aufstehen musste.

Aber da Cam und Anna in Italien Flitterwochen machten und Phillip erst am Wochenende aus Baltimore zurückkam, oblag es Ethan, den Jungen morgens aus den Federn zu holen und bei einem Freund abzuliefern, mit dem er später zusammen zur Schule ging.

Ein Fischer musste nun mal vor Sonnenaufgang draußen auf dem Wasser sein, zumal die Krebssaison mittlerweile in vollem Gang war. Deshalb würde sich Seth bis zu Cams und Annas Rückkehr wohl oder übel nach der Decke strecken müssen.

Ethan fand sich in dem dunklen, stillen Haus problemlos zurecht. Er besaß zwar eine eigene Bleibe, aber es war Teil der Vereinbarung mit den Behörden, dass die Quinn-Brüder unter einem Dach lebten und sich die Verantwortung für den Jungen teilten. Nur unter dieser Bedingung hatte man ihnen die Vormundschaft zugesprochen.

Es störte Ethan nicht, Verantwortung zu übernehmen; obwohl ihm sein kleines Haus und das ungestörte, selbstgenügsame Leben, das er dort geführt hatte, fehlten.

Er schaltete das Licht in der Küche an. Gestern war Seth an der Reihe damit gewesen, nach dem Essen Ordnung zu schaffen, eine Aufgabe, die er ausgesprochen halbherzig erfüllt hatte. Ethan übersah das klebrige Chaos auf dem Esstisch geflissentlich und ging direkt zum Herd hinüber.

Dort lag Simon, sein Hund, streckte sich träge und wedelte zur Begrüßung mit dem Schwanz. Während Ethan den Kaffee aufsetzte, kraulte er dem Retriever zerstreut den Kopf.

Sein Traum fiel ihm wieder ein, die Bilder, die kurz vor dem Aufwachen an ihm vorübergezogen waren … Er fuhr mit seinem Vater auf dem Kutter raus, um die Krebsfallen zu überprüfen. Die Sonne schien heiß vom Himmel herab und blendete ihn; das Wasser lag still und spiegelglatt da. Alles war so lebensnah, dass er sogar den Geruch des Wassers, den Geruch nach Fisch und Schweiß wahrnahm.

Die Stimme seines Vaters, die er noch so gut in Erinnerung hatte, übertönte den Motorenlärm und das Geschrei der Möwen: »Ich wusste, dass Seth bei euch dreien in guten Händen sein würde.«

»Du musstest ja nicht gleich sterben, um das zu wissen.« In seiner Stimme schwang Ärger, unterdrückte Wut auf seinen Vater, über seinen Tod mit, die er sonst erfolgreich verdrängte.

»Darum ging es mir ja auch gar nicht«, erwiderte Ray gelassen und pulte Krebse aus der Falle, die Ethan mit dem Fischhaken an Bord gehievt hatte. Seine dicken, leuchtend orangefarbenen Handschuhe reflektierten das Sonnenlicht. »Vertrau mir. Schau mal, was für prachtvolle Muscheln, und Blaukrabben noch und noch!«

Ethan warf einen Blick auf das Gewimmel im Drahtkorb und schätzte automatisch Größe und Anzahl der Meerestiere. Aber sein Interesse galt im Moment nicht dem Fang, jedenfalls nicht vorrangig. »Du willst, dass ich dir vertraue, aber du erzählst mir niemals etwas.«

Ray drehte sich um und schob sich die hellrote Mütze in den Nacken, unter der seine wilde Silbermähne hervorquoll. Der Wind spielte mit seinem Haar und wellte die Karikatur von John Steinbeck, die über seiner breiten Brust sein T-Shirt zierte. Der berühmte Schriftsteller hielt ein Schild in die Höhe, das aller Welt mitteilte, dass er Arbeit im Tausch gegen Naturalien biete. Sein deprimiertes Gesicht sprach Bände.

Im Gegensatz zu ihm strotzte Ray Quinn nur so von Kraft und positiver Energie. Die tiefen Runzeln in seinen geröteten

Wangen taten dem Eindruck, den er bot, keinen Abbruch: ein mit sich und der Welt zufriedener vitaler Mann in den Sechzigern, der noch viele Jahre zu leben hatte.

»Du musst deine eigenen Antworten, deinen eigenen Weg finden.« Ray lächelte ihm aufmunternd zu. Die Fältchen rings um seine strahlend blauen Augen vertieften sich. »So bringt es dir viel mehr. Du weißt ja nicht, wie stolz ich auf dich bin.«

Ethans Kehle brannte, sein Herz war schwer wie ein Stein. Dennoch legte er mit routinierten Handgriffen neue Köder in die Falle, bevor er den Blick auf die orangefarbenen Schwimmer richtete, die ringsum auf der Wasseroberfläche trieben. »Weshalb?«

»Weil du der bist, der du bist – Ethan Quinn.«

»Ich hätte dich öfter besuchen müssen. Ich hätte dich nicht so lang allein lassen dürfen.«

»Ach, Unsinn.« Ray winkte ungeduldig ab. »Ich war doch kein Pflegefall. Mein Gott, wie mich die ewigen Selbstvorwürfe nerven, dass du dich angeblich nicht genug um mich gekümmert hast! Du warst sauer auf Cam, weil er in Europa lebte, und auf Phillip, weil er nach Baltimore gegangen ist. Aber jeder gesunde junge Vogel wird einmal flügge und verlässt das Nest. Und deine Mutter und ich haben nur gesunde junge Vögel großgezogen.«

Als Ethan etwas erwidern wollte, hob Ray die Hand. Eine für ihn so typische Geste – der Professor, der eine zentrale wissenschaftliche Erkenntnis formuliert und keine Unterbrechungen duldet –, dass Ethan schmunzelte. »Sie haben dir gefehlt. Nur deshalb hast du dich so aufgeregt. Sie sind gegangen, während du geblieben bist und ihrer Gesellschaft beraubt warst. Aber jetzt hast du sie ja wieder, nicht wahr?«

»Sieht ganz so aus.«

»Und obendrein hast du noch eine bildhübsche Schwägerin hinzubekommen, du hast die Bootswerkstatt und das hier …« Ray zeigte auf das Wasser, die auf und ab hüpfenden Schwimmer, das hohe, nassglänzende Seegras am Ufer, in dem unbeweglich ein Reiher stand, wie zur Salzsäule erstarrt. »Außerdem verfügst du über eine Eigenschaft, auf die Seth dringend angewiesen ist – Geduld. In mancher Hinsicht übertreibst du es damit vielleicht sogar.«

»Was soll denn das heißen?«

Ray stieß einen Seufzer aus. »Dir fehlt noch etwas ganz Bestimmtes zu einem erfüllten Leben, Ethan. Aber du wartest und wartest, erfindest immer neue Ausreden und rührst keinen Finger, um etwas daran zu ändern. Wenn du deine Hemmungen nicht bald über Bord wirfst, könnte es zu spät sein.«

»Was meinst du?« Ethan zuckte die Schultern und schipperte zur nächsten Boje. »Ich hab' doch alles, was ich brauche und was ich mir wünsche.«

»Frag dich nicht, *was* dir fehlt, sondern *wer.*« Ray verdrehte die Augen, dann rüttelte er Ethan sacht an der Schulter. »Wach auf, Junge.«

Und er war aufgewacht, obgleich er noch die große, vertraute Hand seines Vaters auf seiner Schulter spürte.

Antworten auf seine drängenden Fragen hatte er nicht bekommen. Ein rätselhafter Traum. Nachdenklich ließ er sich mit seiner Kaffeetasse am Tisch nieder.

KAPITEL 1

»Ein paar prächtige Butterkrebse haben wir uns da an Land gezogen, Capt'n.« Jim Bodine pulte die Krebse aus der Falle und warf die ansehnlichsten Exemplare in den Wassertank. Die klappernden Scheren schreckten ihn nicht – die Narben an seinen breiten Händen waren der beste Beweis dafür. Er trug zwar die traditionellen Handschuhe der Fischer, die sich jedoch – wie einem jeder, der sich auskannte, bestätigen konnte – im Nu abnutzten. Und hatten sie erst irgendwo ein Loch, schnappten die Krebse todsicher zu.

Er arbeitete in gleichmäßigem Rhythmus, stand breitbeinig da, um auf dem schaukelnden Boot das Gleichgewicht zu halten, und blinzelte gegen die Sonne. Sein vom Wetter und vom Leben gegerbtes Gesicht machte es einem schwer, sein wahres Alter zu schätzen. Man konnte auf fünfzig oder auch auf achtzig Jahre tippen; Jim war es ohnehin herzlich egal, was andere Leute über ihn dachten.

Meist gab er sich reserviert und wortkarg, was Ethan, den »Capt'n«, jedoch nicht im Geringsten störte.

Ethan nahm jetzt Kurs auf die nächste Falle. Die Ruderpinne, die auf seinem Boot wie bei den meisten Fischerbooten das Steuerrad ersetzte, hielt er mit der rechten Hand. Mit der Linken bediente er Gashebel und Gangschaltung. Auf der Fahrt längs der Leine mit den Fallen mussten ständig kleinere Richtungskorrekturen vorgenommen werden.

Die Chesapeake Bay zeigte fast jeden Tag ein anderes Gesicht. Mal gab sie sich großzügig und goss ein wahres Füllhorn an Schätzen über die Fischer aus, dann wieder machte sie ihnen das Leben schwer und ließ die Männer für magere Ausbeute kräftig schwitzen. Ethan kannte die Bucht, als wäre sie ein Teil von ihm selbst – ihre Unbeständigkeit, ihren Wankelmut. Die größte Meeresbucht des Kontinents maß von Norden nach Süden dreihundert Kilometer, war vor Annapolis ganze sechs Kilometer und an der Mündung des Potomac nur fünfundvierzig Kilometer breit. St. Christopher's lag am südlichen Küstenabschnitt Marylands und profitierte von den ergiebigen Fanggründen der Bucht, hatte jedoch auch unter ihren Launen zu leiden.

Hier bestand die Küste aus Marschland, geädert von Binnengewässern mit steilen Ufern, die von Eukalyptus und Eichen beschattet wurden. Eine magische Welt mit Gezeitenbächen und tückischen Sandbänken, wo wilder Sellerie und Entengras wuchsen. Diese Welt mit ihrem jähen Wechsel der Jahreszeiten, plötzlich losbrechenden Gewittern und den zeitlosen, unwandelbaren Geräuschen und Gerüchen des Wassers war Ethans Universum.

Er griff nach seinem Fischhaken, passte den richtigen Zeitpunkt ab und holte mit den fließenden Bewegungen eines Tänzers die Leine der nächsten Falle ein.

Wenig später tauchte die Falle aus dem Wasser auf, verklebt mit Seetang, Resten alter Köder – und randvoll mit Krebsen.

Als die Falle in der Halterung einrastete, fing die Sonne sich in den hellroten Zangen der ausgewachsenen Blaukrabben-Weibchen und den zornfunkelnden Augen der Männchen.

»Nicht schlecht.« Mehr sagte Jim nicht, als er die Falle an Bord hievte, als wiege sie nicht etliche Pfund, sondern nur einige wenige Gramm.

Es herrschte rauer Seegang, was auf einen nahenden Sturm schließen ließ. Als sie weiterfuhren, bediente Ethan die Steuerung mit den Knien. Dabei blickte er immer wieder prüfend zu den dunklen Wolken, die sich am westlichen Horizont zusammenballten.

Sie hatten noch genug Zeit, um die Fallen im Herzen der Bucht abzufahren. Er wusste, dass Jim dringend Geld benötigte – und auch er nahm, was er kriegen konnte, um es in die noch junge Bootswerkstatt zu stecken, die er mit seinen Brüdern zusammen aus der Taufe gehoben hatte.

Ja, die Zeit reicht gerade noch, sagte er sich, als Jim neue Köder aus tiefgefrorenen Fischresten in eine Falle legte und diese ins Wasser warf. Weit über die Reling gebeugt, holte Ethan den nächsten Schwimmer ein.

Simon, Ethans Chesapeake-Bay-Retriever, stand mit hängender Zunge neben ihm, die Vorderpfoten auf das Dollbord gestützt. So wie sein Herrchen war er draußen auf dem Wasser in seinem Element.

Die Männer arbeiteten schweigend weiter; sie verständigten sich nur hin und wieder durch einen abgehackten Laut, ein Schulterzucken oder einen unterdrückten Fluch. Da es in dieser Saison Krebse in Hülle und Fülle gab, lohnte sich die Arbeit. In manchen Jahren bot sich ein völlig anderes Bild; dann schien der Winter nahezu den ganzen Bestand an Krustentieren vernichtet zu haben. Oder man hatte den Eindruck, dass das Wasser sich nie genug erwärmen würde, um sie aus ihren Schlupflöchern zu locken.

In solchen Jahren gerieten die Fischer in arge Bedrängnis, wenn sie nicht über zusätzliche Einkommensquellen verfügten. Deshalb hatte Ethan vor, sich ein zweites Standbein zu schaffen – durch den Bootsbau.

Das erste Boot der Quinn-Brüder war fast fertig. Ein erstklassiges, wunderschönes Boot, fand Ethan. Cameron hatte auch bereits einen Kunden für das zweite aufgetrieben – irgendeinen reichen Fuzzi aus seinen Regatta-Tagen –, sodass sie in Kürze mit ihrem nächsten Projekt beginnen könnten. Keine Frage, sein Bruder würde noch das ganz große Geld anlocken.

Sie würden es schaffen, sagte er sich, mochte Phillip auch noch so skeptisch sein.

Er blickte zur Sonne, um abzuschätzen, wie spät es war, und musterte sorgfältig die langsam nach Osten ziehende Wolkenbank.

»Wir laufen ein, Jim.«

Nach nur acht Stunden auf dem Wasser war dies ein ungewöhnlich kurzer Arbeitstag. Aber Jim protestierte nicht. Er wusste, dass Ethan nicht in erster Linie wegen des nahenden Sturms den Hafen ansteuerte. »Der Junge kommt gleich aus der Schule?«, fragte er.

»Ja.« Seth war zwar selbstständig genug, um nachmittags eine Zeit lang allein zu bleiben, aber Ethan wollte das Schicksal nicht unnötig herausfordern. Ein Zehnjähriger mit dem Temperament von Seth zog Ärger an wie ein Magnet.

Wenn Cam in etwa zwei Wochen aus Europa zurückkam, würden sie sich die Aufsicht über Seth wieder teilen. Bis dahin jedoch musste Ethan allein die Augen offen halten und aufpassen.

Das aufgewühlte Wasser inmitten der Bucht bot ein Spiegelbild des metallgrauen Himmels. Aber weder die beiden Männer noch der Hund zuckten mit der Wimper, als das Boot abwechselnd die steilen Wellenkämme erklomm und in die tiefen Täler hinabglitt. Simon stand mit hoch erhobener Schnauze am Bug und ließ sich den Wind um die Nase wehen. Ethan, der den Kutter selbst gebaut hatte, war sicher, dass er dem Sturm standhalten würde. Nicht minder zuversichtlich zog Jim sich in den Schutz der Plane zurück und zündete sich zwischen den hohlen Händen eine Zigarette an.

Im Hafen von St. Chris wimmelte es von Touristen. Jedes Jahr im Juni strömten sie in Scharen aus den Vororten von Washington und Baltimore herbei. Ethan nahm an, dass sie St. Christopher's mit seinen schmalen Gassen, den schindelgedeckten Häusern und den winzigen Läden wohl für malerisch hielten. Sie sahen gern zu, wie die Krabbensammler mit flinken Fingern die Meerestiere sortierten, kosteten von den knusprigen Krebspfannkuchen und freuten sich darauf, ihren Freunden zu erzählen, dass sie sich die berühmte Krebsconsommé zu Gemüte geführt hatten. Meist stiegen sie in den kleinen Pensionen ab – St. Chris wies die stolze Anzahl von sage und schreibe vier Familienpensionen auf – und ließen in den Restaurants und Geschenkshops die Kassen klingeln.

Ethan störten sie nicht. In den Jahren, wenn die Bucht mit ihren Schätzen geizte, erhielt der Tourismus die Stadt am Leben. Außerdem hoffte er, dass sich mit der Zeit so manch einer der Touristen mit dicker Brieftasche zu der Einsicht durchringen würde, dass ein maßgefertigtes Segelboot aus Holz sein geheimer Kindheitstraum war.

Als Ethan am Pier anlegte, frischte der Wind noch einmal auf. Gelenkig sprang Jim von Bord, um die Leinen zu vertäuen. Seiner kurzen Beine und seines untersetzten Körpers wegen erinnerte er an einen Frosch – einen Frosch, der in weißen Gummistiefeln und mit einer ölverschmierten Baseballmütze auf dem Kopf an Land stakste.

Auf ein Handzeichen von Ethan ließ sich Simon auf dem Deck nieder, um zu warten, bis die Männer den Fang ausgeladen hatten. Über ihm flatterte die grüne, von der Sonne ausgebleichte Plane in der Brise.

Als Ethan den Kopf hob, entdeckte er Pete Monroe, der zielstrebig auf ihren Anlegeplatz zukam. Sein stahlgraues Haar war unter einem verbeulten breitkrempigen Hut verborgen; sein stämmiger Körper steckte in einer ausgeleierten Kakihose und einem rot karierten Hemd.

»Erstklassiger Fang, Ethan.«

Ethan lächelte. Er mochte Mr. Monroe recht gern, obgleich es hieß, dass er ein notorischer Geizhals sei und das »Monroe's Crab House«, die Fabrik, in der die Krebse sortiert und verarbeitet wurden, mit eiserner Hand regiere. Aber welcher Unternehmer, der auf sich hielt, gab sich schon mit dem Erreichten zufrieden und versuchte nicht, immer noch mehr Profit herauszuschlagen?

Ethan schob sich die Mütze aus der Stirn und kratzte sich am Nacken, wo ihn feuchte Haare und Schweißtröpfchen kitzelten. »Ja, wir können wirklich zufrieden sein.«

»Ihr seid heute früh zurück.«

»Ein Sturm zieht auf.«

Monroe nickte. Seine Angestellten, die draußen unter den gestreiften Markisen gearbeitet hatten, zogen sich allmählich ins Innere der Fabrik zurück. Der Regen würde bald auch die Touristen von der Straße vertreiben; sie würden einen Kaffee trinken oder ein Eis essen gehen. Da das »Bayside Eats«-Restaurant zur Hälfte ihm gehörte, konnte dies Pete Monroe nur recht sein.

»Sieht so aus, als hättet ihr an die zweieinhalb Tonnen gefangen.«

Ethan lächelte in sich hinein. Hätte man ihm in diesem Moment gesagt, dass er etwas von einem Piraten an sich hatte, wäre er vielleicht überrascht, nicht jedoch gekränkt gewesen. »Eher drei Tonnen, schätze ich mal.« Er kannte den geltenden Marktpreis genau, aber feilschen würden sie dennoch. Das gehörte mit zum Geschäft. Seelenruhig holte er eine Zigarre aus seiner Hemdtasche und zündete sie an.

Als er später mit dem Kutter nach Hause fuhr, fielen die ersten dicken Regentropfen. Er fand, dass er einen fairen Preis für seine Krebse erzielt hatte – nahezu drei Tonnen waren es natürlich gewesen. Wenn es den ganzen Sommer über so gut lief, war zu überlegen, ob er im nächsten Jahr nicht noch hundert Fallen mehr auslegen und vielleicht sogar stundenweise eine Hilfscrew anheuern sollte.

Die Austernfischerei in der Bucht hatte längst nicht mehr die frühere Bedeutung, nicht seit Parasiten den Bestand erheblich dezimiert hatten. Hinter den Fischern lagen mehrere entbehrungsreiche Jahre. Trotzdem war Ethan optimistisch. Nur ein oder zwei ergiebige Krebssaisons, dann hatte er, was er brauchte. Den Löwenanteil der Einnahmen würde er in das Bootsgeschäft investieren, den Rest verschlangen die Anwaltshonorare. Bei diesem Gedanken ärgerte er sich und kniff unwillig die Lippen zusammen, während er das Boot vorsichtig durch einige besonders hohe Wellen heimwärts lotste.

Eigentlich war es eine Schande, dass sie diesen gelackten Rechtsverdrehern so viel schönes Geld in den Rachen werfen mussten, um den guten Namen ihres Vaters zu verteidigen. Das Gerede würde dadurch ohnehin nicht verstummen. Damit wäre erst Schluss, wenn die Klatschtanten der Stadt ein lohnenderes Thema fanden als das Leben und Sterben von Ray Quinn.

Ein lohnenderes Thema als Ray und als Seth, dachte Ethan und starrte auf die von dem prasselnden Regen aufgepflügte

Wasseroberfläche. Fast jeder zerriss sich das Maul über den Jungen mit den strahlend blauen Augen Ray Quinns.

Der Klatsch, der ihn persönlich betraf, ließ ihn völlig kalt. Ihn konnten die Leute ruhig durchhecheln, bis ihnen die Zunge aus dem Mund hing. Doch beim kleinsten bösen Wort gegen den Mann, den er mit jeder Faser seines Herzens geliebt hatte, sah er rot.

Aus eben diesem Grund würde er schuften bis zum Umfallen, um die Anwaltskosten zu bezahlen. Und er würde tun, was in seiner Macht stand, um den Kleinen vor allem Üblen zu bewahren.

Donnerschläge ließen den Himmel erbeben und hallten auf dem Wasser wider wie Kanonenschüsse. Es wurde so düster, als sei plötzlich die Abenddämmerung hereingebrochen; die dunklen Wolken rissen auf und ergossen ihren Inhalt über Land und Wasser. Es schüttete wie aus Kübeln. Dennoch beeilte Ethan sich nicht sonderlich, als er an seinem Pier andockte. Nass bis auf die Haut war er ohnehin schon.

Als sei er ganz seiner Meinung, sprang Simon mit einem Satz ins Wasser, um zum Ufer zu schwimmen, während sein Herrchen noch die Leinen sicherte. Ethan nahm seinen Provianteimer und wandte sich dem Haus zu. Die Sohlen seiner Arbeitsstiefel quietschten auf dem Holzsteg, als er sich vom Kutter entfernte.

Auf der hinteren Veranda zog er die Stiefel aus. In seiner Jugend hatte seine Mutter ihn sich so oft zur Brust genommen, wenn er bei Regen in Schuhen durchs Haus ging und überall Fußspuren hinterließ, dass er sich das gründlich abgewöhnt hatte. Dennoch dachte er sich nichts dabei, den triefnassen Hund vor sich durch den Türspalt schlüpfen zu lassen – bis er den blitzblanken Fußboden und die spiegelnden Arbeitsflächen in der Küche sah.

Mist, dachte er, als sein Blick auf die frischen Pfotenabdrücke fiel. Simons freudiges Gebell war zu hören. Es folgte ein schrilles Kreischen, dann neues Gebell und lautes Lachen.

»Pfui, du machst ja alles wieder dreckig!«, rief eine weibliche Stimme – zuerst gedämpft, weich, belustigt, dann zunehmend entschlossen. Ethan zuckte schuldbewusst zusammen. »Raus hier, Simon! Los, ab mit dir. Du wartest draußen auf der Veranda, bis du trocken bist.«

Erneut kreischte jemand, ein kleines Mädchen kicherte, ein Junge lachte. Die ganze Bande ist hier, dachte Ethan, während er sich den Regen aus dem Haar schüttelte. Als er Schritte kommen hörte, stürzte er zum Besenschrank, um schleunigst einen Wischmopp zu organisieren.

»Oh, Ethan.« Grace Monroe stand vor ihm, die Hände in die schmalen Hüften gestemmt. Sie schaute erst ihn an, dann die Pfotenabdrücke auf dem frisch gebohnerten Fußboden.

»Ich kümmere mich sofort darum. Tut mir leid.« Als er feststellte, dass der Wischmopp noch feucht war, wich er verlegen ihrem Blick aus. »Ich hab' nicht aufgepasst«, murmelte er und füllte am Spülbecken einen Eimer mit Wasser.

»Ich hatte keine Ahnung, dass du heute kommst.«

»Ach, ihr passt also nur auf, wenn ich komme?«

Er hob eine Schulter. »Der Boden war schon schmutzig, als ich heute Morgen aus dem Haus gegangen bin. Da hätte das bisschen Wasser doch keine Rolle mehr gespielt.« Erst allmählich wurde er eine Spur lockerer. Neuerdings schien es immer länger zu dauern, ehe er sich in Grace' Anwesenheit entspannen konnte. »Hätte ich gewusst, dass du mir deswegen an die Kehle springen würdest, dann hätte ich Simon gnadenlos aus dem Haus verbannt.«

Grinsend drehte er sich zu ihr um. Grace seufzte übertrieben. »Ach, gib den Mopp schon her. Ich mach's lieber selber.«

»Nein. Mein Hund – mein Dreck. Habe ich da übrigens gerade Aubrey gehört?«

Grace lehnte sich an den Türrahmen. Sie war müde, aber das war ja nichts Neues. Schließlich hatte sie bereits acht Stunden Arbeit hinter sich. Und am Abend musste sie noch vier Stunden im Shiney's Pub bedienen.

An manchen Abenden, wenn sie völlig ausgepowert ins Bett fiel, spürte sie ihre Füße kaum noch.

»Seth passt für mich auf sie auf. Ich musste meine Terminplanung ändern. Heute früh hat Mrs. Lynley angerufen, um mich zu bitten, erst morgen bei ihr sauber zu machen. Ihre Schwiegermutter aus Washington hat sich zum Abendessen angesagt. Mrs. Lynley behauptet, für Schwiegermama sei jedes Staubkorn eine Versündigung gegen Gott und die Menschen. Es macht dir doch nichts aus, dass ich die Termine getauscht habe?«

»Komm zu uns, wann immer du kannst, Grace. Wir sind dir so oder so zu ewigem Dank verpflichtet.«

Während er aufwischte, musterte er sie aus den Augenwinkeln. Schon als Mädchen hatte sie ihm gefallen. Sie erinnerte ihn an einen Palomino – goldbraun und langbeinig. Das Haar trug sie kurz geschnitten wie ein Junge, doch er fand es hübsch, wie es sich um ihren Kopf schmiegte – ein glänzender Helm mit Ponyfransen.

Grace war zwar groß und schlank wie eines dieser Supermodels, aber das hatte nichts mit der geltenden Modevorschrift zu tun. Als Kind war sie geradezu dürr gewesen, erinnerte er sich. Zu der Zeit, als er nach St. Chris kam, musste sie sieben oder acht Jahre alt gewesen sein. Demnach war sie jetzt Anfang zwanzig – und »dürr« war längst nicht mehr das passende Wort, um ihre bezaubernde Figur zu beschreiben.

Eher schlank und biegsam wie eine Weidengerte, dachte er und wäre dann fast rot geworden wegen seiner Schwärmerei.

Sie lächelte ihn an. Prompt erwärmten sich ihre Augen zu weichem Meergrün, und auf ihren Wangen erschienen kleine Grübchen. Es amüsierte sie, ein so starkes, muskulöses Exemplar der Gattung Mann den Wischmopp schwingen zu sehen.

»Habt ihr heute einen guten Fang eingebracht, Ethan?«

»Ja, einen ziemlich guten.« Er wischte gründlich auf – schließlich war er ein durch und durch gründlicher Mensch –, dann ging er zum Spülbecken, um Eimer und Mopp zu säubern. »Ich hab' tonnenweise Krebse an deinen Daddy verscherbelt.«

Bei der Erwähnung ihres Vaters verblühte Grace' Lächeln. Seit sie damals mit Aubrey schwanger geworden war und Jack Casey geheiratet hatte, den Mann, den ihr Vater nur als »diesen windigen Automechaniker aus dem Norden« bezeichnete, herrschte Eiszeit zwischen ihnen.

Letztlich hatte ihr Vater mit seinem Vorurteil recht behalten. Vier Wochen vor Aubreys Geburt hatte Jack sich aus dem Staub gemacht und sowohl ihre Ersparnisse und ihren Wagen als auch ihre Selbstachtung mitgehen lassen.

Aber sie hatte die Krise gemeistert, rief Grace sich in Erinnenung. Sie kam bestens allein zurecht. Und sie würde es auch weiterhin aus eigener Kraft schaffen, ohne Geld von ihrer Familie anzunehmen.

Im Nebenzimmer hörte sie Aubrey lachen, ein fröhliches Glucksen, das tief aus dem Bauch kam, und sogleich hob sich ihre Stimmung. Das war alles, was zählte – das Glück ihres kleinen Engels mit den funkelnden Augen und dem blonden Lockenkopf.

»Ich mache noch das Abendessen, bevor ich gehe.«

Ethan schaute sie an. Sie war ein wenig braun geworden, was ihr gut stand. Die Sonne hatte ihrer Haut einen warmen Perlmuttschimmer verliehen, der ihr schmales Gesicht mit dem trotzigen Kinn weicher erscheinen ließ.

Auf den ersten Blick sah man eine hochgewachsene kühle Blonde mit einem tollen Körper und einem Gesicht, das bewundernde Neugier weckte. Dann allerdings fielen die dunklen Ringe unter ihren großen grünen Augen auf – und die Müdigkeitsfältchen rings um ihren vollen Mund.

»Das ist doch nicht nötig, Grace. Geh lieber nach Hause, und ruh dich aus. Du musst doch heute Abend noch im Sidney's ran, oder?«

»Ich hab' noch Zeit – und Seth hat sich Hamburger gewünscht. Wird nicht lange dauern.« Sie trat von einem Fuß auf den anderen. Ethan hörte nicht auf, sie anzustarren, und diese eindringlichen, forschenden Blicke gingen ihr durch und durch. Ob sie sich jemals daran gewöhnen würde? »Was ist denn?« fragte sie und rieb an ihrer Wange. Hatte sie sich etwa bei der Arbeit schmutzig gemacht?

»Nichts … Tja, wenn du dann schon kochst, solltest du aber auch zum Essen bleiben.«

»Gern.« Sie entspannte sich wieder und ging zu ihm, um Eimer und Wischmopp wegzuräumen. »Aubrey ist so gern hier bei dir und Seth. Warum gehst du nicht schon mal zu ihnen rein? Ich muss noch die Wäsche zusammenlegen, bevor ich mich um das Essen kümmern kann.«

»Ich helfe dir.«

»Kommt überhaupt nicht infrage.« Das verbot ihr der Stolz. Die Quinns bezahlten sie, also tat sie ihre Arbeit – die ganze Arbeit. »Geh du nur – und vergiss nicht, Seth nach der Mathearbeit zu fragen, die er heute Vormittag zurückbekommen hat.«

»Wie hat er abgeschnitten?«

»Eine Eins, wie üblich.« Sie zwinkerte ihm zu, dann scheuchte sie ihn ins Wohnzimmer. Seth war so blitzgescheit, dachte sie, als sie in die angrenzende Waschküche ging. Hätte sie als Mädchen nur über halb so viel Grips verfügt, dann hätte sie ihre Schulzeit nicht mit Träumen und Fantastereien vertrödelt.

Sie wäre dann in der Lage gewesen, einen Beruf zu erlernen, einen richtigen Beruf, nicht nur wie man in einem Pub bediente, die Häuser anderer Leute putzte oder Krabben sortierte. Eine Berufsausbildung hätte ihr aus der Klemme geholfen, als sie hochschwanger allein geblieben war und ihre Hoffnungen, in New York Tanz zu studieren, endgültig hatte begraben müssen.

Es war ohnehin nur ein Luftschloss gewesen, tröstete sie sich, als sie den Trockner leer räumte und die nasse Wäsche aus der Waschmaschine hineinschob. Träume sind Schäume, hatte ihre Mama immer gesagt. Aber so viel stand fest – sie hatte sich in ihrem Leben nur zwei Dinge gewünscht: als Tänzerin Karriere zu machen – und Ethan Quinn zu erobern.

Beides sollte nicht sein.

Leise seufzend drückte sie das noch warme, glatte Laken, das sie aus dem Wäschekorb genommen hatte, an ihre Wange. Ethans Laken – sie hatte es heute erst von seinem Bett abgezogen. Da hatte es noch seinen Duft verströmt, und eine Zeit lang hatte sie geträumt, wie es sein könnte, wenn er sie mögen und sie sich auf eben diesem Laken, in eben diesem Haus lieben würden.

Aber Träume hielten einen nur von der Arbeit ab, und schließlich musste sie die Miete bezahlen und ihre kleine Tochter ernähren.

Energisch begann sie die Laken zusammenzufalten und auf dem rumpelnden Trockner zu stapeln. Es war beileibe keine Schande, sich seinen Lebensunterhalt als Putzfrau oder Bedienung in einem Pub zu verdienen. Ihre Arbeitgeber waren mit ihr zufrieden. Sie konnte sich nützlich machen, sie wurde gebraucht. Das genügte.

Der Mann, der nur so kurze Zeit ihr Ehemann gewesen war, hatte sie nicht gebraucht. Hätten sie einander geliebt, wirklich geliebt, dann wäre alles anders gekommen. Doch ihrem Motiv, sich mit ihm einzulassen, war das verzweifelte Bedürfnis zugrunde gelegen, zu jemandem zu gehören, als Frau begehrt zu werden … Und Jack? Grace schüttelte den Kopf. Sie hatte keine Ahnung, was Jack veranlasst hatte, mit ihr eine Beziehung einzugehen.

Eine flüchtige Verliebtheit, die dummerweise mit ihrer Schwangerschaft geendet hatte? Jedenfalls war er sich sehr ehrenhaft vorgekommen, als er an jenem kühlen Herbsttag mit ihr zum Standesamt ging, um sich vom Friedensrichter mit ihr trauen zu lassen.

Misshandelt hatte er sie nicht. Er hatte sich nicht volllaufen lassen und sie im Rausch verprügelt, wie sie es von anderen Männern gehört hatte, die ihre Frauen nicht mehr liebten. Er stellte auch keiner anderen nach – zumindest wusste sie nichts davon. Doch als Aubrey in ihr wuchs und ihr Bauch immer dicker wurde, stand helle Panik in seinen Augen.

Eines Tages war er dann ohne ein Wort verschwunden.

Und das Allerschlimmste war, dachte Grace jetzt, dass sie sich erleichtert gefühlt hatte.

Eines hatte Jack für sie getan – er hatte sie indirekt gezwungen, erwachsen zu werden und Verantwortung zu übernehmen. Was er ihr hinterlassen hatte, war kostbarer als alle Sterne des Himmels – Aubrey.

Sie legte die gefaltete Wäsche in den Korb, klemmte ihn sich unter den Arm und ging ins Wohnzimmer.

Dort war ihr kleiner Schatz – Aubreys blonde Locken wippten, das hübsche Gesichtchen mit den Rosenwangen strahlte vor Freude. Munter plappernd schaukelte sie auf Ethans Schoß.

Mit ihren zwei Jahren sah Aubrey Monroe aus wie ein Botticelli-Engel. Sie hatte goldenes Haar, leuchtend grüne Augen und Grübchen in den Wangen; kleine Katzenzähnchen und schmale Hände mit langen Fingern.

Obwohl Ethan nur die Hälfte verstehen konnte, nickte er ernst.

»Und was hat Foolish dann gemacht?« fragte er, als er begriff, dass sie ihm etwas über den Welpen von Seth erzählte.

»Mein Gesicht abgeschleckt.« Ihre Augen funkelten. »Überall.« Spitzbübisch lächelnd legte sie die Hände auf Ethans Wangen und rieb darüber – ihr Lieblingsspiel. »Autsch! Bart.«

Sanft fuhr er seinerseits mit den Fingerknöcheln über ihre flaumige Wange und zog sich plötzlich zurück. »Autsch! Du hast auch einen.«

»Nein! Du.«

»Nein.« Er drückte viele Küsse auf ihre Wangen, bis sie sich entzückt in seinen Armen wand. »Du … hast einen …«

Es gelang ihr, ihm zu entwischen. Lachend stürzte sie sich auf den Jungen, der sich auf dem Fußboden ausgestreckt hatte. »Seth hat einen Bart.« Sie bedeckte sein Gesicht mit nassen Küssen, und Seth wehrte sich prompt. So etwas konnte er als ganzer Mann nicht unwidersprochen hinnehmen.

»Lass das doch sein, Aubrey.« Um sie abzulenken, nahm er eines ihrer Spielzeugautos und ließ es sacht über ihren Arm gleiten. »Du bist eine Rennstrecke.«

Aubrey war hingerissen von dem neuen Spiel. Sie entriss ihm das Auto und rückte Seth damit zu Leibe – längst nicht so vorsichtig wie er.

Ethan grinste. »Du hast angefangen, Kumpel«, sagte er, als Aubrey in ihrem Eifer gegen Seths Oberschenkel trat.

»Immer noch besser als die Knutscherei«, erwiderte Seth, breitete jedoch instinktiv die Arme aus, um die stolpernde Aubrey festzuhalten.

Eine Zeit lang stand Grace nur da und beobachtete die drei – den Mann, der entspannt lächelnd in dem großen Ohrensessel saß und den Kindern zusah. Die beiden Kinder, die die Köpfe zusammensteckten – die eine klein und zart, mit blonden Locken, der andere mit dunkler Zottelmähne.

Der kleine einsame Junge, dachte sie, und ihr Herz flog ihm zu wie an dem Tag, als er ihr zum ersten Mal begegnet war. Er hatte endlich ein Zuhause gefunden.

Auch ihr heiß geliebtes kleines Mädchen hatte eines. Als Aubrey noch nicht mehr war als ein Flattern von Schmetterlingsflügeln in ihrem Bauch, hatte Grace sich geschworen, sie zu hüten wie ihren Augapfel, sich jeden Tag an ihr zu freuen und ihr ein Leben lang Liebe und Geborgenheit zu schenken.

Und der Mann, der früher einmal selbst ein kleiner, einsamer Junge gewesen war und der sich schon vor Jahren in ihre Mädchenträume geschlichen und ihr seitdem nie mehr aus dem Sinn gegangen war – er hatte Seth ein Heim und eine Familie gegeben.

Der Regen trommelte aufs Dach, aus dem Fernseher drang leises, unzusammenhängendes Gemurmel. Die Hunde schliefen auf der vorderen Veranda, und durch das Gitter der Fliegentür wehte der feuchte Wind herein.

Sehnsucht ergriff sie, obgleich sie kein Recht dazu hatte – am liebsten hätte sie den Wäschekorb fallen lassen und sich auf Ethans Schoß gesetzt. Sie wollte sich fest an ihn schmiegen, die Augen schließen und das Gefühl haben, zu ihm zu gehören, wenigstens einen kurzen Moment lang.

Stattdessen machte sie kehrt, ohnehin viel zu rastlos, um sich Ruhe zu gönnen. Sie ging zurück in die Küche, wo die Deckenleuchte ihr grelles Licht verbreitete. Dort stellte sie den Korb auf dem Tisch ab und holte die Zutaten fürs Abendessen aus den Schränken.

Als Ethan wenig später hereinkam, um sich ein Bier zu holen, standen die Frikadellen schon auf dem Herd, die Kartoffelstäbchen brieten in Erdnussöl, und Grace traf die letzten Vorbereitungen für den Salat.

»Riecht himmlisch.« Ethan war ein wenig gehemmt, weil er es nicht gewöhnt war, dass jemand für ihn kochte – schon gar nicht eine Frau. Früher hatte sein Vater das Szepter in der Küche geschwungen, denn seine Mutter … Die vier Männer hatten behauptet, dass sie, sollte sie sich ernsthaft als Köchin versuchen, ein Massensterben auslösen würde – wäre da nicht ihre ärztliche Kunst, mit der sie gottlob das Schlimmste verhüten könne.

»Ich bin in etwa einer halben Stunde fertig. Hoffentlich macht es euch nichts aus, früher zu essen als gewohnt. Ich muss Aubrey noch nach Hause bringen und baden und mich dann für die Arbeit umziehen.«

»Essen kann ich jederzeit, besonders wenn ich nicht selbst kochen muss. Außerdem wollte ich heute sowieso noch in der Bootswerkstatt arbeiten.«

»Oh.« Sie blies sich die Ponyfransen aus der Stirn. »Das hättest du mir aber sagen sollen. Dann hätte ich mit dem Kochen früher angefangen.«

»Ich hab' Zeit.« Er nahm einen Schluck aus der Flasche. »Willst du auch was trinken?«

»Nein, danke. Übrigens werde ich das Salatdressing benutzen, das Phillip mitgebracht hat. Es sieht viel appetitlicher aus als die Mixtur aus dem Supermarkt.«

Endlich hatte der Regen nachgelassen. Jetzt nieselte es nur noch, und wässriges Sonnenlicht stahl sich zaghaft durch die Lücken zwischen den dunklen Wolken. Grace schaute zum Fenster. Bei solchem Wetter hoffte sie immer auf einen Regenbogen. »Annas Blumen gedeihen prächtig«, bemerkte sie. »Der Regen wird ihnen guttun.«

»So brauche ich wenigstens nicht zum Schlauch zu greifen. Sie würde mir den Hals umdrehen, wenn die ganze Pracht durch meine Schuld einginge.«

»Könnte ich gut verstehen. Sie hat sich solche Mühe gegeben, den Garten noch rechtzeitig zur Hochzeit herzurichten.« Während sie sprach, ließ sie die Fritten abtropfen und gab die nächste Fuhre in das brutzelnde Öl. »Die Hochzeit war wunderschön«, fuhr sie fort, als sie in einer Schüssel das Dressing für den Salat anrührte.

»Ja, es hat alles ganz gut geklappt. Wir hatten Glück mit dem Wetter.«

»Oh, an dem Tag hätte es einfach nicht regnen dürfen. Das wäre eine Sünde gewesen.« Sie sah alles noch deutlich vor sich: das satte Grün des Rasens, das funkelnde Wasser und die in allen Farben leuchtenden Blumen, die Anna gepflanzt hatte. Blumenarrangements vom Floristen ergossen sich aus Töpfen und Kübeln auf den weißen Läufer, über den die Braut zu Altar und Bräutigam geleitet wurde.

Sie erinnerte sich noch genau an das herrlich gebauschte weiße Kleid, den hauchzarten Schleier, der die dunklen Augen der glückstrahlenden Braut kaum verhüllte. Auf den bereitgestellten Klappstühlen saßen Freunde und Verwandte, um die Zeremonie zu verfolgen. Annas Großeltern hatten geweint. Und Cam – der mit allen Wassern gewaschene, berühmt-berüchtigte Cameron Quinn – hatte seine Braut angesehen, als habe man ihm gerade die Schlüssel zur Pforte des Paradieses überreicht.

Eine Hochzeit im eigenen Garten, dachte Grace überwältigt. Schlicht und doch feierlich, unerhört romantisch. Einfach vollkommen.

»Sie ist die schönste Frau, die ich jemals gesehen habe«, sagte Grace mit einem Seufzer, in dem eine winzige Spur Neid mitschwang. »So dunkel und exotisch.«

»Sie passt gut zu Cam.«

»Sie sahen aus wie Filmstars – der reine Hollywoodglamour.« Verträumt lächelnd gab sie den Salat in die Schüssel. »Als du mit Phillip den Walzer angestimmt hast, den ersten Tanz – so was Romantisches hab' ich noch nie erlebt.« Sie seufzte erneut, dann zog sie die Salatschüssel zu sich heran. »Und jetzt sind sie in Rom. Ich kann's mir kaum vorstellen.«

»Gestern Morgen haben sie angerufen, kurz bevor ich aus dem Haus ging. Sie sind im siebenten Himmel.«

Sie lachte – ein leises, perlendes Lachen, das über seine Haut zu streichen schien. »Flitterwochen in Rom – wem würde es da nicht so gehen?« Versonnen schöpfte sie die Kartoffelstäbchen aus der Pfanne und schrie plötzlich unterdrückt auf, als Öl auf ihre Hand spritzte. »Mist!« Noch ehe sie die Finger zum Mund führen konnte, um den Schmerz zu lindern, war Ethan zur Stelle.

»Hast du dir was getan?« Als er ihre stark geröteten Finger sah, nahm er sie bei der Hand und zog sie mit sich zum Spülbecken. »Am besten hältst du sie unter eiskaltes Wasser.«

»Es ist nichts. Bloß eine kleine Brandblase. Das passiert mir ständig.«

»Dann solltest du besser aufpassen.« Stirnrunzelnd hielt er ihre Hand in den Wasserstrahl, um die Rötung zu kühlen. »Tut es weh?«

»Nein.« Sie spürte nichts anderes als seine Berührung und ihren wilden Herzschlag. Aber sie durfte sich nicht lächerlich machen, indem sie sich den Gefühlen überließ, die er in ihr wachrief. Schnell versuchte sie, sich von ihm loszumachen. »Es ist nichts, Ethan. Lass es gut sein.«

»Wir brauchen Brandsalbe.« Er richtete sich auf, um im Schrank danach zu suchen. Ihre Blicke begegneten sich. Einen Moment lang standen sie nur da und hielten sich unter dem kalten Wasserstrahl an den Händen.

Ethan dachte, dass er es sonst tunlichst vermied, ihr so nahe zu sein, dass er die winzigen Goldpünktchen in ihren Augen sehen konnte. Sie brachten ihn dazu, über sie zu staunen, ins Schwärmen zu geraten. Dann musste er sich jedes Mal mühsam in Erinnerung rufen, dass diese Frau Grace war, die er schon als Mädchen gekannt hatte. Aubreys Mutter. Eine Nachbarin, die ihn als verlässlichen Freund kannte und schätzte.

»Du musst besser auf dich aufpassen.« Seine Stimme klang rau, weil seine Kehle plötzlich wie ausgedörrt war. Der zarte Limonenduft von Grace hüllte ihn ein.

»Ist doch halb so wild.« Sie verging vor Sehnsucht, hin- und hergerissen zwischen überschäumender Freude und abgrundtiefer Verzweiflung. Er hielt ihre Hand so vorsichtig, als wäre sie aus Glas, und zugleich sah er sie vorwurfsvoll an, als sei sie nicht minder leichtsinnig als ihre zweijährige Tochter. »Die Pommes werden zu braun, Ethan.«

»Oh … Natürlich. Entschuldige.« Verlegen trat er zurück und kramte wieder nach der Salbe. Einen Wimpernschlag lang hatte er sich gefragt, ob ihr Mund sich wohl so weich anfühlte, wie er vermutete. Sein Herz klopfte. Dabei gefiel es ihm ganz und gar nicht, die Kontrolle zu verlieren; er legte Wert darauf, immer ruhig und gelassen zu bleiben. »Nimm trotzdem was von der Salbe.« Er legte die Tube auf den Tresen, bevor er noch weiter zurückwich. »Ich … sorge inzwischen dafür, dass die Kids sich vor dem Essen die Hände waschen.«

Auf dem Weg hinaus klemmte er sich noch den Wäschekorb unter den Arm, dann war er auch schon verschwunden.

Grace drehte das Wasser ab und rettete die Fritten. Nachdem sie sich überzeugt hatte, dass sonst alles seinen regulären Gang ging, nahm sie die Tube und tupfte einen Klacks Salbe auf ihre Finger. Die Tube legte sie ordentlich in den Schrank zurück.

Nachdenklich stützte sie sich auf den Rand des Spülbeckens, um wieder aus dem Fenster zu schauen.

Am Himmel war weit und breit kein Regenbogen zu sehen.

KAPITEL 2

WAHNSINN, ENDLICH WAR Samstag – der letzte Samstag des Schuljahres, der letzte Samstag vor den Sommerferien! Seth hatte das Gefühl, alle Samstage seines Lebens seien zu einer einzigen großen bunten Kugel verschmolzen.

Samstag bedeutete, dass er mit Ethan und Jim auf dem Kutter rausfahren durfte, statt in einem Klassenzimmer zu versauern. Es bedeutete harte Arbeit, heiße Sonne und kalte Getränke. Ein Tag unter Männern.

Die Augen von seiner Orioles-Mütze und der supercoolen Sonnenbrille beschattet, die er auf einem Abstecher ins Einkaufszentrum erstanden hatte, warf Seth schnell den Fischhaken aus, um die nächste Markierungsboje einzuholen. Seine noch eher bescheidenen Muskeln wölbten sich unter seinem »*Akte* X«-T-Shirt, das alle Welt über das Geheimnis des Universums aufklärte.

Er beobachtete Jim bei der Arbeit: wie er die Falle seitlich kippte und die behelfsmäßige Sicherung des Köderfachs – den Deckel einer Konservendose – am Boden der Falle löste. Nummer eins, weg mit dem alten Köder, dachte Seth. Das Signal für die Möwen, laut kreischend im Sturzflug vom Himmel herabzustürzen. Cool. Dann nehme man die Falle fest in die Hand, drehe sie herum und schüttle sie so kräftig, dass die Krebse in die bereitstehende Wanne purzeln.

Seth war überzeugt, dass er das auch konnte – wenn er wollte. Er hatte keine Angst vor den blöden Krebsen, nur weil sie mit ihren abartigen Scheren so aussahen wie mutierte Riesenkäfer von einem unbekannten Planeten.

Stattdessen war es seine Aufgabe, die Falle mit neuen Ködern, einer Handvoll ekliger Fischreste, zu bestücken, das Fach zu sichern und darauf zu achten, dass die Leine sich nicht verhedderte. Anschließend galt es, den Abstand zwischen den Schwimmern richtig einzuschätzen und die Falle über Bord zu werfen. Platsch! Anschließend musste er mit dem Haken die nächste Boje heranholen.

Mittlerweile wusste er auch, wie man bei Krebsen Männlein von Weiblein unterschied. Jim sagte, man könne die Weibchen daran erkennen, dass sie sich die Fingernägel anmalten – ihre Kneifer waren im Gegensatz zu denen der Männchen knallrot. Irgendwie irre, dass die Muster auf ihren Bäuchen wie Geschlechtsteile aussahen. Kein Witz – die männlichen Krebse hatten dort ein großes, längliches T eingezeichnet.

Jim hatte ihm sogar Krebse bei der Paarung gezeigt – er nannte es »gemischtes Doppel« –, und das war die absolute Härte. Das Männchen kletterte auf das Weibchen und blieb einfach auf ihm sitzen. In dieser Position schwammen sie tagelang herum.

Aber es schien ihnen offenbar zu gefallen.

Ethan hatte behauptet, die Krebse feierten Hochzeit, und als Seth daraufhin ungläubig lachte, hob er nur vielsagend eine Braue. Seth war so fasziniert von alldem, dass er zur Schulbücherei gegangen war, um sich über Krebse schlauzumachen. Inzwischen glaubte er zu verstehen, was Ethan meinte. Das Männchen beschützte das Weibchen, indem es auf ihm sitzen blieb, weil sie sich nur während der letzten Häutung paaren konnte, wenn ihre Schale weich und verletzlich war. Nach dem Akt hingen sie aneinander, bis die Schale der Partnerin sich wieder gefestigt hatte. Das Weibchen paarte sich nur ein einziges Mal – also war es wirklich so etwas wie eine Hochzeit.

Er dachte an die Trauung von Cam und Miss Spinelli – Anna, verbesserte er sich, er musste sie jetzt ja Anna nennen. Ein paar von den Frauen hatten geheult, die Männer hatten gelacht und Witze gerissen. Was das ganze Theater mit den vielen Blumen, der Musik und den Bergen von Essen sollte, verstand er nicht. Ihm kam es so vor, als heirate man nur, damit man Sex haben konnte, wann man wollte, ohne dass andere deshalb pampig wurden.

Aber cool war es schon. Er hatte noch nie bei so etwas mitgemacht. Es hatte ihm gefallen, obwohl Cam ihn vorher ins Einkaufszentrum mitgeschleift und sogar gezwungen hatte, Anzüge anzuprobieren.

Manchmal machte er sich allerdings Sorgen, was sich im Zusammenhang mit dieser Hochzeit alles ändern würde, wo er sich doch gerade an sein neues Leben gewöhnt hatte. Von nun an würde eine Frau bei ihnen im Haus wohnen. Eigentlich mochte er Anna ziemlich gern. Sie hatte ihn immer fair behandelt, obwohl sie Sozialarbeiterin war. Aber trotzdem – sie war eine Frau.

So wie seine Mutter.

Seth verdrängte diesen Gedanken schnell. Wenn er anfing, über seine Mutter nachzudenken, über das Leben, das er mit ihr geführt hatte – die Männer, die Drogen, die dreckstarrenden kleinen Zimmer –, dann wäre ihm der Tag verdorben.

Und in seinem Leben hatte es zu wenig schöne Tage gegeben, als dass er dieses Risiko eingehen wollte.

»Schläfst du mit offenen Augen, Seth?«

Ethans sanfte Stimme holte ihn in die Gegenwart zurück. Seth blinzelte, sah die Sonnenfunken auf dem Wasser tanzen und die schaukelnden orangefarbenen Bojen. »Hab' bloß nachgedacht«, murmelte er und holte schnell die nächste Boje ein.

»Ich denk' aus Prinzip so wenig wie möglich nach.« Jim stellte die Falle auf das Dollbord und begann die Krebse zu sortieren. Sein wettergegerbtes Gesicht legte sich in Falten, als er grinste. »Davon kriegt man nur Hirnerweichung.«

»Scheiße.« Seth beugte sich vor, um die Ausbeute zu begutachten. »Dem da wächst ein neuer Panzer.«

Jim grunzte zustimmend und hielt einen Krebs in die Höhe, dessen Schale oben am Rücken aufgeplatzt war. »Und dieser hier wird schon morgen auf einem leckeren Sandwich liegen.« Er zwinkerte Seth fröhlich zu, bevor er den Krebs wieder in den Tank warf. »Vielleicht sogar auf meinem.«

Foolish, der seinem Namen wieder mal alle Ehre machte, schnüffelte an der Falle und provozierte damit einen kurzen, aber heftigen Aufstand der Krebse. Als die Scheren ihm bedrohlich nahe kamen, sprang der Welpe laut kläffend zurück.

»Nein, dieser Hund.« Jim schüttelte sich vor Lachen. »Der braucht sich vor Hirnerweichung nun wirklich nicht zu fürchten!«

Auch nachdem sie den Fang in den Hafen gebracht, den Tank geleert und Jim zu Hause abgesetzt hatten, war der Arbeitstag noch nicht beendet. Ethan ließ die Ruderpinne los. »Wir müssen noch in die Bootswerkstatt. Willst du mal übernehmen?«

Obgleich Seths Augen sich hinter der dunklen Sonnenbrille verbargen, wusste Ethan, wie verblüfft er war – sein offener Mund sprach Bände. Es amüsierte ihn, als der Junge nur gleichmütig eine Schulter hob, als komme so etwas jeden Tag vor.

»Klar. Kein Problem.« Mit vor Aufregung feuchten Handflächen griff Seth nach der Ruderpinne.

Ethan stand neben ihm, die Hände lässig in den Hosentaschen, behielt ihn jedoch aufmerksam im Auge. Auf dem Wasser herrschte reger Verkehr; das schöne Wetter hatte die Freizeitsegler in die Bucht gelockt. Und wenn schon, sie hatten es nicht mehr allzu weit, und irgendwann musste der Kleine es ja mal lernen. Man konnte nicht in St. Chris leben, ohne zu wissen, wie man einen Fischkutter steuerte.

»Ein wenig mehr Steuerbord«, sagte er zu Seth. »Siehst du den Einer da? Ein Sonntagssegler, der uns unweigerlich rammen wird, wenn du diesen Kurs beibehältst.«

Seth kniff die Augen zusammen, musterte das Boot und seine Insassen und prustete los. »Und das nur, weil er sich nicht von dem Mädchen im Bikini losreißen kann!«

»Sie sieht ja auch toll aus in dem knappen Teil.«

»Ich versteh' nicht, was an einem Busen so interessant sein soll.«

Es sprach für Ethans Selbstbeherrschung, dass er nicht laut loslachte, sondern ernst nickte. »Zum Teil liegt es wohl daran, dass wir selber keinen haben.«

»Also, ich will ganz bestimmt keinen. Und mir liegt auch nichts daran.«

»In ein paar Jahren sprechen wir uns wieder«, murmelte Ethan kaum vernehmlich durch den Motorenlärm. Bei diesem Gedanken wurde ihm flau. Was sollte nur werden, wenn der Kleine in die Pubertät kam? Jemand würde mit ihm reden müssen. Ihm war klar, dass Seth im Grunde genommen schon viel zu viel über Sex wusste, zumindest über die dunklen, abstoßenden Seiten. So wie er selbst viel zu früh Bescheid gewusst hatte.

Einer von ihnen würde ihm erklären müssen, wie Sex eigentlich sein sollte, sein konnte – und zwar ziemlich bald, damit sein negatives Bild sich nicht verfestigte.

Er hoffte nur, dass diese heikle Aufgabe nicht an ihm hängen blieb.

Als er die Bootswerkstatt auftauchen sah, das alte Gebäude aus Backstein mit dem funkelnagelneuen Pier, den er und seine Brüder errichtet hatten, stieg Stolz in ihm auf. Vielleicht machte sie ja äußerlich noch nicht allzu viel her mit den porösen Steinen und dem geflickten Dach, aber sie arbeiteten daran. Die Fenster waren zwar staubig, aber neu und heil.

»Nimm etwas Gas weg. Fahr ganz langsam ran.« Geistesabwesend umschloss Ethan auf dem Kontrollpult Seths Hand. Er spürte, wie der Junge sich instinktiv versteifte und dann wieder lockerließ. Unerwartete Berührungen waren für ihn immer noch ein Problem. Aber das würde sich mit der Zeit geben, dachte Ethan. »Ja, so ist's richtig, noch ein wenig mehr Steuerbord ...«

Als das Boot sacht gegen die Pfosten stieß, sprang Ethan auf den Pier, um die Leinen zu sichern. »Gut gemacht.« Ein Kopfnicken genügte, und Simon, der schon vor Anspannung zitterte, sprang vom Boot herunter. Wild kläffend kletterte Foolish auf das Dollbord, zögerte kurz und folgte ihm dann beherzt nach.

»Reich mir bitte mal die Kühltasche, Seth.«

Seth stemmte die schwere Box mit Mühe in die Höhe, ließ sich jedoch nichts anmerken. »Vielleicht darf ich das Boot ja auch mal steuern, wenn wir Krebse fangen.«

»Vielleicht.« Ethan wartete, bis der Junge sicher auf dem Pier stand, bevor er sich zur Laderampe an der Rückseite des Gebäudes wandte.

Die Türen standen weit offen, und eine herzergreifende Melodie von Ray Charles wehte zu ihnen nach draußen. Sobald er die Schwelle überschritten hatte, setzte Ethan die Kühltasche ab, stemmte die Hände in die Hüften und sah sich um.

Der Bootsrumpf war komplett aufgeplankt. Cam hatte geschuftet wie ein Pferd, um noch vor Antritt der Hochzeitsreise sein Soll zu erfüllen. Jede Planke war an der abgeschrägten Kante mit der vorhergehenden verklammert, um trotz der Überlappung saubere Nähte zu erhalten.

Zuvor hatten sie zu zweit aus im Dampf gebogenen Holz das Spantgerüst zusammengesetzt, wobei sie sich an Bleistiftmarkierungen orientierten und jede Spant vorsichtig und mit gleichmäßigem Druck an ihrem Platz »einlaufen« ließen. Der fertige Rumpf wirkte wie aus einem Guss. An der Konstruktion eines Quinn-Boots durfte und würde es auch nicht die kleinste Schwachstelle geben.

Der Entwurf stammte in der Hauptsache von Ethan; Cam hatte nur einige kleinere Korrekturen beigesteuert. Sie hatten einen Rundspantrumpf gewählt, was zwar viel Geld kostete, aber höhere Stabilität und Schnelligkeit verhieß.

Ethan hatte sich alle erdenkliche Mühe gegeben, den Wünschen ihres Kunden gerecht zu werden. Deshalb hatte er sich auch für den Bug einer Kreuzerjolle entschieden, eine attraktive und wiederum auf Schnelligkeit und Wendigkeit zugeschnittene Lösung. Ein Heck von moderater Länge bildete das Gegenstück. Es hatte einen Überhang, durch den die Bootslänge die der Wasserlinie des Schiffs übertraf.

Alles in allem wirkte das Boot schnittig und elegant, ein großes Plus, da dem Kunden die Ästhetik mindestens ebenso am Herzen lag wie die Seetüchtigkeit des Fahrzeugs.

Als der Innenraum mit dem Spezialgemisch gestrichen werden musste, das jeweils zur Hälfte aus erhitztem Leinöl und Terpentin bestand, hatte Ethan diese Aufgabe

Seth übertragen – eine Knochenarbeit, bei der es trotz aller Vorsicht und trotz der Schutzhandschuhe immer wieder zu kleineren Verätzungen kam. Dennoch hatte der Junge tapfer durchgehalten.

Ethan hatte sich für eine Bauweise entschieden, die viel Platz unter Deck bot, weil sein Kunde gern Freunde und Verwandte zu seinen Segeltörns einlud.

Außerdem hatte er auf Teakholz bestanden, obwohl Ethan ihm versichert hatte, dass Kiefer oder Zeder für die Beplankung des Rumpfs völlig ausreichten. Aber der Klient war finanzkräftig und scheute keine Kosten, um seinen Liebhabereien zu frönen – und um eindrucksvolle Statussymbole herzeigen zu können, dachte Ethan. Aber er musste doch zugeben, dass das Teakholz für eine wunderschöne Optik sorgte.

Sein Bruder Phillip arbeitete am Deck. Er hatte sein Hemd ausgezogen; sein dunkelbraunes Haar war unter einer schwarzen Baseballmütze verborgen, die er verkehrt herum aufgesetzt hatte. Er war damit beschäftigt, die Deckplanken zu verschrauben. Alle paar Sekunden übertönte das hohe, schrille Sirren des Elektroschraubendrehers Ray Charles' einschmeichelnden Tenor.

»Wie geht's voran?« Ethan musste schreien, um sich Gehör zu verschaffen.

Phillips Kopf schnellte hoch. Sein Gesicht glänzte von Schweiß, aus seinen goldbraunen Augen sprach unverhohlene Gereiztheit. Er hatte sich gerade wohl zum hundertsten Mal vorgesagt, dass er eigentlich Werbefachmann war, kein Zimmermann oder Tischler.

»Hier drin ist es heißer als in der Hölle, und dabei haben wir erst Juni. Wir müssen mal ein paar Ventilatoren organisieren. Hast du in der Tasche da irgendwas Kaltes zu trinken, damit ich nicht elendiglich verdurste? Meinen Wasservorrat hab' ich schon vor Stunden aufgebraucht.«

»Geh doch ins Bad und dreh den Hahn auf, da hast du Wasser im Überfluss«, sagte Ethan nachsichtig, während er sich bückte und eine kalte Coladose aus der Kühlbox holte. »Hochtechnologie vom Feinsten.«

»Ich wage nicht daran zu denken, was in dem Leitungswasser so alles herumschwimmt.« Phillip fing die Dose auf, die Ethan ihm zuwarf, und verzog beim Anblick der Aufschrift das Gesicht. »Die schreiben wenigstens drauf, welche Chemikalien sie reinkippen.«

»Tut mir leid, das stille Mineralwasser haben wir ausgetrunken. Du weißt ja, wie eigen Jim mit seinem Lifestyle-Wasser ist. Er kann nicht genug davon bekommen.«

»Ach, halt die Klappe«, sagte Phillip gutmütig. Gierig trank er von der eisgekühlten Cola. Als Ethan zu ihm hinaufstieg, um seine Arbeit zu inspizieren, hob er fragend eine Braue.

»Gut gemacht.«

»Mensch, danke, Boss. Wie sieht's mit 'ner Lohnerhöhung aus?«

»Sicher, das Doppelte von deinem bisherigen Entgelt. Seth ist hier doch das Superhirn. Was ergibt null multipliziert mit null, Seth?«

»Nullnull«, sagte Seth grinsend. Es juckte ihn in den Fingern, mit dem Elektroschraubendreher herumzuspielen. Bisher hatte er das strombetriebene Werkzeug nicht anrühren dürfen.

»Na, dann kann ich mir ja endlich meine Traumreise nach Tahiti leisten.«

»Warum springst du nicht schon mal unter die Dusche – es sei denn, du lehnst es auch ab, dich mit dem Giftwasser zu waschen. Ich übernehme dann hier.«

Die Versuchung war groß. Phillip war von Kopf bis Fuß mit Staub bedeckt, und ihm war unerträglich heiß. Für ein kaltes Glas Pouilly-Fuissé hätte er ohne mit der Wimper zu zucken einen Mord begangen. Andererseits war Ethan seit dem Morgengrauen auf den Beinen und hatte an normalen Maßstäben gemessen eigentlich schon eineinhalb Arbeitstage hinter sich.

»Ich kann noch ein, zwei Stunden dranhängen.«

»Prima.« Genau mit dieser Antwort hatte Ethan gerechnet. Phillip meckerte zwar viel und gern, aber er ließ einen nie im Stich. »Dann können wir das Deck noch fertig aufplanken, ehe wir zusammenpacken.«

»Kann ich …«

»Nein«, sagten Ethan und Phillip im Chor, da sie genau wussten, was Seth fragen wollte.

»Wieso denn nicht?« wollte er wissen. »Ich bin doch nicht voll blöd und ballere mit Schrauben durch die Gegend.«

»Weil wir zu gern selber mit dem Ding spielen.« Phillip grinste. »Und wir sind nun mal größer und stärker als du. Warte.« Er griff in seine Gesäßtasche, holte seine Brieftasche heraus und entnahm ihr einen Fünfdollarschein. »Geh mal kurz rüber zu Crawford's und hol mir eine Flasche Mineralwasser. Und wenn du nicht mehr sauer bist, kannst du dir von dem Wechselgeld auch ein Eis kaufen.«

Seth war zwar nicht sauer, konnte sich jedoch die Bemerkung nicht verkneifen, dass er wie ein Sklave behandelt wurde. Missmutig rief er seinen Hund und verließ die Werkstatt.

»Wir sollten ihm zeigen, wie man mit dem Werkzeug umgeht, sobald wir ein wenig mehr Zeit haben«, sagte Ethan. »Er weiß seine Hände zu gebrauchen.«

»Ja, aber jetzt musste ich ihn mal eben für eine Weile loswerden. Gestern Abend hatte ich keine Gelegenheit, es dir zu sagen: Der Detektiv hat Gloria DeLauters Spur bis nach Nags Head verfolgt.«

»Dann zieht es sie also gen Süden.« Er fing Phillips Blick auf. »Hat er sie schon festgenagelt?«

»Nein, sie bleibt nie lange an einem Ort, und sie benutzt nur Bargeld. Viel Bargeld.« Erbittert presste er die Lippen zusammen. »Sie hat ja auch genug Reserven, seit Dad ihr diese astronomische Summe für Seth bezahlt hat.«

»Sieht nicht so aus, als hätte sie Interesse, noch mal hier aufzukreuzen.«

»Ich würde sagen, sie hat ungefähr so viel Interesse an dem Kleinen wie eine läufige Straßenkatze an einem toten Kätzchen.«

Seine eigene Mutter war genauso gewesen, dachte Phillip. Gloria DeLauter war er zwar nie begegnet, doch er kannte dieses Sorte Frauen nur zu gut. Und er verabscheute sie aus tiefstem Herzen.

»Wenn wir sie nicht festnageln, werden wir nie die Wahrheit über Dad erfahren«, fügte Phillip hinzu und presste die kalte Dose an seine Stirn. »Und über Seth.«

Ethan nickte. Er wusste, dass Phillip es als seine Mission ansah, die Wahrheit herauszufinden, und vielleicht hatte er sogar recht. Allerdings fragte er sich – und das viel zu oft, um nicht beunruhigt zu sein –, welche Konsequenzen die Wahrheit letztlich für sie haben würde. Das konnte noch niemand absehen.

Nach seinem vierzehnstündigen Arbeitstag träumte Ethan nur noch davon, ausgiebig zu duschen und sich ein eiskaltes Bier zu gönnen. Er tat beides, gleichzeitig. Zum Abendessen hatten die Quinns sich Sandwiches bringen lassen, und er verzehrte seinen Anteil allein auf der hinteren Veranda, wo er in der weichen Stille der frühen Abenddämmerung auf Rays Schaukelstuhl saß. Drinnen stritten Seth und Phillip darüber, welchen Videofilm sie sich zuerst ansehen sollten. Arnold Schwarzenegger gegen Kevin Costner.

Ethan tippte auf Arnie.

Ohne groß darüber zu diskutieren, hatten sie sich geeinigt, dass Samstagabend jeweils Phillip für Seth verantwortlich war. Auf diese Weise konnte Ethan frei über den Abend verfügen. Er konnte reingehen und sich ihnen anschließen – was er hin und wieder auch tat. Oder er konnte sich in sein Zimmer zurückziehen und es sich mit einem Buch gemütlich machen – was er zumeist vorzog. Er konnte aber auch genauso gut ausgehen und etwas unternehmen – wozu er selten Lust hatte.

Bis zu dem plötzlichen Tod seines Vaters, durch den sich ihr Leben so dramatisch verändern sollte, hatte Ethan allein in seinen eigenen vier Wänden gewohnt und war in seinem geruhsamen Lebensrhythmus aufgegangen. Er sehnte sich nach dieser Zeit zurück, gab sich jedoch alle Mühe, gegen das junge Paar, das sein Haus gemietet hatte, keine Vorbehalte zu haben. Beide fanden es bezaubernd, wie zu beteuern sie nicht müde wurden. Die kleinen, intimen Zimmer mit den hohen Fenstern, die überdachte Veranda, die lauschigen, Schatten spendenden Bäume, die das Haus vor fremden Blicken abschirmten, das sanfte Plätschern des Wassers am Ufer …

Er liebte das Haus ebenfalls. Da Cam jetzt verheiratet war und Anna bei ihnen einziehen würde, hätte er eigentlich wieder dorthin übersiedeln können. Aber sie waren noch auf die Mietzahlungen angewiesen. Im Übrigen – was viel wichtiger war – hatte er sein Wort gegeben. Er würde hier wohnen bleiben, bis alle rechtlichen Fragen geklärt waren und Seth offiziell zur Familie gehörte.

Gedankenverloren schaukelte er vor und zurück und horchte auf die ersten Rufe der Nachtvögel. Dann musste er plötzlich eingenickt sein, denn er hatte wieder einen Traum.

»Du warst schon immer ein Einzelgänger«, sagte Ray. Er saß seitlich auf dem Geländer der Veranda, den Blick aufs Wasser gerichtet. Seine Haarmähne glänzte im Dämmerlicht wie gesponnenes Silber und wehte in der leichten Brise. »Du hast dich immer gern abgesondert, um in Ruhe deinen Gedanken nachzuhängen und so eine Lösung für deine Probleme zu finden.«

»Dabei wusste ich aber, dass ich mich jederzeit an dich und Mom wenden konnte. Ich wollte nur vorher mit mir ins Reine kommen.«

»Und wie steht's jetzt?« Ray drehte sich um und schaute Ethan unverwandt an.

»Ich weiß nicht. Seth gewöhnt sich allmählich an sein neues Zuhause. Er geht schon viel lockerer mit uns um. In den ersten Wochen war ich immer darauf vorbereitet, dass er ausreißt. Dass wir dich verloren haben, war für ihn genauso ein Schock wie für uns. Oder vielleicht sogar noch schlimmer, weil er gerade anfing, sich hier sicher zu fühlen.«

»Es war ganz übel, was er ertragen musste, bevor ich ihn hierherbrachte. Aber nicht so schlimm wie das, was du durchmachen musstest, Ethan, und du hast es trotzdem geschafft.«

»Es stand oft genug auf der Kippe.« Ethan holte eine Zigarre heraus und ließ sich Zeit mit dem Anzünden. »Manchmal überwältigt es mich immer noch – der Schmerz und die

Scham. Die lähmende Angst, genau zu wissen, was geschehen wird, und es doch nicht verhindern zu können.« Er tat die Erinnerung mit einem Achselzucken ab. »Seth ist jünger, als ich es damals war. Ich glaube, einen Teil des Vorgefallenen hat er bereits vergessen. Aber das funktioniert nur, solange er sich von seiner Mutter fernhalten kann.«

»Irgendwann wird er sich mit ihr auseinandersetzen müssen. Aber dann wird er nicht allein sein. Das ist der Unterschied. Ihr werdet ihm alle zur Seite stehen. Ihr habt euch immer gegenseitig unterstützt.« Ray lächelte, und sein breites, großflächiges Gesicht war übersät von kleinen Fältchen. »Was treibst du eigentlich hier draußen allein an einem Samstagabend, Ethan? Ich muss schon sagen, Junge, du machst mir wirklich Sorgen.«

»Ich habe einen langen Tag hinter mir.«

»Als ich in deinem Alter war, habe ich an lange Tage noch längere Nächte angehängt. Mein Gott, du bist ganze dreißig Jahre jung! An einem warmen Samstagabend im Juni auf der Veranda zu hocken und Däumchen zu drehen, ist was für alte Tattergreise. Na los, schwing dich in dein Auto und mach eine Spazierfahrt. Mal sehen, wo du landest.« Er zwinkerte ihm zu. »Ich wette, wir wissen beide, wohin es dich verschlagen wird ...«

Plötzliche Schüsse aus einem Schnellfeuergewehr, begleitet von markerschütternden Schreien, ließen Ethan in seinem Stuhl auffahren. Er blinzelte und starrte benommen auf das Geländer. Dort war niemand ... Natürlich war dort niemand, wies er sich zurecht und schüttelte unwillig den Kopf. Er war kurz eingenickt, das war alles, und die Geräusche des Films, der im Wohnzimmer lief, hatten ihn geweckt.

Doch als er nach unten blickte, entdeckte er die brennende Zigarre in seiner Hand. Verblüfft starrte er sie an. Hatte er sie tatsächlich im Schlaf aus der Tasche geholt und angezündet? Unmöglich. Er musste erst danach eingedöst sein. Es war eine eingefleischte Gewohnheit, deshalb hatte er nicht bewusst wahrgenommen, was er tat.

Aber wieso war er eingeschlafen, wenn er kein bisschen müde war? Im Gegenteil, er war hellwach, unruhig, geradezu rastlos.

Er erhob sich, massierte seinen Nacken und marschierte auf der Veranda auf und ab, um sich die Beine zu vertreten. Ach, er sollte einfach reingehen und es sich mit Popcorn und einem Bier vor dem Fernseher gemütlich machen. Na schön ... Er hatte die Hand schon nach der Fliegentür ausgestreckt, als er plötzlich innehielt und eine Verwünschung ausstieß.

Nein, er war ganz und gar nicht in der Stimmung für das Samstagabend-Filmfestival. Stattdessen würde er eine Zeit lang mit dem Auto herumfahren – mal sehen, wohin es ihn verschlug.

Grace' Füße waren völlig taub, wie abgestorben. Schuld waren diese mörderischen Stöckelschuhe, die zu ihrer Kellnerinnenkluft gehörten. An Wochentagen, wenn man sie hin und wieder ausziehen und sich ein paar Minuten hinsetzen konnte, war es nicht ganz so schlimm. Aber samstagabends war das Personal im Shiney's Pub pausenlos auf Trab – und sie natürlich erst recht.

Sie brachte das Tablett mit den leeren Gläsern und vollen Aschenbechern zur Bar und räumte es mit routinierten Handgriffen leer, während sie dem Barkeeper ihre Bestellung zurief. »Zwei Weiße, zwei Bier, ein Gin Tonic, ein Mineralwasser!«

Es war eine Kunst, sich bei dem Lärm der Gäste und dem Gedudel, das hier unter »Musik« firmierte, Gehör zu verschaffen – das Produkt einer dreiköpfigen Band, die Shiney erst kürzlich engagiert hatte. Die musikalischen Darbietungen des Pubs ließen meist zu wünschen übrig, weil Shiney viel zu geizig war, um das nötige Geld für anständige Musiker herauszurücken, aber die Kundschaft schien sich nicht daran zu stören.

Auf der winzigen Tanzfläche drängten sich die Tanzwilligen, was die Band leider als Aufforderung verstand, die Lautstärke aufzudrehen.

Grace' Kopf vibrierte wie eine Stahlglocke; ihr Rücken pochte schmerzhaft im Rhythmus der Bässe.

Als die bestellten Getränke kamen, balancierte sie das Tablett durch die engen Korridore zwischen den Tischen und hoffte, dass die Clique junger Touristen in den schicken Klamotten ein einigermaßen anständiges Trinkgeld geben würde.

Sie servierte lächelnd, nickte einer anderen Runde zu, die um die Rechnung bat, und folgte dem Ruf an einen dritten Tisch.

Bis zur Pause musste sie noch zehn Minuten ausharren – es hätten ebensogut zehn Jahre sein können.

»Hey, hallo, Grace.«

»Curtis, Bobbie – wie geht's?« In ferner Vergangenheit war sie mit den beiden zusammen zur Schule gegangen. Jetzt arbeiteten die Männer als Packer in der Fabrik ihres Vaters. »Das Übliche?«

»Ja, zwei vom Fass.« Curtis gab Grace wie gewohnt einen flüchtigen Klaps auf ihren mit einer lächerlich großen Schleife ausstaffierten Po. Sie hatte gelernt, es sich nicht zu Herzen zu nehmen. Curtis war harmlos, die Geste eher als eine Art Sympathiebezeugung gedacht. Bei einigen der Fremden, die ins Lokal kamen, sah es da schon anders aus. »Wie geht's denn deiner herzigen Kleinen?«

Grace lächelte. Noch ein Grund, warum sie sein Getätschel tolerierte – er erkundigte sich immer nach Aubrey. »Sie wird mit jedem Tag hübscher.« An einem Tisch in der Nähe gab jemand ein Handzeichen. »Euer Bier kommt gleich.«

Sie trug gerade ein mit Gläsern und Knabberzeug beladenes Tablett vor sich her, als Ethan in der Tür erschien. Vor Schreck hätte sie beinahe alles fallen lassen. Samstagabends kam er sonst nie in den Pub. Manchmal trank er unter der Woche in aller Ruhe ein Bier an der Bar, aber nie, wenn das Lokal überfüllt war und laute Musik spielte.

Oberflächlich betrachtet unterschied er sich wenig von den anderen männlichen Gästen. Die Jeans war verwaschen, aber sauber, ein schlichtes weißes T-Shirt steckte im Hosenbund, und dazu trug er alte, verkratzte Arbeitsstiefel. Aber in seiner Wirkung auf Grace war er unvergleichlich – in ihren Augen war er anders als alle anderen Männer der Welt.

Vielleicht lag es an seinem schlanken, geschmeidigen Körper, an den tänzerischen Bewegungen, mit denen er sich einen Weg durch das Gedränge bahnte. Mit einer natürlichen Anmut, die man nicht erlernen kann, dachte Grace – und doch war er ausgesprochen männlich. Es sah immer so aus, als schreite er über das Deck eines Schiffes unter vollen Segeln.

Oder lag es an seinem markanten, gebräunten Gesicht, das man beinahe als hübsch bezeichnen konnte? Oder an seinen stets nachdenklich und ernst blickenden Augen, die seinem Lächeln zu widersprechen schienen?

Sie servierte die Getränke, kassierte und nahm neue Bestellungen entgegen. Dabei beobachtete sie aus den Augenwinkeln, wie er sich in eine Lücke an der Bar zwängte.

Ihre so heiß ersehnte Pause war schlagartig vergessen.

»Drei Bier, einen Wodka mit Eis.« Unwillkürlich strich sie über ihren Pony und lächelte ihn an. »Hallo, Ethan.«

»Voll heute Abend.«

»Es ist Samstag, und wir haben Sommer. Willst du einen Tisch?«

»Nein, hier bin ich bestens aufgehoben.«

Der Barkeeper war noch mit einer anderen Bestellung beschäftigt, sodass ihr eine kleine Verschnaufpause vergönnt war. »Steve hat gerade alle Hände voll zu tun, aber er ist bestimmt gleich bei dir.«

»Ich hab's nicht eilig.« Er hatte es sich zur Gewohnheit gemacht, nicht darauf zu achten, wie reizvoll sie in dem superkurzen Minirock aussah, mit ihren schier endlos langen Beinen in den schwarzen Netzstrümpfen und ihren schmalen Füßen in den hochhackigen Pumps. Heute Abend jedoch war alles anders. Heute Abend konnte er sich nicht zensieren.

Jetzt hätte er Seth gut erklären können, was es mit der Faszination weiblicher Formen auf sich hatte. Grace' Brüste waren klein und fest und wölbten sich sanft neben dem tiefen Ausschnitt ihrer Bluse.

Auf einmal brauchte er unbedingt sein Bier.

»Kommst du überhaupt mal dazu, dich hinzusetzen?«

Sie antwortete nicht sogleich. In ihrem Kopf herrschte völlige Leere, als sie wahrnahm, wie sein Blick unverhohlen ihren Körper abtastete. Er war doch sonst so zurückhaltend! »Ich ... ja, es wird langsam Zeit für meine Pause.« Beinahe unbeholfen füllte sie ihr Tablett. »Ich gehe dann meistens raus, um dem Lärm zu entkommen und ein wenig frische Luft zu schöpfen.« Sie gab sich betont normal und schaute vielsagend zur Band hinüber. Ethan lächelte zögernd.

»Gibt es eigentlich noch schlimmere Versager als diese Lärmproduzenten da?«

»O ja. Man kann es kaum glauben, aber dieses Trio ist für unsere Verhältnisse schon eine enorme Verbesserung.« Sie hatte sich fast wieder gefangen, als sie das Tablett nahm und sich den Tischen zuwandte.

Er beobachtete sie, während er von dem Bier trank, das Steve für ihn gezapft hatte – die Bewegungen ihrer Beine und das Schaukeln der albernen und trotzdem so sexy wirkenden Schleife; wie sie leicht in die Knie ging und das Tablett auf einer Hand balancierte, wenn sie die Getränke auf den Tisch stellte.

Aus schmalen Augen beobachtete er, wie Curtis ihr einen freundschaftlichen Klaps auf den Po gab.

Noch schmaler wurden seine Augen, als ein Fremder in einem verwaschenen Jim-Morrison-T-Shirt ihre Hand packte und sie an sich zog. Er sah, wie Grace lächelnd den Kopf schüttelte. Ethan wollte aufspringen, ohne recht zu wissen, was er vorhatte, da gab der Mann sie schon von sich aus frei.

Als Grace zurückkam und das Tablett auf den Tresen stellte, ergriff Ethan ihre Hand. »Nimm jetzt gleich deine Pause.«

»Was? Ich …« Zu ihrer Verblüffung zog er sie quer durchs Lokal zur Tür. »Ethan, ich muss erst …«

»Nimm jetzt gleich deine Pause«, wiederholte er nur und stieß die Tür auf.

Die warme Nachtluft roch sauber und frisch, da ein leichter Wind ging. Als die Tür hinter ihnen ins Schloss fiel, schwächte sich der Lärm im Innern des Lokals zu gedämpftem

Rauschen ab, und der Gestank nach Rauch, Schweiß und Bier war nur noch eine Erinnerung.

»Du solltest hier nicht arbeiten.«

Sie sah ihn erstaunt an. Schon die Äußerung an sich war seltsam, aber was sollte der gereizte Ton? »Wie bitte?«

»Du hast mich schon verstanden, Grace.« Er schob die Hände in die Hosentaschen, um sie nicht wieder bei den Schultern zu packen. Die Versuchung war zu groß. »Es ist nicht richtig.«

»Nicht richtig?« wiederholte sie verständnislos.

»Du bist Mutter, um Himmels willen. Da gehört es sich nicht, dass du andere Leute bedienst, diese Kostümierung trägst und dich von jedem, dem danach ist, anbaggern lässt. Der Typ da drin hatte praktisch das Gesicht in deiner Bluse.«

»Ach, du übertreibst.« Belustigt schüttelte sie den Kopf. »Mein Gott, Ethan, da war doch nichts dabei. Der war völlig harmlos.«

»Curtis hatte die Hand auf deinem Hintern.«

Ihre Belustigung verwandelte sich allmählich in Ärger. »Ich weiß selbst, wo seine Hand war, und wenn es mich gestört hätte, dann hätte er was auf die Finger gekriegt.«

Ethan holte tief Luft. Ob es nun klug war oder nicht, er hatte damit angefangen, also würde er es auch zu Ende bringen. »Du solltest dich nicht halb nackt in einer Bar zur Schau stellen und zulassen müssen, dass wildfremde Männer deinen Hintern betatschen. Du solltest zu Hause bei Aubrey sein.«

In ihren Augen flammte Wut auf. »Ach ja? Denkst du so über mein Leben? Na, vielen Dank, dass du mir endlich reinen Wein einschenkst. Nur zu deiner Information: Wenn ich mich nicht zur Schau stellen, mit anderen Worten arbeiten würde – und ich bin verdammt noch mal nicht halb nackt dabei –, dann hätte Aubrey kein Dach über dem Kopf und nichts zu essen.«

Er blieb stur. »Du hast doch schon mehrere andere Jobs. Du putzt.«

»O ja, ich putze, ich bediene, und hin und wieder sortiere ich sogar Krabben. So unerhört begabt und vielseitig bin ich! Ich bezahle Miete, Versicherung, Arztrechnungen, Strom und Wasser und den Babysitter. Ich kaufe Lebensmittel ein, Klamotten und Heizöl. Ich sorge für mich selbst und für meine Tochter. Und ich brauche mir von dir nicht sagen zu lassen, was richtig ist und was falsch.«

»Ich sage ja nur …«

»Ich habe gehört, was du gesagt hast.« Ihre Füße pochten, und jede schmerzende Stelle an ihrem überbeanspruchten Körper machte sich bemerkbar.

Schlimmer, viel schlimmer als alles andere war die bohrende Scham, dass er verachtenswert fand, was sie tat, um ihren Lebensunterhalt zu verdienen. »Ja, ich serviere Cocktails und zeige den Männern dabei meine Beine. Vielleicht lassen sie ja ein dickeres Trinkgeld springen, wenn ich ihnen gefalle. Und wenn sie ein dickeres Trinkgeld springen lassen, kann ich meinem kleinen Mädchen hübsche Dinge kaufen, die ein Lächeln auf ihr Gesicht zaubern. Deshalb können sie verdammt noch mal so lange Stielaugen machen, wie sie wollen. Ich wünschte nur, ich hätte einen Körper, der diese blöde Kostümierung richtig ausfüllt, weil ich dann nämlich noch mehr Geld mit nach Hause bringen würde.«

Er musste die Luft anhalten, bevor er weitersprach, um nicht aus der Haut zu fahren. Sein Gesicht war gerötet vor Zorn, ihre Augen jedoch so unendlich müde, dass ihm das Herz schwer wurde. »Du verkaufst dich unter Wert«, sagte er leise.

»Ich weiß ganz genau, wie viel ich wert bin, Ethan.« Sie reckte das Kinn vor. »Verlass dich drauf. Und jetzt ist meine Pause um.«

Sie wirbelte herum und marschierte zurück in das Lokal, hinein in die ohrenbetäubend laute Geräuschkulisse und die zum Schneiden dicke, rauchgeschwängerte Luft.

KAPITEL 3

Ich muss Häschen mitnehmen.«

»In Ordnung, Schätzchen, wir holen dein Häschen.« Es war jedes Mal so, als träten sie eine Weltreise an. Sie gingen zwar nur bis zum Sandkasten im Garten, aber Aubrey bestand darauf, dass all ihre geliebten Stofftierfreunde sie begleiteten.

Grace hatte das logistische Problem mittels einer riesigen alten Einkaufstasche gelöst. Darin steckten bereits ein Bär, zwei Hunde, ein Fisch und eine arg ramponierte Katze. Jetzt kam »Häschen« noch hinzu. Obwohl Grace' Augen vor Müdigkeit brannten, musste sie lachen, als Aubrey die Tasche selbst hochzustemmen versuchte.

»Ich trage sie schon, Liebes.«

»Nein, ich.«

Das war Aubreys Standardantwort – ihre Kleine wollte unbedingt alles selbst machen, auch wenn es viel bequemer war, es an jemand anderen zu delegieren. Na, woher sie das wohl hat, dachte Grace und musste lachen.

»Also los, schaffen wir die komplette Mannschaft nach draußen.« Sie öffnete die Fliegentür – das laute Quietschen erinnerte sie daran, dass die Scharniere geölt werden mussten – und wartete, bis Aubrey die Tasche über die Schwelle auf die winzige hintere Veranda geschleift hatte.

Grace hatte die Veranda durch einen blassblauen Anstrich verschönt und Tontöpfe mit üppigen rosaroten und weißen Geranien aufgestellt. Das kleine gemietete Haus sollte eigentlich nur eine Übergangslösung sein. Dennoch wollte sie es gemütlich haben, ein kuscheliges Nest, in dem es sich aushalten ließ, bis sie genug Geld für die Anzahlung auf etwas Eigenes gespart hatte.

Das Innere des Hauses wirkte durch die Enge der Räume noch bescheidener, aber dieses Problem hatte Grace dadurch entschärft – und zugleich ihr Bankkonto geschont –, dass sie die Einrichtung auf das absolute Minimum beschränkte. Das meiste stammte vom Flohmarkt, sie hatte die einzelnen Möbel jedoch angestrichen, neu lackiert oder neu bezogen und so jedem Stück eine eigene Note verliehen.

Es war Grace sehr wichtig, Dinge um sich zu haben, die ihr gehörten und zu ihr passten.

Weitere Minuspunkte waren die uralten Wasserleitungen, ein Dach, das bei starkem Regen leckte, und Fenster, durch die es zog. Andererseits enthielt das Haus zwei Schlafzimmer, was für Grace den Ausschlag gegeben hatte. Sie wollte, dass ihre Tochter ein Zimmer für sich hatte, einen hellen, fröhlichen Raum. Und dafür hatte sie gesorgt, indem sie selbst tapezierte, die Zierleisten anstrich und Rüschengardinen aufhängte.

Es brach ihr das Herz, wenn sie daran dachte, dass es allmählich Zeit wurde, Aubreys Kinderbettchen durch ein Schlafsofa zu ersetzen.

»Sei vorsichtig auf den Stufen«, sagte Grace warnend. Aubrey setzte ihre winzigen Füßchen in den Tennisschuhen nacheinander fest auf jede Stufe. Unten angelangt lief sie gleich los, zog die Tasche hinter sich her und quietschte vor Vergnügen.

Den Sandkasten liebte sie heiß und innig. Stolz beobachtete Grace, wie sie zielstrebig darauf zusteuerte. Grace hatte ihn selbst gebaut. Für die Einfassung hatte sie alte Bretter benutzt, die sie erst sorgfältig glatt geschliffen und dann scharlachrot gestrichen hatte. Im Sand lagen Eimer, Schaufeln und große Plastikautos bereit, doch Aubrey würde nichts davon anrühren, bevor sie nicht ihre Kuscheltiere ausgebreitet hatte.

Eines Tages, gelobte sich Grace, würde Aubrey einen lebendigen kleinen Hund haben, und ein so großes Spielzimmer, dass sie Freunde zu sich einladen und die langen Regennachmittage dort verbringen konnte.

Als Aubrey behutsam ihre Spielgefährten auf den weißen Sand setzte, hockte Grace sich neben sie. »Du bleibst schön hier und spielst, während ich den Rasen mähe, ja?«

»Ist gut.« Aubrey schaute strahlend zu ihr hoch. Auf ihren Wangen erschienen Grübchen. »Spielst du dann mit?«

»Gleich.« Zärtlich strich sie Aubrey über die Locken. Sie konnte nicht genug davon bekommen, das kleine Wunder, das aus ihrem Bauch gekrochen war, zu berühren. Bevor sie sich aufrichtete, sah sie sich prüfend um – der Blick einer Mutter, die nach möglichen Gefahren für ihren Liebling Ausschau hielt.

Der Garten war von einem Zaun umschlossen, und am Tor hatte sie eigenhändig ein kindersicheres Schloss angebracht, zumal Aubrey von Natur aus neugierig und unternehmungslustig war. Längs des Zauns, der ihr Haus vom Grundstück des Cutters trennte, wuchs dichtes Weinlaub, das die Holzlatten bis zum Ende des Sommers mit einem Meer von Blättern bedecken würde.

Nebenan rührte sich noch nichts, stellte Grace fest. Es war noch zu früh an diesem Sonntagmorgen, als dass ihre Nachbarn anderes im Sinn gehabt hätten, als in aller Ruhe zu frühstücken. Julie Cutter, die älteste Tochter, war ihr Babysitter – hochgeschätzt, weil ohne sie gar nichts lief.

Sie bemerkte, dass Julies Mutter, Irene, am Tag zuvor im

Garten gearbeitet hatte. Kein einziges Unkraut wagte es, in Irene Cutters Blumenbeeten oder in ihrem Gemüsegarten das freche Haupt zu erheben.

Verlegen blickte Grace zum hinteren Teil ihres Gartens, wo Aubrey und sie Tomaten, Bohnen und Karotten gepflanzt hatten. Dort schoss das Unkraut derzeit ungehindert in die Höhe. Darum würde sie sich kümmern, nachdem der Rasen gemäht war. Wie hatte sie nur auf den Gedanken verfallen können, sie hätte Zeit für einen eigenen Garten? Andererseits war es so lustig gewesen, die Erde umzugraben und zusammen mit ihrer Kleinen den Samen auszusäen.

Und wie viel Spaß es erst machen würde, jetzt zu ihr in den Sandkasten zu steigen, Burgen zu bauen und neue Spiele zu erfinden! Nein, das lässt du schön bleiben, befahl sich Grace und erhob sich. Das Gras stand fast knöchelhoch. Es mochte ja ein gemieteter Rasen sein, aber im Moment gehörte er ihr, allein sie war dafür verantwortlich. Und niemand sollte sagen, dass Grace Monroe ihre Verantwortung nicht wahrnahm.

Den alten Benzinmäher aus zweiter Hand bewahrte sie unter einer ebenfalls altersschwachen Deckplane auf. Wie gewöhnlich überprüfte sie zunächst den Benzinstand und warf dabei einen Blick über ihre Schulter, ob Aubrey auch noch brav im Sandkasten saß. Dann packte sie das Anlasserseil mit beiden Händen und zog fest daran. Der Motor keuchte, stotterte und – nichts.

»Komm schon, fall mir heute Morgen nicht auf den Wecker.« Sie konnte schon nicht mehr zählen, wie oft sie an der vorsintflutlichen Maschine herumgebastelt, Ersatzteile besorgt oder einfach mit beiden Fäusten auf sie eingehämmert hatte. Sie lockerte ihre strapazierten Schultern, dann zog sie noch einmal an dem Seil, und noch ein drittes Mal, bevor sie aufgab und die Finger auf die Augen presste. »Konnte ja auch nicht anders sein.«

»Streikt der Motor?«

Ihr Kopf fuhr herum. Nach ihrem gestrigen Krach war Ethan der Letzte, mit dem Grace gerechnet hatte. Darüber freuen konnte sie sich nicht, zumal sie sich immer wieder eingeschärft hatte, dass sie das Recht hatte, wütend auf ihn zu sein, und dass sie ihm nicht so schnell verzeihen durfte. Noch schlimmer war, dass sie genau wusste, wie schlampig sie aussah – alte graue Shorts und ein T-Shirt, das schon viel zu oft in der Waschmaschine gesteckt hatte, kein Make-up und nur flüchtig gekämmtes Haar.

Mist. Aber sie hatte sich eben für die Gartenarbeit angezogen und nicht für Männerbesuch.

»Ich komm' schon zurecht.« Sie zerrte erneut an dem Seil und stemmte dabei den Fuß, der in einem Stoffschuh mit einem Loch am Zeh steckte, in den Boden. Beinahe wäre der Motor angesprungen, aber eben nur beinahe.

»Lass ihn einen Moment verschnaufen. So säuft er nur dauernd ab.«

Diesmal schnellte das Seil mit Unheil verkündendem Knirschen ins Gehäuse zurück. »Ich weiß, wie ich meinen eigenen Rasenmäher bedienen muss.«

»Das glaube ich dir unbesehen – aber nur, wenn du nicht sauer bist. Wut ist ein schlechter Ratgeber.« Er kam näher, während er das sagte – schlank und lässig in verwaschenen Jeans und einem Arbeitshemd, dessen Ärmel bis zu den Ellbogen aufgekrempelt waren.

Als auf sein Läuten niemand reagiert hatte, war er ums Haus herum in den Garten gegangen. Ihm war bewusst, dass er ungehörig lange dagestanden und sie betrachtet hatte. Aber sie sah einfach zu verlockend aus.

Irgendwann in der letzten, schlaflos verbrachten Nacht hatte er sich überlegt, dass er einen Weg finden musste, sich wieder mit ihr zu versöhnen. Und den heutigen Morgen hatte er damit zugebracht, über das Wie nachzudenken. Dann hatte er sie gesehen, ihre langen schlanken Beine und Arme, die das Sonnenlicht mit einem blassgoldenen Schimmer überzog, das sonnengelbe Haar, die schmalen Hände. Da hatte ihr Anblick alles andere verdrängt.

»Ich bin nicht sauer«, zischte sie ungeduldig, womit sie ihre Behauptung Lügen strafte. Er schaute ihr nur in die Augen.

»Hör zu, Grace ...«

»Eee-than!« Jubelnd kletterte Aubrey aus dem Sandkasten und stürzte Hals über Kopf zu ihm, mit ausgebreiteten Armen und vor Vergnügen leuchtendem Gesicht.

Er fing sie auf und schwang sie hoch durch die Luft. »Hallo, Aubrey.«

»Komm spielen!«

»Na ja, ich ...«

»Kuss.«

Sie spitzte so angestrengt die Lippen, dass er lachen musste, bevor er ihr einen Kuss auf den Mund drückte.

»Gut!« Sie entwand sich seinen Armen und rannte zum Sandkasten zurück.

»Schau mal, Grace, es tut mir leid, wenn ich gestern Abend Mist geredet habe.«

Dass bei dem Anblick, wie er ihre Tochter umarmte, ihr Herz dahingeschmolzen war, festigte nur ihren Entschluss, nicht nachzugeben. *»Mist geredet?«*

Nervös verlagerte er sein Gewicht. »Ich meinte bloß ...«

Er wurde unterbrochen, als Aubrey mit ihren geliebten Stoffhunden auf ihn zugestürmt kam. »Kuss«, forderte sie wild entschlossen und hielt sie Ethan hin. Er gehorchte und wartete, bis sie wieder davonrannte.

»Was ich meinte …«

»Ich denke, du hast klar und deutlich gesagt, was du meintest, Ethan.«

Sie wollte also stur bleiben, dachte er und seufzte. Nun ja, so war sie immer schon gewesen. »Ich habe mich ungeschickt ausgedrückt. Mit Worten hab' ich's meistens nicht so. Es gefällt mir nur nicht, wenn du so schwer arbeiten musst.« Er hielt geduldig inne, als Aubrey zurückkam und nun auch noch einen Kuss für ihren Bären einforderte. »Ich mache mir Sorgen um dich, das ist alles.«

Grace legte den Kopf schief. »Warum?«

»Warum?« Die Frage brachte ihn vollends aus dem Konzept. Er bückte sich, um das Stoffhäschen zu küssen, mit dem Aubrey gegen sein Bein schlug. »Na ja, ich … ich tu's nun mal.«

»Weil ich eine Frau bin?« schlug sie vor. »Weil ich alleinerziehende Mutter bin? Weil mein Vater der Meinung ist, dass ich seinen Namen entehrt habe? Weil ich nicht nur heiraten musste, sondern mich anschließend auch noch habe scheiden lassen?«

»Nein.« Er trat noch einen Schritt näher und küsste zerstreut die Katze, die Aubrey ihm jetzt hinhielt. »Sondern weil ich dich mein halbes Leben lang kenne und du deshalb zu einem Teil meines Lebens geworden bist. Und weil du zu stur oder zu stolz bist, um zu akzeptieren, dass es jemandem einzig und allein darum geht, dir zu helfen.«

Sie wollte sagen, dass sie ihm dankbar für seine Anteilnahme sei, und spürte, wie ihr Ärger verpuffte. Dann verdarb er jedoch alles.

»Und weil ich es nicht ertragen kann, wenn irgendwelche hergelaufenen Kerle dich begrapschen.«

»Mich begrapschen?« Sie straffte die Schultern und reckte trotzig das Kinn vor. »Mich haben keine hergelaufenen Kerle begrapscht, Ethan. Und falls es jemals dazu kommen sollte, werde ich mich schon zu wehren wissen.«

»Bitte reg dich nicht wieder auf.« Er kratzte sich am Kinn und unterdrückte mühsam einen Stoßseufzer. Es hatte keinen Sinn, mit einer Frau zu streiten – man konnte nie gewinnen. »Ich bin hergekommen, um mich bei dir zu entschuldigen, und um vielleicht ...«

»Kuss!«, forderte Aubrey und versuchte, an seinem Bein hochzuklettern.

Mechanisch nahm Ethan sie in die Arme und küsste sie auf die Wange. »Ich wollte sagen ...«

»Nein, Kuss für Mama.« Aubrey schaukelte in seinen Armen hin und her und kniff in seine Lippen, damit er den Mund spitzte. »Kuss für Mama.«

»Aubrey!« Entsetzt griff Grace nach ihr, doch Aubrey klammerte sich an Ethans Hemd fest wie ein kleines Äffchen. »Lass Ethan doch mal in Ruhe.«

Schnell änderte Aubrey ihre Taktik, schmiegte ihren Kopf an seine Schulter und lächelte ihn einschmeichelnd an. Mit einem Arm hing sie wie eine Klette an Ethans Hals, als Grace sie wegzuziehen versuchte. »Kuss für Mama«, säuselte sie und klimperte mit den Wimpern.

Hätte Grace gelacht, statt derart verlegen und sogar eine Spur ängstlich zu reagieren, dann hätte Ethan ihr einen Kuss auf die Stirn gegeben, und damit wäre die Sache erledigt gewesen. Aber ihre geröteten Wangen waren einfach zu verführerisch. Sie wich angestrengt seinem Blick aus und atmete fast schon hektisch.

Als er sah, wie sie sich auf die Unterlippe biss, beschloss er, sich diese Gelegenheit auf gar keinen Fall entgehen zu lassen.

Er legte die Hand auf Grace' Schulter, sodass Aubrey zwischen ihnen eingekeilt war. »Machen wir's doch so«, murmelte er leise und berührte sanft ihre Lippen mit den seinen.

Grace schlug das Herz bis zum Hals. Als Kuss konnte man es kaum bezeichnen, denn es war vorüber, ehe es richtig begonnen hatte. Eigentlich war es nur die Ahnung eines Kusses, ein Hauch von Sinnlichkeit und Nähe. Die Ahnung eines Versprechens, das die altbekannte verzweifelte Sehnsucht in ihr aufwallen ließ.

In all den Jahren, die er sie kannte, hatte Ethan nie den Versuch unternommen, sie zu küssen. Jetzt, nach dieser flüchtigen Kostprobe, fragte er sich, warum er so lange damit gewartet hatte. Zugleich machte er sich Sorgen, dass sich dadurch alles verändern könnte.

Aubrey klatschte vergnügt in die Hände, doch er nahm es kaum wahr. Grace schaute ihn aus feuchten, verschleierten Augen an. Ihre Gesichter waren einander sehr nah, so nah, dass er sich nur vorzubeugen brauchte, um noch einmal von ihren Lippen zu kosten – und sich diesmal entschieden mehr Zeit zu lassen, dachte er, als sich ihre Lippen öffneten und sie zitternd Luft holte.

»Nein, ich!« Aubrey drückte ihren kleinen weichen Mund erst auf die Wange ihrer Mutter, dann aufs Ethans Wange. »Kommt spielen.«

Grace zuckte zurück wie eine Marionette, an deren Fäden man gerissen hatte. Die weiche rosarote Wolke, die ihren

Verstand umnebelte, verpuffte. »Gleich, Schätzchen.« Rasch nahm sie Ethan ihre Tochter ab und stellte sie auf den Boden. »Geh du schon mal und bau eine Burg, in der wir wohnen können.« Sie gab Aubrey einen zärtlichen Klaps auf den Po, und das Mädchen lief los.

Grace räusperte sich. »Du bist wirklich lieb zu ihr, Ethan. Dafür bin ich dir sehr dankbar.«

Ethan dachte sich, dass es unter den obwaltenden Umständen wohl das Beste wäre, wenn er die Hände in die Taschen steckte. Sonst konnte er nicht für sich garantieren. »Sie ist ein kleiner Engel.« Langsam drehte er sich zu Aubrey um, die in ihrem roten Sandkasten spielte.

»Und ganz schön anstrengend.« Grace seufzte. Sie musste endlich wieder zu sich kommen. Auf sie wartete noch eine Menge Arbeit. »Warum vergessen wir unser Gespräch von gestern Abend nicht einfach, Ethan? Ich bin sicher, dass du es nur gut gemeint hast. Leider ist aber die Wirklichkeit nicht immer so, wie wir es uns vorstellen oder wie wir es gern hätten.«

Er wandte sich ihr wieder zu und heftete seinen sanften Blick auf ihr Gesicht. »Wie hättest du die Wirklichkeit denn gern, Grace?«

»Ich will, dass Aubrey ein Heim und eine Familie hat. Und ich glaube, diesem Ziel bin ich schon ziemlich nahe gekommen.«

Er schüttelte den Kopf. »Nein, nein – was wünschst du dir für dich, für Grace?«

»Außer ihr?« Sie schaute zu ihrer Tochter hinüber und lächelte. »Ich erinnere mich nicht mal mehr daran. Im Moment möchte ich nur den Rasen mähen und das Unkraut jäten. Und ich bin froh, dass du vorbeigekommen bist.« Sie wandte sich ab und machte sich wieder an dem Rasenmäher zu schaffen. »Morgen komme ich zu euch.«

Sie erstarrte, als seine Hand sich um ihre schloss.

»Ich mähe das Gras für dich.«

»Das schaffe ich schon.«

Dabei konnte sie den blöden Rasenmäher nicht mal in Gang setzen, dachte er, war jedoch klug genug, es nicht zu sagen. »Ich habe auch nicht behauptet, dass du es nicht schaffen kannst. Ich sagte nur, dass ich es für dich übernehmen will.«

Sie durfte sich nicht umdrehen, durfte nicht riskieren, dass sie ihm wieder so nah war, ihm von Angesicht zu Angesicht gegenüberstand. Das hielt ihr Herz nicht mehr aus. »*Du* hast selbst genug zu tun.«

»Grace, wollen wir den ganzen Tag hier stehen und darüber streiten, wer den Rasen mähen soll? Bis wir eine Entscheidung gefällt haben, könnte ich ihn zweimal gemäht haben, und du könntest inzwischen deine Bohnen vor der tödlichen Umklammerung durch das Unkraut erretten.«

»Darum wollte ich mich später noch kümmern.« Ihre Stimme klang matt. Sie kauerten jetzt beide vornübergebeugt auf dem Boden, beinahe Körper an Körper. Ein heißer Strahl schieren sinnlichen Verlangens durchfuhr sie und brachte sie aus dem Gleichgewicht.

»Kümmre dich jetzt gleich darum«, sagte er leise. Er hoffte, dass sie sein Angebot annehmen und gehen würde. Wenn sie es nicht tat, und zwar schnell, würde er sich nicht mehr zurückhalten können. Er würde sie packen, sie an sich ziehen und seine Hände über Stellen ihres Körpers wandern lassen, an denen sie nichts verloren hatten.

»Na schön.« Sie wich ihm seitlich aus, wobei ihr Herz in kurzen, heftigen Schlägen gegen ihre Rippen pochte. »Das ist lieb von dir. Danke.« Sie biss sich fest auf die Unterlippe, um vor lauter Nervosität nicht draufloszuplappern. Entschlossen, sich nichts anmerken zu lassen, drehte sie sich um und lächelte ihn an. »Vermutlich liegt es wieder mal am Vergaser. Ich hab' das nötige Werkzeug hier.«

Ohne etwas zu sagen, packte Ethan das Seil mit einer Hand und zog zweimal kräftig daran. Der Motor erwachte widerwillig zum Leben. »Müsste auch so gehen«, sagte er milde, als er sah, wie sie frustriert den Mund verzog.

»Ja, müsste gehen.« Ihren Ärger niederkämpfend, marschierte sie zum Gemüsegarten.

Dort beugte sie sich zu den Beeten hinunter. Und wie anmutig sie das tat, dachte Ethan, als er sich den Rasen vornahm. Bei dem Anblick, wie sie in den dünnen Baumwollshorts in die Knie ging, musste er tief durchatmen.

Sie hatte nicht die geringste Ahnung, was mit seinem normalerweise so disziplinierten Hormonhaushalt geschah, wenn sich ihr kleiner, fester Hintern an ihn drückte. Wie sein normalerweise so wohltemperiertes Blut in Wallung geriet, wenn ihre langen, nackten Beine ihn streiften.

Sie mochte ja Mutter sein – eine Tatsache, die er sich oft genug in Erinnerung rufen musste, um gewisse verbotene Impulse zu unterdrücken –, aber auf ihn wirkte sie dennoch manchmal genauso unschuldig und ahnungslos wie die vierzehnjährige Grace.

Und damals waren diese verbotenen Wünsche zum ersten Mal in ihm aufgestiegen.

Er hatte es sich versagt, ihr seine Gefühle zu zeigen. Um Himmels willen, sie war ja noch ein Kind gewesen! Und ein Mann mit seiner Vergangenheit hatte nicht das Recht, ein so unverdorbenes Mädchen wie Grace Monroe anzurühren.

Stattdessen war er ihr Freund und Vertrauter geworden, eine Rolle, die ihn alles in allem zufriedengestellt hatte. Er war der Meinung gewesen, er könne immer ihr Freund – und nur ihr Freund – bleiben. Aber in jüngster Zeit brachen sich seine Gefühle immer häufiger und machtvoller Bahn. Es fiel ihm zusehends schwerer, sich zu beherrschen.

Doch für sie beide war das Leben schon kompliziert genug, sagte er sich. Er würde jetzt nur ihren Rasen mähen und ihr vielleicht dabei helfen, das Unkraut zu jäten. Wenn noch genug Zeit blieb, konnte er ihr dann vorschlagen, mit ihnen in die Stadt zu fahren und ihnen ein Eis auszugeben. Aubrey war ganz wild auf Erdbeereis.

Anschließend würde er noch eine Schicht in der Bootswerkstatt einlegen. Und da er heute mit Kochen an der Reihe war, würde er sich obendrein Gedanken über den Speisezettel machen müssen.

Ob Mutter oder nicht, dachte er, als Grace sich bückte, um einen widerspenstigen Löwenzahn auszureißen – atemberaubende Beine hatte sie auf jeden Fall.

Grace wusste von Anfang an, dass sie sich nicht dazu hätte überreden lassen sollen, in die Stadt zu fahren, auch nicht, um nur auf die Schnelle ein Eis zu essen. Sie musste ihre Tagesplanung über den Haufen werfen, die Gärtnerkluft gegen ein passenderes Outfit vertauschen und mehr Zeit in Ethans Gesellschaft verbringen, als momentan gut für sie war. Gerade heute war sie sich ihrer Gefühle für ihn nur allzu bewusst.

Aber Aubrey liebte solche kleinen Ausflüge, deshalb konnte sie die Einladung unmöglich ausschlagen.

Das Zentrum von St. Chris lag nur eineinhalb Kilometer entfernt, doch im Gegensatz zu dem ruhigen Wohnviertel herrschte an der Hafenpromenade ein geradezu geschäftiges Treiben. Der Geschenk- und Andenkenladen hatte in der Sommersaison die ganze Woche über geöffnet – ein Spezialservice für die Touristen. Pärchen und ganze Familien schlenderten mit Einkaufstüten vorbei, die mit Erinnerungen an ihren Urlaub angefüllt waren.

Der Himmel zeigte ein strahlendes Blau, das sich in der Bucht spiegelte und zahlreiche Boote zu einer Kreuzfahrt hinauslockte. Zwei Wochenendsegler hatten nicht aufgepasst, sodass die Leinen ihrer kleinen Sunfish-Boote sich verhedderten und die Segel schlaff herabhingen. Trotz des kleinen Missgeschicks schienen sie dennoch bester Laune zu sein.

Grace roch Bratfisch, geschmolzenen Zucker, die Kokosnusssüße von Sonnenschutzmitteln und den ewigen herben Atem der Bucht.

Hier an der Bucht war sie aufgewachsen, hatte die Segelboote beobachtet und selbst Segeln gelernt. Sie lief ungehindert auf den Docks herum und ging in den Läden ein und aus. Auf den Knien ihrer Mutter sitzend, lernte sie, Krabben zu pulen, erwarb sich die Schnelligkeit und Geschicklichkeit, die man brauchte, um das Fleisch herauszulösen, die kostbaren Leckerbissen, die hier sorgfältig verpackt und in die ganze Welt verschickt wurden.

Harte Arbeit war ihr nie fremd gewesen, aber sie hatte sich immer frei gefühlt. Ihre Familie hatte gut, wenn auch nicht unbedingt luxuriös gelebt. Ihr Vater lehnte es ab, seine Frauen zu sehr zu verwöhnen, doch trotz seiner Strenge war er zärtlich und liebevoll mit ihr umgegangen. Und er hatte ihr nie das Gefühl gegeben, dass es ihn enttäuschte, nur eine Tochter und keine Söhne zu haben, die seinen Namen weitertragen würden.

Aber letztlich hatte sie ihn dann doch enttäuscht.

Grace hob Aubrey auf ihre Hüfte und drückte sie an sich. »Viel los heute«, bemerkte sie.

»Man hat den Eindruck, dass jedes Jahr mehr Touristen kommen.« Ethan zuckte die Schultern. Na ja, sie brauchten die Sommergäste, um die Winter zu überstehen. »Ich hab' gehört, dass Bingham sein Restaurant ausbauen und verschönern will, um das ganze Jahr über Gäste anzulocken.«

»Na, er hat ja auch eigens diesen Koch aus dem Norden kommen lassen, und das Restaurant wurde überdies lobend in der Beilage der *Washington Post* erwähnt.« Sie schaukelte Aubrey auf ihrer Hüfte. »Das Egret Rest ist das einzige feine Restaurant in weitem Umkreis. Eigentlich müsste es sich positiv für die Stadt auswirken, wenn es mehr aus sich macht. Früher sind wir dort immer zu speziellen Anlässen essen gegangen.«

Sie setzte Aubrey ab und versuchte nicht daran zu denken, dass sie das Restaurant schon seit über drei Jahren nicht mehr von innen gesehen hatte. Ach, Schwamm drüber. Sie nahm Aubrey an der Hand und ließ sich von ihrer willensstarken kleinen Tochter ins Crawford's ziehen.

Das Café war die zweite tragende Säule des Geschäftslebens von St. Chris. Im Crawford's bekam man Eis, kalte Getränke und Sandwiches zum Mitnehmen. Da es schon Mittag war, herrschte dort Hochbetrieb. Grace ermahnte sich, nicht alles zu verderben, indem sie darauf hinwies, dass sie der Gesundheit zuliebe statt Eis lieber Sandwiches essen sollten.

»Hallo, Grace, Ethan. Hallo, hübsche kleine Aubrey.« Liz Crawford zwinkerte ihnen lächelnd zu, während sie geschickt ein Sandwich mit kaltem Braten belegte. Sie war mit Ethan zur Schule gegangen und eine kurze, unbeschwerte Zeit lang seine Freundin gewesen, eine Episode, an die beide nur gute Erinnerungen hatten.

Jetzt war die mollige, sommersprossige Liz Mutter zweier Kinder und verheiratet mit Junior Crawford, wie er genannt wurde, um ihn von seinem Vater, Senior Crawford, zu unterscheiden.

Junior, dürr wie eine Bohnenstange, pfiff durch die Zähne, während er Preise in die Kasse eintippte, und grüßte sie kurz.

»Heute ist viel Betrieb«, sagte Ethan und wich dem Ellbogen eines Kunden am Tresen aus.

»Das kann man laut sagen.« Liz verdrehte die Augen, wickelte das Sandwich routiniert in weißes Papier und reichte es mit drei anderen Paketen über die Theke. »Wollt ihr alle ein Sandwich?«

»Eis«, sagte Aubrey bestimmt. »Beere.«

»Na, dann geh schon mal, und sag Mutter Crawford Bescheid. Ach, Ethan, vorhin war Seth hier, mit Danny und Will. Ich muss schon sagen, diese Kids schießen in die Höhe wie Unkraut im Hochsommer. Sie haben einen ganzen Berg Sandwiches und literweise Limo mitgenommen. Er sagt, sie hätten in eurer Bootswerkstatt zu tun.«

Ethan verspürte leichte Gewissensbisse bei dem Gedanken, dass Phillip jetzt nicht nur dort arbeitete, sondern obendrein auch noch drei kleine Jungen beaufsichtigen musste. »Ich gehe gleich auch hin.«

»Ethan, wenn du keine Zeit mehr hast ...«, begann Grace.

»Ich habe immer Zeit, ein Eis mit einem hübschen Mädchen zu essen.« Mit diesen Worten hob er Aubrey in die Höhe und ließ es zu, dass sie ihre Nase an dem Glastresen platt drückte, in dem die Behälter mit den verschiedenen hausgemachten Eissorten standen.

Liz nahm die nächste Bestellung entgegen, sah ihren Mann an und zuckte mit den Augenbrauen. Der Blick sprach Bände. Ethan Quinn und Grace Monroe, sagte er klar und deutlich. Wer hätte das gedacht?

Sie nahmen das Eis mit nach draußen, wo eine warme Brise vom Wasser her wehte, und entfernten sich langsam von dem Menschengewühl, um sich auf eine der kleinen schmiedeeisernen Bänke zu setzen, für die die Stadtväter Geld gesammelt hatten. Grace, bewaffnet mit einem Stapel Servietten, nahm Aubrey auf den Schoß.

»Ich weiß noch, wie wir hier saßen und du jeden, der vorbeikam, beim Namen nennen konntest«, begann Grace leise. »Mutter Crawford stand immer hinter dem Tresen und schmökerte in einem Liebesroman.« Sie spürte, wie ein dicker Tropfen von Aubreys Eis knapp unter dem Saum ihrer Shorts auf ihrem Bein landete, und wischte ihn ab. »Leck erst außen herum ab, Schätzchen, sonst schmilzt dir noch alles.«

»Du hast auch immer Erdbeereis gegessen.«

»Hmm?«

»Ich erinnere mich noch genau«, sagte Ethan, selbst überrascht, wie klar ihm das Bild vor Augen stand. »Du hattest eine Schwäche für Erdbeereis. Und für Pampelmuse.«

»Ja, stimmt.« Grace' Sonnenbrille rutschte ihr an der Nase herunter, als sie sich vorbeugte, um weitere Tropfen von ihrem nackten Oberschenkel abzuwischen. »Alles schien so einfach, wenn man sich ein Erdbeer- oder Pampelmuseneis holte.«

»Manche Dinge bleiben immer einfach.« Da Grace gerade keine Hand frei hatte, stupste Ethan ihre Sonnenbrille wieder nach oben – und sah hinter den getönten Gläsern etwas in ihren Augen aufblitzen, das er sich nicht zu deuten wusste. »Und manche werden komplizierter.«

Während er sein Eis schleckte, blickte er aufs Wasser hinaus. Viel besser so, dachte er, als zu beobachten, wie Grace träge und genüsslich an ihrem Eis leckte. »Früher sind wir sonntags hin und wieder hierhergekommen«, fuhr er fort. »Wir stiegen alle ins Auto und fuhren in die Stadt, um ein Eis oder ein Sandwich zu essen – oder um einfach zu sehen, was hier so abging. Mom und Dad saßen gern an einem der Tische mit Sonnenschirm und tranken Limonade.«

»Sie fehlen mir«, sagte Grace leise. »Für dich muss es noch viel schlimmer sein. In dem Winter, als ich Lungenentzündung hatte … Ich erinnere mich noch genau an meine Mutter und an deine. Wenn ich aufwachte, saß immer eine von ihnen an meinem Bett. Dr. Quinn war die warmherzigste Frau, die ich jemals gekannt habe. Meine Mama …«

Sie brach ab und schüttelte den Kopf.

»Ja?«

»Ich will dich nicht traurig machen.«

»Das passiert schon nicht. Sprich weiter.«

»Meine Mutter geht jedes Jahr im Frühling auf den Friedhof und legt Blumen auf ihr Grab. Und ich begleite sie. Bis ich das erste Mal mitkam, wusste ich nicht, wie sehr meine Mutter an ihr gehangen hat.«

»Ich habe mich immer gefragt, von wem die Blumen wohl stammen. Schön, es endlich zu wissen. Dieses Gerede … was manche Leute über meinen Vater sagen … sie hätte Zustände gekriegt. O ja, sie hätte die Lästerzungen schon in ihre Schranken gewiesen.«

»Ich weiß, worauf du hinauswillst. Aber das ist nicht deine Art, Ethan. Damit muss jeder auf seine Art fertigwerden.«

»Sie würden beide wollen, dass wir tun, was für Seth das Beste ist. Das stünde für sie an erster Stelle.«

»Ihr gebt ihm doch alles, was er braucht. Jedes Mal, wenn ich ihn sehe, wirkt er eine Spur unbeschwerter. Als er hierherkam, war er so eingeschüchtert, so in sich gekehrt. Professor Quinn hat getan, was in seiner Macht stand, aber er hatte genug eigene Probleme. Du weißt, wie viele Probleme er hatte, Ethan.«

»Ja.« Und die Schuld wog so schwer wie ein Felsblock, der ihm das Herz abdrückte. »Ich weiß.«

»Jetzt hab' ich dich doch traurig gemacht.« Sie beugte sich zu ihm, sodass ihre Knie sich berührten. »Was ihn auch belastet haben mag, an dir lag es nicht. Du warst sein stärkster, über weite Strecken sogar sein einziger Halt. Das konnte jeder sehen.«

»Wenn ich ihn öfter darauf angesprochen hätte ...«, begann er.

»Das ist nicht deine Art«, sagte sie wieder, vergaß, dass ihre Hand klebrig war, und berührte sein Gesicht. »Du wusstest, dass er sich dir öffnen würde, sobald er bereit dazu wäre – dann eben, wenn er es für richtig hielt.«

»Da war es schon zu spät.«

»Nein, es ist nie zu spät.« Ihre Finger fuhren federleicht über seine Wange. »Es gibt immer eine nächste Chance. Ich glaube nicht, dass ich weitermachen könnte, wenn ich nicht überzeugt wäre, dass es immer eine nächste Chance gibt ... Keine Sorge«, sagte sie leise.

Er spürte, wie in seinem Innern etwas aufbrach, und streckte die Hand aus, um sie auf die ihre zu legen. Irgendetwas in ihm löste sich, befreite sich. Dann stieß Aubrey plötzlich einen wilden Freudenschrei aus.

»Grandpa!« jubelte sie.

Grace' Hand zuckte und fiel wie leblos herab. Die Wärme, die sie ausgestrahlt hatte, erlosch. Ihre Schultern strafften sich, als sie sich steif nach vorn wandte und ihrem Vater entgegenblickte.

»Da ist ja mein Püppchen. Komm her zu Grandpa.«

Grace ließ ihre Tochter los und beobachtete, wie sie wegrannte und von ihrem Großvater umfangen wurde. Er ließ sich von ihren klebrigen Händchen und ihrem verschmierten Mund nicht abschrecken. Lachend drückte er sie an sich und leckte sich die Lippen, als sie ihn küsste.

»Mmm. Erdbeere. Mehr, mehr.« Er machte Kaugeräusche an Aubreys Hals, bis sie vor Vergnügen quietschte. Dann nahm er sie auf den Arm und trug sie mühelos die wenigen Meter zu seiner Tochter. Prompt verschwand sein Lächeln. »Grace, Ethan ... Macht ihr einen kleinen Sonntagsspaziergang?«

Grace' Kehle war trocken, ihre Augen brannten. »Ethan hat uns ein Eis spendiert.«

»Na, das ist ja nett von ihm.«

»Etwas davon trägst du jetzt als Hemdschmuck«, bemerkte Ethan in der Hoffnung, die Spannung abzubauen, die in der Luft knisterte.

Pete schaute auf sein Hemd hinunter, auf dem Aubreys geliebtes Erdbeereis unübersehbare Spuren hinterlassen hatte. »Kleider lassen sich waschen. Man sieht dich sonntags nur noch selten am Hafen, Ethan, seit ihr an dem Boot baut.«

»Ich hab' mir ein Stündchen freigehalten, bevor ich gleich wieder loslegen muss. Der Rumpf ist komplett, und das Deck ist fast auch so weit.«

»Gut, gut.« Pete nickte ehrlich erfreut, dann heftete sich

sein Blick auf Grace. »Deine Mutter wartet drüben im Speiseraum. Sie möchte ihre Enkeltochter sehen.«

»In Ordnung. Ich …«

»Ich bringe sie zu ihr«, fiel er ihr ins Wort. »Du kannst schon nach Hause gehen, wenn du willst. Deine Mutter liefert sie dann in ein, zwei Stunden bei dir ab.«

Diesem höflich-distanzierten Ton hätte sie eine lautstarke Auseinandersetzung jederzeit vorgezogen, sie nickte jedoch stumm, da Aubrey bei der Aussicht, ihre Grandma zu treffen, bereits in Begeisterungsstürme ausbrach.

»Tschüss! Tschüss Mama. Tschüss Ethan!«, rief die Kleine über Petes Schulter und warf ihnen Kusshände zu.

»Es tut mir so leid, Grace.« Da er spürte, wie unzulänglich Worte waren, nahm Ethan ihre Hand. Sie fühlte sich steif und kalt an.

»Es spielt keine Rolle. Es darf keine Rolle spielen. Er liebt Aubrey. Er vergöttert sie geradezu. Das ist alles, was zählt.«

»Es ist nicht fair dir gegenüber. Dein Vater ist ein guter Mensch, Grace, aber zu dir war er nicht fair.«

»Ich hab' ihn eben im Stich gelassen.« Sie stand auf und wischte sich schnell die Hände an den zusammengeknüllten Servietten ab. »Mehr gibt's dazu nicht zu sagen.«

»Es geht doch bloß darum, wessen Stolz größer ist, seiner oder deiner.«

»Mag sein. Aber mein Stolz ist mir eben sehr wichtig.« Sie warf die Servietten in einen Mülleimer und gab sich einen Ruck. »Ich muss jetzt nach Hause, Ethan. Ich hab' noch tausend Dinge zu erledigen, und da meine Zeit knapp bemessen ist, muss ich jede freie Minute nutzen.«

Er drang nicht weiter in sie, merkte jedoch verwundert, wie gern er es getan hätte. Dabei konnte er es nicht ausstehen, wenn andere ihn veranlassen wollten, über persönliche Dinge zu reden. »Ich fahre dich nach Hause.«

»Nein, ich möchte zu Fuß gehen. Wirklich. Danke für deine Hilfe.« Sie brachte ein Lächeln zustande, das fast natürlich wirkte. »Und für das Eis. Morgen komme ich dann also bei euch vorbei. Denk dran, Seth zu sagen, dass seine Schmutzwäsche in den Wäschekorb gehört und nicht auf den Fußboden.«

Sie wandte sich ab. Ihre langen Beine trugen sie rasch davon. Erst als sie sich ein gutes Stück von ihm entfernt hatte, gestattete sie es sich, langsamer zu gehen. Sie legte eine Hand auf ihr Herz, das schmerzhaft pochte, ganz gleich, wie entschieden sie ihm befahl, endlich damit aufzuhören.

Nur zwei Männer hatten ihr jemals wirklich etwas bedeutet. Und es schien, als ob keinem von beiden genug an ihr lag, um sich zu überwinden und ihr seine Zuneigung zu zeigen.

KAPITEL 4

ETHAN HATTE NICHTS dagegen, zu Musikbegleitung zu arbeiten. Und nicht nur das. Er hatte auch einen breiten, vielseitigen Musikgeschmack – noch ein Geschenk der Quinns. Früher war das Haus oft von Musik erfüllt gewesen. Seine Mutter hatte vorzüglich Klavier gespielt, mit ebenso viel Begeisterung für die Werke eines Chopin wie für Scott Joplin. Das musikalische Talent seines Vaters fand sein Ventil im Geigenspiel, und dieses Instrument hatte es auch Ethan angetan. Ihm gefielen die wechselnden Stimmungen, die sich damit ausdrücken ließen, und dass man die Geige überallhin mitnehmen konnte.

Andererseits empfand er Musik als reine Verschwendung von Tönen, wenn er sich auf eine besonders knifflige Aufgabe konzentrieren musste und nach den ersten zehn Minuten ohnehin nichts mehr wahrnahm. Bei solchen Gelegenheiten sagte ihm Stille am meisten zu. Seth hingegen drehte das Radio in der Bootswerkstatt voll auf. Daher ließ Ethan, um den Familienfrieden nicht zu gefährden, den stampfenden Rock 'n' Roll einfach an sich vorbeirauschen.

Der Bootsrumpf war bereits abgedichtet und verfugt, eine arbeits- und zeitintensive Aufgabe, bei der Seth ihm eine große Hilfe gewesen war. Er hatte bereitwillig mit angepackt oder anfallende Botengänge erledigt, wenn Ethan ihn brauchte. Obwohl der Junge weiß Gott genauso gern über die Arbeit meckerte wie Phillip.

Doch dieses Gemecker ließ Ethan ebenfalls nicht an sich herankommen – um nicht endgültig verrückt zu werden.

Er hoffte, die Arbeit an der Deckbeplankung zu beenden, bevor Phillip übers Wochenende nach St. Chris kam. Jetzt ging er mit dem Hobel über die einzelnen Bauteile.

Mit Glück könnte er noch diese Woche das Deck komplett unter Dach und Fach bringen und sich in der nächsten dann Kajüte und Cockpit vornehmen.

Seth hatte sich zwar beklagt, weil Ethan ihn beauftragt hatte, den Feinschliff zu übernehmen, erledigte diese Aufgabe jedoch gewissenhaft. Ethan brauchte ihm nur zweimal zu sagen, er solle noch mal über eine bestimmte Stelle an der Rumpfverschalung gehen. Die Wissbegier des Jungen störte ihn nicht, obwohl er unzählige Fragen stellte, wenn er die Gelegenheit dazu bekam.

»Wozu ist das da drüben?«

»Das ist das Schott fürs Cockpit.«

»Warum hast du es denn jetzt schon ausgeschnitten?«

»Weil wir noch vor dem Lackieren und Versiegeln den ganzen Staub loswerden wollen.«

»Und was ist mit dem ganzen Zeugs da hinten?«

Ethan hielt in seiner Arbeit inne und blickte von seinem erhöhten Standort zu dem Holzstapel, den Seth stirnrunzelnd beäugte. »Das sind die Bauteile für die Wandverkleidung der Kojen, für die Böden und die Luken.«

»Mächtig viele Einzelteile für ein einziges blödes Boot.«

»Das ist noch längst nicht alles.«

»Wie kommt's, dass der Typ nicht einfach ein fertiges Boot kauft?«

»Ein Glück für uns, dass er das nicht will.« Mit seiner Spendierfreude legte der Kunde den Grundstein für ihr Bootsbaugeschäft. »Zum einen, weil ihm das erste Boot gefiel, das ich für ihn gebaut habe«, fuhr Ethan fort, »und zum andern, weil er so all seinen einflussreichen Freunden verklickern kann, dass sein neues Boot eigens für ihn entworfen und handgefertigt wurde.«

Seth nahm neues Sandpapier und machte sich wieder an die Arbeit. Er hatte nicht wirklich etwas gegen das Schleifen. Und er mochte den Geruch von Holz und Lack, und ebenso den von diesem Leinöl. Trotzdem blickte er immer noch nicht ganz durch. »Es wird ewig dauern, das ganze Zeug zusammenzusetzen.«

»Wir haben vor nicht mal drei Monaten angefangen. Manche brauchen ein Jahr oder sogar noch länger, um ein Boot aus Holz zu bauen.«

Seth machte große Augen. »Ein Jahr! Manometer, Ethan.«

Ethans Mundwinkel zuckten, als er diesen entsetzten und zugleich so beruhigend normalen Aufschrei hörte. »Reg dich wieder ab, so lange brauchen wir nicht. Wenn Cam erst wieder da ist und uns den ganzen Tag zur Verfügung steht, kommen wir viel schneller voran. Und sobald die Schule aus ist, kannst du uns öfter zur Hand gehen.«

»Die Schule ist schon aus.«

»Hmm?«

»Heute war der letzte Tag.« Seth strahlte übers ganze Gesicht. »Freiheit! Wir haben's geschafft.«

»Heute?« Ethan hielt wieder in seiner Arbeit inne und runzelte die Stirn. »Ich dachte, das Schuljahr dauert noch ein paar Tage.«

»O nein.«

Irgendwo hatte er den Faden verloren, überlegte Ethan unsicher. Und es war auch gar nicht Seths Art – noch nicht jedenfalls –, freiwillig mit irgendwelchen Infos herauszurücken. »Hast du dein Zeugnis bekommen?«

»Ja – ich bin versetzt.«

»Lass mal sehen.« Ethan legte sein Werkzeug hin und wischte sich die Hände an seiner Jeans ab. »Wo ist es denn?«

Seth zuckte nur mit den Schultern und arbeitete ungerührt weiter. »Da drüben in meinem Rucksack. Ist doch nicht weiter wichtig.«

»Lass mal sehen«, wiederholte Ethan.

Daraufhin vollführte Seth, was Ethan insgeheim als seinen Privattanz bezeichnete. Er verdrehte die Augen, zog die Schultern hoch und stieß einen leidgeprüften Seufzer aus. Komischerweise mündete das Ganze diesmal nicht wie sonst in einen deftigen Fluch. Er ging zu der Stelle, wo er den Rucksack hatte fallen lassen, und kramte darin herum.

Ethan beugte sich über die Backbordseite, um das Blatt, das der Junge schließlich in die Höhe hielt, entgegenzunehmen. Beim Anblick von Seths rebellischer Miene rechnete er mit dem Schlimmsten. Sein Magen krampfte sich zusammen. Die eventuell fällige Strafpredigt, dachte er seufzend, würde verflixt unangenehm für sie beide werden.

Nachdem Ethan den dünnen Computerausdruck überflogen hatte, schob er sich die Mütze in den Nacken, um sich am Kopf zu kratzen. »Ausschließlich Einser?«

Seth zog erneut eine Schulter hoch und steckte die Hände in die Hosentaschen. »Ja – und?«

»Ich hab' noch nie im Leben ein Zeugnis ausschließlich mit Einsern gesehen. Sogar Phillip hatte früher ein paar Zweier und ab und zu sogar eine Drei.«

Sofort malten sich Verlegenheit und die Furcht, für einen Streber oder dergleichen Scheußliches gehalten zu werden, auf Seths Gesicht. »Ist doch keine große Sache.« Er streckte die Hand nach dem Zeugnis aus, doch Ethan schüttelte den Kopf.

»Und ob es das ist.« Er glaubte den Grund für Seths

finstere Miene zu kennen. Es war nicht einfach, anders als der große Haufen zu sein. »Du hast eine Menge Köpfchen, und darauf solltest du stolz sein.«

»Es ist doch gar nicht schwer. Ganz anders, als wenn man ein Boot steuern muss oder so.«

»Wenn man schlau ist und seinen Kopf auch zu benutzen weiß, dann kann man fast alles lernen.« Ethan faltete den Bogen vorsichtig zusammen und steckte ihn in seine Tasche. Er wäre ja verrückt, wenn er das Zeugnis nicht hier und da vorzeigen und damit renommieren würde. »Ich finde, wir sollten uns eine Pizza bestellen.«

Verblüfft kniff Seth die Augen zusammen. »Du hast doch diese faden Sandwiches zum Abendessen mitgebracht.«

»Die tun's jetzt nicht mehr. Das erste Zeugnis eines Quinn mit lauter Einsern ist mindestens für eine Pizza gut.« Er sah, wie Seth den Mund öffnete und wieder schloss. In seinen Augen glomm ein Funke auf, bevor er den Blick senkte.

»Klar, find' ich cool.«

»Kannst du noch eine Stunde aushalten?«

»Kein Problem.«

Seth griff nach seinem Sandpapier und arbeitete nahezu blind drauflos. Ihm verschwamm alles vor Augen, das Herz schlug ihm bis zum Hals. So war es jedes Mal, wenn einer von ihnen sagte, dass er ein Quinn wäre. Offiziell lautete sein Name zwar immer noch DeLauter, und er musste ihn auch oben auf jedes Referat schreiben, das er in der Schule einreichte. Doch zu hören, wie Ethan ihn einen Quinn nannte, ließ den Hoffnungsschimmer, den Ray vor Monaten in ihm entzündet hatte, eine Spur heller erstrahlen.

Er würde hierbleiben. Er würde einer von ihnen sein. Er würde nie wieder in die Hölle zurückkehren müssen.

Da lohnte es sich fast, dass er heute ins Büro der Moorefield zitiert worden war. Die stellvertretende Direktorin hatte ihn eine Stunde vor Schulschluss zu sich rufen lassen. So wie jedes Mal war ihm das Herz in die Hose gerutscht, doch sie hatte ihm einen Stuhl angeboten und gesagt, sie sei sehr stolz auf die Fortschritte, die er in der letzten Zeit gemacht habe.

Mann, wie peinlich.

Mochte ja sein, dass er sich seit zwei Monaten nicht mehr geprügelt hatte. Und er hatte auch jeden geschlagenen Tag seine albernen Hausaufgaben abgegeben, weil ihn zu Hause ständig irgendjemand damit nervte. Phillip war der Allerschlimmste. Der Typ spielte sich auf wie ein Hausaufgabencop, dachte Seth. Und ja, er hatte sich im Unterricht sogar dann und wann gemeldet, nur so zum Spaß.

Aber dass die Moorefield derart viel Wind machte, war einfach … *bah,* dachte er. Es wäre ihm beinahe lieber gewesen, sie hätte ihn stattdessen herbefohlen, um ihn wieder mal vom Unterricht auszuschließen und gehörig nachsitzen zu lassen.

Aber wenn ein paar Einser einen Typ wie Ethan glücklich machten, dann ging es wohl in Ordnung.

In Seths Augen war Ethan supercool. Er arbeitete den ganzen Tag im Freien, seine Hände waren übersät von Narben und dicken Schwielen. Seth dachte sich, dass man sogar kleine Nadeln in Ethans Hände bohren könnte, ohne dass er etwas merkte, so abgehärtet war er. Er besaß zwei Boote – die er obendrein selbst gebaut hatte – und wusste praktisch alles über die Bucht und das Segeln. Und dabei spielte er sich mit seinem Wissen nicht mal auf.

Vor ein paar Monaten hatte Seth im Fernsehen *Zwölf Uhr mittags* gesehen, wenn auch in einem lahmen Schwarz-Weiß-Apparat. Da hatte er gedacht, dass Ethan genau wie Gary

Cooper war. Er sagte nicht viel, weshalb man meistens besonders aufmerksam hinhörte, wenn er sich dann mal äußerte. Und er tat einfach, was getan werden musste, ohne eine große Show abzuziehen.

Ethan hätte sich diesen miesen Kerlen ebenfalls ohne viel Federlesens in den Weg gestellt. Schlicht und einfach, weil es richtig war. Seth hatte eine ganze Weile darüber nachgedacht und wusste jetzt, wie man so einen Helden beschreiben konnte. Als jemanden, der aus dem Bauch heraus das Richtige tat.

Ethan wäre völlig erstaunt und tödlich verlegen gewesen, hätte er Seths Gedanken lesen können. Aber der Junge war ein Experte darin, sich undurchschaubar zu geben. In diesem Punkt waren er und Ethan wie Zwillinge.

Flüchtig ging Ethan durch den Kopf, dass das Village Pizza nur einen Block vom Shiney's Pub entfernt lag, wo Grace gleich ihre Schicht antreten würde, doch das erwähnte er nicht.

Ich könnte den Jungen sowieso nicht in eine Bar mitnehmen, überlegte er, als sie in das helle Licht und den Lärm der Pizzeria eintauchten. Und Seth hätte sich todsicher beschwert, hätte Ethan ihn gebeten, ein paar Minuten im Wagen zu warten, während er auf einen Sprung in den Pub ging. Überdies hätte Grace wahrscheinlich einen Anfall bekommen und behauptet, dass er sie kontrollierte.

Am besten war es, nicht mehr daran zu denken und sich auf ihre Bestellung zu konzentrieren. Er schob die Hände in seine Gesäßtaschen und studierte die Speisekarte, die an der Wand hinter dem Verkaufstresen hing. »Was für einen Belag willst du denn auf deiner Pizza?«

»Die Pilze kannst du vergessen. Die sind eklig.«

»Ganz meine Meinung«, murmelte Ethan.

»Peperoni und Knoblauchwurst«, sagte Seth feixend, verdarb jedoch die Wirkung, indem er freudig erregt auf den Fußballen wippte. »Wenn du damit klarkommst.«

»Wenn du's kannst, kann ich's auch. Hey, Justin«, sagte Ethan zu dem Jungen am Tresen. »Wir nehmen eine Riesenpizza mit Peperoni und Knoblauchwurst und dazu zwei Jumbo-Cola.«

»Alles klar. Zum Mitnehmen, oder esst ihr hier?«

Ethan schaute zu den Essnischen hinüber und musste feststellen, dass er nicht als Einziger auf die Idee gekommen war, den letzten Schultag mit einer Pizza zu begehen. »Halt mal schnell die Nische da drüben frei, Seth. Wir essen sie hier, Justin.«

»Dann setzt euch ruhig schon mal. Wir bringen euch gleich die Getränke.«

Seth hatte seinen Rucksack auf die Bank gelegt und klopfte mit den Händen auf dem Tisch den Takt zu der Nummer von Hottie and the Blowfish, die im Musikautomaten spielte. »Ich geh' mal kurz zu den Videospielen«, sagte er zu Ethan. Als dieser seine Brieftasche zückte, schüttelte Seth den Kopf. »Ich hab' Geld.«

»Heute Abend bezahle ich«, erklärte Ethan milde und holte ein paar Geldscheine heraus. »Es ist deine Party. Besorg dir das nötige Kleingeld.«

»Cool.« Seth schnappte sich die Geldscheine und lief los, um sich Vierteldollar-Münzen zu beschaffen.

Als Ethan sich auf der Sitzbank niederließ, fragte er sich, warum wohl so viele Menschen es für beste Abendunterhaltung hielten, ein, zwei Stunden in einem lärmenden Lokal eingepfercht zu sein. Mehrere Kids versuchten bereits ihr Glück an den drei Videospielen, die an der rückwärtigen Wand aufgebaut waren; aus dem Musikautomaten heulte sich jetzt der Country-Barde Clint Black die Seele aus dem Leib.

Das Kleinkind in der Nische hinter Ethan hatte einen ausgewachsenen Wutanfall, und eine Gruppe weiblicher Teenager kicherte in einer Dezibelstärke, die Simon Ohrensausen beschert hätte.

Welch ein Ort, um sich einen so schönen Sommerabend um die Ohren zu schlagen.

Dann erspähte er Liz Crawford und Junior mit ihren beiden Töchtern. Eines der Mädchen – Stacy, vermutete Ethan – sprach schnell und gestikulierte aufgeregt, während der Rest der Familie sich vor Lachen schüttelte.

Eine verschworene Gemeinschaft, die sich inmitten der zuckenden Lichter und des Lärms in ihr eigenes kleines Reich zurückgezogen hatte. Darum ging es wohl bei dem Projekt Familie – dass man eine Insel hatte, auf die man sich jederzeit flüchten konnte.

Überrascht von dem Neidgefühl, das ihn bei diesem Gedanken überkam, rutschte Ethan unruhig auf der harten Bank herum und starrte mit finsterem Gesicht in die Ferne. Er hatte schon vor Jahren eine Entscheidung gefällt, was die Frage einer eigenen Familie betraf, und das leise Bedauern, das in ihm aufstieg, ging ihm gegen den Strich.

»Nanu, Ethan, du siehst ja total grimmig aus.«

Er schaute auf, als die Getränke vor ihn auf den Tisch gestellt wurden – und genau in die herausfordernden Augen von Linda Brewster.

Sie sah toll aus, keine Frage. Die hautenge schwarze Jeans und das ausgeschnittene schwarze T-Shirt schmiegten sich an ihren voll entwickelten Körper wie neuer Lack an die Karosserie eines alten Chevy-Klassikers. Nachdem ihre Scheidung rechtskräftig geworden war – am Montag vor einer Woche –, hatte sie sich eine Maniküre und einen neuen Haarschnitt geleistet. Lächelnd fuhr sie sich mit den korallenroten Nägeln durch ihren blond gesträhnten kurzen Haarhelm.

Sie hatte seit Längerem ein Auge auf Ethan geworfen – schließlich hatte sie sich schon vor gut einem Jahr von Tom Brewster, diesem Ekel, getrennt, und eine Frau musste an ihre Zukunft denken. Ethan Quinn war garantiert eine heiße Nummer im Bett, dachte sie. In solchen Dingen trog ihr Instinkt sie nie. Diese großen, breiten Hände würden gründliche Arbeit leisten, da war sie sich sicher. Große, breite Hände mit sensiblen Fingern.

Sein Äußeres entsprach ganz ihrem Geschmack. Eine Spur rau und wettergegerbt. Und erst sein zögerndes, ungemein sexy wirkendes Lächeln – wenn es einem gelang, ihn zum Lächeln zu bringen, musste man sich schwer beherrschen, um sich nicht die Lippen zu lecken.

Nur leider gab er sich still und zurückhaltend. Aber Linda kannte das Sprichwort über stille Wasser. Und sie hatte größte Lust, die verborgenen Tiefen eines Mannes auszuloten, den keiner so richtig kannte.

Ethan wusste nur zu genau, was ihr Blick zu bedeuten hatte, und ließ ebenfalls die Blicke schweifen – um Ausschau nach einem Fluchtweg zu halten. Frauen wie Linda jagten ihm eine Heidenangst ein.

»Hallo, Linda. Ich wusste gar nicht, dass du hier arbeitest.« Sonst hätte er das Village Pizza gemieden wie die Pest.

»Ich helfe eine Zeit lang meinem Vater aus.« Sie war völlig pleite, und ihr Vater – der Eigentümer des Village Pizza – hatte sich rundheraus geweigert, ihr unter die Arme zu greifen. Er und ihre Mutter würden den Teufel tun, sie ohne entsprechende Gegenleistung durchzuziehen, hatte er erklärt. Sie solle gefälligst ihren Hintern ins Lokal schwingen und sich nützlich machen. »Hab' dich schon lange nicht mehr gesehen.«

»Ich war beschäftigt.« Er wünschte, sie würde endlich verschwinden. Ihr Parfüm machte ihn nervös.

»Wie ich höre, hast du zusammen mit deinen Brüdern die alte Scheune von Claremont gemietet, um Boote zu bauen. Ich wollte schon lange mal vorbeikommen und mir die Werkstatt ansehen.«

»Da gibt's nicht viel zu sehen.« Wo, zum Teufel, steckte Seth, wenn man ihn brauchte?, dachte Ethan verzweifelt. Wie lange kam man an diesen Geräten mit ein paar Vierteldollars aus?

»Ich möchte mich aber trotzdem mal umsehen.« Sie fuhr mit ihren glänzenden Nägeln über seinen Arm und seufzte schmachtend, als sie die Wölbungen seiner Muskeln ertastete. »Ich könnte mich durchaus für ein Weilchen loseisen. Warum fährst du nicht mit mir hin und zeigst mir alles?«

In seinem Kopf herrschte plötzliche Leere. Er war schließlich auch nur ein Mensch. Und die Art, wie sie sich verführerisch mit der Zunge über die Lippen fuhr, hätte jeden Mann kirre gemacht. Nicht, dass er Interesse an ihr hatte, keine Spur, aber es war lange her, seit eine Frau unter ihm gestöhnt hatte. Und irgendwie hatte er das untrügliche Gefühl, dass Linda stöhnen würde wie eine Weltmeisterin.

»Maximale Punktzahl.« Seth ließ sich auf die Bank fallen, mit triumphierend gerötetem Gesicht, und griff nach seinem Becher. Gierig stürzte er einen großen Schluck Cola hinunter. »Mann, wann kommt denn endlich die Pizza? Ich bin total ausgehungert.«

Ethan spürte, wie sein Kreislauf sich wieder stabilisierte, und seufzte beinahe erleichtert auf. »Dauert nicht mehr lange.«

»Tja.« Trotz ihres Ärgers über die Unterbrechung schenkte Linda dem Jungen ein strahlendes Lächeln. »Das muss der Neuzugang sein. Wie heißt du, Kleiner? Ich hab's leider vergessen.«

»Ich heiße Seth.« Er schätzte sie blitzschnell ab. Aha, Sorte blöde Tussi, lautete sein abschließendes Urteil. Trotz seiner zehn Jahre hatte er schon viele Frauen wie sie gesehen. »Und wer sind Sie?«

»Ich bin Linda, eine alte Freundin von Ethan. Meinem Daddy gehört das Lokal hier.«

»Cool, dann können Sie ihm ja vielleicht bestellen, er soll der Pizza mal ein bisschen Dampf machen, bevor wir hier noch an Altersschwäche eingehen.«

»Seth ...« Der mahnende Tonfall und Ethans Blick reichten, um den Jungen verstummen zu lassen. »Dein Daddy serviert immer noch die beste Pizza in der Gegend«, sagte Ethan und lächelte ein wenig ungezwungener. »Sag ihm das von mir.«

»Ist gut. Und du rufst mich mal an, Ethan?« Sie schwenkte die linke Hand. »Ich bin jetzt ja eine freie Frau.« Dann schlenderte sie davon, und ihre Hüften schwankten hin und her wie ein gut geöltes Metronom.

»Sie riecht wie dieses Geschäft im Einkaufszentrum, wo das ganze Zeugs für Mädchen verkauft wird.« Seth rümpfte die Nase. Er mochte sie nicht, weil er einen Schatten seiner Mutter in ihren Augen wahrgenommen hatte. »Sie will dir bloß an die Hose.«

»Halt die Klappe, Seth.«

»Es stimmt doch«, sagte Seth achselzuckend, ließ das Thema jedoch bereitwillig fallen, als Linda mit der Pizza zurückkam.

»Dann guten Appetit«, säuselte sie und beugte sich eine Spur tiefer hinunter, als nötig war, falls Ethan die Aussicht beim ersten Mal verpasst hatte.

Seth nahm sich ein Stück Pizza und biss mutig hinein, obgleich er wusste, dass er sich den Gaumen verbrennen würde. Die verschiedenen Geschmacksnoten explodierten in seinem Mund, was ihn für das schmerzhafte Brennen vollauf entschädigte. »Grace macht eine erstklassige Pizza«, sagte er mit vollem Mund. »Schmeckt noch viel besser als die hier.«

Ethan ächzte nur. Der Gedanke an Grace erzeugte ihm Unbehagen, nachdem er sich gerade – wie widerstrebend und flüchtig auch immer – einer heißen Fantasieszene mit Linda Brewster hingegeben hatte.

»Vielleicht können wir sie ja überreden, mal eine für uns zu backen, wenn sie zum Saubermachen kommt und so. Sie kommt doch morgen, oder?«

»Ja.« Ethan nahm sich auch ein Stück, ziemlich gereizt, weil sein Appetit ihn plötzlich im Stich gelassen hatte. »Vermutlich.«

»Vielleicht backt sie eine für uns, bevor sie geht.«

»Du isst doch heute Abend schon Pizza.«

»Na und?« Seth vertilgte sein erstes Stück mit der Schnelligkeit und Präzision eines Eichhörnchens. »Dann könntest du Vergleiche anstellen. Grace sollte einen Imbiss oder so eröffnen, damit sie nicht mehr so viele verschiedene Jobs annehmen muss. Sie arbeitet immer nur. Sie will sich nämlich ein Haus kaufen.«

»Ach ja?«

»Ja.« Seth leckte sich den Handballen ab, auf den Soße getropft war. »Nur ein kleines, aber ein Garten muss schon dabei sein, damit Aubrey draußen herumtollen und einen Hund haben kann.«

»Das hat sie dir alles erzählt?«

»Klar. Ich hab' gefragt, wie es kommt, dass sie sich so abrackert, all die Häuser putzt und im Pub bedient, und sie sagte, das wäre der Grund. Und wenn sie nicht genug sparen könnte, hätten Aubrey und sie nichts Eigenes, wenn Aub in den Kindergarten kommt. Ich schätze, selbst für ein kleines Haus muss man enorm viel Knete hinblättern, oder?«

»Ja, dafür braucht man sehr viel Geld«, sagte Ethan leise. Er erinnerte sich daran, wie froh und stolz er gewesen war, als er sein Haus gekauft hatte. Was es ihm bedeutet hatte, die Früchte seiner Arbeit greifbar vor sich zu sehen. »Es dauert seine Zeit, genug dafür zu sparen.«

»Grace will das Haus spätestens dann haben, wenn Aubrey in die Schule kommt. Danach, sagt sie, muss sie anfangen, fürs College zu sparen.« Seth lachte und entschied, dass er noch ein drittes Stück Pizza hinunterkriegen konnte. »Mensch, dabei ist Aubrey noch ein Baby, es dauert noch mindestens tausend Jahre, bis sie aufs College geht. Das hab' ich ihr auch gesagt«, fügte er hinzu, weil er anderen nur zu gern zeigte, wie gut er sich mit Grace verstand. »Sie hat bloß gelacht. Dann sagte sie, vor fünf Minuten hätte Aubrey ihren ersten Zahn bekommen. Ich hab's nicht kapiert.«

»Damit meinte sie, dass Kinder im Handumdrehen groß werden, schneller, als man vielleicht glaubt.« Da es nicht so aussah, als ob sein Appetit zurückkehren würde, stülpte Ethan den Deckel über die Pizza und holte Geld heraus, um zu zahlen. »Den Rest nehmen wir mit in die Werkstatt. Da du morgen ja keine Schule hast, können wir noch ein, zwei Stunden arbeiten.«

Er schob noch mehr als zwei Stunden Arbeit nach. Nachdem er einmal angefangen hatte, schien er nicht mehr aufhören zu können. Zu arbeiten machte seinen Kopf frei, hielt ihn davon ab, die Gedanken schweifen zu lassen, zu grübeln und sich zu sorgen.

Das Boot zu bauen, war eine reelle Aufgabe mit vorhersehbarem Ausgang. Er wusste genau, was er tat, so wie er wusste, was er draußen in der Bucht tat. Es gab nicht so viele verwirrende Vielleichts und Wenns.

Ethan arbeitete sogar dann noch weiter, als Seth sich auf einer Plane zusammenrollte und einschlief. Die Geräusche der Elektrowerkzeuge schienen ihn nicht zu stören – obwohl Ethan sich fragte, wie man mit dem Löwenanteil einer Riesenpizza mit Knoblauchwurst und Peperoni im Bauch schlafen konnte.

Er begann mit den Vorarbeiten zu Kajüte und Cockpit, während der Nachtwind träge durch die offenen Türen hereinwehte. Das Radio hatte er abgedreht, sodass nur die sanfte Musik der leise ans Ufer schwappenden Wellen zu hören war.

Obgleich er die komplette Konstruktion im Geist genau vor sich sah, ging er sehr langsam und vorsichtig zu Werke. Cam würde den Hauptteil des Innenraums gestalten. Er war der geschickteste von ihnen, deshalb blieb es ihm überlassen, jeweils letzte Hand anzulegen, wenn eine bestimmte Arbeit sich dem Ende näherte. Phillip war der Mann fürs Grobe; er hatte mehr Talent für derlei Tätigkeiten, als er zugeben mochte.

Wenn sie das Tempo hielten, schätzte Ethan, konnten sie das Boot in etwa zwei Monaten zu Wasser lassen. Die Aufgabe, Profit und Prozente zu errechnen, überließ er nur zu gern Phillip. Mit dem Geld würden sie die Rechtsanwälte bezahlen, Investitionen in die Bootswerkstatt finanzieren und ihre Lebenshaltungskosten bestreiten.

Warum hatte Grace ihm nie erzählt, dass sie ein Haus kaufen wollte?

Ethan runzelte die Stirn, als er einen feuerverzinkten Bolzen auswählte. War es nicht ein zu wichtiger Schritt, um ihn nur mit einem zehnjährigen Jungen zu diskutieren? Andererseits hatte Seth sie direkt danach gefragt. Er selbst hatte ihr nur zugeredet, nicht mehr so schwer zu arbeiten – es war ihm nicht eingefallen, sich danach zu erkundigen, warum sie sich so abplagte.

Sie sollte sich endlich mit ihrem Vater aussprechen, dachte er wieder. Wenn die beiden nur mal fünf Minuten lang diesen verbissenen Monroe-Stolz vergessen könnten, stand einer Aussöhnung nichts mehr im Weg. Gut, sie war schwanger geworden – und für Ethan bestand nicht der geringste Zweifel daran, dass Jack Casey ein naives junges Mädchen schamlos ausgenutzt hatte und dafür bestraft werden sollte –, aber das war doch längst Schnee von gestern.

Seine Familie war nie nachtragend gewesen, ob in kleinen oder großen Dingen. Gewiss, sie hatten manchmal gestritten – und seine Brüder und er waren sogar aufeinander losgegangen. Aber damit war die Sache dann auch abgetan.

Klar, er hatte sich geärgert, als Cam kurz nach dem Tod ihrer Mutter nach Europa abgerauscht war und Phillip sich nach Baltimore verzogen hatte. Mit einem Schlag hatte sich alles verändert, und das musste er erst einmal verdauen.

Doch trotz allem hätte er den beiden nie die kalte Schulter gezeigt, wären sie zu ihm gekommen, weil sie Hilfe brauchten. Und er wusste, dass auch sie ihn nie im Stich lassen würden.

Ihm kam es unverzeihlich dumm und wie eine sinnlose Verschwendung vor, dass Grace nicht um Hilfe bitten wollte und dass ihr Vater sie ihr nicht von sich aus anbot.

Er warf einen Blick auf die große runde Uhr, die über der Eingangstür an die Wand genagelt war. Phillips Idee, erinnerte er sich und grinste. Sein Bruder hatte gemeint, dass sie wissen müssten, wie viel Zeit sie jeweils für einen Arbeitsgang brauchten, doch soweit Ethan wusste, war Phillip der Einzige, der ein Protokoll führte.

Es war fast ein Uhr morgens, was bedeutete, dass Grace in etwa einer Stunde im Pub Schluss machen würde. Es könnte nichts schaden, Seth in den Transporter zu laden und schnell beim Shiney's vorbeizufahren. Nur um … mal die Lage zu peilen.

Als er sich aufrichtete, hörte er den Jungen im Schlaf wimmern.

Die Pizza ist ihm schließlich doch auf den Magen geschlagen, dachte Ethan kopfschüttelnd. Aber vermutlich gehörte eine gewisse Quote von Bauchschmerzen zur Kindheit dazu. Er kletterte hinunter und ließ seine Schultern kreisen, um die Verspannungen zu lösen, während er sich dem schlafenden Jungen näherte.

Er kauerte sich neben Seth, legte eine Hand auf seine Schulter und rüttelte ihn sacht.

Der Junge fuhr auf und holte zum Schlag aus.

Der Fausthieb traf Ethan am Mund, sodass sein Kopf nach hinten schnellte. Der Schock, mehr als der aufflammende scharfe Schmerz, entlockte ihm einen Fluch. Den nächsten Schlag parierte er, dann hielt er Seths Arm fest. »Hör auf!«

»Nimm deine Hände weg!« Wild, verzweifelt, noch halb in seinem schlimmen Traum befangen, fuchtelte Seth hilflos in der Luft herum. »Nimm deine verdammten Hände weg.«

Ethan begriff schnell. Es lag an dem Ausdruck in Seths Augen – nacktes Entsetzen und blinde Wut. Früher hatte er dasselbe gefühlt, ein Gemisch aus heillosem Zorn und alles verschlingender Ohnmacht. Er ließ los und hob die Hände. »Du hast geträumt.« Das sagte er leise, tonlos und horchte auf das Echo von Seths stoßweisem Atem. »Du warst eingeschlafen.«

Seth ballte die Fäuste. Er erinnerte sich nicht daran, eingeschlafen zu sein. Er wusste nur noch, dass er sich zusammengerollt und eine Zeit lang auf die Geräusche von Ethans Bohrmaschine gehorcht hatte. Und im nächsten Moment befand er sich wieder in einem dieser dunklen Verschläge, wo ein säuerlicher, allzu menschlicher Geruch in der Luft hing und aus dem Nebenzimmer durchdringende, tierähnliche Laute zu hören waren.

Und einer der Männer, die das Bett seiner Mutter benutzten, war hereingeschlichen und hatte ihn angefasst.

Aber es war Ethan, der ihn jetzt geduldig beobachtete, und aus seinen ernsten Augen sprach tiefes Verständnis. Seths Magen krampfte sich zusammen, nicht nur wegen all der Dinge, die geschehen waren, sondern auch, weil Ethan jetzt vermutlich Bescheid wusste.

Da ihm nicht einfiel, was er sagen, wie er sich rechtfertigen sollte, schloss Seth nur die Augen.

Das gab für Ethan den Ausschlag – die Ergebung in die Ohnmacht, die Kapitulation vor der Scham. Er hatte seine eigenen Wunden zwar nie wieder aufreißen wollen, aber nun schien es, als komme er nicht darum herum.

»Du brauchst dich nicht mehr vor der Vergangenheit zu fürchten.«

»Ich fürchte mich vor gar nichts.« Seth schlug die Augen auf. Der bittere Zorn, der in ihnen stand, war der Zorn eines Erwachsenen, doch das kindliche Stocken in seiner Stimme verriet sein wahres Alter. »Ich habe keine Angst vor einem albernen Traum.«

»Und du brauchst dich deswegen auch wirklich nicht zu schämen.«

Gerade weil er es tat, weil er sich zutiefst schämte, sprang Seth auf, die Fäuste geballt. »Ich schäme mich überhaupt nicht. Und du weißt verdammt gar nichts darüber.«

»Ich weiß verdammt alles.« Genau deshalb widerstrebte es ihm so sehr, darüber zu sprechen. Trotz seiner aggressiven Körperhaltung zitterte der Junge, und Ethan wusste, wie einsam er sich fühlte. Darüber zu sprechen war das Einzige, was er tun konnte. Es war richtig und vernünftig.

»Ich weiß noch, wie die Träume mir zugesetzt haben, wie sie mich noch lange, lange Zeit quälten, als es längst vorbei war.« Und die Träume suchten ihn nach wie vor heim, wenn auch bedeutend seltener als früher – aber es war unnötig, dem Jungen jetzt schon zu sagen, dass er es zeitlebens mit Erinnerungsblitzen und Angstträumen zu tun haben würde. »Ich weiß, was es einem antut.«

»Blödsinn.« Tränen brannten in Seths Augen, was ihn nur noch mehr demütigte. »Mit mir ist alles in Ordnung. Ich bin ja schließlich entkommen, oder nicht? Sie kann mir nichts mehr tun. Und ich gehe nie mehr zurück, egal, was passiert.«

»Nein, du gehst nie mehr zurück«, bestätigte Ethan. Egal, was passierte.

»Mir ist völlig schnurz, was du oder sonst wer über mich denken. Und du wirst mich nicht dazu bringen, Einzelheiten zu erzählen, indem du so tust, als wüsstest du Bescheid.«

»Du brauchst nichts zu erzählen«, sagte Ethan. »Und ich wiederum brauche nicht so zu tun als ob.« Er hob die Mütze auf, die Seths Schwinger von seinem Kopf befördert hatte, und ließ sie geistesabwesend durch seine Finger gleiten, bevor er sie wieder aufsetzte. Aber die beiläufige Geste half ihm nicht, sich zu entspannen. In seinem Magen hatte sich ein harter, kalter Knoten gebildet.

»Meine Mutter war eine Hure – meine leibliche Mutter. Ein Junkie mit einer Vorliebe für Heroin.« Er schaute Seth fest in die Augen und sprach mit nüchterner, sachlicher Stimme. »Ich war jünger als du, als sie mich das erste Mal verschacherte, an einen Mann, der es auf kleine Jungs abgesehen hatte.«

Seths Atem ging schneller, als er einen Schritt zurücktrat. *Nein,* war sein einziger Gedanke. Ethan Quinn war doch so stark und verlässlich und … normal. »Du lügst.«

»Meistens lügen die Menschen, um sich ins rechte Licht zu setzen oder um sich aus einer unangenehmen Situation herauszuwinden, in die sie sich aus Dummheit selbst gebracht haben. Mir erscheint beides sinnlos – und umso sinnloser wäre es, etwas so Schlimmes zu erfinden.«

Ethan nahm die Mütze wieder ab. Plötzlich schien sie ihm viel zu eng. Einmal, zweimal fuhr er sich mit der Hand durchs Haar, wie um den Druck loszuwerden. »Sie verkaufte mich an Männer, um ihre Sucht zu finanzieren. Das erste Mal wehrte ich mich. Es hörte dadurch zwar nicht auf, aber ich wehrte mich aus Leibeskräften. Beim zweiten Mal wehrte ich mich auch, und noch ein paar Mal danach. Aber dann hörte ich auf, mich zu wehren, weil es so nur noch schlimmer wurde.«

Ethan schaute den Jungen unverwandt an. Im grellen Deckenlicht wirkten Seths Augen dunkler als sonst. Er war unsicher geworden, und ihm tat die Brust weh, bis er merkte, dass er vergessen hatte zu atmen. »Wie hast du es durchgestanden?«

»Ich hörte auf, es wahrzunehmen.« Ethan hob die Schultern. »Ich hörte auf zu existieren, wenn du verstehst, was ich meine. Es gab niemanden, an den ich mich um Hilfe wenden konnte – oder zumindest wusste ich nicht, an wen ich mich wenden sollte. Sie zog viel herum, um die Sozialarbeiter loszuwerden.«

Seths Lippen fühlten sich trocken und riesig an. Erregt fuhr er sich mit dem Handrücken über den Mund.

»Man wusste nie, wo man am nächsten Morgen aufwachen würde ...«

»Ja, das wusste man nie.« Aber überall sah es genau gleich aus. Überall roch es genauso.

»Aber du bist entkommen. Du bist davongekommen.«

»Ja, ich bin davongekommen. Eines Nachts, als ihr Freier mit uns beiden fertig war, gab es... Ärger.« Schreie, Blut, Beschimpfungen. Schmerzen. »Ich erinnere mich nicht mehr genau an alles, aber jedenfalls kamen dann die Cops. Ich muss in ziemlich üblem Zustand gewesen sein, denn sie brachten mich ins Krankenhaus und fanden schnell heraus, was los war. Das Jugendamt kümmerte sich um mich, und vielleicht wäre ich in ein Heim gekommen. Aber die Ärztin, die mich behandelte, war Stella Quinn.«

»Sie haben dich zu sich geholt?«

»Ja, sie haben mich zu sich geholt.« Und das zu sagen, allein das zu sagen linderte die Übelkeit, die in Ethan aufgestiegen war. »Sie haben mein Leben nicht nur verändert, sie haben mir das Leben gerettet. Danach hatte ich noch lange Zeit die Träume, diese schrecklichen Träume, aus denen man fast blind vor Angst erwacht. Man kriegt kaum Luft und ist überzeugt, dass der Traum Wirklichkeit war. Und selbst wenn einem dann bewusst wird, dass es vorbei ist, fühlt man sich eine Zeit lang wie tot.«

Seth wischte sich mit den Fingerknöcheln die Tränen ab, schämte sich ihretwegen jedoch nicht mehr. »Ich konnte immer entkommen. Manchmal haben sie mich angefasst, aber ich bin entkommen. Keiner von ihnen hat jemals...«

»Das ist gut.«

»Ich wollte die Kerle trotzdem umbringen, und *sie* auch. Ich wollte es.«

»Ich weiß.«

»Ich wollte es nie jemandem erzählen. Ich glaube, Ray wusste es und Cam ahnt es. Ich wollte nicht, dass jemand denkt, ich... mich ansieht und denkt...« Er konnte es nicht in Worte fassen – die Scham, dass ihn jemand ansah und wusste, was geschehen war und was in jenen dunklen, übel riechenden Zimmern noch hätte geschehen können. »Warum hast du es mir erzählt?«

»Weil du wissen sollst, dass man trotzdem ein Mann sein kann.« Ethan wartete. Seth musste sich entscheiden, ob er diese Wahrheit akzeptieren wollte oder nicht.

Vor sich sah Seth einen Mann, groß, stark, selbstbewusst, mit kräftigen, schwieligen Händen und festem Blick. Eine große Last, die ihm auf der Seele gelegen hatte, hob sich. »Ja, schätzungsweise.« Er lächelte zögernd. »Deine Lippe blutet.«

Ethan wischte sich das Blut ab und wusste, dass sie einen entscheidenden Schritt nach vorn getan hatten. »Du hast einen wirkungsvollen rechten Haken. Ich hab' ihn nicht mal kommen sehen.« Er streckte probehalber die Hand aus und zerwühlte Seths vom Schlaf zerzaustes Haar. Der Junge lächelte. »Lass uns zusammenpacken«, sagte Ethan. »Wir fahren nach Hause.«

KAPITEL 5

An diesem Morgen hatte Grace alle Hände voll zu tun. Die erste Ladung Wäsche steckte sie schon um Viertel nach sieben in die Maschine, als sie den Kaffee aufbrühte. Ihre Augen waren noch halb geschlossen. Herzhaft gähnend goss sie die Pflanzen auf ihrer Veranda und die kleinen Töpfe mit Kräutern auf dem Fensterbrett in der Küche.

Als das Aroma des Kaffees allmählich die Luft erfüllte und ihr die berechtigte Hoffnung gab, endlich richtig wach zu werden, wusch sie die Gläser und Schalen ab, die von gestern Abend stammten, als Julie auf Aubrey aufgepasst hatte. Sie verschloss die offene Tüte mit Kartoffelchips und legte sie in den Schrank, dann wischte sie die Krümel vom Küchentresen, wo Julie beim Telefonieren genascht hatte.

Julie Cutter war keine Leuchte, klar, aber sie liebte Aubrey, und das war in Grace' Augen das A und O.

Um Punkt halb acht – nachdem Grace gerade eine halbe Tasse Kaffee getrunken hatte – wachte Aubrey auf.

So zuverlässig wie die Sonne, dachte sie, verließ die winzige Kombüsenküche und ging in das neben dem Wohnraum gelegene Kinderzimmer. Bei Regen oder bei klarem Wetter, in der Woche oder am Wochenende, Aubreys innere Uhr schrillte jeden Morgen Schlag halb acht.

Grace hätte sie noch eine Weile in ihrem Bettchen liegen lassen und in Ruhe ihren Kaffee austrinken können, doch auf diesen Moment freute sie sich jeden Tag. Aubrey stand schon aufrecht in ihrem Bett, ihre Sonnenstrahllocken waren zerzaust, ihre Wangen gerötet. Grace konnte sich noch an das erste Mal und den leichten Schrecken erinnern, als sie Aubrey stehend vorgefunden hatte, auf schwankenden kleinen Beinchen und mit vor Stolz und Überraschung leuchtendem Gesicht.

Inzwischen wirkten Aubreys Beine schon richtig stämmig. Sie hob erst eines, dann das zweite in einer Art Freudenmarsch. Dann lachte sie laut los. »Mama, Mama, hallo, meine Mama!«

»Hallo, mein Baby.« Grace beugte sich über das Gitter, um mit ihr zu schmusen, und seufzte. Sie hatte wirklich großes Glück. Auf der ganzen Welt konnte es kein fröhlicheres Kind geben als ihr kleines Mädchen. »Wie geht's meiner Aubrey heute?«

»Ich bin wach! Ich will raus!«

»Und ob. Musst du Pipi?«

»Ich muss Pipi«, sagte Aubrey und kicherte, als Grace sie aus ihrem Bettchen hob.

Toiletten-Training, entschied Grace und überprüfte auf dem Weg ins Bad Aubreys Nachtwindel. Mal ging es gut, mal daneben.

Diesmal landete Aubrey einen Volltreffer, und Grace stimmte die überschwängliche Lobeshymne an, für die nur Eltern eines Kleinkinds Verständnis aufbringen. Dann kamen Zähneputzen und Haarebürsten an die Reihe, alles in dem winzigen Bad, das Grace mit pastellgrüner Farbe und bunt gestreiften Vorhängen aufgehellt hatte.

Anschließend war es Zeit für das Frühstück. Aubrey wollte Getreideflocken mit Banane, aber ohne Milch. Sie hielt die Hand auf die Schale, als Grace welche hinzugießen wollte, und schüttelte heftig den Kopf. »Nein, Mama, nein. Tasse. Bitte.«

»Na schön, die Milch in einer Tasse.« Grace goss Milch ein und stellte die Tasse neben die Schale auf das Tablett des Hochstuhls. »Jetzt iss schön auf. Wir haben heute viel vor.«

»Was denn?«

»Mal sehen.« Grace nahm sich eine Scheibe Toast, während sie den vor ihnen liegenden Tag durchging. »Wir müssen die Wäsche fertig machen, und dann haben wir Mrs. West versprochen, heute ihre Fenster zu putzen.«

Ein Dreistundenjob, schätzte Grace.

»Danach gehen wir in den Supermarkt.«

Aubrey holte erfreut Luft. »Miss Lucy?«

»Ja, du wirst Miss Lucy sehen.« Lucy Wilson war eine von Aubreys Lieblingen. Die Kassiererin im Supermarkt hatte immer ein Lächeln – und einen Lutscher – für Aubrey parat. »Nachdem wir die Einkäufe weggepackt haben, fahren wir dann zu den Quinns.«

»Seth!« Milch rann der Kleinen aus dem Mund.

»Tja, Schätzchen, ich weiß nicht genau, ob er heute zu Hause sein wird. Vielleicht fährt er auch mit Ethan auf dem Boot raus, oder er besucht einen seiner Freunde.«

»Seth«, sagte Aubrey erneut, sehr bestimmt, und spitzte die Lippen zu einem eigensinnigen Schmollmund.

»Wir werden sehen.« Grace wischte die verspritzte Milch auf.

»Ethan?«

»Vielleicht.«

»Hündchen?«

»Foolish ist ganz bestimmt da.« Sie gab Aubrey einen Kuss auf den Kopf und gönnte sich dann den Luxus einer zweiten Tasse Kaffee.

Um Viertel nach acht hatte Grace sich mit einem Stapel alter Zeitungen und einer Sprühflasche bewaffnet, die ein Gemisch aus Essig und Ammoniak enthielt. Aubrey saß auf dem Rasen und spielte mit ihrer Tierstimmen-Kassette. Alle paar Sekunden muhte eine Kuh oder grunzte ein Schwein. Und Aubrey ahmte die Geräusche jedes Mal getreulich nach.

Als die Kleine sich schließlich ihren Bauklötzen zuwandte, hatte Grace die Fenster an der Front und an der Seite des Cottages von außen fertig geputzt und lag gut in der Zeit. Sie hätte später auch pünktlich gehen können, wenn Mrs. West nicht mit Eistee herausgekommen und zum Plaudern aufgelegt gewesen wäre.

»Ich weiß nicht, wie ich Ihnen danken soll, weil Sie heute gekommen sind, Grace.« Mrs. West, eine mehrfache und daher erfahrene Großmutter, hatte Aubrey ihren Tee in einer bunten Plastiktasse mit kleinen Enten darauf gebracht.

»Das tue ich doch gern, Mrs. West.«

»Ich kann einfach nicht mehr so wie früher, wegen der Arthritis. Und ich hab's eben gern, wenn meine Fenster blitzblank sind.« Sie lächelte, wodurch sich die Runzeln in ihrem verwitterten Gesicht noch vertieften. »Und bei Ihnen sind sie immer blitzblank. Meine Enkelin Layla hat sich ja erboten, die Fenster für mich zu putzen. Aber offen gestanden, Grace, dieses Mädchen ist furchtbar schusselig. Binnen Kurzem würde sie sich von irgendetwas ablenken lassen, sich im Gemüsegarten langlegen und selig einschlafen. Ich weiß wirklich nicht, was aus ihr noch werden soll!«

Grace lachte, während sie sich das nächste Fenster vornahm. »Sie ist doch erst fünfzehn. Da denkt sie eben nur an Jungs, Klamotten und Musik.«

»Sie sagen es.« Mrs. West nickte so heftig, dass ihr Doppelkinn wogte. »Na, ich in ihrem Alter konnte schon flinker eine Krabbe schälen, als man gucken kann. Hab' mir meinen Lebensunterhalt damit verdient, und ich hab' nur an die Arbeit gedacht, bis sie getan war.« Sie zwinkerte Grace zu. »Danach kamen die Jungs dran.«

Sie lachte schallend, dann lächelte sie Aubrey zu. »Das ist vielleicht eine goldige Kleine, die Sie da haben, Gracie.«

»Das Licht meines Lebens.«

»Ein richtiger Schatz. Nehmen Sie dagegen den Kleinsten von meiner Carly, Luke. Der kann nicht zwei Minuten am Stück stillsitzen, rennt andauernd herum und heckt nur Streiche aus. Erst letzte Woche hab' ich ihn erwischt, wie er an den Vorhängen in meinem Wohnzimmer hochgeklettert ist – wie die Hauskatze.« Dennoch lachte sie bei der Erinnerung in sich hinein. »Ein richtiger Quälgeist, unser Luke.«

»Aubrey hat auch so ihre Höhepunkte.«

»Kann ich gar nicht glauben. Nicht bei diesem Engelsgesichtchen. Bald werden die Jungs vor Ihrer Tür Schlange stehen. Bildhübsch, die Kleine. Ich hab' sie auch schon Händchen halten sehen.«

Grace schüttelte ihre Sprühflasche und schaute sich schnell um, ob ihr kleines Mädchen in einem unbewachten Moment nicht plötzlich erwachsen geworden war. »Aubrey?«

Mrs. West lachte erneut. »Sie ging mit dem Quinn- Jungen am Hafen spazieren – dem neuen.«

»Oh, mit Seth.« Die Erleichterung, die sie überkam, war so absurd, dass Grace die Sprühflasche abstellte und erst mal zu ihrem Glas griff, um sich zu stärken. »Aubrey schwärmt für ihn.«

»Ein gut aussehender Junge. Matt, mein Enkel, geht mit ihm zur Schule – er hat mir erzählt, wie es kam, dass Seth diesen Rüpel Robert vor ein paar Wochen verprügelt hat. Ich konnte mir den Gedanken nicht verkneifen, dass das schon lange mal fällig war. Wie läuft's denn drüben bei den Quinns?«

Diese Frage war eigentlich der Hauptgrund, warum sie herausgekommen war. Aber es war Mrs. Wests Credo, nicht mit der Tür ins Haus zu fallen, sondern sich auf Umwegen dem Gegenstand ihres Interesses zu nähern.

»Es läuft prima.«

Mrs. West verdrehte die Augen. Um diese spezielle Quelle anzuzapfen, musste man offenbar stärkere Geschütze auffahren. »Dieses Mädchen, das Cam geheiratet hat, ist wirklich eine Schönheit. Sie wird ganz schön flink sein müssen, um ihn bei der Stange zu halten. Er war immer ein ganz besonders Wilder.«

»Ich glaube, damit kann Anna umgehen.«

»Sie machen irgendwo im Ausland Flitterwochen, nicht wahr?«

»In Rom. Seth hat mir eine Postkarte gezeigt, die sie ihm geschickt haben. Sie sind zu beneiden.«

»Dabei muss ich immer an diesen Film mit Audrey Hepburn und Gregory Peck denken – wo sie eine Prinzessin ist. Solche Filme werden heute nicht mehr gedreht.«

»Ein Herz und eine Krone.« Grace lächelte wehmütig. Sie hatte eine Schwäche für romantische Filmklassiker.

»Ganz genau.« Grace sah Audrey Hepburn ziemlich ähnlich, fand Mrs. West. Die Haarfarbe stimmte natürlich nicht, da Grace so blond war wie ein Wikinger, aber sie hatte die gleichen großen Augen und das ein wenig unnahbare hübsche Gesicht. Und mager genug war sie weiß Gott auch.

»Ich war noch nie im Ausland.« Was in Mrs. Wests Verständnis zwei Drittel der Vereinigten Staaten einschloss. »Kommen Sie bald wieder?«

»In ein paar Tagen.«

»Hmm. Tja, in dem Haushalt wird eine Frau gebraucht, keine Frage. Ich kann mir gar nicht vorstellen, wie es dort zugehen mag, mit vier Männern unter einem Dach. Muss die meiste Zeit muffeln wie in einem Umkleideraum. Und ich hab' noch nie von einem Mann gehört, der nicht danebenpinkelt.«

Grace lachte und wandte sich wieder den Fenstern zu. »So schlimm sind sie auch wieder nicht. Eigentlich hatte Cam den Haushalt ziemlich gut im Griff, bevor die vier mich engagiert haben. Aber der Einzige von ihnen, der daran denkt, die Taschen zu leeren, bevor er seine Hose in den Wäschekorb stopft, ist Phillip.«

»Wenn das alles ist, geht's ja noch. Vermutlich wird Cams Frau sich um den Haushalt kümmern wollen, wenn sie zurückkommt.«

Grace' Herz setzte einen Schlag aus, und ihre Hände krampften sich um das Knäuel aus Zeitungspapier zusammen, das sie zum Polieren der Scheibe benutzte. »Ich ... Sie hat eine Vollzeitstelle in Princess Anne.«

»Oh, sie wird dem Haus mit Sicherheit ihren Stempel aufdrücken«, fuhr Mrs. West fort. »Einer frisch verheirateten Frau ist es wichtig, alles nach ihren eigenen Vorstellungen zu organisieren. Und es wird auch das Beste für den Jungen sein, endlich ein weibliches Wesen um sich zu haben. Ich weiß wirklich nicht, was Ray sich damals gedacht hat. Er hatte ja ein großes Herz, aber als Stella nicht mehr war... hat er schlicht die Orientierung verloren. Ein Mann in seinem Alter, der mir nichts, dir nichts einen kleinen Jungen zu sich nimmt! Ich muss schon sagen … Nicht, dass ich ein Wort von dem hässlichen Gerede glaube, das man immer wieder hört. Nancy Claremont ist die Allerschlimmste, die redet sich irgendwann noch um Kopf und Kragen.«

Mrs. West wartete kurz in der Hoffnung, dass Grace jetzt ebenfalls nicht an sich halten könne. Doch die starrte nur konzentriert auf das Fenster, das sie gerade geputzt hatte.

»Wissen Sie, ob dieser Versicherungsinspektor noch mal aufgetaucht ist?«

»Nein«, sagte Grace leise, »darüber weiß ich nichts. Hoffentlich nicht.«

»Ich wüsste nicht, was es der Versicherung bringen sollte, das Rätsel um die Herkunft des Jungen zu lüften. Selbst wenn Ray sich umgebracht haben sollte – und ich behaupte keineswegs, dass es so war –, können sie es nicht beweisen, oder? Denn schließlich« – sie hielt dramatisch inne, wie jedes Mal, wenn sie ein unschlagbares Argument ins Feld zu führen glaubte – »waren sie nicht dabei!«

Bei den letzten Worten stahl sich eine triumphierende Note in ihre Stimme, wie schon am Morgen, als sie dasselbe zu Nancy Claremont gesagt hatte.

»Professor Quinn hätte nie Hand an sich gelegt«, murmelte Grace.

»Selbstverständlich nicht.« Aber für interessanten Gesprächsstoff sorgten die Spekulationen schon. »Der Junge …« Sie brach plötzlich ab und spitzte die Ohren. »Da geht mein Telefon. Wenn Sie drinnen weitermachen wollen, kommen Sie einfach rein, Grace«, sagte sie, bevor sie ins Haus eilte.

Grace arbeitete sorgfältig weiter, obgleich sich die Gedanken in ihrem Kopf überschlugen. Sie schämte sich, weil es ihr nicht möglich war, sich auf Professor Quinns Schicksal zu konzentrieren. Stattdessen konnte sie nur an sich denken und daran, was sich bei den Quinns verändern würde.

Ob Anna nach ihrer Rückkehr wirklich das Zepter über den Haushalt schwingen wollte? Würde sie ihren Job verlieren und ohne das Geld auskommen müssen, das sie bei den Quinns verdiente? Schlimmer noch, viel schlimmer – würde sie auf die Gelegenheit verzichten müssen, Ethan ein- oder zweimal die Woche zu sehen und ab und zu sogar mit ihm zu Abend zu essen?

Sie hatte sich inzwischen daran gewöhnt, war abhängig davon, ein wenn auch nebensächlicher Teil seines Lebens zu sein. Und wie armselig es auch klingen mochte – sie faltete gern seine Kleider und strich das Bettlaken für ihn glatt. Sie schmeichelte sich sogar mit der Vorstellung, dass er an sie dachte, wenn er irgendwo im Haus auf einen ihrer Notizzettel stieß. Oder aber wenn er abends in sein frisch bezogenes Bett schlüpfte.

Würde sie auch das noch verlieren – die Freude, die sie empfand, wenn er von der Arbeit auf seinem Kutter nach Hause kam und Aubrey durch die Luft schwang? Wie er sie ansah und ihr verhalten zulächelte, wenn die Kleine einen Kuss forderte?

Sollte das alles nur noch eine Erinnerung sein, die sie in ihrem Herzen verschließen musste?

Ihre Tage würden sich endlos in die Länge ziehen, wenn sie nicht einmal mehr diesen Augenblicken entgegenfiebern konnte. Und von ihren einsamen Nächten ganz zu schweigen.

Sie schloss fest die Augen und kämpfte gegen die aufsteigende Verzweiflung an. Erst als Aubrey am Saum ihrer Shorts zupfte, kam sie wieder zu sich.

»Mama. Miss Lucy?«

»Bald, Schätzchen.« Grace nahm ihre Kleine auf den Arm und drückte sie ganz fest – das brauchte sie jetzt dringend.

Es war fast ein Uhr, als Grace die Einkäufe verstaut und das Essen für Aubrey zubereitet hatte. Bisher lag sie nur eine halbe Stunde zurück und dachte sich, dass sie die verlorene Zeit ohne größere Probleme aufholen konnte. Dazu musste sie sich nur ein wenig mehr beeilen und sich strikt auf die Arbeit konzentrieren. Keine Träumereien mehr, befahl sie sich, als sie Aubrey auf dem Kindersitz im Auto festschnallte. Keine sentimentalen Luftschlösser.

»Seth, Seth, Seth«, sang Aubrey und schaukelte dabei vor und zurück.

»Mal sehen, ob er da ist.« Grace stieg auf der Fahrerseite ein, steckte den Schlüssel ins Zündschloss und drehte ihn. Ein Keuchen, ein dumpfes Krachen – danach kam nichts mehr. »O nein, das lässt du schön bleiben! Das lasse ich nicht zu – dazu habe ich heute keine Zeit.« Erneut drehte sie den Schlüssel, trat fest aufs Gaspedal und seufzte erleichtert, als der Motor endlich ansprang. »So ist es schon besser«, murmelte sie, während sie rückwärts aus der kurzen Einfahrt setzte. »Es geht los, Aubrey.«

»Es geht los!«

Fünf Minuten später, auf halber Strecke zwischen ihrem Haus und dem der Quinns, begann der Motor der alten Limousine zu husten, die Karosserie zitterte, und dann quoll plötzlich Dampf aus der Motorhaube.

»Mist!«

»Mist!« wiederholte Aubrey vergnügt.

Grace presste die Finger auf ihre Augen. Es lag am Kühler,

da war sie sich ziemlich sicher. Vor vier Wochen war der Keilriemen der Übeltäter gewesen, und davor hatten die Bremsbeläge gestreikt. Resigniert fuhr sie rechts ran und stieg aus, um unter der Motorhaube nachzusehen.

Eine Dampfwolke schlug ihr entgegen, sodass sie hustend zurückwich. Entschlossen schluckte sie die Panik hinunter, die ihr in die Kehle stieg. Vielleicht war es ja kein größerer Schaden. Es konnte wieder nur an irgendeinem Riemen liegen. Und wenn nicht – sie seufzte tief –, würde sie sich entscheiden müssen, was vorzuziehen war: noch mehr Geld in diesen Schrotthaufen zu stecken oder von ihren Ersparnissen das Geld für den Kauf eines anderen halben Schrotthaufens abzuzwacken.

So oder so konnte sie vorerst nichts tun.

Sie öffnete die hintere Tür und löste Aubreys Gurt. »Der Wagen ist wieder mal krank, Schatz.«

»Oooh.«

»Ja, deshalb müssen wir ihn hier stehen lassen.«

»Allein?«

Aubreys Sorge um leblose Gegenstände zauberte ein Lächeln auf Grace' Gesicht. »Nicht lange. Ich rufe den Autodoktor an, damit er kommt und sich um ihn kümmert.«

»Er macht ihn wieder gesund?«

»Hoffentlich. So, und jetzt müssen wir zu Fuß zu Seth gehen.«

»O ja!« Erfreut über die Abwechslung zockelte Aubrey los.

Nach fünfhundert Metern musste Grace sie auf dem Arm tragen. Wenigstens war es ein schöner Tag, sagte sie sich. Und der Spaziergang gab ihr die Gelegenheit, sich mal richtig umzusehen. Geißblatt rankte sich um den Zaun, der ein in Reih und Glied mit Sojabohnen bepflanztes Feld einfasste, und verströmte einen berauschenden Duft. Sie pflückte eine Blüte für Aubrey.

Als sie schließlich das Marschland erreichten, das an das Grundstück der Quinns stieß, taten ihr die Arme weh. Sie hielten an, um eine Schildkröte zu beobachten, die sich am Straßenrand sonnte. Aubrey streckte die Hand aus, um sie zu berühren, und kicherte, als das Tier daraufhin blitzschnell den Kopf einzog.

»Kannst du jetzt mal eine Weile selbst gehen, Kleines?«

»Müde.« Aubrey hob bittend die Arme. »Hoch!«

»Na schön, dann trage ich dich eben wieder. Wir sind fast da.« Es war längst Zeit für Aubreys Mittagsschlaf, dachte Grace. Die Kleine schlief jeden Tag direkt nach dem Mittagessen fast auf die Minute genau zwei Stunden. Wenn sie aufwachte, war sie dann wieder in Hochform.

Als Grace die Verandastufen hochstieg und ins Haus ging, war die Kleine schon eingenickt. Aubreys Kopf lag schwer an ihrer Schulter.

Nachdem Grace sie aufs Sofa gebettet hatte, eilte sie nach oben, um die Betten abzuziehen und die schmutzige Wäsche einzusammeln und zu sortieren. Als die erste Ladung in der Waschmaschine steckte, rief sie den Automechaniker an, der schon Übermenschliches geleistet hatte, um ihren dahinsiechenden Wagen am Leben zu erhalten.

Danach lief sie wieder nach oben und zog frische Laken auf die Betten. Um sich die vielen Wege zu ersparen, hatte sie in jedem Stockwerk Putzutensilien gelagert. Zunächst nahm Grace das Bad in Angriff, wo sie schrubbte und wienerte, bis Chrom und Fliesen in funkelndem Glanz erstrahlten.

Dies war ihr letzter voller Arbeitstag im Hause der Quinns vor der Rückkehr von Cam und Anna. Aber irgendwann während des Eineinhalb-Kilometer-Marschs von ihrem liegen gebliebenen Wagen hierher hatte sie sich überlegt, dass sie sich am Tag ihrer Ankunft mindestens zwei Stunden freihalten würde, um schnell noch mal über Böden und Möbel zu gehen.

Sie war schließlich stolz auf ihre Arbeit, oder nicht? Und eine Frau würde doch bestimmt honorieren, wie ordentlich es hier war – die sauberen Ecken und Winkel, die Mühe, die Grace sich gab, um im Haus für Gemütlichkeit zu sorgen. Eine Karrierefrau wie Anna, eine Frau mit einem anspruchsvollen Beruf, würde doch erkennen, dass sie, Grace, hier gebraucht wurde, oder etwa nicht?

Sie hastete nach unten, um nach Aubrey zu sehen, die nasse Wäsche aus der Maschine in einen Korb umzufüllen und die zweite Ladung hineinzustecken.

Ach ja, und sie würde dafür sorgen, dass frische Blumen im Schlafzimmer standen, wenn das junge Paar zurückkam, und dass die feinen Handtücher bereitlagen. Dann würde sie Phillip noch eine Nachricht hinterlassen, dass er frisches Obst besorgen solle, damit sie die Früchte als hübschen Blickfang in einer Schale auf dem Küchentisch arrangieren konnte.

Sie wollte sich auch die Zeit nehmen, die Hartholzböden zu bohnern und die Vorhänge zu waschen und zu bügeln.

Schnell hängte sie die Wäsche an die Leine, ohne dass sich die gewohnte Befriedigung bei dieser Arbeit einstellte. Dennoch hatten die Routine-Handgriffe eine beruhigende Wirkung auf sie. Irgendwie würde schon alles klappen.

Auf einmal merkte sie, dass sie taumelte, und schüttelte den Kopf, um sich wieder zu fangen. Die Müdigkeit hatte sie urplötzlich aus dem Takt gebracht, wie ein Schlag ins Gesicht. Hätte sie sich die Mühe gemacht nachzurechnen, wie lange sie heute schon auf den Beinen war, dann wäre sie auf sieben Stunden gekommen, wobei sie in der Nacht zuvor nur ganze fünf Stunden geschlafen hatte. Dass sie noch zwölf Stunden vor sich hatte, wusste sie allerdings, ohne große Berechnungen anzustellen. Sie brauchte unbedingt eine Pause.

Nur zehn Minuten, sagte sie sich und streckte sich, wie schon manches Mal zuvor, in der Nähe der flatternden Wäsche im Gras aus. Ein zehnminütiges Nickerchen würde ihr neue Energie geben und ihr noch genug Zeit lassen, die Küche zu putzen, bevor Aubrey aufwachte.

Ethan fuhr vom Hafen aus nach Hause. Er hatte seinen Arbeitstag draußen auf dem Wasser verkürzt und Jim den Kutter überlassen, damit der mit seinem Sohn noch einmal rausfahren konnte, um die Fallen im Pocomoke zu überprüfen. Seth war mit Danny und Will unterwegs, und Ethan hatte vor, auf die Schnelle einen verspäteten Mittagsimbiss zu sich zu nehmen und anschließend eine mehrstündige Schicht in der Bootswerkstatt einzulegen. Er wollte das Cockpit vollenden und eventuell noch mit dem Bau des Kabinendachs beginnen. Je mehr er schaffte, umso weniger Zeit würde verstreichen, bis Cam die Feinarbeiten in Angriff nehmen konnte.

Als er Grace' Wagen am Straßenrand stehen sah, fuhr er langsamer, dann hielt er kurz entschlossen an. Er schüttelte nur den Kopf, als er unter die offene Motorhaube spähte. Das verflixte Ding wurde nur noch durch Spucke und Gebete zusammengehalten, dachte er. Ein derart unzuverlässiges Fahrzeug gehörte längst auf den Schrottplatz. Was würde sie zum Beispiel tun, überlegte er säuerlich, falls die Klapperkiste sich entschloss, mitten in der Nacht den Geist aufzugeben, wenn sie gerade vom Pub nach Hause fuhr?

Als er genauer hinsah, pfiff er durch die Zähne. Der Kühler war endgültig hinüber, und falls Grace vorhatte, dieses Teil ersetzen zu lassen, musste er ihr das unbedingt ausreden.

Stattdessen würde er einen anständigen Gebrauchtwagen auftreiben und ihn für sie in Schuss bringen – oder aber Cam könnte das tun, der sich mit Motoren besser auskannte als jeder durchschnittliche Automechaniker. Jedenfalls würde er sie nicht mehr in so einer Schrottlaube herumfahren lassen – obendrein mit ihrer kleinen Tochter auf dem Kindersitz.

Plötzlich kam er zur Besinnung und trat ein paar Schritte zurück. All das ging ihn doch überhaupt nichts an … Oder doch? Und ob es ihn etwas anging, dachte er in einer Aufwallung von Zorn, die eigentlich gar nicht zu ihm passte. Sie war schließlich eine Freundin der Familie, nicht wahr? Er hatte jedes Recht, einer Freundin zu helfen, vor allem, wenn diese dringend Hilfe benötigte.

Und Grace – ob sie selbst es nun wahrhaben wollte oder nicht – brauchte weiß Gott jemanden, der auf sie aufpasste. Er stieg wieder in seinen Transporter und fuhr mit finsterer Miene nach Hause.

Um ein Haar hätte er die Fliegentür mit Karacho hinter sich zugeworfen, hätte er nicht noch im letzten Moment die kleine Aubrey auf dem Sofa entdeckt. Sein Gesicht hellte sich auf. Vorsichtig zog er die Tür hinter sich zu und ging leise zu ihr. Ihre kleine Hand lag zur Faust geballt auf dem Polsterkissen. Er konnte nicht widerstehen, nahm sie sanft in die seine und staunte über die winzigen, vollkommenen Finger. Um eine ihrer Locken war eine Schleife gebunden, ein schmales blaues Spitzenband, das Grace ihr wohl heute Morgen ins Haar geflochten hatte. Dass es jetzt schief herunterhing, machte nichts, so sah sie nur umso niedlicher aus.

Er hoffte, dass sie aufwachen würde, ehe er sich auf den Weg zur Bootswerkstatt machen musste.

Doch jetzt sollte er erst mal ihre Mutter suchen und über die leidige Autofrage mit ihr sprechen.

Er legte den Kopf auf die Seite und horchte. Oben war es zu still, dort arbeitete sie nicht. Als er in die Küche ging, sah er dort die Überreste seines hastigen Frühstücks. Sie hatte es noch nicht geschafft, hier aufzuräumen. Aber die Waschmaschine summte, und er sah Wäsche an der Leine vor dem Haus flattern.

Als er in die Tür trat, entdeckte er sie. Und geriet sofort in Panik. Er wusste nicht, was er dachte, wusste nur, dass sie auf dem Boden, im Gras lag. Entsetzliche Bilder von plötzlicher Krankheit und Unfällen stürmten auf ihn ein, als er nach draußen stürzte. Erst als er fast vor ihr stand, erkannte er, dass sie nicht ohnmächtig war, sondern nur schlief.

Sie lag genauso zusammengerollt da wie ihre kleine Tochter drinnen, eine Faust an die Wange geschmiegt und tief und regelmäßig atmend. Da seine Knie unter ihm nachgaben, ließ er sich neben ihr im Gras nieder und wartete, bis sein Herzschlag sich wieder einigermaßen normalisiert hatte.

Er hörte das Knattern der Wäsche an der Leine, hörte, wie das Wasser am Seegras leckte und wie die Vögel zwitscherten, während er sich fragte, was er jetzt mit ihr anfangen sollte.

Schließlich seufzte er nur, stand auf, bückte sich und nahm sie auf den Arm.

Sie regte sich und schmiegte sich an ihn, sodass sein Blutdruck steil in die Höhe ging. »Ethan«, murmelte sie und bettete das Gesicht in die Kuhle an seinem Hals. Wilde Fantasien, in denen er sich mit ihr im sonnenwarmen Gras wälzte, schossen ihm durch den Kopf.

»Ethan«, sagte sie wieder und fuhr mit den Fingern über seine Schulter. Prompt steigerte sich seine Erregung fühlbar. Dann erneut »Ethan«, doch diesmal schrill und erschrocken. Ruckartig hob sie den Kopf und starrte ihn fassungslos an.

Ihre Augen waren verschleiert vom Schlaf und glänzten vor Überraschung. Ihr Mund formte ein weiches, höchst verlockendes »Oh …«. Dann schoss ihr plötzlich das Blut in die Wangen.

»Was? Was ist los?«, stieß sie in einer herzzerreißenden Mischung aus Erregung und Verlegenheit hervor.

»Wenn du ein Nickerchen machen willst, solltest du so klug sein wie Aubrey und dich drinnen hinlegen, nicht in der prallen Sonne.« Er hörte, wie rau seine Stimme klang, konnte aber nichts dagegen tun. Die Begierde schnürte ihm die Kehle zu.

»Ich hab' nur …«

»Du hast mich um mindestens zehn Jahre älter gemacht, so erschrocken war ich, als ich dich hier liegen sah. Ich dachte, du wärst ohnmächtig geworden.«

»Ich hab' mich nur kurz hingelegt. Aubrey hat geschlafen, deshalb … Aubrey! Ich muss sofort nach ihr sehen.«

»Das hab' ich schon erledigt. Ihr geht's bestens. Es wäre vernünftiger gewesen, wenn du dich zu ihr aufs Sofa gelegt hättest.«

»Ich komme doch nicht her, um zu schlafen!«

»Du hast aber geschlafen.«

»Nur eine Minute.«

»Du brauchst aber mehr als nur eine Minute Schlaf.«

»Quatsch. Heute war nur alles so kompliziert, und mein Kopf war so müde.«

Er musste fast lachen. In der Küche blieb er stehen, hielt sie immer noch fest und blickte ihr in die Augen. »Dein Kopf war müde?«

»Ja.« Wenn er sie so ansah, ließ ihr Verstand sie vollends im Stich. »Ich musste eine Minute abschalten, das war alles. Lass mich jetzt runter, Ethan.«

Dazu war er nicht bereit, noch nicht. »Etwa eineinhalb Kilometer von hier habe ich deinen Wagen an der Straße stehen sehen.«

»Ich habe Dave schon angerufen und ihm Bescheid gesagt. Sobald er kann, holt er ihn ab.«

»Du bist zu Fuß hergekommen, und Aubrey hast du auf dem Arm getragen?«

»Nein, mein Chauffeur hat uns hergebracht. Also wirklich! Lass mich runter, Ethan.« Bevor ich explodiere, sagte ihr Blick.

»Für den Rest des Tages kannst du deinem Chauffeur freigeben. Ich fahre euch nach Hause, wenn Aubrey aufwacht.«

»Nach Hause finde ich schon allein. Ich habe kaum mit der Arbeit angefangen. Ich muss jetzt unbedingt weitermachen.«

»Du legst die fünf Kilometer bis nach Hause nicht zu Fuß zurück.«

»Ich rufe Julie an. Sie kommt dann her und holt uns ab. Du musst doch selbst noch arbeiten. Ich ... ich hinke meinem Plan hinterher«, fügte sie verzweifelt hinzu. »Ich kann die Zeit nicht aufholen, wenn du mich nicht runterlässt.«

Er betrachtete sie. »An dir ist wirklich nicht mehr viel dran.«

Die letzte Spur von Verlagen verwandelte sich in Ärger. »Wenn du damit sagen willst, dass ich zu dünn bin ...«

»Zu dünn würde ich nicht sagen. Du hast einen zarten Knochenbau, das ist alles.« Und glattes, weiches Fleisch drum herum. Er stellte sie auf den Boden, ehe er noch vergaß, dass er ja eigentlich auf sie aufpassen wollte. »Heute brauchst du nichts mehr im Haushalt zu tun.«

»O doch. Ich muss meine Arbeit erledigen.« Ihre Nerven bescherten ihr eine Achterbahnfahrt. Sein Blick weckte in ihr den Wunsch, sich blindlings wieder in seine Arme zu werfen. Gleichzeitig wollte sie am liebsten die Flucht ergreifen, wie ein Hase zur Hintertür hinausflitzen. Was für ein Hin und Her! Ihr fiel nichts anderes ein, als sich hinter ihrer Arbeit zu verschanzen. »Ich werde schneller fertig, wenn du mir nicht im Weg stehst.«

»Ich verschwinde, sobald du Julie angerufen hast und sie dir verspricht, dich abzuholen.« Er hob die Hand und zupfte den Flaum eines Löwenzahns aus ihrem Haar.

»Na gut.« Sie drehte sich um und tippte die Nummer in den Apparat in der Küche. Vielleicht wäre es ja doch das Beste, wenn Anna ihr nach ihrer Rückkehr kündigte, dachte sie aufgeregt, während sie es bei Julie klingeln ließ. Es schien, als könne sie nicht einmal mehr zehn Minuten mit Ethan zusammen sein, ohne die Nerven zu verlieren. Wenn das so weiterging, würde sie noch etwas tun, das sie beide in tödliche Verlegenheit stürzte.

KAPITEL 6

Ethan arbeitete gern bis spätnachts an dem Boot, vor allem, wenn er allein war. Es hatte keiner großen Überredungskunst bedurft, damit er Seth erlaubte, mit seinen Freunden im Garten zu zelten. So hatte Ethan den Abend für sich – in letzter Zeit eine Seltenheit – und Zeit, sich seiner Arbeit zu widmen, ohne auf Fragen und Bemerkungen eingehen zu müssen.

Nicht, dass der Junge ihm auf die Nerven fiel, dachte Ethan. Ganz im Gegenteil – er hatte ihn fest ins Herz geschlossen. Seth als neues Mitglied der Familie zu akzeptieren, war ihm nicht schwergefallen, da Ray ihn darum gebeten hatte. Aber Zuneigung, Wertschätzung und Loyalität waren erst im Lauf der Monate gewachsen, und inzwischen hing er an dem Jungen, als wären sie blutsverwandt.

Aber das hieß noch lange nicht, dass der Kleine seine Aufmerksamkeit pausenlos mit Beschlag belegen durfte.

An diesem Abend beschränkte Ethan sich auf reine Handarbeit. Selbst wenn man sich um Mitternacht wach und einsatzbereit *vorkam,* war man vielleicht doch eine Spur zu nachlässig, und er wollte um keinen Preis das Risiko eingehen, sich mit der Stichsäge einen Finger abzuschneiden. Auf jeden Fall tat es gut, in der Stille zu arbeiten und mit Sandpapier Kanten und Flächen zu schleifen, bis man die Glätte unter den Fingern spürte.

Noch vor Ende der Woche würden sie den Schiffsrumpf versiegeln können; anschließend konnte er Seth auf die Reling ansetzen. Wenn Cam sich unmittelbar in die Arbeit an den Unterdecks stürzte und wenn Seth in den nächsten ein, zwei Wochen nicht zu viel an der Arbeit mit Kitt, Teer und Lack auszusetzen hätte, kämen sie zeitlich gut hin.

Er schaute auf seine Uhr, sah, dass ihm allmählich die Zeit weglief, und packte sein Werkzeug ein. Da Seth nicht da war, um den Besen zu schwingen, fegte er selbst.

Um Viertel nach eins parkte er draußen vor dem Pub. Er hatte ebenso wenig vor, drinnen zu warten, wie er die Absicht hatte, Grace nach Feierabend die zwei Kilometer nach Hause zu Fuß gehen zu lassen. Daher lehnte er sich in seinem Sitz zurück, schaltete die Innenbeleuchtung ein und vertrieb sich die Zeit, indem er in seiner eselsohrigen Ausgabe von »Straße der Ölsardinen« schmökerte.

Im Pub nahte die Sperrstunde. Das Einzige, was Grace' Glück noch hätte steigern können, wäre ein Anruf von Dave mit der frohen Botschaft gewesen, dass sie lediglich ein paar gebrauchte Kaugummis benötigte, um ihren Wagen wieder flottzumachen. Haha.

Stattdessen hatte er ihr mitgeteilt, dass die Reparatur ein komplettes Monatseinkommen verschlingen würde, und selbst dann hätte sie großes Glück, wenn der alte Klapperkasten noch fünftausend Kilometer durchhielte.

Darüber würde sie sich später den Kopf zerbrechen müssen; im Moment hatte sie alle Hände voll damit zu tun, einen besonders beharrlichen Gast abzuschütteln, der auf dem Weg nach Savannah in St. Chris einen Zwischenstopp einlegte. Er war überzeugt davon, dass Grace darauf brannte, im Rahmen seiner Abendunterhaltung eine tragende Rolle zu spielen.

»Ich habe mir ein Hotelzimmer genommen.« Er zwinkerte ihr zu, als sie sich hinunterbeugte, um seinen letzten Drink für diesen Abend auf den Tisch zu stellen. »Mit einem großen Bett und vierundzwanzig Stunden Zimmerservice. Wir könnten eine spitzenmäßige Party steigen lassen, Süße.«

»Ich gehe nicht oft auf Partys, aber danke.«

Er packte ihre Hand und zog sie an sich, sodass sie aus dem Gleichgewicht kam und sich an seiner Schulter festhalten musste, um nicht auf seinem Schoß zu landen. »Dann bietet sich dir jetzt die einmalige Chance dazu.« Sein lüsterner Blick glitt über ihre Brüste. »Ich habe eine große Schwäche für langbeinige Blondinen. Die kriegen bei mir immer eine Spezialbehandlung.«

Gott, was für ein schleimiger Kerl, dachte Grace, als er ihr seinen Bieratem ins Gesicht hauchte. Aber sie war schon mit schlimmeren Typen fertig geworden. »Sehr lobenswert, aber nach meiner Schicht gehe ich immer direkt nach Hause.«

»Von mir aus können wir auch zu dir gehen.«

»Mister ...«

»Bob. Nenn mich einfach Bob, Kleines.«

Sie musste sich gewaltsam losreißen. »Mister, ich bin nicht interessiert.«

Und ob sie das war, dachte er und bedachte sie mit einem garantiert atemberaubenden Lächeln – schließlich hatte er für die neuen Kronen zwei Riesen hingeblättert. »Die Widerspenstigen-Nummer törnt mich immer am meisten an.«

Grace entschied, dass er nicht mal einen angewiderten Seufzer wert war. »Wir schließen in einer Viertelstunde. Ich muss allmählich kassieren.«

»Schon gut, schon gut, du brauchst nicht gleich giftig zu werden.« Breit lächelnd holte er eine dicke Rolle Geldscheine heraus. Außen spickte er sie immer mit Zwanzigdollarscheinen, während sie innen aus Eindollarscheinen bestand. »Du rechnest aus, was ich euch schuldig bin, und dann ... verhandeln wir über dein Trinkgeld.«

Manchmal war es das Beste, einfach den Mund zu halten, dachte Grace. Was sie am liebsten gesagt hätte, war so gehässig, dass sie unter Umständen ihren Job losgeworden wäre. Deshalb ging sie wortlos davon und brachte die leeren Gläser zum Bartresen.

»Macht er Ärger, Grace?«

Sie lächelte Steve matt zu. Jetzt hielten nur noch sie beide die Stellung. Die zweite Kellnerin hatte um Mitternacht Schluss gemacht. Sie habe Migräne, sagte sie. Da sie weiß war wie ein Gespenst, hatte Grace sie nach Hause geschickt und sich bereit erklärt, sie zu vertreten.

»Bloß einer von der Sorte, die sich für absolut unwiderstehlich halten. Kein Grund zur Sorge.«

»Wenn er bis zur Sperrstunde nicht verschwunden ist, warte ich, bis du im Auto sitzt und losfährst.«

Sie gab nur einen unverbindlichen Laut von sich. Bisher hatte sie nichts davon gesagt, dass sie im Moment keinen fahrbaren Untersatz hatte, da Steve sonst garantiert darauf bestanden hätte, sie nach Hause zu fahren. Aber er wohnte zwanzig Minuten von hier entfernt, in der entgegengesetzten Richtung. Und zu Hause wartete seine schwangere Frau auf ihn.

Sie kassierte an den Tischen, räumte ab und bemerkte erleichtert, dass ihr Problemgast endlich aufstand, um zu gehen. Die 18,83 Dollar bezahlte er bar, alles in allem ließ er zwanzig Dollar auf dem Tisch liegen. Obwohl es ihm gelungen war, in den vergangenen drei Stunden den Großteil ihrer Zeit und Aufmerksamkeit in Beschlag zu nehmen, war Grace zu erschöpft, um sich über das lausige Trinkgeld zu ärgern.

Es dauerte nicht lange, bis der Pub sich geleert hatte. Die Kundschaft hatte überwiegend aus Collegestudenten bestanden, die in aller Ruhe ein Bier trinken und sich unterhalten wollten. Sie schätzte, dass seit Beginn ihrer Schicht um sieben nicht mehr als zwanzig Gäste das Lokal besucht hatten. Die Trinkgelder des heutigen Abends würden ihr keine große Hilfe sein, wenn sie sich einen neuen Wagen kaufen wollte.

Es war so still, dass sie beide erschrocken zusammenfuhren, als plötzlich das Telefon läutete. Während Grace noch über ihre Reaktion lachen musste, wich alle Farbe aus Steves Gesicht. »Mollie«, stieß er nur hervor, ehe er zum Telefon stürzte. »Ist es schon so weit?«, stammelte er in den Hörer.

Grace ging zu ihm. Ob sie stark genug war, ihn aufzufangen, wenn er in Ohnmacht fiel? Als er aufgeregt nickte, lächelte sie.

»Na gut. Du – du rufst den Arzt an, ja? Es ist alles vorbereitet. In welchem Abstand ... O Gott, o Gott, bin schon auf dem Weg. Rühr dich nicht vom Fleck. Tu gar nichts. Mach dir keine Sorgen.«

Er warf den Hörer auf die Gabel, dann erstarrte er. »Es ist so weit ... Molli ... meine Frau ...«

»Ja, ich weiß, wer Mollie ist – wir sind zusammen zur Schule gegangen, wir kennen uns seit dem Kindergarten.« Grace lachte. Dann nahm sie sein Gesicht in ihre Hände und küsste ihn, weil er so lieb und so verängstigt aussah. »Fahr schon los. Aber sei bloß vorsichtig. Babys lassen sich viel Zeit, wenn sie kommen. Sie werden auf dich warten.«

»Wir kriegen ein Baby«, sagte er langsam, als probiere er aus, wie das klang. »Mollie und ich.«

»Ich weiß. Und es ist einfach großartig. Sag ihr, dass ich sie besuche, sie und das Baby. Aber wenn du weiter so dastehst, als wären deine Füße am Boden festgewachsen, wird sie wohl selbst zum Krankenhaus fahren müssen.«

»Gott! Ich muss los.« Auf dem Weg zur Tür warf er einen Stuhl um. »Die Schlüssel, wo sind die Schlüssel?«

»Deine Autoschlüssel stecken in deiner Tasche. Die Schlüssel zum Pub liegen hinter der Bar. Ich schließe ab, Daddy.«

Er blieb stehen und lächelte ihr über die Schulter hinweg strahlend zu. »Wow!« Damit verschwand er.

Grace kicherte immer noch, als sie den Stuhl aufhob und verkehrt herum auf den Tisch stellte.

Sie dachte an die Nacht zurück, als bei ihr die Wehen eingesetzt hatten. Oh, sie war so verängstigt, war so aufgeregt gewesen. Dann musste sie allein zum Krankenhaus fahren, da kein Ehemann da war, der mit ihr zittern und bangen konnte. Es war niemand da, der bei ihr sitzen konnte, ihr sagte, wie sie atmen sollte, und ihr die Hand hielt.

Als sie die Schmerzen und die Einsamkeit nicht mehr aushielt, war sie schwach geworden und hatte die Krankenschwester gebeten, bei ihrer Mutter anzurufen. Natürlich kam ihre Mutter auch sofort, blieb bei ihr und erlebte mit, wie Aubrey zur Welt kam. Sie weinten zusammen, lachten zusammen, und alles war wieder gut gewesen.

Ihr Vater war nicht gekommen. Damals nicht, und auch nicht später. Ihre Mutter hatte Ausreden erfunden, um es herunterzuspielen, aber Grace hatte begriffen, dass sie keine Vergebung zu erwarten hatte. Andere waren gekommen – Julie und ihre Eltern, Freunde und Nachbarn.

Ethan und Professor Quinn.

Sie hatten ihr Blumen mitgebracht, rosarote und weiße Gänseblümchen und Rosenknospen. Eine von jeder Sorte hatte sie in Aubreys Babyalbum eingeklebt.

Bei der Erinnerung lächelte sie. Und als die Tür hinter ihr aufschwang, drehte sie sich kichernd um. »Steve, wenn du nicht gleich abzischst, wird sie …« Grace verstummte und empfand eher Ärger als Furcht, als sie den nervtötenden Gast hereinkommen sah. »Wir haben geschlossen«, sagte sie fest.

»Ich weiß, Süße. Ich hab' mir schon gedacht, dass du einen Weg finden würdest, hier auf mich zu warten.«

»Ich warte nicht auf Sie.« Warum hatte sie bloß die Tür nicht hinter Steve abgeschlossen? »Ich sagte, wir haben geschlossen. Gehen Sie bitte.«

»Wenn du es auf diese Tour haben willst, prima.« Er schlenderte zur Bar und stützte sich auf den Tresen. Schon seit mehreren Monaten trainierte er regelmäßig und wusste, dass diese Haltung seine sorgfältig modellierten Muskeln hervorhob. »Warum mixt du uns beiden nicht einen Drink? Dann sprechen wir über das Trinkgeld.«

Ihre Geduld war erschöpft. »Sie haben mir bereits ein Trinkgeld gegeben, und dafür gebe ich Ihnen jetzt einen guten Rat. Wenn Sie nicht in zehn Sekunden durch die Tür da verschwunden sind, rufe ich die Cops. Dann werden Sie die Nacht nicht in Ihrem ach so tollen großen Hotelbett, sondern in einer Zelle verbringen.«

»Ich hab' aber was anderes im Sinn.« Er packte sie, drückte sie mit dem Rücken gegen den Tresen und rieb sich an ihr. »Siehst du? Du willst es auch. Deine Blicke haben mich richtig scharf gemacht. Ich warte schon den ganzen Abend auf ein bisschen Action.«

Sie konnte das Knie nicht heben, um es in den Teil seines Körpers zu rammen, den er so prahlerisch gegen sie drängte. Und sie konnte auch ihre Hände nicht befreien, um ihm einen

Stoß zu versetzen oder ihn zu kratzen. Zuerst war die Panik nur ein Kitzeln in ihrer Kehle, dann überspülte sie Grace wie eine heiße Flutwelle – er schob die Hand unter ihren Rock!

Sie wollte schon laut kreischen, zubeißen, ihn anspucken, als er plötzlich in die Luft gehoben wurde ... Ethan! Wie gelähmt blieb sie an der Bar stehen und starrte ihn an.

»Alles in Ordnung mit dir?«

Er sagte es so ruhig, dass sie automatisch nickte. Aber in seinem Blick spiegelte sich alles andere als Gelassenheit. In seinen Augen loderte Zorn, ein so wilder, rasender Zorn, dass ihr ein Schauer über den Rücken lief.

»Geh nach draußen und warte in meinem Transporter.«

»Ich ... er ... !« Dann kreischte sie. Wenn sie später daran zurückdachte, war es ihr furchtbar peinlich – aber mehr bekam sie nicht heraus, als der Fremde wie ein Rammbock mit gesenktem Kopf und geballten Fäusten auf Ethan losging. Ihre Kehle war zu trocken.

Verblüfft beobachtete sie, wie Ethan leichtfüßig herumfuhr, ein-, zweimal zuschlug und den Mann abschüttelte wie eine lästige Fliege. Dann bückte er sich, packte ihn an seinem Hemd und riss ihn hoch. Sein Gegner schwankte.

»Du verschwindest jetzt sofort von hier.« Seine Stimme war hart wie Stahl. »Wenn ich dich in zwei Minuten noch hier erwische, mach ich dich fertig. Und niemand wird dir eine Träne nachweinen, du elender Mistkerl, man wird nicht mal bemerken, dass es dich nicht mehr gibt.«

Er schleuderte ihn von sich – mit einer einzigen Drehung des Handgelenks, wie es Grace schien –, und der Mann krachte gegen einen Tisch. Ethan wandte ihm den Rücken zu, als existiere er gar nicht. Als er Grace anblickte, war sein Gesicht noch immer versteinert vor Wut.

»Ich hab' dir doch schon gesagt, du sollst im Transporter warten.«

»Ich muss … ich möchte …« Sie legte eine Hand zwischen ihre Brüste, als müsse sie die Worte aus sich herauspressen. Beide sahen nicht hin, als der Mann sich aufrappelte und zur Tür hinausstolperte. »Ich muss noch absperren. Shiney …«

»Shiney kann mich mal.« Da es nicht so aussah, als werde sie sich aus eigenem Antrieb in Bewegung setzen, packte Ethan ihre Hand und zog sie mit sich zur Tür. »Man sollte ihm eine kräftige Abreibung verpassen, weil er eine Frau allein nachts absperren lässt.«

»Steve … er …«

»Den Mistkerl hab' ich aus dem Lokal flitzen sehen, als ob hier drinnen eine Zeitbombe tickte.« Ethan hatte vor, sich Steve ebenfalls vorzuknöpfen. Und zwar sehr bald, gelobte er sich grimmig, als er Grace in den Transporter schob.

»Mollie – sie hat angerufen. Die Wehen haben eingesetzt. Ich hab' ihm selbst gesagt, dass er fahren soll.«

»Ist mal wieder typisch. Du bist manchmal selten blöd.«

Diese Beschimpfung, in überschäumendem Zorn hervorgestoßen, stoppte das Zittern, das ihren Körper durchschüttelte, erstickte die Dankesworte, die sie hatte stammeln wollen. Vorher hatte sie nur denken können, dass er ihr zu Hilfe gekommen war, so wie der edle Ritter im Märchen. Doch der romantische Nebel, der ihre aufgepeitschten Sinne umschleiert hatte, verpuffte.

»Ich bin nicht blöd!«

»Und ob du das bist.« Rücksichtslos brauste er vom Parkplatz, dass Kies aufspritzte und Grace in ihren Sitz gedrückt wurde. Sein ungewohnter und deshalb umso erschreckenderer Wutanfall war gerade erst auf dem Höhepunkt angelangt. Er würde so weitermachen, bis er sich ausgetobt hatte.

»Dieser Kerl war schuld, nicht ich«, konterte Grace. »Ich habe lediglich meine Arbeit getan.«

»Deine Arbeit zu tun, hätte dir fast eine Vergewaltigung beschert. Dieses Schwein hatte die Hand schon unter deinem Rock.«

Sie konnte immer noch spüren, wie er sie betatscht hatte. Übelkeit stieg in ihr auf, doch sie kämpfte mit aller Kraft dagegen an. »Das ist mir bewusst. Solche Dinge passieren im Shiney's sonst nicht.«

»Es ist aber gerade im Shiney's passiert.«

»Normalerweise kommt solche Kundschaft nicht in den Pub. Er war nicht von hier. Er war ...«

»Er war da.« Ethan bog in ihre Einfahrt, trat auf die Bremse und schaltete dann mit abgehackten Bewegungen den Motor aus. »Und du auch. Du warst mitten in der Nacht mutterseelenallein in einer Bar und hast den Boden aufgewischt, Himmel noch mal! Und was hattest du vor, wenn du damit fertig warst? Wolltest du zu Fuß nach Hause gehen?«

»Ich hätte eine Mitfahrgelegenheit gehabt, wenn ...«

»Wenn du nicht zu halsstarrig wärst, um Bitte zu sagen«, schloss er. »Du würdest lieber in diesen meterhohen Pumps nach Hause humpeln, als jemanden um einen Gefallen zu bitten.«

Sie hatte Turnschuhe in ihrer Tasche, kam jedoch zu dem Schluss, dass es nichts nützen würde, ihn darauf hinzuweisen. In der Tasche, fiel ihr siedendheiß ein, die noch in dem unverschlossenen Pub stand. Jetzt würde sie morgen ganz früh dorthin fahren müssen, um ihre Sachen zu holen und abzusperren, bevor der Boss etwas merkte.

»Also, dann vielen Dank für deine Offenheit, was meine zahlreichen Fehler betrifft, und die Moralpredigt. Und dafür, dass du mich nach Hause gebracht hast.« Sie wollte die Tür aufstoßen, doch Ethan packte ihren Arm und hielt sie zurück.

»Wohin willst du, verdammt noch mal?«

»Nach Hause. Ich will dir meine Halsstarrigkeit und meinen blöden Kopf aus den Augen schaffen und ins Bett gehen.«

»Ich bin noch nicht fertig.«

»Ich aber!« Sie riss sich los und sprang aus dem Wagen. Ohne die verwünschten hohen Absätze hätte sie es vielleicht geschafft, aber er war ausgestiegen und versperrte ihr den Weg, bevor sie drei Schritte gehen konnte. »Ich habe nichts mehr zu sagen.« Ihre Stimme klang kalt und abweisend. Das Kinn hatte sie trotzig vorgereckt.

»Gut. Dann kannst du mir wenigstens richtig zuhören. Wenn du deine Stelle im Pub nicht kündigen willst – was du eigentlich tun solltest –, wirst du von nun an ein paar elementare Vorsichtsmaßnahmen beachten. Das ist das Allermindeste. Punkt eins wäre ein zuverlässiger Wagen.«

»Sag mir gefälligst nicht, was ich zu tun und zu lassen habe.«

»Halt den Mund.«

Sie gehorchte, aber nur weil sie sprachlos war vor Überraschung. Sie hatte Ethan in all den Jahren, die sie ihn mittlerweile kannte, noch nie so erlebt. Im Mondlicht sah sie, dass sich die Wut, die in seinen Augen schwelte, kein bisschen abgeschwächt hatte. Sein Gesicht war nach wie vor versteinert, und die Schatten, die darüberhuschten, verliehen ihm einen harten, sogar gefährlichen Zug.

»Wir werden dafür sorgen, dass du einen verlässlichen Wagen bekommst«, fuhr er in demselben schneidenden Ton fort. »Und du sperrst nie mehr allein ab. Wenn du deine Schicht beendest, begleitet dich jemand zu deinem Wagen und wartet, bis du die Türen verriegelt hast und losfahren kannst.«

»Das ist doch lächerlich.«

Er trat einen Schritt vor. Obgleich er sie nicht berührte, nicht einmal die Hand hob, wich sie vor ihm zurück. Ihr Herz klopfte viel zu schnell und zu laut.

»Lächerlich ist höchstens, dass du glaubst, du könntest mit allem, was es auch sei, allein fertigwerden. Und das bin ich leid.«

»*Du* bist es leid?«, stieß sie schrill hervor und hasste sich selbst dafür.

»Ja, und damit muss Schluss sein. Ich kann nichts dagegen tun, wenn du dich unbedingt totarbeiten willst, aber an dem Rest kann ich schon was ändern. Wenn du im Pub nicht die nötigen Vorkehrungen triffst, um dich zu schützen, dann werde ich es tun. Du wirst jedenfalls aufhören, dir selbst Ärger einzuhandeln.«

»Mir selbst Ärger einzuhandeln?« Eine Welle kochend heißer Empörung stieg so heftig in ihr auf, dass sie glaubte, ihr Kopf müsse zerspringen. »Ich habe mir gar nichts eingehandelt! Der Mistkerl wollte kein Nein akzeptieren, egal, wie oft ich es gesagt habe.«

»Das meine ich ja gerade.«

»Du weißt doch gar nicht, wovon du sprichst«, flüsterte sie heiser. »Ich bin mit ihm fertiggeworden, und ich wäre auch weiter mit ihm fertiggeworden, wenn …«

»Wie denn?« Ethan sah rot. Ihm stand noch das Bild vor Augen, wie sie sich an den Bartresen gedrückt hatte, die Augen vor Angst weit aufgerissen. Ihr Gesicht war totenblass gewesen, ihre riesigen Augen starr vor Entsetzen. Wäre er nicht reingegangen …

Und weil der Gedanke daran, was noch alles hätte passieren können, ihn fast um den Verstand brachte, verlor er vollends die Kontrolle über sich.

»Also, wie?«, wollte er wissen und riss sie grob an sich. »Na los, zeig's mir.«

Sie wand sich, stieß ihn von sich. Ihr Puls raste. »Hör auf damit.«

»Na und? Meinst du denn, es bewirkt etwas, wenn du ihm sagst, er soll aufhören, nachdem er schon so nah an dich rangekommen ist?« Er roch ihren Limonenduft – und Angst. »Nachdem er gespürt hat, wie du dich anfühlst?« Zarte Rundungen, feste Konturen. »Er wusste, dass niemand da war, der ihn aufhalten konnte, dass er freie Bahn hatte.«

Alles an ihr war in Aufruhr – Herz, Verstand, Sinne. »Ich hätte nicht … ich hätte ihn daran gehindert.«

»Dann hindere jetzt mich daran.«

Es war sein Ernst. Ein Teil von ihm wollte unbedingt, dass sie ihn aufhielt, etwas tat oder sagte, das die Wildheit in seinem Innern bezwang. Doch sein Mund umschloss bereits den ihren, grob und fordernd, nahm ihren stoßweisen Atem in sich auf und brachte ihren Körper dazu, hilflos zu zittern.

Als sie aufstöhnte, die Lippen öffnete, sich ihm ergab, seinen Kuss erwiderte, war es um ihn geschehen.

Er zog sie mit sich ins Gras, rollte mit ihr über den Boden und legte sich auf sie. Der massive Riegel, hinter dem er seine Begierde verschlossen hatte, wurde gesprengt. Blindes Verlangen und Lust brachen hervor. Mit der Gier eines hungrigen Wolfs ergriff er Besitz von ihrem Mund.

Von Wünschen überwältigt, die sie so lange in ihrem Innern

vergraben hatte, bäumte sie sich auf, ihm entgegegen, sodass ihr Herz an seinem Herzen schlug. Ihr Blut stockte vor Lust, dann schäumte es doppelt so schnell durch ihre Adern. Schwelende Hitzewellen … erstickte Seufzer … ein genussvolles Beben …

Dies war nicht der Ethan, den sie kannte, nicht der Mann, der sie in ihren Träumen endlich berührte. In seinem Verhalten lag kein bisschen Sanftheit oder Zärtlichkeit, und doch gab sie sich ihm vorbehaltlos hin, allein schon erregt von dem Gefühl, sich ganz mitreißen zu lassen.

Sie schlang Beine und Arme um ihn, um ihm noch näher zu sein, fuhr ihm mit den Fingern durchs Haar, krallte sich fest. Und erzitterte bei dem zutiefst erregenden Gedanken, dass er der Stärkere war.

Er bedeckte ihren Mund, ihren Hals mit hungrigen Küssen, während er an dem ausgeschnittenen, eng anliegenden Oberteil nestelte. Wie begierig er auf ihre Haut, ihr Fleisch war, begierig darauf, sie zu spüren, zu schmecken. Ihren Duft in sich einzusaugen.

Ihre Brüste waren klein und fest, die Haut so glatt wie Seide an seiner aufgerauten Handfläche. Ihr Herz pochte wild unter seiner Berührung.

Sie wimmerte, wie von Sinnen von dieser rauen Hand, die ihre Brust umschloss, knetete und ein ähnlich sehnendes Gefühl zwischen ihren Schenkeln hervorrief, wo alle Muskeln rhythmisch sich anspannten und erschlafften.

Dann hauchte sie seinen Namen.

Sie hätte genauso gut auf ihn schießen können. Der Klang ihrer Stimme, ihr stockender Atem, die Schauer, die sie überliefen, waren wie ein harter, unbarmherziger Schlag ins Gesicht.

Er rollte von ihr herunter auf den Rücken und gab sich alle Mühe, wieder zu Atem und zu Verstand zu kommen, zu seinem normalen Ich zurückzufinden. Gott, sie lagen in ihrem Vorgarten! Ihre Kleine schlief im Haus. Um ein Haar hätte er noch Schlimmeres getan als der Kerl im Pub. Um ein Haar hätte er Vertrauen, Freundschaft, Wehrlosigkeit mit Füßen getreten.

Genau das war der Grund, warum er sich geschworen hatte, ihr niemals zu nahe zu kommen – die Angst vor diesem Tier, das in ihm steckte. Indem er es freiließ, hatte er nicht nur seinen Schwur gebrochen, sondern einfach alles kaputt gemacht.

»Verzeih mir.« Eine jämmerliche Phrase, dachte er, aber andere Worte standen ihm nicht zu Gebote. »Himmel, Grace, es tut mir so leid.«

Das Blut kreiste immer noch heiß durch ihren Körper, und dieses wunderbare, erschreckende Verlangen war so groß, dass sie am liebsten geschrien hätte. Sie drehte sich um und berührte sein Gesicht. »Ethan ...«

»Dafür gibt es keine Entschuldigung«, sagte er schnell und setzte sich auf, um ihrer Hand auszuweichen, um der Versuchung zu widerstehen. »Ich habe die Beherrschung verloren und konnte nicht mehr klar denken.«

»Die Beherrschung verloren ...« Sie blieb ausgestreckt im Gras liegen, das auf einmal zu kalt war, und hob das Gesicht dem Mond entgegen, der plötzlich zu hell schien. »Also warst du nur wütend«, sagte sie tonlos.

»Ich war stinkwütend, aber das entschuldigt nicht, dass ich dir wehgetan habe.«

»Du hast mir nicht wehgetan.« Sie spürte noch seine Hände, seine rauen, beharrlichen Liebkosungen. Die Gefühle, die sie durchströmt hatten und immer noch durchströmten, hatten nichts mit Schmerz zu tun.

Er dachte sich, dass er es jetzt schaffen könnte, sie anzuschauen, sie zu trösten. Sie würde es sicher brauchen. Er hätte sich nicht mehr in die Augen schauen können, hätte sie sich vor ihm gefürchtet. »Dich zu verletzen ist das Letzte, was ich tun möchte.« Sacht und liebevoll wie ein Vater, brachte er ihr Kleid in Ordnung. Da sie nicht vor ihm zurückzuckte, strich er über ihr zerzaustes Haar. »Ich will nur das Allerbeste für dich.«

Sie zuckte zwar nicht zurück, schlug jedoch plötzlich mit aller Kraft seine Hand weg. »Behandle mich nicht wie ein Kind. Noch vor ein paar Minuten hast du dich problemlos so benommen, wie man sich gegenüber einer Frau verhält, die man haben will.«

Problemlos? Das mit Sicherheit nicht, dachte er grimmig. »Und ich war im Unrecht.«

»Dann waren wir beide im Unrecht.« Sie setzte sich auf und klopfte energisch ihr Kleid ab. »Dies war keine einseitige Sache, Ethan. Und das weißt du auch. Ich habe nicht versucht, dich davon abzuhalten, weil ich nicht wollte, dass du aufhörst. Letzteres war allein deine Idee.«

Er war verblüfft und beunruhigt. »Um Himmels willen, Grace, wir haben uns in deinem Vorgarten auf dem Boden herumgewälzt! »

»Das war keineswegs der Grund, warum du aufgehört hast.«

Leise seufzend zog sie ihre Knie an und umschlang sie mit den Armen. Diese Geste, so ganz und gar unschuldig, stand in so scharfem Kontrast zu dem lächerlich kurzen Rock und den Netzstrümpfen, dass sich seine Bauchmuskeln erneut zusammenzogen.

»Du hättest sowieso aufgehört, egal, wo es passiert wäre. Vielleicht weil dir eingefallen ist, dass ich es war, die du in den Armen gehalten hast; aber es fällt mir schwer zu glauben, dass du mich ganz plötzlich nicht mehr willst. Also wirst du mir schon direkt sagen müssen, wie sich dein Verhalten erklären lässt – wenn du möchtest, dass alles wieder so ist, wie es vorher war.«

»Es muss unbedingt alles wieder so sein, wie es vorher war.«

»Das ist keine Antwort, Ethan. Entschuldige, wenn ich mich nicht damit zufriedengebe, aber ich glaube, ich habe eine Antwort verdient.« Es war schwer, ja brutal, ihm diese Frage zu stellen, aber noch brannten ihre Lippen von seinen Küssen. »Wenn du nichts für mich empfindest, wenn es nur Wut war und du mir eine Lektion erteilen wolltest, dann musst du es mir klipp und klar sagen.«

»Es war nur Wut.«

Sie nahm diesen neuen Schlag gefasst hin und nickte. »Tja, dann hat es funktioniert.«

»Das rechtfertigt es noch längst nicht. Was ich gerade getan habe, rückt mich zu sehr in die Nähe dieses Mistkerls vorhin in der Bar.«

»Ich wollte nicht, dass er mich berührte.« Sie atmete tief ein, hielt die Luft an und stieß sie dann langsam aus. Aber er sagte nichts mehr. Er sagte nichts, dachte sie, weil er sich von ihr zurückzog. Körperlich mochte er sich nicht von ihr entfernt haben, doch er distanzierte sich auf eine Weise, die deutlicher war als alle Worte.

»Ich bin froh, dass du heute Nacht dort warst.« Sie wollte aufstehen, doch er kam ihr zuvor und bot ihr die Hand. Sie nahm sie, entschlossen, ihnen beiden jede weitere Peinlichkeit zu ersparen. »Ich hatte Angst, und ich weiß nicht, ob ich allein damit fertiggeworden wäre. Du bist ein guter Freund, Ethan, und ich bin dir dankbar für deine Hilfe.«

Er schob die Hände in die Taschen, um nicht den nächsten Fehler zu begehen. »Ich habe mit Dave über einen Ersatz für dein Auto gesprochen. Er kriegt bald zwei anständige Gebrauchtwagen rein.«

Da empörte Gegenrede zu gar nichts führen würde, lachte sie stattdessen. »Du verschwendest wirklich keine Zeit. Na schön, ich rede morgen mit ihm darüber.« Sie warf einen Blick zum Haus, wo das Verandalicht brannte. »Willst du mit reinkommen? Wir könnten deine Fingerknöchel mit Eis behandeln.«

»Der Typ hatte ein Kinn so weich wie Butter. Meinen Fingern fehlt nichts. Du musst ins Bett.«

»Ja.« Wo sie sich allein herumwälzen würde, dachte sie. Und ihren unerfüllten Fantasien nachhängen konnte. »Am Samstag komme ich auf zwei Stunden vorbei. Nur um das Haus ein wenig durchzuputzen, bevor Cam und Anna eintreffen.«

»Das wäre schön. Wir würden uns freuen.«

»Na, dann gute Nacht.« Sie drehte sich um und ging über den Rasen aufs Haus zu.

Er wartete. Dabei sagte er sich, dass er sich nur davon überzeugen wollte, dass sie in Sicherheit war, bevor er wegfuhr. Aber im gleichen Moment wusste er, dass es eine Lüge, dass es pure Feigheit war. Er brauchte die räumliche Distanz, um ihr eine Antwort auf ihre Frage zu geben.

»Grace?«

Flüchtig schloss sie die Augen. Sie wollte jetzt nur noch eins – ins Haus gehen, in ihr Bett kriechen und sich nach Herzenslust ausheulen. Seit Jahren hatte sie sich keinen richtig schönen Heulkrampf mehr gestattet. Aber dann drehte sie sich um und setzte mit Mühe ein Lächeln auf. »Ja?«

»Ich empfinde etwas für dich.« Trotz der Entfernung sah er, wie ihre Augen sich weiteten, sich verdunkelten, wie das verhaltene Lächeln sich verwischte und sie ihn nur anstarrte. »Ich will es nicht. Ich sage mir immer wieder, dass es nicht sein darf. Aber ich empfinde etwas für dich. Und jetzt geh rein«, fügte er sanft hinzu.

»Ethan …«

»Geh jetzt. Es ist spät.« Es gelang ihr, den Türknopf zu drehen, hineinzugehen und die Tür hinter sich zu schließen. Doch dann lief sie blitzschnell zum Fenster, um zu beobachten, wie er in seinen Transporter stieg und losfuhr.

Es war spät, dachte sie mit einem Erschauern, in das sich Hoffnung mischte. Aber vielleicht noch nicht zu spät.

KAPITEL 7

DANKE FÜR DEINE Hilfe, Mama.«

»Für meine Hilfe?« Carol Monroe schüttelte den Kopf, als sie in die Knie ging, um die Schnürsenkel an Aubreys rosaroten Turnschuhen zuzubinden. »Dieses Zuckerstückchen hier für einen ganzen Nachmittag mit zu mir nach Hause zu nehmen, ist das pure Vergnügen.« Sie tippte Aubrey ans Kinn. »Wir werden es uns so richtig schön gemütlich machen, nicht wahr, Schätzchen?«

Aubrey grinste. Sie kannte ihre Macht. Spielzeug! »Wir brauchen Spielzeug, Gramma. Puppenbabys.«

»Und ob, mein Schatz. Es könnte sein, dass schon eine Überraschung auf dich wartet, wenn wir nachher bei mir ankommen.«

Aubreys große Augen funkelten. Sie holte tief Luft, stieß einen schrillen Freudenschrei aus, dann sprang sie vom Stuhl herunter und rannte durchs Haus – ihre Version eines Siegestanzes.

»Oh, Mama, nicht schon wieder eine neue Puppe. Du verwöhnst sie viel zu sehr.«

»Leider kann ich nicht anders«, sagte Carol fest und stemmte sich vom Boden ab, um sich aufzurichten. »Außerdem ist das mein Vorrecht als Großmutter.«

Da Aubrey mit Rennen und Schreien beschäftigt war, nahm Carol sich einen Moment Zeit, um ihre Tochter zu betrachten. Sie schläft nicht genug, wie gewöhnlich, dachte sie, als sie die dunklen Ringe unter Grace' Augen bemerkte. Und isst vermutlich wie ein Vögelchen – obwohl sie Grace' Lieblingsgebäck, selbst gebackene Erdnussplätzchen, mitgebracht hatte, damit ihr das Mädchen nicht vollends vom Fleisch fiel.

Eine junge Frau von nicht einmal dreiundzwanzig Jahren sollte sich hin und wieder mal schminken, sich die Haare aufdrehen und abends ausgehen, um das Tanzbein zu schwingen, sich zu freuen, statt sich systematisch kaputtzuarbeiten.

Da Carol Ähnliches schon mindestens ein Dutzend Mal oder öfter gesagt hatte und ihre Warnungen auch mindestens ein Dutzend Mal oder mehr in den Wind geschlagen worden waren, versuchte sie es mit einer neuen Taktik. »Du musst mit der Nachtarbeit aufhören, Grace. Die tut dir nicht gut.«

»Mir geht's prima.«

»Ehrliche, harte Arbeit ist nötig, um den Lebensunterhalt zu verdienen, aber man muss auch mal ein wenig Vergnügen und Spaß hinzugeben, sonst vertrocknet man noch völlig.«

Da sie es müde war, sich immer dieselbe alte Leier anzuhören, wenn auch die einzelnen Noten variieren mochten, drehte Grace sich um und wischte über ihren bereits makellosen Küchentresen. »Die Arbeit im Pub gefällt mir. Dort habe ich Gelegenheit, neue Leute kennenzulernen, mit ihnen zu reden.« Auch wenn sie nur fragte, ob sie noch eine weitere Runde bringen sollte. Und die Bezahlung ist nicht schlecht.

»Wenn du knapp bei Kasse bist ...«

»Ich komme bestens zurecht.« Grace biss die Zähne zusammen. Sie hätte sich eher foltern lassen, als zuzugeben, dass ihre finanzielle Situation aufs Äußerste gespannt war – und dass die Lösung der Autofrage beinhaltete, dass sie den einen Gläubiger in den nächsten Monaten vertrösten musste, um den anderen zu bezahlen. »Das Trinkgeld kommt mir gerade recht, und ich bin schließlich eine gute Kellnerin.«

»Ich weiß, ich weiß. Aber du könntest auch drüben im Café arbeiten, in der Tagesschicht.«

Geduldig spülte Grace das Wischtuch aus und hängte es über den Teiler der Doppelspüle, um es trocknen zu lassen. »Mama, du weißt, dass das unmöglich ist. Daddy will nicht, dass ich für ihn arbeite.«

»Das hat er nie gesagt. Außerdem hilfst du doch auch beim Krabbenschälen aus, wenn wir Engpässe haben.«

»Eben, ich helfe aus«, präzisierte Grace, während sie sich umwandte. »Und ich bin froh, wenn ich die Gelegenheit dazu habe. Aber wir wissen doch beide, dass ich im Café nicht arbeiten kann.«

Ihre Tochter war mindestens so stur wie zwei Maultiere, die einen Wagen in verschiedene Richtungen ziehen wollten, dachte Carol. Sie war nun mal die Tochter ihres Vaters. »Du weißt genau, dass du ihn milder stimmen könntest, wenn du nur wolltest.«

»Ich will ihn aber nicht milder stimmen. Er hat klar und deutlich zum Ausdruck gebracht, was er von mir hält. Lass es gut sein, Mama«, murmelte sie, als sie sah, dass ihre Mutter etwas einwenden wollte. »Ich will nicht mit dir streiten, und ich will dich nie wieder in die Verlegenheit bringen, dass du einen von uns gegen den anderen in Schutz nehmen musst. Das wäre nicht richtig.«

Carol hob resigniert die Hände. Sie liebte sie beide, Ehemann wie Tochter. Aber verstehen konnte sie sie beim besten Willen nicht. »Wenn ihr erst mal dieses Gesicht macht, kann keiner mehr mit euch reden. Ich weiß auch nicht, warum ich es immer wieder versuche. Es hat ja doch keinen Zweck.«

Grace lächelte. »Ich kann's dir auch nicht sagen.« Sie ging zu ihrer Mutter, beugte sich hinunter und gab ihr einen Kuss auf die Wange. Carol war fünfzehn Zentimeter kleiner als Grace mit ihren eins siebzig. »Danke, Mama.«

Carol gab nach wie stets und fuhr sich mit der Hand durch ihr kurzes, lockiges Haar. Früher einmal war es genauso naturblond gewesen wie das Haar ihrer Tochter und ihrer Enkelin. Doch die Natur ließ einen ja bekanntlich mit den Jahren im Stich, deshalb half sie inzwischen heimlich mit Blondiercreme nach.

Ihre Wangen waren voll und rosig, ihre Haut erstaunlich glatt, obgleich sie gern in die Sonne ging. Aber sie hatte sich auch nie vernachlässigt. Es gab keinen Abend, an dem sie ins Bett kletterte, ohne zuvor sorgfältig Gesichtsöl aufzutragen.

Eine Frau zu sein, war in Carol Monroes Augen keine bloße Schicksalsfrage. Es war eine Verpflichtung. Sie schmeichelte sich mit dem Gedanken, dass sie es geschafft hatte, trotz ihres kurz bevorstehenden fünfundvierzigsten Geburtstags immer noch wie eine »Porzellanpuppe« auszusehen – der Kosename, den ihr Mann vor langer Zeit für sie erfunden hatte.

Damals waren sie frisch verliebt gewesen, und er hatte sich noch die Mühe gemacht, hin und wieder etwas Poetisches anzubringen.

Derlei Dinge fielen ihm heutzutage nicht mehr ein.

Dennoch war er ein guter Mann, dachte sie. Ein treuer Ehemann und fairer Geschäftsmann, der vorbildlich für seine Familie sorgte. Seine Schwachstelle war sein weiches Herz, sodass man ihm nur allzu leicht wehtun konnte. Und Grace hatte ihm sehr wehgetan, einfach indem sie nicht die Tochter war, die er sich vorgestellt hatte.

Solcherlei Gedanken gingen ihr durch den Kopf, als sie Grace dabei half zusammenzupacken, was Aubrey für den Nachmittag bei ihr brauchte. Heutzutage schienen Kinder ja so ungemein viel zu benötigen. Früher hatte sie Grace einfach auf ihre Hüfte genommen, ein paar Windeln eingepackt, und los ging's.

Jetzt war ihre Kleine erwachsen und hatte ein eigenes Baby. Grace war eine gute Mutter, dachte Carol leise lächelnd, als ihre Tochter mit Aubrey zusammen die einzelnen Stofftiere auswählte, die in den Genuss des Privilegs kommen sollten, Grandma zu besuchen. Ja, Grace machte ihre Sache sogar besser als sie früher, gestand Carol sich ein. Sie hörte zu, wägte ab, dachte nach. Und vielleicht war es so am besten. Sie selbst hatte einfach getan, entschieden, verlangt. Grace war als Kind so fügsam gewesen, dass sie nie darüber nachgedacht hatte, welche unausgesprochenen Bedürfnisse in ihrem Innern schlummern mochten.

Noch heute fühlte sie sich schuldig, weil sie durchaus von Grace' Traum, sich zur Tänzerin ausbilden zu lassen, gewusst hatte. Anstatt sie ernst zu nehmen, hatte Carol es als kindliche Fantasie abgetan. Sie hatte ihre Kleine in diesem Punkt nicht unterstützt, hatte sie nicht ermutigt und an sie geglaubt.

Dass sie Ballettunterricht nahm, war in Carols Augen nichts Besonderes gewesen, eine völlig normale Freizeitbeschäftigung für ein kleines Mädchen. Bei einem Jungen hätte sie sich dementsprechend dafür eingesetzt, dass er in der Schulliga Baseball spielte. So war es nun mal, dachte sie jetzt. Mädchen bekamen Tüllröckchen und Jungen Baseballhandschuhe, aber das hatte nichts mit ihren Zukunftsvorstellungen zu tun. Warum musste es bei Grace komplizierter sein?

Grace war nun mal ein kompliziertes Kind gewesen, Carol seufzte. Das hatte sie nicht gesehen. Oder nicht sehen wollen.

Als Grace mit achtzehn zu ihr gekommen war, um ihr zu sagen, dass sie den Verdienst von ihren Ferienjobs gespart habe und nach New York gehen wolle, um dort Tanz zu studieren, und ob sie ihr finanziell nicht unter die Arme greifen könne, da hatte sie ihr gesagt, sie solle sich nicht lächerlich machen.

Junge Mädchen, die frisch von der Highschool kamen, gingen nicht mutterseelenallein nach New York City – ausgerechnet New York City unter allen Städten auf Gottes weiter Erde! Die Ballerinaträume hätten sich allmählich in Träume von schönen Verehrern und märchenhaften Hochzeitskleidern verwandeln sollen.

Doch Grace war fest entschlossen, ihren eigenen Traum zu verwirklichen. Sie war zu ihrem Vater gegangen und hatte ihn gebeten, mit dem Geld, das sie für ihre College-Ausbildung beiseitegelegt hatten, eine Tanzschule in New York zu bezahlen.

Pete hatte natürlich Nein gesagt. Vielleicht war er ein wenig hart zu ihr gewesen, aber er hatte ja nur ihr Bestes im Sinn gehabt. Er ließ die Vernunft sprechen, um sein kleines Mädchen vor Unheil zu bewahren. Und Carol hatte ihm uneingeschränkt beigepflichtet. Damals.

Doch dann hatte Carol gesehen, wie ihre Tochter Monat für Monat unermüdlich schuftete und jeden Cent sparte. Sie war wild entschlossen, ihr Ziel doch noch zu erreichen, notfalls auch ohne Unterstützung der Eltern, und als sie das sah, hatte Carol ihrem Mann zugeredet, Grace ihren Willen zu lassen.

Doch er hatte keinen Fingerbreit nachgegeben, und Grace ebensowenig.

Sie war kaum neunzehn, als dieser gelackte Jack Casey auf der Bildfläche erschien. Und das war's dann.

Letzten Endes brauchte sie es auch gar nicht zu bedauern, da ja Aubrey aus dieser Verbindung entstanden war. Was sie jedoch fast jeden Tag bedauerte, war der Umstand, dass die

Schwangerschaft, die übereilte Heirat und die noch übereiltere Scheidung einen noch größeren Keil zwischen Vater und Tochter getrieben hatten.

Aber das ließ sich nun mal nicht ändern, sagte sie sich und nahm Aubreys Hand, um mit ihr zum Wagen zu gehen. »Bist du sicher, dass der Wagen, den Dave dir verkaufen will, in gutem Zustand ist?«

»Dave behauptet es zumindest.«

»Na ja, er sollte es ja wissen.« Er war ein fähiger Mechaniker, dachte Carol, auch wenn er damals Jack Casey eingestellt hatte. »Du weißt ja, dass du dir jederzeit mein Auto ausleihen kannst – so könntest du dir einen besseren Überblick über das Angebot verschaffen.«

»Es wird schon klappen.« Sie hatte den Gebrauchtwagen, den Dave für sie ausgesucht hatte, noch nicht mal gesehen. »Am Montag erledigen wir den Papierkram, dann bin ich wieder motorisiert.«

Nachdem sie Aubrey auf dem Kindersitz festgeschnallt hatte, stieg Grace vorn ein, während ihre Mutter sich ans Steuer setzte.

»Los, los, los, los, schnell, Gramma«, forderte Aubrey. Carol wurde rot, als Grace eine Braue hochzog.

»Du bist mal wieder zu schnell gefahren, wie?«

»Ich kenne diese Straßen wie meine Jackentasche, und ich habe in meinem ganzen Leben noch kein einziges Strafmandat kassiert.«

»Nur weil die Cops dich nie erwischen können.« Lachend befestigte Grace ihren Sicherheitsgurt.

»Wann kommt das jungvermählte Paar nach Hause?« Carol war nicht nur von Neugier getrieben, sie wollte auch von ihrer notorischen Schnellfahrerei ablenken.

»Ich glaube, sie treffen heute Abend etwa gegen acht ein. Ich will noch mal kurz über die Böden gehen, und vielleicht koche ich auch eine Kleinigkeit, falls sie bei ihrer Ankunft Hunger haben sollten.«

»Ich kann mir vorstellen, dass Cams Frau sich darüber freuen wird. Was für eine wunderschöne Braut sie war! Ich habe nie eine hübschere gesehen. Wo sie dieses Kleid herbekommen hat, obwohl ihr Auserwählter ihr so wenig Zeit für die Hochzeitsvorbereitungen gelassen hat, ist mir ein Rätsel.«

»Seth sagt, sie wäre eigens nach Washington gefahren, und der Schleier gehörte ihrer Großmutter.«

»Wie schön. Ich habe meinen Hochzeitsschleier auch aufbewahrt. Immer habe ich mir vorgestellt, wie hübsch du damit an deinem Hochzeitstag aussehen würdest ...« Sie brach ab und hätte sich am liebsten geohrfeigt.

»Im Bezirksgericht hätte er ein wenig fehl am Platz gewirkt.«

Carol seufzte, als sie in die Zufahrt der Quinns einbog. »Na ja, dann wirst du ihn eben das nächste Mal tragen.«

»Ich werde nie wieder heiraten. Für die Ehe bin ich nicht geschaffen.« Während ihre Mutter sie noch verdutzt anstarrte, stieg Grace schnell aus, dann beugte sie sich hinten ins Fenster und gab Aubrey einen Kuss. »Sei schön brav, hörst du? Und lass dich von Grandma nicht mit zu vielen Bonbons füttern.«

»Gramma hat Schokolade.«

»Als ob ich es nicht geahnt hätte! Tschüss, Kleines, tschüss, Mama. Danke.«

»Grace ...« Was konnte sie schon sagen? »Du ... du rufst doch an, wenn du hier fertig bist? Dann komme ich her und hole dich ab.«

»Mal sehen. Lass nicht zu, dass sie dir auf dem Kopf herumtanzt«, fügte Grace hinzu und eilte die Stufen hinauf.

Sie wusste, dass sie die Zeit gut gewählt hatte. Alle würden noch in der Bootswerkstatt sein. Zwar war sie entschlossen, wegen der Ereignisse von vorgestern Nacht keine Verlegenheit aufkommen zu lassen. Doch ihre Unsicherheit war noch zu groß, und sie wollte etwas Zeit verstreichen lassen, ehe sie Ethan das nächste Mal gegenübertrat.

Dieses Haus strahlte stets Wärme und Willkommen aus. Sich darum zu kümmern, beruhigte sie. Da sie wusste, dass ihr Entschluss, heute Nachmittag hier sauber zu machen, zum großen Teil aus eigennützigen Motiven herrührte, gab sie sich noch mehr Mühe bei der Arbeit als sonst. Das Ergebnis würde aber das gleiche sein, dachte sie schuldbewusst, als sie mit dem alten Mopp über die Hartholzböden ging, um das Wachs zum Glänzen zu bringen. Wenn Anna zurückkam, würde sie ein makelloses Haus vorfinden, vom Duft frischer Blumen, Politur und Lavendel erfüllt.

Wenn eine Frau aus den Flitterwochen nach Hause kam, sollte sie nicht in Dreck und Unordnung ersticken müssen. Und bei den Quinn-Männern fiel von beidem weiß Gott genug an.

Sie wurde hier gebraucht, das stand fest. Und das stellte sie jetzt nur unter Beweis.

Besonders lange machte sie sich im Schlafzimmer der beiden Frischvermählten zu schaffen. Sie arrangierte die Blumen, die sie Irene abgeschwatzt hatte, dann stellte sie zehnmal die Vase um, bevor sie über sich den Kopf schüttelte. Anna würde sie ohnehin dorthin stellen, wo es ihr am besten gefiel, sagte sie sich. Und vermutlich würde sie bei der Gelegenheit noch vieles andere ändern. Höchstwahrscheinlich würde sie lauter neue Sachen kaufen wollen, dachte Grace, als sie die Vorhänge bügelte, bis nicht die winzigste Falte den dünnen sommerlichen Stoff verunzierte.

Anna war in der Stadt aufgewachsen und hatte vermutlich nichts übrig für die abgenutzten Möbel mit dem ländlichen Akzent. Ehe man sich's versah, würde sie alles in Leder und Glas umtauschen und all die hübschen Kleinigkeiten, die noch von Dr. Quinn stammten, in Kisten auf dem Dachboden verstauen und durch Skulpturen ersetzen, deren Bedeutung niemand verstand.

Sie biss die Zähne zusammen, als sie die Vorhänge auf die Stangen zog und zurechtzupfte.

Die schönen alten Fußböden würde irgendein teurer Teppichboden verdecken; die Wände würden in einer grellen Farbe gestrichen, von der einem die Augen tränten. Ärger wallte in ihr auf, als sie ins Bad marschierte, um ein paar frühe Rosenknospen in einer flachen Schale anzuordnen.

Jeder vernünftige Mensch konnte sehen, dass das Haus nur ein wenig herausgeputzt werden musste, hier und dort eine Spur mehr Farbe brauchte. Wenn sie bei den Quinns etwas zu sagen hätte …

Sie hielt inne, als sie merkte, dass sie die Hände zu Fäusten geballt hatte und ihr Gesicht, das sie im Spiegel über dem Waschbecken sah, rot angelaufen war. »Oh, Grace, was ist denn bloß mit dir los?« Sie schüttelte den Kopf und musste beinahe über sich lachen. »Zunächst mal hast du nichts zu sagen, und zweitens weißt du ja noch gar nicht, ob sie irgend etwas verändern will.«

Es ging schlicht und einfach darum, dass Anna es tun konnte, wenn sie wollte, gestand Grace sich ein. Und selbst wenn man nur die kleinste Kleinigkeit änderte, konnte es danach nie wieder so wie früher sein.

Ethan empfand etwas für sie, dachte sie und seufzte über ihr Spiegelbild. Und was empfand er? Sie war keine Schönheit, und sie war nie üppig genug gewesen, um sexy zu wirken. Hin und wieder zog sie zwar die Blicke eines Mannes auf sich, aber das war auch schon alles.

Sie war weder witzig noch besonders gescheit, konnte weder geistreiche Unterhaltungen führen noch flirten. Jack hatte ihr einmal gesagt, sie strahle Verlässlichkeit aus. Und er hatte sie beide eine Zeit lang davon überzeugt, dass es das war, was er suchte. Aber Verlässlichkeit war keine Eigenschaft, die einen Mann auf Dauer fesselte.

Wenn sie höhere Wangenknochen hätte, oder ausgeprägtere Grübchen ... oder dichtere, dunklere Wimpern ... Und wenn nur die reizvolle Naturlocke nicht eine Generation übersprungen hätte, sodass ihr Haar aussah wie glattgebügelt ...

Was empfand Ethan, wenn er sie ansah? Sie wünschte, sie hätte den Mut, ihn danach zu fragen.

Schaute sie hin – sah sie nur ein durchschnittliches Gesicht.

Wenn sie tanzte, hatte sie sich nicht durchschnittlich gefühlt. Sie fühlte sich schön, wie etwas Besonderes, und dachte, dass ihr Name endlich zu ihr passte. Versonnen probierte sie einen Plié, ging tief in die Knie und erhob sich dann wieder. Sie hätte schwören können, dass ihr Körper lustvoll seufzte. Da es zu schön war, um jetzt schon aufzuhören, begann sie eine Schrittfolge, an die sie sich von früher erinnerte und die mit einer langsamen Pirouette endete.

»Ethan!«, kreischte sie. Das Blut schoss ihr in die Wangen, als sie ihn in der Tür stehen sah.

»Ich wollte dich nicht erschrecken, aber ich hab's nicht übers Herz gebracht, dich zu unterbrechen.«

»Oh ... na gut.« Entsetzlich verlegen griff sie nach

ihrem Putzlappen und drehte ihn in den Händen. »Ich hab' nur... hier sauber gemacht.«

»Du warst immer schon eine sehr anmutige Tänzerin.« Er hatte sich fest vorgenommen, sich wieder genauso zu verhalten wie früher, deshalb lächelte er sie freundschaftlich an. »Tanzt du immer durchs Bad, wenn du dort putzt?«

»Macht das nicht jeder?« Sie gab sich Mühe, sein Lächeln zu erwidern, doch ihre Wangen brannten immer noch. »Ich dachte, ich wäre fertig, bevor ihr zurückkommt. Aber das Wischen und Bohnern hat wohl mehr Zeit in Anspruch genommen als vorgesehen.«

»Sieht nett aus hier. Foolish hat schon eine Rutschpartie hingelegt. Ich staune, dass du es nicht mitbekommen hast.«

»Ich hab' mit offenen Augen geträumt. Ich dachte, ich hätte ...« Dann gelang es ihr, wieder klar zu denken und ihn richtig anzuschauen. Er war schmutzig, verschwitzt, ölverschmiert und weiß Gott was sonst noch alles. »Du hast doch nicht etwa vor, hier zu duschen?«

Ethan hob eine Braue. »Der Gedanke ist mir flüchtig gekommen.«

»Nein, das geht nicht.«

Als sie einen Schritt vortrat, wich er zurück. Er konnte sich gut vorstellen, wie er im Augenblick roch. Das allein war Grund genug, um auf Distanz zu gehen; hinzu kam, dass sie so frisch und hübsch aussah. Er hatte den feierlichen Schwur abgelegt, ihr nie wieder zu nahe zu kommen, und diesen Schwur wollte er halten.

»Wieso nicht?«

»Weil ich keine Zeit mehr habe, hier danach noch mal sauber zu machen, und das Bad unten auch nicht. Ich muss noch die Hähnchen braten. Ich dachte, dazu mache ich eine

Schüssel Kartoffelsalat, damit ihr später nichts aufzuwärmen braucht, wenn Cam und Anna nach Hause kommen. Anschließend muss ich noch die Küche in Ordnung bringen, deshalb habe ich einfach keine Zeit mehr, Ethan.«

»Wer mich kennt, weiß, dass ich aufwische, nachdem ich das Bad benutzt habe.«

»Das ist nicht dasselbe. Du kannst es nicht benutzen.«

Verwirrt nahm er seine Mütze ab und fuhr sich mit der Hand durchs Haar. »Na, dann haben wir aber ein Problem, weil nämlich drei Männer sehnsüchtig darauf warten, sich eine dicke Schmutzschicht vom Körper spülen zu können.«

»Die Bucht liegt direkt draußen vor eurer Haustür.«

»Aber …«

»Hier.« Sie öffnete das Schränkchen unter dem Waschbecken und holte ein ungebrauchtes Stück Seife heraus. Um keinen Preis der Welt würde sie zulassen, dass sie die hübschen Seifenstücke, die sie bereits in die Schalen gelegt hatte, benutzten. »Ich hole Handtücher und frische Sachen für euch.«

»Aber …« »Geh jetzt, Ethan, und richte den anderen aus, was ich gesagt habe.« Sie drückte ihm die Seife in die Hand. »Du hast schon überall eine Schmutzspur hinterlassen.«

Finster blickte er auf die Seife, dann schaute er wieder sie an. »Man könnte meinen, die Royals hätten sich zu einem Staatsbesuch angesagt. Verflixt, Grace, ich ziehe mich doch nicht in aller Öffentlichkeit nackt aus und springe vom Steg.«

»Ach, als hättest du das noch nie getan.«

»Nicht, wenn eine Frau in der Nähe war.«

»Ich hab' in meinem Leben schon hin und wieder mal einen nackten Mann gesehen, und außerdem werde ich abgelenkt sein, da ich vorhabe, haufenweise Fotos von dir und deinen

Brüdern zu machen. Ethan, ich habe fast den ganzen Tag damit zugebracht, dieses Haus auf Hochglanz zu bringen. Ihr macht jetzt nicht wieder alles dreckig.«

Verärgert steckte er die Seife in seine Tasche – mit einer Frau zu diskutieren, deren Meinung längst feststand, war seiner Erfahrung nach genauso nutzlos und schmerzhaft, wie mit dem Kopf gegen eine Mauer zu schlagen. »Ich hole die blöden Handtücher schon.«

»Nein, das tust du nicht. Du hast schmutzige Hände. Ich bringe sie euch nach draußen.«

Grummelnd ging er nach unten. Phillip zuckte nur die Schultern, als er erfuhr, was Grace angeordnet hatte. Seth jubilierte. Er flitzte nach draußen, rief die Hunde und ließ auf dem Weg zum Anlegesteg Schuhe, Socken und Shirt fallen.

»Er wird wahrscheinlich nie wieder ein normales Bad nehmen wollen«, bemerkte Phillip und setzte sich auf den Steg, um seine Schuhe auszuziehen.

Ethan blieb stehen. Er würde kein einziges Kleidungsstück ablegen, bevor Grace nicht Handtücher und Klamotten gebracht hatte und wieder im Haus verschwunden war. »Was machst du denn da?«, fragte er aufgebracht, als Phillip sein schweißfleckiges T-Shirt über den Kopf zog.

»Ich ziehe mein Shirt aus.«

»Na, dann zieh es gleich wieder an. Grace kommt raus.«

Phillip hob den Blick, sah, dass sein Bruder es völlig ernst meinte, und lachte. »Krieg dich wieder ein, Ethan. Sie wird beim Anblick meiner zugegebenermaßen umwerfend männlichen Brust schon nicht in Ohnmacht fallen.«

Um es ihm zu beweisen, stand er auf und grinste, als Grace den Rasen überquerte. »Ich hab' was von Brathähnchen gehört!«, rief er ihr zu.

»Ich fange gleich an zu kochen.« Am Steg angekommen, legte sie Handtücher und Kleider in zwei ordentlichen Stapeln auf den Boden. Dann richtete sie sich auf und lächelte Seth zu, der bereits mit den Hunden im Wasser tobte. Vermutlich hatten sie jeden Vogel und Fisch im Umkreis von zwei Meilen verscheucht. »Denen gefällt diese Art zu baden jedenfalls.«

»Warum springst du nicht mit uns rein?«, schlug Phillip vor. Er hätte schwören können, dass Ethan mit den Zähnen knirschte. »Du könntest mir den Rücken schrubben.«

Lachend sammelte sie die bereits abgelegten Kleider auf. »Es ist eine ganze Weile her, seit ich das letzte Mal nackt gebadet habe, und so verlockend es auch klingt, ich habe im Moment zu viel zu tun, um Unsinn zu machen. Wenn ihr mir eure restlichen Sachen gebt, wasche ich sie noch, bevor ich gehe.«

»Das wäre nett, danke.« Als Phillip nach seinem Gürtel griff, stieß Ethan ihm den Ellbogen in die Rippen.

»Du kannst sie später waschen, wenn du unbedingt willst. Geh ins Haus.«

»Er ist schüchtern.« Phillip hob die Augenbrauen. »Ich aber nicht.«

Grace lachte nur, ging jedoch ins Haus zurück, um sie allein zu lassen.

»Du solltest nicht so mit ihr flirten«, murmelte Ethan.

»Ich flirte schon seit vielen Jahren so mit ihr.« Phillip schälte sich aus seiner von der Arbeit fleckigen Jeans, froh, sie endlich los zu sein.

»Jetzt ist nicht früher.«

»Wie bitte?« Phillip wollte seine seidenen Boxershorts ausziehen, fing jedoch Ethans Blick auf. »Oh … Nanu, nanu. Warum hast du das nicht gleich gesagt?«

»Ich habe gar nichts zu sagen.« Da Grace jetzt im Haus war und er sich nicht vorstellen konnte, dass sie am Fenster spionierte, zog er sein Shirt aus.

»Mir hat es immer ihre Stimme angetan.«

»Hm?«

»Sie ist so heiser und rauchig«, fuhr Phillip fort. Es machte ihm diebischen Spaß, Ethan zu provozieren. »Tief, weich und sexy.«

Mit zusammengebissenen Zähnen zog Ethan seine Arbeitsstiefel aus. »Vielleicht solltest du nicht so genau hinhören.«

»Was soll ich denn, hm? Kann ich was dafür, wenn ich ein so scharfes Gehör habe? Und scharfe Augen ebenfalls«, fügte er hinzu, während er schnell die Entfernung zwischen ihnen abschätzte. »Soweit ich sehe, ist der Rest von ihr auch nicht übel. Vor allem ihr Mund – voll, schön geschwungen, ungeschminkt. Sehr verlockend, wenn du mich fragst.«

Ethan atmete tief durch, während er aus seiner Jeans stieg. »Versuchst du, mich zu reizen?«

»Ich tue mein Bestes.«

Ethan taxierte ihn. »Willst du mit dem Kopf oder mit den Füßen zuerst rein?«

Phillip grinste fröhlich. »Ich wollte dich gerade dasselbe fragen.«

Beide warteten kurz ab, dann gingen sie aufeinander los. Begleitet von Seths lauten Anfeuerungsrufen, setzten sie ihren Ringkampf schließlich im Wasser fort.

O Gott, dachte Grace, die am Fenster spionierte. O *Gott.* Hatte sie jemals zwei besser aussehende Männer beobachtet. Eigentlich hatte sie nur ganz kurz hinschauen wollen.

Ein winzig kleiner, völlig harmloser Blick, mehr nicht. Aber dann hatte Ethan sein Shirt ausgezogen und …

Ach, was soll's – sie war schließlich keine Heilige. Und was schadete es schon, jemanden einfach nur mal zu betrachten?

Er war so perfekt, innerlich wie äußerlich. Himmel, wenn sie ihn doch nur noch einmal fünf Minuten für sich hätte, könnte sie als glückliche Frau sterben. Vielleicht bekam sie ja auch noch eine zweite Chance, da sie ihm nicht völlig gleichgültig zu sein schien – er hatte es selbst gesagt.

Als er seine Lippen auf die ihren gepresst hatte und mit den Händen über ihren Körper geglitten war, hatte von Gleichgültigkeit keine Rede sein können.

Hör auf, befahl sie sich und trat vom Fenster zurück. So würde sie nur eines erreichen – dass sie völlig durchdrehte. Dabei wusste sie genau, wie sie ihre geheimen Bedürfnisse und Wünsche neutralisieren konnte, und zwar, indem sie arbeitete, bis sie von selbst vergingen.

Aber wer hätte es ihr verdenken können, dass sie sich nur mit Mühe konzentrieren konnte, als sie sich an die Zubereitung des Essens machte?

Als Phillip hereinkam, kühlten die Kartoffeln für den Salat schon aus, und das Hähnchen briet in der Pfanne. Das Image des verschwitzten Arbeiters hatte er abgelegt und war jetzt wieder der glatte, gepflegte, lässige Weltmann. Er zwinkerte ihr zu. »Riecht himmlisch hier drinnen.«

»Ich habe extra mehr gemacht, damit ihr morgen was davon zum Mittagessen mitnehmen könnt. Leg deine Sachen einfach in die Waschküche, ich kümmere mich gleich darum.«

»Ich weiß nicht, wie wir jemals ohne dich zurechtkommen sollten.«

Sie biss sich auf die Unterlippe. Hoffentlich dachten alle so. »Ist Ethan noch im Wasser?«

»Nein, er und Seth machen irgendwas mit dem Boot.« Phillip ging zum Kühlschrank und holte eine Flasche Wein heraus. »Wo steckt Aubrey denn heute?«

»Bei meiner Mutter. Sie hat übrigens gerade angerufen, weil sie die Kleine noch länger bei sich behalten will. Ich schätze, demnächst werde ich ihr den Gefallen tun und sie über Nacht bei ihr lassen.« Sie schaute verständnislos auf das Glas mit dem eisgekühlten goldenen Wein, das er ihr darbot. »Oh, danke.« Mit Wein kannte sie sich so gut wie gar nicht aus, aber sie trank dennoch einen Schluck, weil er es von ihr erwartete. Dann hob sie die Brauen. »Schmeckt ganz anders als das Zeug drüben im Pub.«

»Das möchte ich auch meinen.« Was drüben im Shiney's auf den Namen Wein hörte, war nach seiner Einschätzung gerade mal einen Handbreit von Pferdepisse entfernt. »Wie läuft's da denn so?«

»Prima.« Sie wandte ihre Aufmerksamkeit den Hähnchen zu und fragte sich, ob Ethan den Zwischenfall von neulich wohl erwähnt hatte. Eher unwahrscheinlich, dachte sie, als Phillip nicht nachhakte. Daher entspannte sie sich wieder und ließ sich von ihm während der Arbeit unterhalten.

Er hatte stets irgendwelche Anekdoten auf Lager und redete völlig locker und ungezwungen mit ihr. Dabei war er ein sehr gescheiter, erfolgreicher Mann, der sich in der Großstadt so wohl fühlte wie ein Fisch im Wasser. Aber nie gab er ihr das Gefühl, unerfahren oder dumm zu sein. Ohne sie platt anzumachen, sorgte er dafür, dass sie sich anziehend und feminin vorkam.

Deshalb funkelten Grace' Augen, und sie lächelte, als Ethan hereinkam. Phillip saß da und trank seinen Wein, während sie letzte Hand an die Zubereitung des Essens legte.

»Ach, das hast du bloß erfunden.«

»Ich schwöre, es ist wahr.« Grinsend hob Phillip die Hand zum Schwur. »Der Klient besteht darauf, dass die Gans als Werbeträger auftritt, also schreiben wir brav einen Text für sie. Goose Creek Jeans – dein Federkleid für den Alltag.«

»Das ist der albernste Spruch, den ich je gehört habe.«

»Hey.« Phillip prostete ihr zu. »Wart's nur ab, sie werden reißenden Absatz finden. Aber jetzt muss ich noch ein paar Anrufe erledigen.« Er stand auf und ging um den Tisch herum, um ihr einen Kuss zu geben – und um Ethan auf die Palme zu bringen. »Danke, dass du uns so gut fütterst, Schatz.«

Pfeifend schlenderte er hinaus.

»Kannst du dir vorstellen, dass man seinen Lebensunterhalt damit verdient, alberne Sprüche für eine Gans zu schreiben?« Amüsiert schüttelte Grace den Kopf, während sie die Schüssel mit dem Kartoffelsalat in den Kühlschrank stellte. »So, es ist alles fertig, also könnt ihr essen, wenn ihr Hunger habt. Eure Sachen stecken im Trockner. Wenn sie fertig sind, solltet ihr sie lieber nicht drin liegen lassen, sonst sind sie später ganz verknittert.«

Während sie sprach, ging sie durch die Küche und schaffte hier und da Ordnung. »Ich würde ja warten und sie für euch zusammenfalten, aber ich bin schon ein bisschen spät dran.«

»Ich fahre dich nach Hause.«

»Das wäre nett. Am Montag hole ich den Wagen ab, aber bis dahin …« Sie hob die Schultern und überzeugte sich mit einem letzten Blick in die Runde, dass sie alles erledigt hatte. Dennoch spähte sie auf dem Weg zur Haustür noch einmal prüfend in jede Ecke und jeden versteckten Winkel.

»Wie kommst du später zur Arbeit?«, wollte Ethan wissen, als sie in seinem Transporter saßen.

»Julie bringt mich hin. Und Shiney fährt mich höchstpersönlich nach Hause.« Sie räusperte sich. »Als ich ihm erzählt habe, was neulich nachts passiert ist, war er außer sich. Nicht wütend auf mich, sondern außer sich, weil so etwas passieren konnte. Er war drauf und dran, sich Steve zur Brust zu nehmen, aber unter den Umständen ... Übrigens haben sie einen Jungen bekommen. Achteinhalb Pfund schwer. Sie wollen ihn Jeremy nennen.«

»Hab' ich schon gehört«, lautete Ethans Kommentar.

Sie holte tief Luft, um Mut zu schöpfen. »Was passiert ist, Ethan, ich meine, hinterher ...«

»Dazu habe ich dir was zu sagen.« Er hatte es sich sorgfältig zurechtgelegt, Wort für Wort. »Ich hätte nicht wütend auf dich werden dürfen. Du hattest Angst, und ich habe dich auch noch angebrüllt, statt mich richtig um dich zu kümmern.«

»Ich wusste, dass du im Grunde nicht wütend auf mich warst. Es war nur ...«

»Lass mich ausreden«, sagte er, schwieg jedoch, bis er in ihre Einfahrt gebogen war. »Ich hatte kein Recht, dich so zu berühren. Ich hatte mir geschworen, es niemals zu tun.«

»Ich wollte es doch.«

Obgleich sich bei ihren Worten sein Magen zusammenzog, schüttelte er den Kopf. »Es wird nie wieder vorkommen. Ich habe meine Gründe dafür, Grace, gute Gründe. Du kennst sie nicht, und du würdest es nicht verstehen.«

»Ich kann es ja wohl auch schlecht verstehen, wenn du mir nicht erzählst, worum es geht.«

Er würde ihr auf keinen Fall erzählen, was er getan hatte oder was ihm angetan worden war. Und was, wie er befürchtete, in seinem Innern lauerte, um plötzlich hervorzubrechen wie ein wildes Tier, wenn er den Käfig nicht fest verschlossen hielt. »Das geht nur mich etwas an.« Er wandte sich ihr zu, weil er es sagen musste, während er ihr ins Gesicht sah. Sonst hätte es keinen Wert. »Ich hätte dir sehr wehtun können, und ich hätte es auch beinahe getan. Das wird nie wieder passieren.«

»Ich habe keine Angst vor dir.« Sie streckte die Hand aus, um seine Wange zu streicheln, doch er packte ihre Hand und hielt sie fest.

»Die wirst du auch nie zu haben brauchen. Du bist sehr wichtig für mich.« Er drückte kurz ihre Hand, bevor er sie freigab. »Warst du schon immer.«

»Ich bin kein Kind mehr – ich zerbreche nicht, wenn du mich anfasst. Ich will, dass du mich anfasst.«

Volle, geschwungene, ungeschminkte Lippen, hallten Phillips Worte in seinem Kopf wider. Und inzwischen wusste Ethan genau – Gott helfe ihm –, wie sie sich anfühlten. »Ich weiß, dass du denkst, du wolltest es, und genau deshalb müssen wir vergessen, was neulich passiert ist.«

»Ich werde es nicht vergessen«, murmelte sie, und von dem Blick, den sie ihm zuwarf, mit weichen, verlangenden Augen, wurde ihm schwindlig.

»Es wird nicht wieder vorkommen. Also geh mir lieber eine Zeit lang aus dem Weg.« Verzweiflung lag in seiner Stimme, als er sich vorbeugte und ihre Tür aufstieß. »Ich meine es ernst, Grace – geh mir bitte eine Zeit lang aus dem Weg. Ich habe schon genug Probleme.«

»Na schön, Ethan.« Sie würde nicht betteln. »Wenn es das ist, was du willst ...«

Diesmal wartete er nicht, bis sie ins Haus gegangen war, sondern setzte rückwärts aus der Einfahrt, sobald sie die Wagentür hinter sich zugeschlagen hatte.

Zum ersten Mal seit vielen, vielen Jahren dachte er ernsthaft daran, sich sinnlos zu betrinken.

KAPITEL 8

SETH HIELT DRAUSSEN Wache, um sie abzupassen. Einen überzeugenden Vorwand, um sich trotz der länger werdenden Schatten im Vorgarten herumzutreiben, boten ihm die Hunde. Aber es war nicht nur ein Vorwand, dachte er. Er versuchte Foolish beizubringen, dem ramponierten, völlig zerkauten Tennisball nicht nur nachzujagen, sondern ihn so wie Simon auch zurückzubringen. Das Problem war, dass Foolish zwar mit dem Ball zu ihm zurückgerannt kam, dann jedoch erwartete, dass er Tauziehen mit ihm spielte.

Aber das machte Seth im Grunde nichts aus. Er hatte einen ganzen Vorrat an Bällen und Stöcken und außerdem ein altes Stück Seil, das Ethan ihm gegeben hatte; damit konnte er so lange werfen und daran ziehen lassen, wie die Hunde Lust und Energie aufbrachten. Was, soweit er wusste, ewig dauern konnte.

Aber während er mit den Hunden spielte, spitzte er die Ohren, um die Geräusche des herannahenden Wagens nicht zu überhören.

Er wusste, dass sie schon auf dem Weg hierher waren, da Cam vom Flugzeug aus angerufen hatte. Was überhaupt das Coolste war, was Seth je erlebt hatte. Er konnte es kaum erwarten, Danny und Will zu erzählen, dass er mit Cam gesprochen hatte, während der gerade den Atlantischen Ozean überquerte.

Gestern hatte er Italien im Atlas nachgeschlagen und Rom gefunden. War immer wieder mit dem Finger über die weite Fläche des Ozeans zwischen Rom und der Chesapeake Bay geglitten, zu dem kleinen Heck am östlichen Küstenabschnitt Marylands, der St. Christopher's markierte.

Eine Zeit lang hatte er befürchtet, dass sie nicht zurückkommen würden. Er malte sich aus, wie Cam anrief und sagte, sie hätten beschlossen, dort zu bleiben, damit er wieder Rennen fahren könnte.

Seth wusste, dass Cam früher in Europa gelebt und dort an allen möglichen Boots-, Auto- und Motorradrennen teilgenommen hatte. Ray hatte es ihm erzählt, und im Arbeitszimmer lag ein dickes Album mit bebilderten Artikeln aus Zeitungen und Zeitschriften, denen man entnehmen konnte, wie viele Pokale Cam eingeheimst hatte. Und mit wie vielen Frauen er rumgemacht hatte.

Und er wusste auch, dass Cam gerade diese berühmte Regatta mit seinem Tragflügelboot gewonnen hatte – wie sehr Seth sich wünschte, nur einmal damit fahren zu dürfen –, als Ray gegen den Telefonmast gerast war.

Phillip hatte ihn schließlich in Monte Carlo aufgestöbert. Diese Stadt hatte Seth auch im Atlas gefunden, und sie schien nicht viel größer zu sein als St. Chris. Aber dort gab es einen Palast und vornehme Casinos, und sogar einen Fürsten.

Cam war rechtzeitig nach Hause gekommen, um mitzuerleben, wie Ray starb. Seth wusste, dass er ursprünglich nicht lange hatte bleiben wollen. Aber dann blieb er. Nach einem Streit hatte er Seth versprochen, nicht wegzugehen. Sie wären jetzt eine Gemeinschaft, die zusammen durch dick und dünn gehen müsse.

Aber das war vor seiner Hochzeit gewesen, bevor er nach Italien geflogen war. Bevor Seth angefangen hatte, sich Sorgen zu machen, dass Cam und Anna ihn und die Versprechen, die sie ihm gegeben hatten, vergessen würden.

Doch er hatte sich grundlos gefürchtet. Sie kamen bald zurück.

Natürlich sollten sie nicht wissen, dass er auf sie wartete und dass er so furchtbar aufgeregt war, weil sie jetzt jede Minute nach Hause kommen konnten. Eigentlich verstand er gar nicht, warum er so aufgekratzt war. Sie waren nur wenige Wochen weggewesen, und meistens war Cam ohnehin eine Nervensäge.

Und wenn Anna hier lebte, würden alle sagen, dass er auf seine Ausdrucksweise achten müsse, weil eine Frau im Haus war.

Insgeheim machte er sich Sorgen, dass sich durch Anna alles verändern könnte. Auch wenn sie seine Betreuerin war, hatte sie es vielleicht irgendwann satt, ein Kind um sich zu haben. Sie hatte die Macht, ihn wegzuschicken. Noch mehr Macht als vorher, dachte er, weil sie es jetzt immerzu mit Cam tat.

Er rief sich in Erinnerung, dass sie ihm gegenüber immer mit offenen Karten gespielt hatte, von dem Augenblick an, als sie ihn aus dem Unterricht geholt und sich mit ihm in die Cafeteria gesetzt hatte, um zu reden.

Aber an einem Fall zu arbeiten und in ein und demselben Haus mit dem Fall zu wohnen waren zwei Paar Schuhe, oder?

Und vielleicht, nun ja, vielleicht, hatte sie nur deshalb mit offenen Karten gespielt und war nett zu ihm gewesen, weil sie mit Cam ins Bett steigen wollte. Weil sie ihn heiraten wollte. Jetzt, da sie seine Frau war, brauchte sie nicht mehr nett zu ihm zu sein. Sie konnte sogar in einem ihrer Berichte schreiben, dass er anderswo besser aufgehoben wäre.

Tja, er würde sie sorgfältig im Auge behalten, dann würde er ja sehen. Er konnte immer noch ausreißen, wenn es brenzlig wurde, obgleich der Gedanke an Ausreißen ihm die übelsten Magenschmerzen bereitete.

Er wollte hierbleiben. Er wollte im Garten rumtoben und mit den Hunden spielen. Aus dem Bett kriechen, wenn es noch dunkel war, und mit Ethan zusammen frühstücken und aufs Wasser rausfahren, um Krebse zu fangen. In der Bootswerkstatt arbeiten oder zu Danny und Will gehen.

Richtiges Essen kriegen, wenn er Hunger hatte, und in einem Bett schlafen, das nicht nach dem Schweiß anderer Leute roch. Ray hatte ihm all dies versprochen, und obwohl Seth sonst nie jemandem traute, hatte er Ray vertraut. Vielleicht war Ray sein richtiger Vater gewesen, vielleicht auch nicht. Aber zumindest wusste Seth, dass er Gloria eine Stange Geld bezahlt hatte. Er bezeichnete sie in Gedanken jetzt als Gloria, nicht mehr als seine Mutter. Es half ihm dabei, mehr Abstand zu gewinnen.

Jetzt war Ray tot, aber er hatte jedem seiner Söhne das Versprechen abgenommen, Seth in dem Haus am Wasser ein Heim zu schaffen. Seth dachte sich, dass ihnen diese Idee wohl nicht sonderlich gefallen hatte, aber versprochen hatten sie es trotzdem. Und er hatte festgestellt, dass die Quinns immer Wort hielten. Dies war eine neue und wunderbare Erfahrung für ihn, dass jemand ein einmal gegebenes Versprechen trotz widrigster Umstände zu halten entschlossen war.

Wenn sie es jetzt brachen, würde es weher tun als alles andere, was ihm passiert war, das wusste Seth.

Also wartete er, und als er den Wagen hörte – das schier ungebändigte Dröhnen der Corvette –, drehte sich ihm vor Aufregung und Nervosität der Magen um.

Simon bellte zur Begrüßung zweimal, und Foolish brach in lautes, wildes, halb ängstliches Kläffen aus. Als der schnittige weiße Wagen in die Einfahrt bog, rannten beide Hunde darauf zu, und ihre Schwänze wedelten wie Fahnen im Wind.

Seth steckte seine feuchten Hände in die Taschen und schlenderte lässig zu ihnen hinüber.

»Hallo!« Anna lächelte ihn strahlend an.

Seth verstand durchaus, warum Cam so in sie verknallt war. Er hatte mehrmals insgeheim ihr Gesicht gezeichnet. Zeichnen mochte er lieber als alles andere. Sein noch ungeübtes Künstlerauge wusste die Schönheit ihrer Gesichtszüge zu würdigen – die dunklen, mandelförmigen Augen, die reine, blassgoldene Haut, der volle Mund, die nahezu exotischen Wangenknochen. Ihr Haar war windzerzaust, ein schwarzer lockiger Haarwust. Als sie aus dem Wagen stieg, glitzerte an ihrem Finger der Ehering aus Gold und Diamanten.

Und dann drückte sie ihn plötzlich ganz fest an sich und lachte. »Was für ein tolles Empfangskomitee!«

Obgleich ihm die Umarmung überraschenderweise gefiel und er sie gern länger genossen hätte, entwand er sich ihr. »Ich hab' nur draußen mit den Hunden Unsinn gemacht.« Achselzuckend blickte er zu Cam hinüber. »Hey!«

»Hey, Kleiner.« Groß, schlank, dunkel, eine Spur einschüchternd, entstieg Cam dem Sportwagen. Sein Lächeln war ungezwungener als das von Ethan, herausfordernder als das von Phillip. »Du kommst gerade rechtzeitig, um mir beim Ausladen zu helfen.«

»Ja, klar.« Seth schaute nach oben zu dem Berg aus Gepäckstücken, die auf dem Dach befestigt waren. »So viel Mist hattet ihr doch gar nicht mitgenommen.«

»Wir haben drüben in Italien noch Mist dazugekauft.«

»Ich konnte mich einfach nicht bremsen«, erklärte Anna lachend. »Wir mussten uns noch einen Koffer beschaffen.«

»Zwei«, stellte Cam richtig.

»Das eine ist nur eine Tasche – die zählt nicht.«

»Na gut.« Cam ließ den Kofferraum aufspringen und holte einen großen dunkelgrünen Koffer heraus. »Du trägst die, die nicht zählt.«

»Na, lässt du deine Braut schon für dich schuften?« Phillip ging zum Wagen und sprang über die Hunde hinweg. »Ich nehme ihn schon, Anna«, sagte er und küsste sie so inbrünstig, dass Seth Cam ansah und die Augen verdrehte.

»Lass sie los, Phil«, sagte Ethan milde. »Es wäre mir sehr unangenehm, wenn Cam dich umbringen müsste, noch bevor er das Haus betreten hat. Willkommen zu Hause«, fügte er hinzu und lächelte, als Anna ihn genauso überschwänglich küsste, wie Phillip sie geküsst hatte.

»Es ist schön, zu Hause zu sein.«

Wie sich herausstellte, enthielt die ominöse Tasche Geschenke, die Anna sogleich an alle verteilte, wobei sie jeweils die dazugehörige Geschichte erzählte. Seth starrte stumm auf das Fußballtrikot in Hellblau und Weiß, das sie ihm gegeben hatte. Noch nie hatte ihm jemand von einer Reise ein Geschenk mitgebracht. Ja, genauer gesagt konnte er die Geschenke, die er im Lauf seines Lebens erhalten hatte – etwas, das man bekam, ohne eine Gegenleistung dafür erbringen zu müssen –, an den Fingern einer Hand abzählen.

»Fußball wird drüben in Europa großgeschrieben«, erklärte Anna ihm. Sie griff tief in die Tasche und holte ein großes Buch mit Hochglanzumschlag heraus. »Ich dachte, dass dir das hier vielleicht auch gefallen würde. Es ist sicher schöner, sich die Originalbilder anzusehen. Man ist wie erschlagen, wenn man persönlich davorsteht, aber das hier wird dir zumindest eine Ahnung davon vermitteln, was man empfindet.«

Das Buch enthielt lauter Gemälde, herrliche Farben und Formen, die ihn fast blendeten. Ein Buch über Kunst. Sie hatte sich daran erinnert, dass er gern zeichnete, hatte an ihn gedacht.

»Es ist cool.« Er murmelte, weil er seiner Stimme nicht recht traute.

»Sie wollte für alle Schuhe kaufen«, berichtete Cam. »Ich konnte sie nur mit Mühe davon abbringen.«

»Deshalb habe ich nur mir ein halbes Dutzend gekauft.«

»Ich dachte, es wären vier Paar.«

Sie lächelte. »Sechs. Zwei Paar habe ich erfolgreich vor dir versteckt. Phillip, ich bin zufällig über Maglis gestolpert. Ich hätte heulen können.«

»Armani?«

Sie seufzte lustvoll. »O ja.«

»Jetzt heule gleich ich.«

»Über Mode könnt ihr euch später erregen«, sagte Cam zu ihnen. »Ich sterbe vor Hunger.«

»Grace war hier.« Seth wollte sein Trikot sofort anprobieren, dachte sich jedoch, dass das zu kindisch wäre. »Sie hat alles sauber gemacht – und uns deswegen gezwungen, in der Bucht zu baden – und Hähnchen gebraten.«

»Grace hat Brathähnchen vorbereitet?«

»Und Kartoffelsalat.«

»Trautes Heim, Glück allein«, murmelte Cam und verzog sich in die Küche.

Seth wartete kurz, dann folgte er ihm. »Ich schätze, ich könnte auch noch ein Stück vertragen«, sagte er beiläufig.

»Stell dich hinten an.« Cam holte die Platte und die Schüssel aus dem Kühlschrank.

»Haben sie euch im Flugzeug nichts zu essen gegeben?«

»Das ist schon lange her.« Cam häufte Essen auf seinen

Teller, dann lehnte er sich gegen den Küchentresen. Der Kleine war braun geworden und sah gesund aus, stellte er fest. Sein Blick war zwar noch misstrauisch, aber diese Miene à la verschrecktes Kaninchen war verschwunden. Ob es Seth ebenso überraschen würde wie ihn selbst, wie sehr er diesen kleinen Kerl mit der Riesenklappe vermisst hatte? »Und, wie ist es bei dir gelaufen?«

»Ganz gut. Die Schule ist aus, und ich hab' Ethan viel auf dem Boot geholfen. Er bezahlt mir einen Sklavenlohn. In der Werkstatt auch.«

»Anna wird wissen wollen, was in deinem Zeugnis steht.«

»Einser«, murmelte Seth mit vollem Mund, da er von einem Schenkel abgebissen hatte. Cam hustete.

»Ausschließlich?«

»Ja – na und?«

»Sie wird begeistert sein. Willst du noch mehr Punkte bei ihr sammeln?«

Seth hob wieder eine Schulter und kniff die Augen zusammen. Er überlegte angestrengt, um was man ihn bitten könnte, um der einzigen Frau im Haus eine Freude zu machen. »Kommt drauf an.«

»Zieh das Fußballtrikot an. Sie hat eine halbe Stunde gebraucht, um es auszusuchen. Maximale Punktzahl, wenn du es gleich an dem Abend, an dem sie es dir gibt, trägst.«

»Ja?« So was Leichtes, dachte Seth und grinste vergnügt. »Dann schätze ich, dass ich ihr den Gefallen tun werde.«

»Das Trikot hat ihm wirklich gefallen«, sagte Anna, als sie den Inhalt eines der Koffer ordentlich verstaute. »Und das Buch auch. Ich bin so froh, dass wir an das Buch gedacht haben.«

»Ja, er hat sich gefreut.« Cam war der Meinung, dass es

immer noch früh genug war, wenn sie am nächsten Tag, sogar erst im nächsten Jahr auspackten. Außerdem gefiel es ihm, sich auf dem Bett auszustrecken und ihr dabei zuzusehen – seiner Frau zuzusehen, dachte er zufrieden –, wie sie geschäftig durchs Zimmer eilte.

»Er hat sich nicht steif gemacht, als ich ihn umarmt habe, das ist ein gutes Zeichen. Und seine Interaktion mit Ethan und Phillip ist ungezwungener, natürlicher als noch vor ein paar Wochen. Bestimmt hat er sich darauf gefreut, dich wiederzusehen. Von mir fühlt er sich ein wenig bedroht. Ich verändere die Dynamik, die sich hier entwickelt hat, genau an dem Punkt, an dem er sich allmählich daran gewöhnt hatte. Daher wartet er ab und beobachtet uns. Aber das ist nur gut so. Es bedeutet, dass er sich hier zu Hause fühlt. Ich bin der Eindringling, der von außen kommt.«

»Miss Spinelli?«

Sie wandte den Kopf und zog eine Braue hoch. »Für dich immer noch Mrs. Quinn, Freundchen.«

»Warum schaltest du die Sozialarbeiterin nicht mal bis Montag ab?«

»Kann ich nicht.« Sie holte einen ihrer neuen Schuhe aus einem Karton und betrachtete ihn wohlgefällig. »Die Sozialarbeiterin ist sehr zufrieden mit der Entwicklung in diesem speziellen Fall. Und Mrs. Quinn, die brandneue Schwägerin, ist entschlossen, Seths Vertrauen zu gewinnen, und vielleicht sogar seine Zuneigung.«

Sie legte den Schuh wieder in den Karton zurück und überlegte, wann sie Cam wohl bitten sollte, ihren Kleiderschrank zu vergrößern. Sie wusste genau, was ihr vorschwebte, und er hatte geschickte Hände. Nachdenklich betrachtete sie ihn. Sehr, sehr geschickte Hände.

»Ich denke, ich könnte den Rest auch morgen auspacken.«

Er lächelte träge. »Ja, das denke ich auch.«

»Obwohl ich deswegen Gewissensbisse habe. Grace hat alles so tadellos aufgeräumt.«

»Warum kommst du nicht hier herüber? Dann arbeiten wir gemeinsam an den Gewissensbissen.«

»Ja, warum eigentlich nicht?« Sie ließ den Schuhkarton fallen und warf sich lachend auf ihn.

»Das Ding macht sich allmählich.«

Cam betrachtete das Boot. Es war kaum sieben Uhr morgens, aber seine innere Uhr war noch auf Rom eingestellt. Da er selbst früh aufgewacht war, hatte er nicht eingesehen, warum seine Brüder den Tag verschlafen sollten.

Daher standen die Quinns jetzt im grellen Licht der Bootswerkstatt und überlegten, wie es weitergehen sollte. Seth ahmte die Haltung der Männer nach – die Hände in den Taschen, die Beine weit gespreizt, ernstes Gesicht.

Es würde das erste Mal sein, dass sie alle vier zusammen an dem Boot arbeiteten, und er war schrecklich aufgeregt.

»Ich hab' mir gedacht, dass du unter Deck anfangen könntest«, begann Ethan. »Phillip schätzt, dass wir vierhundert Stunden brauchen, um die Kabine auszubauen.«

Cam schnaubte. »Das schaffe ich schneller.«

»Sorgfalt«, warf Phillip ein, »ist viel wichtiger als Schnelligkeit.«

»Ich kann es schnell *und* sorgfältig machen. Der Kunde wird diese kleine Schönheit in weniger als vierhundert Stunden unter Segel setzen und die Kombüse mit Champagner und Kaviar vollpacken können.«

Ethan nickte. Da Cam einen zweiten Kunden aufgetrieben

hatte, der ein Boot zum Sportfischen haben wollte, hoffte er nur, dass die Kalkulation stimmte. »Dann lasst uns an die Arbeit gehen.«

Die Arbeit lenkte ihn von Dingen ab, an die zu denken er keine Zeit hatte. Man musste höllisch aufpassen, wenn man die Drehbank benutzte – falls man Wert auf seine Hände legte. Ethan drehte das Holz langsam und vorsichtig, als er den Mast formte. Die Ohrenschützer schwächten das Summen des Motors und den harten Rock, der aus dem Radio dröhnte, zu einem gedämpften Echo ab.

Er vermutete, dass hinter ihm ein Gespräch im Gange war. Und dass hin und wieder ein saftiger Fluch fiel. Wie immer konnte er den süßen Duft des Holzes riechen, den scharfen Harzleim, den Gestank des Teers, der zum Verkleiden der Bolzen benutzt wurde.

Vor Jahren hatten sie in Gemeinschaftsarbeit seinen Kutter gebaut. Er war nicht besonders raffiniert, und man konnte auch nicht behaupten, dass er hübsch aussah, aber er war zuverlässig, ein gutes Arbeitspferd. Seine Skipjack stammte ebenfalls von ihnen, da er die Austernfischerei in traditionellem Stil hatte betreiben wollen. Inzwischen gab es fast keine Austern mehr, und sein Boot lag mit einer Handvoll anderer seines Typs in der Bucht vor Anker, wo es im Sommer zu Rundfahrten für Touristen benutzt wurde.

Während der Saison vermietete er es an Jims Bruder, der ihm einen Anteil zahlte. Aber es störte ihn, es auf diese Weise zweckzuentfremden. Genauso wie ihn der Gedanke störte, dass fremde Leute in dem Haus lebten und schliefen, das ihm gehörte.

Für ihn, wenn es hart auf hart kam, zählte jeder Cent. Seths Lachen drang durch seine Ohrenschützer und erinnerte ihn daran, warum Geld jetzt wichtiger war denn je.

Als seine Hände von der Arbeit taub wurden, schaltete er die Drehbank ab, um auszuruhen. Lärm drang auf ihn ein, als er die Ohrenschützer abnahm.

Er konnte Cams Hammerschläge unter Deck hören. Seth bepinselte das Kielschwert mit Rostschutzmittel; die Stahlplatte glänzte feucht. Phillip hatte die unangenehme Aufgabe übernommen, den Hohlraum des Kielschwerts mit Kreosot zu streichen. Es bestand aus guter, alter Roter Zeder, deren Gift eigentlich genug Abschreckung für jeden Meeresschädling sein sollte, aber sie hatten beschlossen, nicht das kleinste Risiko einzugehen.

Ein Quinn-Boot wurde für die Ewigkeit gebaut.

Stolz erfüllte ihn beim Anblick seiner Brüder, und er konnte sich beinahe vorstellen, dass sein Vater neben ihm stand, die großen Hände in die Hüften gestemmt und ein strahlendes Lächeln auf den Lippen.

»Das ist ein schönes Bild«, sagte Ray. »Wie die Fotos, die eure Mutter und ich uns so gern angesehen haben. Wir hatten etliche weggelegt, um sie später, wenn ihr alle erwachsen sein und eigene Wege gehen würdet, hervorzuholen und uns in Erinnerungen zu ergehen. Leider sind wir nie dazu gekommen, weil sie als Erste gestorben ist.«

»Sie fehlt mir.«

»Ich weiß. Sie war der Leim, der uns alle zusammengehalten hat. Aber sie hat ihre Sache sehr gut gemacht, Ethan. Ihr haltet immer noch zusammen wie Pech und Schwefel.«

»Ich glaube, ohne sie, ohne dich, wäre ich gestorben. Ohne die zwei da.«

»Nein.« Ray legte die Hand auf Ethans Schulter und schüttelte den Kopf. »Du warst immer schon stark; du hattest ein starkes Herz und viel Verstand. Du bist der Hölle entronnen, und das nicht nur durch unsere Hilfe, sondern auch durch deine innere Kraft. Das solltest du dir öfter in Erinnerung rufen. Schau dir Seth an. Er geht zwar ganz anders damit um als du damals, aber er ist dir in vielem sehr ähnlich. Er hat starke Gefühle, stärkere Gefühle, als ihm lieb ist. Er denkt gründlicher nach, als er es sich anmerken lässt. Und seine Träume reichen weiter, als er es sich selbst einzugestehen wagt.«

»Ich sehe dich in ihm.« Zum ersten Mal sprach Ethan es laut aus. »Ich weiß nicht, was ich davon halten soll.«

»Komisch, ich sehe jeden Einzelnen von euch in ihm. Das Auge des Betrachters, Ethan.« Dann schlug er Ethan freundschaftlich auf den Rücken. »Ein prachtvolles Boot, das ihr da baut. Deine Mutter hätte ihre helle Freude daran gehabt.«

»Die Quinns bauen für die Ewigkeit«, murmelte Ethan.

»Mit wem redest du da?«, wollte Seth wissen.

Ethan blinzelte. Ihm war schwindelig; sein Kopf war angefüllt mit Gedanken, die ihm jedoch entglitten, sobald er sie zu fassen versuchte. »Was?« Er fuhr sich mit der Hand über die Stirn, ins Haar und schob dabei unwillentlich seine Mütze zurück. »Was?«

»Mann, siehst du komisch aus.« Fasziniert legte Seth den Kopf auf die Seite. »Wie kommt es, dass du so dastehst und Selbstgespräche führst?«

»Ich war ...« Im Stehen eingeschlafen?, dachte er. »In Gedanken«, sagte er. »Hab' bloß laut nachgedacht.« Plötzlich schwollen der Lärm und die Gerüche in seinem wirren Kopf zu ungeheuren Ausmaßen an. »Ich brauche frische Luft«, murmelte er und eilte über die Laderampe nach draußen.

»Komisch«, wiederholte Seth. Er wollte etwas zu Phillip sagen, wurde jedoch abgelenkt, als Anna zur Vordertür hereinkam, am Arm einen riesigen Picknickkorb.

»Hat jemand Lust auf Mittagessen?«

»Ja!« Der stets hungrige Seth stürzte zu ihr. »Hast du die Hähnchen mitgebracht?«

»Was davon noch übrig ist«, erwiderte sie. »Und superdicke Schinkensandwiches. Im Wagen steht noch eine große Thermoskanne mit Eistee. Wie wär's, wenn du sie reinholst?«

»Mein starker Held«, sagte Phillip und wischte sich die Hände an seiner Jeans ab, bevor er Anna von dem Picknickkorb befreite. »Hey, Cam! Hier draußen wartet eine wunderschöne Frau, die uns Stärkung mitgebracht hat.«

Sogleich verstummte das Hämmern. Sekunden später erschien Cams Kopf über dem Kabineneinstieg. »Meine Frau! Ich darf als Erster zugreifen.«

»Es ist reichlich genug für alle da. Grace ist nicht die Einzige, die einen Haufen schwer arbeitender Männer vor dem Hungertod bewahren kann. Obwohl ihre Brathähnchen die reine Ambrosia sind.«

»Sie ist eine tolle Köchin«, bestätigte Phillip. Er stellte den Picknickkorb auf den behelfsmäßig aus einem Holzbrett und zwei Sägeböcken errichteten Tisch. »Sie hat regelmäßig Ethan bekocht, als ihr beide weg wart.« Er brachte ein Schinkensandwich zum Vorschein. »Ich werde das Gefühl nicht los, dass sich da was anbahnt.«

»Wo bahnt sich was an?«, wollte Cam wissen, als er hinuntersprang, um den Inhalt des Picknickkorbs genauer zu erkunden.

»Bei Ethan und Grace.«

»Scherz beiseite?«

»Mmm.« Schon beim ersten Bissen schloss Phillip genießerisch die Augen. Sein Herz mochte ja der französischen Küche gehören, auf feinem Porzellan serviert, aber auch ein mit Liebe zubereitetes deftiges Sandwich auf einem Pappteller wusste er durchaus zu würdigen. »Meine unsterbliche Observierungsgabe hat sich auf gewisse unzweifelhafte Signale eingeschossen. Er beobachtet sie, wenn sie nicht hinsieht. Sie beobachtet ihn, wenn er nicht hinsieht. Und Marsha Tuttle hat mir eine höchst interessante Klatschgeschichte aufgetischt. Sie arbeitet drüben im Pub mit Grace zusammen«, erklärte er, an Anna gewandt. »Shiney lässt ein Sicherheitssystem installieren und hat die Parole ausgegeben, dass keine der Kellnerinnen mehr allein absperren darf.«

»Ist was passiert?«, fragte Anna.

»Ja.« Er schaute sich um, ob Seth noch nicht wieder da war. »Vor ein paar Tagen kam nachts nach der Sperrstunde irgend so ein Mistkerl rein. Grace war allein im Lokal. Er hat sie angegriffen, und laut Marsha wäre er aufs Ganze gegangen. Aber rein zufällig stand Ethan draußen. Ein interessanter Zufall, wenn ihr mich fragt – besonders im Hinblick auf unseren Bruder, Mr. Früh-ins-Bett und Früh-aus-dem-Bett. Jedenfalls hat er dem Kerl ein paar Beulen verpasst.« Er biss herzhaft in sein Sandwich.

Cam dachte an die schlanke, zarte Grace. Und an Anna. »Hoffentlich waren es richtig schön große Beulen.«

»Ich denke, wir können davon ausgehen, dass der Kerl nicht pfeifend davongeschlendert ist. Ethan erwähnt in seiner typischen Art natürlich nichts davon, deshalb musste ich mir die Geschichte bei Marsha holen, vor den Obst- und Gemüseständen am Freitagabend im Supermarkt.«

»War Grace verletzt?« Anna wusste nur zu gut, wie es war,

in der Falle zu sitzen, völlig hilflos den Dingen ausgeliefert zu sein, die eine bestimmte Sorte von Männern einer Frau antun konnte. Oder einem Kind.

»Nein. Sie muss zwar einen Schock erlitten haben, aber in dieser Hinsicht ist sie wie Ethan. Kein Wort davon. Gestern haben sie jedenfalls mehrere intensive, stumme Blicke getauscht. Und nachdem Ethan sie nach Hause gefahren hatte, kam er wutschäumend zurück.« Als er daran zurückdachte, musste Phillip lachen. »Was in Ethans Fall so einiges aussagt: Er hat sich einen Sechserpack Bier geholt und ist dann etwa eine Stunde mit der Schlup rausgefahren.«

»Grace und Ethan?« Cam dachte darüber nach. »Sie würden gut zueinander passen.« Dann sah er Seth hereinkommen und beschloss, das Thema vorläufig ruhen zu lassen. »Wo steckt Ethan denn eigentlich?«

»Er ist nach draußen gegangen.« Ächzend stellte Seth die Thermoskanne auf den Tisch und wies mit dem Kopf auf die Laderampe. »Er sagte, dass er unbedingt frische Luft braucht, und ich schätze, das stimmt. Er stand nämlich plötzlich nur so da und führte Selbstgespräche.« Hungrig stürzte sich Seth auf den Picknickkorb. »Er hat, na ja, mit jemandem gesprochen, der gar nicht da war. Sah komisch aus.«

Cams Nacken prickelte. Dennoch ließ er sich nichts anmerken, als er wieder den Teller füllte. »Ich könnte auch ein bisschen frische Luft gebrauchen. Ich bringe ihm eben ein Sandwich raus.«

Ethan stand am Ende des Piers und starrte aufs Wasser. Zu beiden Seiten des Piers sah man die Küste von St. Chris mit seinen hübschen Häusern und Gärten, aber Ethan blickte starr geradeaus, über die leichte Dünung hinweg zum Horizont.

»Anna hat uns was zu essen gebracht.«

Ethan verschloss seine Gedanken in seinem Innern und blickte auf den Teller. »Nett von ihr. Mit ihr hast du einen Volltreffer gelandet, Cam.«

»Und ob.« Was er jetzt vorhatte, machte ihn entschieden nervös. Aber schließlich liebte er das Risiko. »Ich erinnere mich noch genau an den Tag, als ich sie das erste Mal sah. Ich war sauer auf die ganze Welt. Dad lag kaum unter der Erde, und alles, was ich mir wünschte, schien in weite Ferne gerückt. Der Kleine hatte mir an dem Morgen Ärger gemacht, und mir wurde klar, dass der Rest meines Lebens nicht aus Rennen bestehen durfte, dass ich nicht mehr nach Europa zurückgehen, sondern in St. Chris bleiben würde.«

»Du hast die größten Opfer gebracht. Indem du hierher zurückgekommen bist.«

»Damals schien es zumindest so. Dann tauchte plötzlich Anna Spinelli auf, als ich die Stufen hinten am Haus reparierte. Sie verabreichte mir den zweiten Schock des Tages.«

Da das Essen schon mal da war und Cam zum Reden aufgelegt schien, nahm Ethan den Teller und setzte sich auf den Steg. Ein Reiher flog vorüber, stumm wie ein Geist. »Ein Gesicht wie das ihre muss einem Mann ja einen Schock versetzen.«

»Ja. Und ich war ohnehin schon nervös und gereizt. Knapp eine Stunde zuvor hatte ich diese Unterredung mit Dad. Er saß in dem Schaukelstuhl auf der hinteren Veranda.«

Ethan nickte. »Dort hat er immer gern gesessen.«

»Ich meine damit nicht, dass ich mich daran erinnerte, wie er dort saß. Ich meine, dass ich ihn leibhaftig dort sitzen sah. So wie ich dich jetzt vor mir sehe.«

Langsam wandte Ethan den Kopf und schaute Cam direkt in die Augen. »Du hast ihn gesehen – in dem Schaukelstuhl auf der Veranda?«

»Ich habe auch mit ihm gesprochen. Und er hat zu mir gesprochen.« Cam zuckte die Schultern und schaute aufs Wasser hinaus. »Also denke ich mir, dass ich halluziniere. Kommt von dem Stress, der Sorge, vielleicht auch von der Wut, die ich auf ihn habe. Ich möchte ihm so vieles sagen, möchte ihn Dinge fragen, auf die ich eine Antwort will, also denkt sich mein Verstand nur aus, dass er dort sitzt. Aber so war's nicht.«

Ethan wagte sich vorsichtig aus der Deckung. »Wie war's denn dann?«

»Er war tatsächlich dort, das erste Mal und später noch mehrmals.«

»Noch mehrmals?«

»Ja, das letzte Mal am Morgen vor der Hochzeit. Er sagte, es wäre das letzte Mal, weil ich inzwischen herausgefunden hätte, was ich hätte wissen müssen.« Cam fuhr sich mit den Händen übers Gesicht. »Ich musste ihn erneut gehen lassen, obschon es diesmal ein bisschen leichter war. Er hat mir nicht alle Fragen beantwortet, aber ich schätze, die wichtigsten schon.«

Er seufzte, fühlte sich jedoch schon viel besser. »Und nun wirst du mich entweder für verrückt erklären oder sagen, dass du weißt, wovon ich rede.« Er stibitzte eine Fritte von Ethans Teller.

Nachdenklich brach Ethan eines der Sandwiches in zwei Hälften und reichte Cam seinen Anteil. »Wenn man sich auf das Meer einlässt, lernt man, dass es mehr gibt als das, was man sehen oder berühren kann. Nixen, den Wassermann, Seeungeheuer.« Er lächelte schwach. »Die Seeleute kennen sie, ob sie sie nun selbst gesehen haben oder nicht. Ich halte dich nicht für verrückt. Außerdem ist mir Ähnliches passiert.«

»Erzählst du mir Näheres?«

»Ich hatte ein paar Träume. Ich hielt sie zumindest für Träume«, berichtigte er sich, »aber in letzter Zeit kommen sie auch, wenn ich nicht schlafe. Ich schätze, ich habe auch eine Menge Fragen, aber es fällt mir schwer, anderen Auskünfte zu entlocken. Jedenfalls tut es gut, seine Stimme zu hören, sein Gesicht zu sehen. Wir hatten keine Zeit, uns richtig von ihm zu verabschieden, bevor er starb.«

»Vielleicht steckt zum Teil das dahinter. Aber es ist vermutlich nicht alles.«

»Nein. Ich weiß bloß nicht, was er von mir will. Was soll ich tun, was erwartet er von mir?«

»Ich kann mir denken, dass er so lange bleibt, bis du es selbst herausgefunden hast.« Cam biss erstaunlich ruhig in das Sandwich. »Und, was hält er von unserem derzeitigen Projekt?«

»Er hält es für ein prachtvolles Boot.«

»Da hat er recht.«

Ethan betrachtete sein Sandwich. »Sollen wir Phil einweihen?«

»Nein. Allerdings kann ich's kaum erwarten, bis die Reihe auch an ihn kommt. Was wettest du, dass sein erster Gedanke sein wird? Zu einem sündhaft teuren Psychoklempner zu gehen! Zu einem Szeneguru mit etlichen Titeln und einer Praxis im richtigen Stadtviertel, versteht sich. Darunter macht er's nicht.«

»Es muss eine Sie sein«, ergänzte Ethan lächelnd. »Wenn er sich schon auf eine Couch legen muss, dann nur bei einer hübschen Frau. Schöner Tag heute«, fügte er hinzu, als er plötzlich die warme Brise und den Sonnenschein registrierte.

»Du hast noch zehn Minuten, um dir die Sonne auf den Buckel scheinen zu lassen«, sagte Cam zu ihm. »Dann schwingst du deinen Hintern gefälligst wieder in die Werkstatt und arbeitest.«

»Ja. Deine Frau macht verflixt gute Sandwiches.« Er legte den Kopf schief. »Was meinst du, wie sie sich beim Schleifen von Holz anstellen würde?«

Cam dachte nach; die Idee gefiel ihm. »Das sollten wir mal ausprobieren. Gehen wir zu ihr und zwingen wir sie, es uns zu zeigen.«

KAPITEL 9

ANNA FREUTE SICH, weil sie den Nachmittag freihatte. Aber sie liebte ihren Job, sie mochte und respektierte die Leute, mit denen sie zusammenarbeitete. Zudem glaubte sie felsenfest an den Nutzen und die Ziele der Sozialarbeit. Und es befriedigte sie zu wissen, dass sie etwas bewegte.

Sie half anderen Menschen. Der jungen, alleinerziehenden Mutter, die sich an niemanden wenden konnte; dem ungewollten Kind; den abgeschobenen Alten. Angetrieben wurde sie von dem glühenden Wunsch, Hilfsbedürftige dabei zu unterstützen, ihren eigenen Weg zu finden. Sie wusste genau, wie es war, sich einsam zu fühlen, verzweifelt zu sein – und was ein Mensch, der seine Hand bot, der sich weigerte, die Hand wegzuziehen, selbst wenn man sie schlug, zu bewirken vermochte.

Und weil sie fest entschlossen gewesen war, Seth Delauter zu helfen, hatte sie Cam gefunden. Ein neues Leben, ein neues Zuhause. Ein Neubeginn.

Manchmal wurde man vom Leben hundertfach belohnt, dachte sie. Alles, was sie sich jemals erträumt hatte, selbst als ihr noch nicht bewusst war, was sie sich erträumte, war in dem schönen alten Haus am Wasser verkörpert. Ein weißes Haus mit blauen Verzierungen. Schaukelstühle auf der Veranda, Blumen im Garten. Sie erinnerte sich an den Tag, als sie es zum ersten Mal erblickt hatte. Sie war eben diese Straße entlanggefahren, das Radio zu voller Lautstärke aufgedreht. Im Unterschied zu heute hatte sie das Verdeck damals geschlossen, damit der Wind nicht die Klammern in ihrem Haar löste.

Damals war sie beruflich unterwegs gewesen und deshalb entschlossen, streng professionell aufzutreten.

Das hübsche zweistöckige Haus am Wasser hatte sie auf Anhieb bezaubert, durch seine Schlichtheit und die Beständigkeit, die es ausstrahlte. Dann hatte sie es umrundet und war im Garten auf einen erbosten, unkooperativen und sexy Mann gestoßen, der dort die Verandastufen reparierte.

Seitdem hatte sich alles für sie verändert.

Gott sei Dank.

Es war jetzt ihr Haus, dachte sie und lächelte selbstgefällig, während sie schnell die Straße entlangfuhr, die von breiten, flachen Feldern flankiert wurde. Ihr Haus auf dem Land, mit dem Garten, den sie sich immer vorgestellt hatte … und dem erbosten, unkooperativen, sexy Mann. Er gehörte jetzt auch zu ihr, und noch so vieles mehr, was sie sich niemals hätte träumen lassen.

Sie fuhr die lange, gerade Straße entlang, begleitet von der Stimme Warren Zevons, der von Werwölfen in London heulte. Diesmal war es ihr egal, ob der Wind ihr vorher so ordentlich aufgestecktes Haar durcheinanderbrachte. Sie fuhr nach Hause, deshalb war das Verdeck heruntergeklappt, und deshalb war sie bester Stimmung.

Auf sie wartete zwar noch Arbeit, aber den Berichten, die sie noch ergänzen musste, konnte sie ebenso gut zu Hause an ihrem Laptop den letzten Schliff geben. Während ihre rote Spezialsoße auf dem Herd köchelte, entschied sie. Sie würde Linguini zubereiten, um Cam an ihre Flitterwochen zu erinnern.

Nicht, dass es einer Gedächtnisstütze bedurft hätte – auch wenn sie jetzt wieder in St. Chris waren statt in Rom. Ob diese wilde, fast unheimliche Leidenschaft, die sie füreinander empfanden, wohl jemals nachlassen würde?

Hoffentlich nicht.

Lachend brauste sie in die Einfahrt – und prallte mit ihrem hübschen kleinen Cabrio um ein Haar gegen das Heck einer stumpfgrauen Limousine mit verrosteter Stoßstange. Sobald ihr Herz wieder an seinem angestammten Platz saß, dachte sie fieberhaft nach.

Ein Auto nach Cams Geschmack war es nicht. Er mochte ja gern an Motoren herumbasteln, investierte seine Zeit jedoch vorzugsweise in schnelle Wagen. Und diese alte Karosserie sah alles andere als schnell aus.

Phillip? Sie prustete los. Der pingelige Phillip Quinn hätte nie seinen in einem teuren italienischen Schuh steckenden Fuß auf das abgenutzte Gaspedal eines solchen Vehikels gesetzt.

Dann also Ethan? Skeptisch runzelte sie die Stirn. Ethans Stil waren Lieferwagen und Jeeps, nicht kompakte Limousinen, an deren Kotflügeln noch die graue Grundierfarbe prangte.

Sie wurden beraubt, dachte sie plötzlich, und ihr Herz schlug wie ein Presslufthammer. Am helllichten Tag. In dieser Gegend dachte niemand daran, die Türen abzusperren, überdies war das Haus durch Bäume und die Marsch vor den Blicken der Nachbarn verborgen.

Da drinnen war jemand und durchwühlte ihre Sachen. Mit schmalen Augen sprang sie aus dem Wagen. Das würde sie nicht zulassen! Es war jetzt ihr Haus, es waren ihre Sachen, und wenn irgend so ein halbwüchsiger Einbrecher dachte, er könnte …

Sie hielt inne, als sie in den Wagen schaute und den großen rosaroten Stoffhasen sah und den Kindersitz. Ein Einbrecher mit einem Kleinkind im Schlepptau?

Grace, dachte sie und seufzte. Es war einer von Grace Monroes Putztagen.

Du Stadtpflanze, schalt sie sich. Vergiss endlich, wie es dort zugeht. Du lebst jetzt in einer ganz anderen Welt. Sie kam sich kolossal dumm vor, als sie zu ihrem Wagen zurückging und ihre Aktenmappe und den Beutel mit frischem Gemüse herausholte, das sie auf dem Heimweg besorgt hatte.

Schon auf der Veranda hörte sie das monotone Summen des Staubsaugers, untermalt von dem munteren Geklimper eines Werbespots im Fernsehen. Traute häusliche Geräusche, dachte Anna. Und sie war mehr als glücklich darüber, dass nicht sie es war, die sich mit dem Staubsauger abplagen musste.

Grace ließ fast die Düse fallen, als Anna zur Tür hereinkam. Verwirrt wich sie zurück und schaltete mit dem Fuß das Gerät aus. »Pardon … Ich dachte, ich wäre längst fertig, bevor jemand nach Hause kommt.«

»Ich bin früh dran.« Obwohl sie so bepackt war, hockte Anna sich vor den Stuhl, auf dem Aubrey saß und wie eine Besessene mit lila Buntstift das Bild eines Elefanten in ihrem Malbuch kolorierte. »Das ist ja wunderschön.«

»Es ist ein Fant.«

»Ein toller Fant. Der hübscheste Fant, den ich heute gesehen habe.« Da Aubreys Nase es geradezu herauszufordern schien, drückte Anna einen kurzen Kuss darauf.

»Ich bin gleich so weit.« Grace war nervös. Anna wirkte so einschüchternd professionell in ihrem Business-Kostüm. Der Umstand, dass ihr Haar sich aus den Klammern gelöst hatte, verlieh ihrer Erscheinung nur einen zusätzlichen verführerischen Akzent, fand Grace. »Oben und in der Küche bin ich schon fertig. Ich wusste nicht … ich war nicht sicher, was Sie gern mögen, aber ich habe einen Auflauf vorbereitet – überbackene Kartoffeln mit Schinken. Er steht im Kühlschrank.«

»Klingt toll. Ich koche heute Abend.« Anna erhob sich und schwenkte fröhlich ihren Beutel. Fast hätte sie die Schuhe ausgezogen, hielt jedoch inne. Es schien ihr nicht richtig, Unordnung zu schaffen, wenn Grace noch mitten in der Arbeit steckte. »Aber morgen komme ich erst spät von der Arbeit«, fuhr sie fort. »Da kommt mir der Auflauf gerade recht.«

»Nun ja, ich ...« Grace war deutlich bewusst, wie aufgelöst sie von der Arbeit war, und sie fühlte sich Anna in ihrer blütenweißen Bluse und dem feinen Kostüm hoffnungslos unterlegen. Und diese Schuhe, dachte sie und gab sich alle Mühe, ihre Neugier nicht zu offen zu zeigen. Sie waren wunderschön, klassisch elegant, und das Leder sah so weich aus, als könne man darauf schlafen.

Verlegen blickte sie auf ihre abgestoßenen weißen Turnschuhe hinunter. »Die Wäsche ist auch gleich fertig. Im Trockner stecken jede Menge Handtücher. Ich wusste nicht, wo ich Ihre Sachen einsortieren soll, deshalb habe ich alles zusammengefaltet und in Ihrem Zimmer aufs Bett gelegt.«

»Großartig. Nach einer Reise dauert es ja ewig, bis man sich eingewöhnt hat.« Anna riss sich mit Mühe zusammen. Sie hatte nie im Leben eine Haushälterin gehabt und wusste nicht recht, wie sie damit umgehen sollte. »Ich packe jetzt das hier aus. Möchten Sie auch was Kaltes trinken?«

»Nein, danke ... Nein. Ich sollte mich lieber sputen und Sie dann allein lassen.«

Komisch, dachte Anna. Grace war noch nie so kühl oder nervös gewesen. Obgleich sie einander nur flüchtig kannten, war Anna davon ausgegangen, dass sie sich gut verstanden. Aber sie würden sich so oder so einigen müssen, entschied sie. »Wenn Sie Zeit haben, würde ich gern mit Ihnen reden.«

»Oh.« Grace fuhr mit der Hand über das Ansatzrohr des Staubsaugers. »Klar. Aubrey, ich gehe kurz mit Mrs. Quinn in die Küche.«

»Ich auch!« Aubrey kletterte von ihrem Stuhl und rannte voraus. Als ihre Mutter in die Küche kam, lag sie schon auf dem Fußboden und malte konzentriert an einer lila Giraffe.

»Das ist ihre Farbe der Woche«, bemerkte Grace. Automatisch ging sie zum Kühlschrank und holte den Krug mit Limonade heraus, den sie vorbereitet hatte. »Sie bleibt bei einer Farbe, bis der Buntstift nur noch ein Stummel ist, dann sucht sie sich eine neue aus.«

Ihre Hand erstarrte, als sie ein Glas aus dem Schrank nehmen wollte. »Tut mir leid«, sagte sie steif. »Ich habe nicht nachgedacht.«

Anna stellte ihre Tasche ab. »Worüber?«

»Darüber, dass ich in Ihrer Küche nach Gutdünken schalte und walte und mich wie zu Hause fühle.«

Aha, dachte Anna, das war also das Problem. Ein Haushalt, zwei Frauen. Die Situation machte ihnen beiden zu schaffen. Sie holte eine dicke Tomate aus ihrer Tasche, musterte sie und legte sie auf den Tresen. Im nächsten Jahr wollte sie versuchen, eigene Tomaten zu ziehen.

»Wissen Sie, was ich auf Anhieb an diesem Haus mochte, als ich zum ersten Mal die Küche betrat? Hier fühlt man sich im Nu wohl. Ich möchte nicht, dass sich daran etwas ändert.«

Sie packte weiter aus und ordnete das sorgfältig ausgewählte Gemüse auf dem Tresen.

Grace musste sich auf die Zunge beißen, um nicht zu erwähnen, dass Ethan Pilze nicht ausstehen konnte, als Anna eine Tüte Champignons neben die Paprikaschoten stellte.

»Es ist jetzt Ihr Zuhause«, sagte Grace langsam. »Sie werden es bestimmt nach Ihren eigenen Vorstellungen gestalten wollen.«

»Das stimmt. Mir schweben schon ein paar Veränderungen vor. Würde es Ihnen etwas ausmachen, die Limonade einzugießen? Die sieht toll aus.«

Jetzt kommt's. Veränderungen. Sie füllte zwei Gläser, dann nahm sie die Plastiktasse vom Tresen, um auch Aubrey etwas einzugießen. »Hier, Schätzchen, aber verschütte nichts.«

»Wollen Sie nicht wissen, welche Veränderungen?«, fragte Anna.

»Das steht mir nicht zu.«

»Seit wann muss einem denn so was zustehen?«, wollte Anna mit einem Anflug von Ärger wissen, der prompt Grace' Widerspruchsgeist weckte.

»Ich arbeite für Sie – jedenfalls im Moment noch.«

»Wenn Sie damit durch die Blume sagen wollen, dass Sie kündigen, werden Sie mir den Tag verderben. Ganz gleich, wie viel wir Frauen inzwischen erreicht haben – wenn ich mit vier Männern allein in diesem Haus lebe, bleiben neunzig Prozent der Hausarbeit an mir hängen. Vielleicht nicht gleich zu Beginn«, fuhr sie fort, während sie auf und ab ging, »aber letztlich wird es genau so kommen. Und dabei spielt keine Rolle, dass ich einen Vollzeitjob habe. Cam hasst Hausarbeit, und er wird alles tun, um sie von sich abzuwälzen. Ethan ist ziemlich ordentlich, aber er hat die Angewohnheit, sich rar zu machen. Und Seth – na ja, der ist erst zehn, das sagt schon alles. Phillip ist nur am Wochenende hier; er wird einwenden, dass das Chaos ja nicht auf sein Konto geht.« Sie wirbelte herum. »Wollten Sie denn damit sagen, dass Sie kündigen, oder nicht?«

Grace erlebte Anna zum ersten Mal in Rage und war gleichermaßen beeindruckt und verblüfft. »Sie haben doch selbst gesagt, dass Sie einiges verändern wollen. Ich dachte, Sie wollten mich loswerden.«

»Ich meinte damit, dass ich neue Kissen besorgen und das Sofa neu beziehen lassen will«, stellte Anna ungeduldig richtig, »und nicht etwa, dass ich die einzige Person wegschicken möchte, die mir hier eine Hilfe sein und verhindern wird, dass ich den Verstand verliere. Glauben Sie, ich wüsste nicht, wer dafür gesorgt hat, dass ich bei meiner Rückkehr nicht ein Haus vorfinde, in dem sich das schmutzige Geschirr und die schmutzige Wäsche bis zur Decke stapelt? Halten Sie mich für so minderbemittelt?«

»Nein, ich …« Der Anflug eines Lächelns spielte um Grace' Lippen. »Ich habe wie eine Blöde geschuftet, damit Sie es bemerken.«

»Na gut.« Anna stieß die Luft aus. »Warum setzen wir uns dann nicht und fangen noch mal von vorn an?«

»Gern. Tut mir leid.«

»Was denn?«

»All die gemeinen Dinge, die ich in den letzten Tagen über Sie gedacht habe.« Als sie sich am Tisch niederließ, grinste sie. »Ich hatte ganz vergessen, wie gern ich Sie mag.«

»Ich bin hier hoffnungslos in der Minderzahl, Grace. Und ich habe die Unterstützung einer anderen Frau bitter nötig. Ich weiß ja nicht mal genau, wie man einen so großen Haushalt führt, und da ich hier die Außenseiterin bin …«

»Sie sind doch keine Außenseiterin.« Erschrocken schüttelte Grace den Kopf. »Sie sind Cams Frau.«

»Und Sie sind schon viel länger ein Teil seines Lebens, des Lebens aller Quinns, als ich.« Sie hob die Hände und lächelte. »Lassen Sie uns nur eins klarstellen, damit wir es ein für alle Mal abhaken können. Was Sie hier gemacht haben und machen, findet meine volle Zustimmung. Ich bin Ihnen dankbar, weil ich mich auf meine Ehe konzentrieren kann – und auf meinen Job –, wenn Sie mir den Rücken freihalten. Ist das so weit angekommen?«

»Ja.«

»Und da mein Instinkt mir sagt, dass Sie ein netter, verständnisvoller Mensch sind, will ich Ihnen offen gestehen, dass ich in viel größerem Maß auf Sie angewiesen bin als Sie auf mich. Ich bin Ihnen sozusagen auf Gnade und Ungnade ausgeliefert.«

Grace prustete los. Auf ihren Wangen erschienen kleine Grübchen. »Ich glaube, es gibt nichts, was Sie nicht allein schaffen könnten.«

»Das mag schon sein, aber ich lege es nicht darauf an, mich als Wonderwoman zu beweisen. Lassen Sie mich um Himmels willen nicht mit all diesen Männern allein!«

Grace nagte an ihrer Unterlippe. »Wenn Sie das Sofa im Wohnzimmer neu beziehen lassen, brauchen Sie auch neue Vorhänge.«

»Ich hatte an Chintz gedacht.«

Sie lächelten einander in stillem Einvernehmen an.

»Mama! Ich muss Pipi!«

»Oh.« Grace sprang auf und hob die auf und ab hüpfende Aubrey auf den Arm. »Wir sind gleich wieder da.«

Anna lachte leise, dann stand sie ebenfalls auf, zog ihre Jacke aus und machte sich an die Zubereitung ihrer Soße. Diese Art zu kochen – die vertraute, bewährte Art – entspannte sie und machte ihr Spaß. Außerdem glaubte sie dadurch bei den Quinn-Männern Punkte sammeln zu können, wenn diese nach Hause kamen.

Es freute sie, dass sie das Fundament zu einer freundschaftlichen Beziehung mit Grace gelegt hatte. Sie wollte den Vorteil nutzen, den das Leben in Kleinstädten und auf dem Land bot – Nachbarn. Einer der Gründe, warum sie sich in Washington immer so rastlos gefühlt hatte, war der fehlende Bezug zu den Menschen, die rings um sie lebten und arbeiteten. Als sie dann nach Princess Anne zog, hatte sie dort einen Teil der gutnachbarlichen Atmosphäre wiedergefunden, mit der sie in dem alten Wohnviertel ihrer Großeltern in Pittsburgh aufgewachsen war.

Und nun hatte sie die Chance, dachte sie, sich mit einer Frau anzufreunden, die sie bewunderte und deren Gesellschaft ihr Freude bereiten würde.

Als Grace und Aubrey wieder hereinkamen, lächelte sie. »Man hört ja so einiges darüber, dass Toiletten-Training für alle Beteiligten ein Albtraum sein soll.«

»Es gibt gute und weniger gute Tage.« Grace drückte Aubrey kurz, bevor sie sie hinunterließ. »Aber Aubrey ist so ein liebes Mädchen, nicht wahr, Schätzchen, bist du doch?«

»Ich hab' nicht in die Hose gemacht. Ich kriege eine Münze fürs Sparschwein.«

Während Anna zu lachen begann, verzog Grace gespielt verzweifelt das Gesicht. »Bestechung funktioniert immer.«

»Der Zweck heiligt die Mittel.«

»Ich sollte allmählich gehen.«

»Haben Sie es eilig?«

»Eigentlich nicht.« Grace warf vorsichtshalber einen Blick auf die Küchenuhr. Nach ihrer Einschätzung müsste Ethan noch mindestens eine Stunde unterwegs sein.

»Vielleicht könnten Sie mir Gesellschaft leisten, während ich die Soße zubereite.«

»Ja, sicher.« Es war … sie konnte sich nicht mehr erinnern, wie lange es her war, seit sie mit einer anderen Frau einfach nur so in der Küche gesessen und geplaudert hatte. Der Gedanke an solch einfache Freuden des Lebens entlockte ihr einen Seufzer. »Gleich läuft im Fernsehen eine Sendung, die Aubrey sich gern ansieht. Sind Sie einverstanden, wenn ich sie ins Wohnzimmer setze? Danach kann ich noch eben zu Ende saugen.«

»Großartig.« Anna gab die Tomaten in einen Topf mit heißem Wasser, um sie später zu enthäuten.

»Ich habe noch nie selbst Spaghettisoße gemacht«, sagte Grace, als sie zurückkam. »Ich meine, aus frischen Tomaten und so.«

»Dauert länger, lohnt sich aber. Grace, hoffentlich trete ich jetzt nicht ins Fettnäpfchen, aber ich habe gehört, was neulich nachts im Pub passiert ist.«

Grace blinzelte überrascht und vergaß, sich die Zutaten einzuprägen, die Anna bereitgestellt hatte. »Hat Ethan es Ihnen erzählt?«

»O nein. Um Ethan dazu zu bringen, irgendwelche Infos preiszugeben, müsste man ihm schon Daumenschrauben anlegen.« Anna wischte sich an der Schürze, die sie umgebunden hatte, die Hände ab. »Ich wollte nicht neugierig sein, aber ich habe eigene Erfahrungen mit sexuellen Übergriffen. Sie können also jederzeit mit mir darüber sprechen, wenn Ihnen danach ist.«

»Es war Gott sei Dank nicht so schlimm, wie es hätte sein können. Hätte Ethan mir nicht geholfen …« Sie brach ab, als sie spürte, dass es ihr beim Gedanken daran immer noch eiskalt über den Rücken lief. »Na ja, zum Glück war er da. Ich hätte vorsichtiger sein müssen.«

Vor Anna tauchte das Bild einer dunklen Straße auf … der harte Kies, der sich in ihren Rücken bohrte, als sie zu Boden gedrückt wurde. »Es ist falsch, sich selbst die Schuld zu geben.«

»Oh, das tue ich nicht – jedenfalls nicht auf diese Art. Ich hatte mir nicht selbst zuzuschreiben, was er mir antun wollte. Ich habe ihn nicht dazu angespornt. Nein, ich habe von Anfang an klargestellt, dass ich nicht an ihm und seinem ach so tollen Hotelbett interessiert war. Aber nachdem Steve gegangen war, hätte ich absperren sollen. Ich habe nicht nachgedacht, und das war fahrlässig von mir.«

»Ich bin froh, dass Sie nicht ernsthaft verletzt wurden.«

»Es hätte durchaus passieren können. Und ich kann es mir nicht leisten, unvorsichtig zu sein.« Sie schaute zum Wohnzimmer, aus dem fröhliche Musik und Aubreys noch fröhlicheres Lachen zu hören waren. »Für mich steht viel zu viel auf dem Spiel.«

»Allein ein Kind großzuziehen ist hart. Ich habe laufend mit den Problemen zu tun, die daraus entstehen können. Aber Sie machen das ausgezeichnet.«

Grace war nicht nur überrascht, sie war geradezu schockiert. Noch nie hatte jemand gesagt, sie mache etwas »ausgezeichnet«. »Ich … gebe mir Mühe.«

»Ja.« Anna lächelte. »Meine Mutter starb, als ich elf Jahre alt war, aber bis dahin hatte sie mich allein aufgezogen. Wenn ich zurückblicke, muss ich sagen, dass sie ihre Sache ebenfalls ausgezeichnet gemacht hat. Sie hat sich Mühe gegeben, so wie Sie. Hoffentlich bin ich nur halb so gut im »Mühe geben« wie ihr beide, wenn ich mal ein Kind kriege.«

»Haben Sie und Cam schon eins eingeplant?«

»Ich plane leidenschaftlich gern«, sagte Anna lachend. »Aber nein, ich will es erst mal eine Zeit lang genießen, nur verheiratet zu sein – später dann, später will auch ich Kinder.« Sie blickte aus dem Fenster auf die von ihr gepflanzten blühenden Blumen. »Dies ist ein wunderbarer Ort, um Kinder großzuziehen. Kannten Sie Ray und Stella Quinn?«

»O ja. Sie waren großartig. Sie fehlen mir immer noch.«

»Ich wünschte, ich hätte sie gekannt.«

»Sie hätten Sie gemocht.«

»Meinen Sie?«

»Die Quinns hätten Sie um Ihretwillen gemocht«, sagte Grace. »Und sie hätten Sie für all das geliebt, was Sie für die Familie getan haben. Sie haben den Männern geholfen, wieder zueinanderzufinden. Eine Zeit lang waren sie ziemlich desorientiert – nach Dr. Quinns Tod, meine ich. Vielleicht mussten alle erst eigene Wege gehen, bevor sie hierher zurückkehren konnten.«

»Ethan ist geblieben.«

»Er ist hier verwurzelt – im Wasser, so wie das Seegras. Aber er hat sich auch treiben lassen. Und er war viel zu oft allein. Sein Haus liegt an der Biegung des Flusses in der Nähe der Bucht.«

»Ich habe es nie gesehen.«

»Es liegt ziemlich versteckt«, murmelte Grace. »Er legt großen Wert auf seine Privatsphäre. Manchmal, wenn ich während der Schwangerschaft mit Aubrey an stillen Abenden spazieren ging, konnte ich ihn auf seinem Instrument spielen hören. Bei günstigem Wind wehten die Melodien bis zu mir herüber. Es klang wunderschön und einsam.«

Von Liebe geschärfte Augen sahen manche Dinge klarer als andere. »Wie lange lieben Sie ihn schon?«

»Schon mein ganzes Leben, scheint mir«, murmelte Grace, bevor sie sich wieder fangen konnte. »Oh … das wollte ich eigentlich gar nicht sagen.«

»Zu spät. Sie haben es ihm nie gestanden?«

»Nein.« Schon bei dem Gedanken stieg Panik in Grace auf. »Ich sollte nicht darüber reden. Es würde ihm nicht gefallen. Es wäre ihm peinlich.«

»Nun, er ist ja nicht hier, oder?« Anna lächelte belustigt. »Ich finde es toll.«

»Ist es nicht. Es ist furchtbar. Einfach furchtbar.« Entsetzt schlug sie die Hand vor den Mund, als ihr plötzlich Tränen in die Augen schossen. »Ich hab's verdorben, alles verdorben, und jetzt will er mich nicht mal mehr sehen.«

»Oh, Grace.« Anna hörte auf, das Gemüse zu schnippeln, und schlang mitfühlend die Arme um Grace, die sich völlig versteift hatte. Sie schob sie zu einem Stuhl. »Das kann ich nicht glauben.«

»Es ist aber so. Er hat mir gesagt, ich soll mich eine Zeit lang von ihm fernhalten.« Zu ihrem Entsetzen stockte ihre Stimme. »Tut mir leid. Ich weiß nicht, was plötzlich in mich gefahren ist. Ich weine eigentlich nie.«

»Dann wird es aber höchste Zeit, mit dieser Tradition zu brechen.« Anna riss ein paar Papiertücher ab und reichte sie ihr. »Nur zu, danach werden Sie sich besser fühlen.«

»Ich komme mir so blöd vor.« Aber nachdem der Damm einmal gebrochen war, schluchzte Grace herzzerreißend in die Tücher.

»Sie haben keinen Grund, sich blöd vorzukommen.«

»O doch, o doch. Ich bin schuld, dass wir nicht mal mehr Freunde sein können.«

»Und wie haben Sie das gemacht?«, fragte Anna sanft.

»Ich habe mich ihm aufgedrängt. Ich dachte, nach der Nacht, als er mich geküsst hat …«

»Er hat Sie geküsst?«, wiederholte Anna, der sogleich warm ums Herz wurde.

»Er war wütend.« Grace vergrub das Gesicht in den Papiertüchern und atmete tief durch, bis sie sich einigermaßen in der Gewalt hatte. »Es war nach dem Zwischenfall im Pub. So hatte ich ihn noch nie erlebt. Ich kenne ihn schon fast mein ganzes Leben und hätte nie gedacht, dass er so sein kann. Wenn ich ihn nicht kennen würde, hätte ich mich gefürchtet – wie er den Mann wegschleuderte, als wäre er ein Sack. Und erst sein Blick – sein Blick war so anders, so hart und …« Sie seufzte und gab sich einen Ruck, um auch noch den Rest zu gestehen – »so erregend. Ach, es ist grässlich, so was nur zu denken.«

»Wieso denn das?« Anna drückte ihre Hand. »Ich war nicht mal dabei, und ich finde es auch erregend.«

Unter Tränen lachend, wischte Grace sich das Gesicht ab. »Ich weiß auch nicht, was plötzlich los war, aber er brüllte mich nur noch an. Da habe ich auf stur geschaltet, und wir hatten einen handfesten Streit. Als er mich nach Hause fuhr, sagte er, ich solle endlich meinen Job aufgeben. Er tat so, als wäre ich völlig unzurechnungsfähig.«

»Typisch männliche Reaktion.«

»Stimmt.« Grace, in der plötzlich wieder Wut aufflammte, nickte. »Es war ganz typisch, und das hätte ich nie von ihm erwartet. Und dann wälzten wir uns auf einmal im Gras.«

»Ach nein?« Anna grinste entzückt.

»Er küsste mich, und ich küsste ihn, und es war einfach himmlisch. Jahrelang hatte ich mir ausgemalt, wie es mit ihm sein würde, und dann passierte es plötzlich, und es war schöner, als ich es mir jemals hätte träumen lassen. Aber plötzlich hörte er auf und entschuldigte sich sogar bei mir.«

Anna schloss die Augen. »Oh, Ethan, du Trottel.«

»Er sagte, ich solle ins Haus gehen. Doch dann sagte er noch, dass er etwas für mich empfinde. Dass er sich zwar wehre, aber er könne nicht dagegen an. Deshalb hoffte ich, dass sich etwas geändert hätte.«

»Ich würde sagen, es hatte sich so oder so eine Menge geändert.«

»Ja, aber nicht so, wie ich dachte. An dem Tag, als Sie und Cam zurückkamen, war ich hier, als er von der Arbeit kam. Und es schien … na ja, vielleicht … aber er hat mich nur nach Hause gebracht. Er sagte, er habe gründlich über alles nachgedacht. Er wolle mir nie wieder zu nahe kommen, und ich sollte ihn eine Zeit lang in Ruhe lassen.« Sie stieß die Luft aus. »Und das tue ich jetzt.«

Anna überlegte kurz, dann schüttelte sie den Kopf. »Ach, Grace, Sie Dummkopf.« Als Grace die Stirn runzelte, beugte Anna sich vor. »Er will Sie, das sieht doch ein Blinder. Es jagt ihm nur höllische Angst ein. Jetzt sind Sie am Zug. Warum benutzen Sie Ihre Macht nicht?«

»Meine Macht? Welche Macht denn?«

»Die Macht, Ethan Quinn zu kriegen, wenn Sie Ethan Quinn haben wollen. Sie müssen ihn nur allein erwischen und ihn nach allen Regeln der Kunst verführen.«

Grace lachte ungläubig. »Ihn verführen? Ich und Ethan verführen? Das könnte ich nie tun.«

»Wieso nicht?«

»Weil ich …« Es musste doch einen einfachen, logischen Grund geben. »Ich weiß es nicht. Ich glaube nicht, dass ich das Talent dazu habe.«

»Ich gehe jede Wette ein, dass Sie ein Naturtalent sind. Und ich werde Ihnen helfen.«

»Wirklich?«

»Auf jeden Fall.« Anna stand auf und machte sich wieder an ihrer Soße zu schaffen. So konnte sie besser nachdenken. »Wann haben Sie Ihren nächsten freien Abend?«

»Morgen.«

»Gut, dann bleibt uns genug Zeit. Ich würde Ihnen ja Aubrey abnehmen, aber das wäre vielleicht zu auffällig, und wir sollten nicht den kleinsten Verdacht erregen. Gibt es jemanden, dem Sie sie mal über Nacht anvertrauen könnten?«

»Meine Mutter würde sie gern nehmen, aber ich wollte bisher nicht ...«

»Perfekt. Wenn die Kleine im Haus ist, könnten Sie sich gehemmt fühlen. Ich überlege mir, wie wir ihn zu Ihnen nach Hause locken können.«

Sie drehte sich um und musterte Grace. Eine kühle, klassische Schönheit, dachte sie. Mit großen, traurigen Augen. Der Ärmste war schon jetzt geliefert. »Sie werden etwas Schlichtes, aber Feminines tragen.« Nachdenklich tippte sie mit dem Finger gegen ihre Zähne. »Am besten Pastellfarben, zarte Farben, Blassgrün oder Rosa.«

Grace hielt sich den Kopf. »Sie sind zu schnell für mich.«

»Na, jemand muss doch die Initiative ergreifen. Bei diesem Tempo werden Sie und Ethan sich noch in zwanzig Jahren aus der Ferne anschmachten. Kein Schmuck«, fügte sie hinzu. »Und nur ein Hauch Make-up. Benutzen Sie Ihr gewohntes Parfüm. Er kennt es, es wird ihm vertraut sein.«

»Anna, es spielt keine Rolle, was ich anziehe, wenn er nicht bei mir sein will.«

»Aber natürlich spielt es eine Rolle.« Für Anna, die seit ihrer Jugend leidenschaftlich in schöne Klamotten verliebt war, war so eine Meinung fast Blasphemie. »Die Männer denken immer, dass sie nicht bemerken, was eine Frau anhat – es sei denn, sie ist so gut wie nackt. Aber sie merken es sehr wohl – im Unterbewusstsein. Kleider helfen, eine bestimmte Stimmung oder ein Image zu unterstreichen.«

Mit gespitzten Lippen gab sie frisches Basilikum in die Soße und holte eine Pfanne heraus, um Zwiebeln und Knoblauch zu dünsten. »Ich werde versuchen, ihn kurz vor Sonnenuntergang zu Ihnen zu locken. Sie sollten ein paar Kerzen anzünden und Musik auflegen. Die Quinns stehen auf Musik.«

»Was soll ich denn zu ihm sagen?«

»Mit dem Rest müssen Sie schon allein fertigwerden«, meinte Anna trocken. »Ich bin überzeugt, zu gegebener Zeit fällt Ihnen schon was ein.«

Grace war skeptisch. Während appetitliche Düfte die Luft durchzogen, dachte sie angestrengt nach. »Es kommt mir so vor, als würde ich ihn in eine Falle locken.«

»Und was wäre die Alternative?«

Grace lachte leise. Und gab sich geschlagen. »Ich habe ein rosa Kleid. Vor ein paar Jahren für Steves Hochzeit erstanden.«

Anna blickte über ihre Schulter. »Und wie sehen Sie darin aus?«

»Na ja …« Grace lächelte zögernd. »Noch bevor die Hochzeitstorte angeschnitten wurde, wich Steves Trauzeuge mir nicht mehr von der Seite.«

»Klingt vielversprechend.«

»Ich weiß trotzdem nicht so recht …« Grace brach ab, als ihr Mutterohr aus dem Wohnzimmer die Musik des Abspanns auffing. »Aubreys Sendung ist zu Ende. Ich muss noch den Rest saugen.«

Sie stand schnell auf, erschrocken bei dem Gedanken, dass Ethan nach Hause kommen könnte, bevor sie gegangen war. All ihre Gefühle mussten ihr vom Gesicht abzulesen sein. »Anna, ich weiß zu schätzen, was Sie für mich tun wollen, aber ich glaube einfach nicht, dass es klappen wird. Ethan hat seinen eigenen Kopf.«

»Na, zumindest wird es ihm nicht schaden, zu Ihnen zu kommen und Sie in Ihrem rosa Kleid zu sehen, oder?«

Grace holte tief Luft. »Kann Cam jemals in einer Diskussion mit Ihnen gewinnen?«

»Bei seltenen Gelegenheiten schon, aber nicht, wenn ich in Hochform bin.«

Grace ging langsam zur Tür. Aubreys stille, brave Phase musste sich mittlerweile ihrem Ende nähern. »Ich bin froh, dass Sie heute eher nach Hause gekommen sind.«

Anna klopfte mit dem Holzlöffel auf den Rand des Kochtopfs. »Ich auch.«

KAPITEL 10

Am nächsten Tag, als der Sonnenuntergang nahte, war Grace noch unsicherer geworden, was Annas Plan betraf. Ihre Nerven waren zum Zerreißen gespannt, sie spürte förmlich, wie sie unter ihrer Haut vibrierten. In ihrem Magen rumorte es unaufhörlich, und das Blut pochte beharrlich in ihren Schläfen.

Das Höchste wäre es, dachte sie ärgerlich, wenn es Anna gelänge, Ethan zu ihr zu locken, und sie ihm anschließend sterbenselend vor die Füße sank.

Eine geniale Verführung.

Sie hätte sich nie auf diese abgedrehte Idee einlassen sollen, sagte sie sich, als sie einen letzten Rundgang durch ihr kleines Haus machte. Anna hatte sich von ihrer Begeisterung hinreißen lassen; für sie stand außer Frage, dass alles glattgehen würde. Und Grace hatte sich anstecken lassen, ohne sich klarzumachen, wie viele Unwägbarkeiten der Plan enthielt.

Was sollte sie nur zu ihm sagen, wenn er kam? Falls er überhaupt kam, dachte sie, zwischen Hoffnung und Verzweiflung schwankend. Vermutlich würde er nie auftauchen, und dann hätte sie ihre Kleine ganz umsonst für die Nacht ausquartiert.

Es war viel zu still hier. Man hörte nichts außer der abendlichen Brise, die in den Bäumen raschelte. Wäre Aubrey hier gewesen – wo sie hingehörte –, dann hätte sie ihr jetzt ihre Gutenachtgeschichte vorgelesen. Die Kleine hätte gewaschen und frisch gepudert in Grace' Armen auf dem Schaukelstuhl gesessen und sich schläfrig an sie gekuschelt.

Grace seufzte, dann presste sie fest die Lippen zusammen und marschierte zu der kleinen Stereoanlage in dem Regal aus Kiefernholz im Wohnzimmer. Sie wählte ein paar CDs aus ihrer Sammlung – der einzige Luxus, den sie sich gönnte, ohne sich schuldig zu fühlen – und ließ die melancholischen, romantischen Klänge einer Mozart-Sinfonie durchs Haus wehen.

Anschließend ging sie zum Fenster, um zuzusehen, wie die Sonne langsam am Horizont versank. Das weiche Licht verblasste, verlor an Farbe. In dem Pflaumenbaum, der den Vorgarten der Cutters zierte, stimmte im Zwielicht ein einsamer Nachtvogel, ein Ziegenmelker, sein Lied an. Könnte sie doch nur über sich selbst lachen – die einfältige Grace Monroe, die in ihrem rosa Kleid am Fenster stand und sehnsüchtig auf eine Sternschnuppe wartete, um sich etwas zu wünschen.

Doch stumm lehnte sie die Stirn gegen die Scheibe, schloss die Augen und sagte sich, dass sie zu alt wäre, um sich etwas von einer Sternschnuppe zu wünschen.

Anna dachte sich, dass ihr das Talent zur Spionin in die Wiege gelegt worden war. Sie hatte den Plan tapfer für sich behalten und gegen ihren Mitteilungsdrang angekämpft – wie gern sie Cam auch alles erzählt hätte.

Immer wieder musste sie sich vorsagen, dass er schließlich ein Mann war. Und obendrein Ethans Bruder – noch ein Hinderungsgrund. Dies war eine Frauensache. Unauffällig – so glaubte sie – behielt sie Ethan im Auge; o nein, nach dem Abendessen würde er nicht wie sonst unbemerkt entkommen können. Er würde tun, was sie von ihm erwartete. Und all das, ohne zu ahnen, dass seine Schwägerin die Fäden zog.

Die Idee mit dem Eis war ein Geniestreich. Auf dem Heimweg hatte sie einen großen Topf besorgt, und jetzt saßen »ihre drei Männer« auf der hinteren Veranda und schlemmten.

Der Zeitpunkt war gekommen, sagte sie sich und rieb sich die Hände, bevor sie auf die Veranda hinaustrat. »Uns steht eine warme Nacht bevor. Kaum zu glauben, dass es fast schon Juli ist.«

Sie ging zum Geländer, beugte sich vor und betrachtete ihre Blumenbeete. Sie gediehen prächtig, dachte sie ein wenig selbstgefällig. »Ich hab' mir überlegt, dass wir am 4. Juli ein Picknick im Garten veranstalten könnten.«

»Unten am Hafen gibt's ein Feuerwerk«, warf Ethan ein. »Jedes Jahr, eine halbe Stunde nach Sonnenuntergang. Man kann es von hier aus sehen.«

»Wirklich? Das wäre doch ideal. Wie findest du die Idee, Seth? Du könntest deine Freunde einladen, dann grillen wir Hamburger und Hotdogs.«

»Cool.« Er kratzte seine Schale aus und überlegte bereits, wie er einen Nachschlag ergattern könnte.

»Dann muss ich ja die Hufeisen ausgraben«, sagte Cam. »Liegen die noch irgendwo hier herum, Ethan?«

»Ja, irgendwo.«

»Und Musik brauchen wir.« Anna drehte sich um und tätschelte Cams Knie. »Ihr drei könntet zusammen musizieren. Für meinen Geschmack spielt ihr viel zu selten zusammen. Ich muss unbedingt eine Liste machen. Ihr müsst mir sagen, wen wir alles einladen sollen – und das Essen ... Essen ... Sie fand es bühnenreif, wie sie sich gespielt irritiert vom Geländer abstieß. »Oje, wie konnte ich das nur vergessen? Ich hatte doch Grace versprochen, mein Tortellini-Rezept gegen ihr Brathähnchen-Rezept einzutauschen!«

Rasch lief sie ins Haus, um die Karteikarte zu holen, auf die sie das Rezept fein säuberlich geschrieben hatte – so etwas hatte sie noch nie zuvor getan –, dann stürzte sie wieder nach draußen, wo sie ein unwiderstehliches Lächeln aufsetzte.

»Ethan, könntest du ihr das hier bitte bringen?«

Er starrte auf die kleine weiße Karte und hatte den Impuls, schnell die Hände in den Taschen verschwinden zu lassen. »Was?«

»Ich hatte ihr versprochen, ihr das hier heute zu geben, und ich hab's total vergessen. Ich würde ja selbst zu ihr rüberfahren, aber ich muss noch den Bericht zu Ende schreiben. Ich brenne schon darauf, das Brathähnchen auszuprobieren«, fuhr sie, fast ohne Luft zu holen, fort, drückte ihm die Rezeptkarte in die Hand und zog ihn sanft hoch.

»Es ist ziemlich spät.«

»Oh, es ist nicht mal neun.« Lass ihm keine Zeit zum Nachdenken, ermahnte sie sich. Keine Zeit, Fragen zu stellen. Sie zog ihn mit sich ins Haus, lächelnd und mit den Wimpern klimpernd, um ihn zur Eile anzutreiben. »Das ist wirklich sehr lieb von dir. Neuerdings bin ich so furchtbar zerstreut … Die halbe Zeit habe ich das Gefühl, mich immerzu im Kreis zu drehen. Sag ihr, es tut mir leid, dass ich es nicht früher geschafft habe, und sie soll mir auf jeden Fall erzählen, wie es geworden ist, wenn sie es ausprobiert hat. Vielen, vielen Dank, Ethan«, fügte sie hinzu und stellte sich auf die Zehenspitzen, um einen kurzen, zärtlichen Kuss auf seine Wange zu drücken. »Ich finde es toll, Brüder zu haben.«

»Na ja …« Er fühlte sich überfahren, ihm war unbehaglich zumute, aber die Art, wie sie das sagte, wie sie lächelte, entwaffnete ihn. »Ich bin gleich wieder da.«

Das glaube ich weniger, dachte Anna und unterdrückte klugerweise ihre Lachlust, als sie ihm fröhlich nachwinkte. Sobald sein Transporter aus ihrem Blickfeld verschwunden war, klatschte sie in die Hände. Mission erfüllt.

»Was, zum Teufel, sollte das?«, wollte Cam wissen.

Sie fuhr zusammen. »Ich weiß nicht, was du meinst.« Sie wäre einfach an ihm vorbei ins Haus gerauscht, aber er versperrte ihr den Weg.

»O doch, du weißt sehr gut, was ich meine.« Neugierig legte er den Kopf auf die Seite. Sie gab sich alle Mühe, eine harmlose Miene aufzusetzen, was ihr jedoch nicht ganz gelang. In ihren Augen funkelte Schadenfreude. »Du tauschst Rezepte aus – seit wann, Anna?«

»Was ist denn dabei?« Sie hob eine Schulter. »Ich bin eine gute Köchin.«

»Gar keine Frage – aber der Typ Hausfrau, deren Wohl und Wehe von neuen Rezepten abhängt, bist du nicht. Und wenn du so erpicht darauf warst, das Rezept Grace zu geben, hättest du doch zum Telefonhörer greifen können. Du hast Ethan nicht mal die Chance gegeben, dich darauf hinzuweisen. Stattdessen hast du gezielt deinen betörenden Augenaufschlag eingesetzt. Außerdem hast du gesäuselt wie eine unterbelichtete Modepuppe.«

»Eine Modepuppe?«

»Was du nicht bist«, fuhr er fort und schob sie langsam rückwärts, bis sie gegen das Geländer stieß. »Und unterbelichtet schon gar nicht. Nein, sondern clever, gerissen und eine Spur hinterhältig.« Er stützte sich zu beiden Seiten ihrer Hüften aufs Geländer, um ihr den Fluchtweg abzuschneiden. »Das trifft es eher.«

Eigentlich ein recht nettes Kompliment, dachte sie. »Danke,

Cameron. Aber jetzt muss ich mich wirklich an meinen Bericht setzen.«

»O nein, noch nicht. Warum hast du Ethan beschwatzt, zu Grace zu fahren?«

Sie warf ihr Haar zurück und blickte ihm unerschrocken in die Augen. »Ich finde, ein cleverer, gerissener und eine Spur hinterhältiger Mann wie du sollte in der Lage sein, das selbst herauszufinden.«

Er zog die Brauen zusammen. »Du versuchst, den Cupido zu spielen, sie zu verkuppeln.«

»Sie sind im Grunde schon verkuppelt, aber dein Bruder ist ja so furchtbar passiv. Eine richtige lahme Ente.«

»Von mir aus sogar eine lahme Ente mit Zwicker, aber so ist Ethan nun mal. Meinst du nicht, dass sie ihre Probleme selbst lösen sollten?«

»Sie brauchen nur fünf Minuten, in denen sie ungestört sind, mehr nicht, und dafür habe ich gesorgt – ich habe ihnen die Gelegenheit verschafft, endlich mal allein zu sein.« Sie schlang die Arme um seinen Nacken. »Außerdem wollen wir wahnsinnig glücklichen Frauen nun mal, dass auch alle anderen wahnsinnig glücklich sind.«

Er zog eine Braue hoch. »Glaubst du wirklich, dass diese Masche bei mir zieht?«

Sie lächelte, beugte sie sich vor und knabberte an seiner Unterlippe. »O ja.«

»Du hast recht«, murmelte er und ließ sich bereitwillig von ihr küssen.

Ethan blieb volle fünf Minuten in seinem Transporter sitzen. Rezepte? Das war das Dümmste, was er je gehört hatte. Er hatte Anna immer für eine vernünftige Frau gehalten, und plötzlich schickte sie ihn los, um ein Rezept zu überbringen. Mein Gott.

Er war noch nicht bereit, Grace gegenüberzutreten. Nicht, dass er in seinem Entschluss noch wankend werden könnte, aber … sogar der selbstbeherrschteste Mann hat gewisse Schwächen.

Andererseits wusste er nicht, wie er sich aus der Affäre ziehen sollte, jetzt, da er schon mal hier war. Er würde es möglichst rasch hinter sich bringen. Vermutlich steckte sie gerade die Kleine ins Bett, also würde er ihr nur die Karte in die Hand drücken und sich aus dem Staub machen.

Wie ein zum Tode Verurteilter kletterte er aus dem Wagen und schleppte sich zur Haustür. Hinter der Fliegentür sah er Kerzenlicht flackern. Als er stehen blieb und von einem Fuß auf den anderen trat, hörte er Musik – ein Stück mit schluchzenden Geigen und romantischer Klavierbegleitung.

Noch nie im Leben war er sich so lächerlich vorgekommen wie jetzt, da er auf Grace' Veranda stand und ein Rezept für ein Pasta-Gericht in der Hand hielt, während von drinnen Musik in die warme Sommernacht drang.

Er klopfte an den Holzrahmen, nicht zu laut, um Aubrey nicht aufzuwecken. Einen Moment lang spielte er mit dem Gedanken, die Karte einfach in den Türspalt zu stecken und zu fliehen, aber ein Feigling war er schließlich nicht.

Überdies würde Anna wissen wollen, warum er Grace' Rezept für Brathähnchen nicht mitgebracht hatte.

Als er Grace erspähte, wünschte er allerdings, er hätte sich zu seiner Feigheit bekannt.

Sie kam aus der Küche im rückwärtigen Teil des Hauses. Das Haus war winzig – es hatte Ethan immer an ein Puppenhaus erinnert –, deshalb war es nur ein kurzer Weg. Und doch schien es ihm, dass er sie endlos lang zur Musik durch das Kerzenlicht schweben sah.

Sie trug ein zartrosa Kleid, das ihr bis zu den Knöcheln reichte, mit einer Reihe winziger Perlknöpfe vom Hals bis zum Saum, der ihre nackten Füße umspielte. Nur selten hatte er sie in einem Kleid gesehen; von ihrem Anblick wie vom Donner gerührt, vergaß er sich zu fragen, warum sie ausgerechnet heute eines trug.

Er konnte nur noch an etwas denken: dass sie aussah wie eine Rosenknospe, zart, frisch, noch nicht voll erblüht. Wortlos starrte er sie an.

»Ethan.« Ihre Hand zitterte leicht, als sie nach dem Türknopf griff und die Fliegentür aufzog. Anscheinend hatte sie keine Sternschnuppe gebraucht, damit ihre Wünsche in Erfüllung gingen, dachte sie. Denn da stand Ethan, dicht vor ihr, und konnte den Blick nicht von ihr abwenden.

»Ich war ...« Ihr Duft, ihm so vertraut wie sein eigener, vernebelte seinen Verstand. »Anna schickt dir ... sie hat mich gebeten, dir das hier vorbeizubringen.«

Verwundert nahm Grace die Karte entgegen. Beim Anblick des Rezepts musste sie sich in die Wange beißen, um nicht laut loszulachen. Aber sie hatte sich im Griff, und als sie zu ihm aufschaute, lächelten nur ihre Augen. »Das ist nett von ihr.«

»Hast du ihres da?«

»Ihres – was?«

»Das Hähnchen.«

»Oh ... ja. Drüben in der Küche. Komm doch rein, ich hole es eben.« Welches Hähnchen?, fragte sie sich, benommen von dem unterdrückten Gelächter, das sich später garantiert in einem hysterischen Anfall Bahn brechen würde. »Der ... Auflauf, richtig?«

»Nein.« Wie schmal ihre Taille war, dachte er. Ihre Füße. »Es geht um Brathähnchen.«

»Ach ja, stimmt ja. Neuerdings bin ich so zerstreut.«

»Scheint ansteckend zu sein«, murmelte er. Er entschied, dass es sicherer war, sie nicht anzuschauen. Prompt entdeckte er die beiden brennenden dicken weißen Kerzen auf dem Küchentresen. »Ist dir eine Sicherung durchgebrannt?«

»Wie bitte?«

»Was ist mit deinem Licht los?«

»Nichts.« Sie spürte, wie ihr das Blut in die Wangen stieg. Das Rezept für das Brathähnchen hatte sie nirgends notiert. Wieso auch? Sie kannte es auswendig. »Manchmal mag ich lieber Kerzenlicht. Es passt zur Musik.«

Er ächzte nur und wünschte, sie würde sich beeilen, damit er sich schleunigst verdrücken konnte. »Du hast Aubrey schon ins Bett gebracht?«

»Sie ist bei meiner Mutter.«

Sein Blick, bisher starr auf die Zimmerdecke geheftet, richtete sich plötzlich auf sie. »Sie ist nicht hier?«

»Nein. Sie übernachtet zum ersten Mal auswärts. Ich hab' schon zweimal angerufen.« Sie lächelte ein wenig und spielte am obersten Knopf ihres Kleides, auf eine Art, dass Ethan der Kopf schwirrte. »Ich weiß ja, sie ist nur wenige Kilometer entfernt und dort so sicher aufgehoben wie in ihrem eigenen Bettchen, aber ich konnte einfach nicht anders. Das Haus ist so verändert, wenn sie mal nicht hier ist.«

Gefährlich – das war das Wort, das ihm dazu einfiel. Das hübsche kleine Puppenhaus hatte sich auf einmal in ein tödliches Minenfeld verwandelt. Nebenan schlief kein unschuldiges kleines Mädchen. Sie waren allein mit der schluchzenden Musik, den schimmernden Kerzen.

Und obendrein steckte Grace in einem blassrosa Kleid, das ihn förmlich dazu aufforderte, nacheinander die kleinen weißen Knöpfe zu öffnen …

Seine Fingerspitzen zuckten.

»Ich bin so froh, dass du vorbeigekommen bist.« All ihren Mut zusammennehmend, trat sie einen Schritt näher. Sie hatte Macht über ihn, das durfte sie nicht vergessen. »Ich bin ein bisschen melancholisch.«

Er wich zurück. Jetzt prickelte mehr als nur seine Fingerspitzen. »Ich hab' gesagt, dass ich gleich wieder da bin.«

»Du könntest doch auf einen … Kaffee bleiben oder so.«

Kaffee? Wenn sein Blutdruck noch eine Spur höher kletterte, würde er eine Tarantella tanzen. »Ich glaube nicht …«

»Ethan, hör zu – ich kann dir nicht aus dem Weg gehen. St. Chris ist zu klein, und uns verbinden zu viele Dinge.« Sie spürte, wie ihr Puls pochte. »Und ich will es auch gar nicht. Ich will dir nicht aus dem Weg gehen, Ethan.«

»Ich sagte doch, ich habe gute Gründe.« Die ihm auch bestimmt wieder einfallen würden, wenn sie nur endlich aufhörte, ihn aus diesen riesengroßen grünen Augen anzusehen. »Ich will dich nur beschützen, Grace.«

»Du brauchst mich nicht zu beschützen. Wir sind beide erwachsen. Und beide allein.« Sie kam näher und nahm den Duft der Seife wahr, die er nach der Arbeit beim Duschen benutzt hatte, wie stets vermischt mit den Gerüchen der Bucht. »Aber heute Nacht will ich nicht allein sein.«

Er wich ihr aus. Würde er sie nicht besser kennen, hätte er gedacht, dass sie sich an ihn heranmachen wollte. »Mein Entschluss steht fest.« Aber dummerweise hatte jetzt nicht sein Verstand die Oberhand, sondern sein Unterleib. »Halte dich doch wenigstens ein bisschen zurück, Grace.«

»Mir kommt es so vor, als hätte ich mich mein Leben lang zurückgehalten. Ich will mich nicht mehr zurückhalten, Ethan, was auch immer das heißen mag. Ich bin es leid, im Hintergrund zu stehen und unsichtbar zu sein. Wenn du mich nicht willst, muss ich mich damit abfinden. Aber wenn doch …« Sie trat noch näher und legte die Hand auf sein Herz, das wild pochte. »Wenn doch, warum nimmst du mich dann nicht?«

Er stieß mit dem Rücken gegen den Tresen. »Hör auf … Du weißt nicht, was du da tust.«

»Ich weiß ganz genau, was ich tue«, fauchte sie beinahe, plötzlich wütend auf sie beide. »Ich stelle mich nur ziemlich ungeschickt an, da du lieber an meiner Küchenwand hochklettern würdest, als mich auch nur anzutippen. Was meinst du denn, was dann geschehen würde? Dass ich in tausend Stücke zerspringe? Ich bin eine erwachsene Frau, Ethan. Ich war schon mal verheiratet, ich habe ein Kind. Ich weiß, was ich von dir verlange, und ich weiß auch, was ich will.«

»Ich weiß, dass du eine erwachsene Frau bist. Ich hab' doch Augen im Kopf.«

»Dann benutze sie auch, und sieh mich an.«

Wie konnte er es ihr verweigern? Wie hatte er jemals glauben können, dass er sich dagegen wehren könnte? Vor ihm, in Licht und Schatten getaucht, stand alles, was er sich jemals erträumt hatte. »Ich sehe dich an, Grace.« Und stehe dabei mit dem Rücken zur Wand, dachte er. Das Herz klopfte ihm bis zum Hals.

»Vor dir steht eine Frau, die dich begehrt, Ethan. Eine Frau, die dich braucht.« Sie sah, wie sich bei diesen Worten seine Augen veränderten, glitzerten, sich verdunkelten, sich nur auf sie konzentrierten. Unsicher holte sie Luft und trat zurück. »Vielleicht begehrst und brauchst du mich ja auch ein wenig.«

Genau das befürchtete er insgeheim. Und dass es sinnlos war, sich zu sagen, dass er ohne sie zurechtkommen könnte und würde. Wie wunderschön sie war, ganz Rosa und Gold im Kerzenschein, ihre Augen so klar und offen. »So ist es«, sagte er schließlich. »Aber was ändert das?«

»Kannst du denn nie deinen Kopf ausschalten?«

»Im Moment fällt es mir sehr schwer nachzudenken«, murmelte er.

»Dann tu's doch nicht. Hören wir beide auf zu denken.« Ihr Gesicht brannte, aber sie schaute ihm tief in die Augen. Hob die Hände, ihre zitternden Hände, um den obersten Knopf ihres Kleides zu lösen.

Er beobachtete sie und staunte darüber, wie eine so kleine, schlichte Geste, dieser winzige Fingerbreit nackter Haut ihn erregen konnten. Ihm stockte der Atem, das Blut kreiste heiß durch seine Adern, und das Verlangen, das so lange Zeit verleugnete Verlangen brach über ihn herein.

»Hör auf, Grace«, sagte er sanft. »Tu das nicht.«

Sie kapitulierte. Ihre Hand fiel schlaff herunter, und sie schloss die Augen.

»Überlass das mir.«

Sie fing benommen seinen ernsten Blick auf. Als er sich ihr näherte, holte sie bebend Luft und hielt den Atem an.

»Das wollte ich schon immer tun«, murmelte er und löste den nächsten winzigen Perlenknopf.

»Oh ...« Ihr Atmen klang wie ein Schluchzen. »Ethan.«

»Wie hübsch du bist.« Sie zitterte am ganzen Körper, sodass er den Kopf beugte, um beruhigend mit dem Mund ihre Lippen zu streifen. »Wie weich. Und ich habe so raue

Hände.« Er fuhr mit den Fingerknöcheln über ihre Wange, ihren Hals. »Aber ich werde dir nicht wehtun.«

»Ich weiß. Ich weiß, dass du mir niemals wehtun wirst.«

»Du zitterst.« Er öffnete noch einen Knopf, dann noch einen.

»Ich kann nicht anders.«

»Es stört mich nicht.«

Langsam öffnete er alle Knöpfe bis hinab zu ihrer Taille. »Ich schätze, tief im Innern wusste ich, dass ich nicht wieder gehen könnte, wenn ich heute Abend zu dir komme.«

»Ich habe mir so sehr gewünscht, dass du kommst. Ich wünsche es mir schon so lange.«

»Ich auch.« Die Knöpfe waren so winzig und seine Finger so groß; ihre Haut, wo das Kleid auseinanderklaffte, so weich und warm. »Sag mir, wenn ich etwas tue, das dir nicht gefällt. Oder wenn ich etwas nicht tue, was du dir wünschst.«

Der Laut, der über ihre Lippen kam, war halb Stöhnen, halb Lachen. »Gleich kann ich bestimmt nichts mehr sagen. Ich kriege keine Luft mehr. Aber küss mich jetzt.«

»Das wollte ich gerade tun.« Er knabberte lockend an ihren Lippen, ließ sich viel Zeit, weil es das erste Mal, als er davon gekostet hatte, so schnell gegangen war. Heute wollte er genießen, einen Rhythmus finden, der ihnen beiden zusagte. Als sie an seinem Mund seufzte, machte er sich wieder an ihren Knöpfen zu schaffen, während er den innigen Kuss scheinbar endlos in die Länge zog.

»Ich will dich ansehen.« Behutsam, Zentimeter für Zentimeter, schob er ihr das Kleid von den Schultern – es waren von der Sonne geküsste, kräftige, anmutig geschwungene Schultern. Er hatte immer gefunden, dass sie die schönsten Schultern hatte, die er je gesehen hatte, und war hingerissen, dass er sie jetzt nach Herzenslust streicheln durfte.

Ihr heiseres Stöhnen verriet ihm, dass seine Liebkosungen ihr Lust bereiteten. Oh, er hatte ihr noch so viel mehr zu bieten.

Noch nie war sie so berührt worden, als ob sie eine seltene Kostbarkeit wäre. Was diese Berührung in ihr auslöste, war so neu, so unbeschreiblich schön. Ihre Haut schien sich unter seinen Lippen zu erwärmen und doppelt so empfindlich zu werden, ihr Blut schien langsamer durch ihre Adern zu fließen. Sie seufzte nur, als ihr Kleid auf ihre Füße herabfiel.

Als er sich von ihr zurückzog, sah sie ihn aus großen, staunenden Augen an. Ihre Lider zuckten, ihr Pulsschlag setzte aus, als seine Finger sacht über die Wölbung ihrer Brüste im Ausschnitt ihres schlichten Baumwoll-BHs glitten. Dann löste er den Haken und umschloss ihre Brüste sanft mit den Händen. Sie musste sich auf die Unterlippe beißen, um nicht laut aufzustöhnen.

»Willst du, dass ich aufhöre?«

»O Gott, nein.« Sie warf den Kopf in den Nacken. Diesmal konnte sie das Aufstöhnen nicht unterdrücken. Seine rauen Daumen fuhren langsam, rhythmisch über ihre Brustspitzen. »Nein!«

»Halt dich an mir fest, Grace«, sagte er leise. Als sie nach seinen Schultern griff, näherte er sich ihr wieder mit dem Mund und forderte mehr, immer mehr, bis sie in seinen Armen erschlaffte.

Er hob sie hoch und wartete, bis sie die Augen öffnete. »Ja, ich möchte dich, Grace. Ich möchte dich so sehr.«

»Gott sei Dank, Ethan.«

Er lächelte, als sie den Kopf an seine Schulter lehnte. »Keine Angst ... ich sorge schon für den Schutz.«

Bilder von Drachen und schwarzen Rittern zogen an ihr

vorüber, ehe ihr die rein praktische Bedeutung seiner Worte aufging. »Ich nehme die Pille. Aber ich bin seit Jack mit keinem Mann zusammen gewesen.«

Das hatte er zwar geahnt, aber es aus ihrem Mund zu hören, steigerte sein Verlangen noch.

Im Schlafzimmer brannten ebenfalls Kerzen, schlanke, spitz zulaufende Kerzen in zierlichen weißen muschelförmigen Schalen. Das Kopfteil ihres Messingbetts schimmerte in dem weichen Licht. Auf dem kleinen Tisch daneben ergossen sich weiße Gänseblümchen aus einer Glasvase.

Sie dachte, er würde sie aufs Bett legen, doch stattdessen setzte er sich und hielt sie in den Armen, während er ihr Gesicht mit innigen Küssen bedeckte. Dann gingen seine Hände auf Entdeckungsreise.

Überall, wo er sie berührte, flammten kleine Feuerzungen auf.

Schwielige Hände, die ihren Körper ertasteten. Lange, an den Kuppen aufgeraute Finger, die ihre Haut liebkosten, ihr Fleisch drückten, ihre Reaktionen erkundeten. Da, o ja, genau da …

Seine Bartstoppeln rieben an der empfindlichen Stelle zwischen ihren Brüsten, als er seine Zunge abwechselnd kreisen und hin und her schnellen ließ. Und wieder und wieder nahm sein Mund den ihren in Besitz, in schier endlosen Küssen, die ihr den Verstand raubten.

Sie zerrte an seinem Hemd, begierig darauf, ihm ebenfalls Lust zu bereiten, den Zauber auch auf ihn wirken zu lassen; erfühlte die Narben, seine straffen Muskeln, den sehnigen Oberkörper, die breiten Schultern, sein warmes Fleisch unter ihren pulsierenden Fingern. In den Vorhängen am geöffneten Fenster wisperte die Brise, gefolgt vom Lied des

Ziegenmelkers, das auf einmal gar nicht mehr so einsam klang.

Vorsichtig ließ er sie aufs Bett gleiten und bettete ihren Kopf aufs Kissen, dann bückte er sich, um seine Stiefel auszuziehen. Blassgoldener Kerzenschein flimmerte in den rauchgrauen Schatten, und beide Farbtöne vermischten sich auf ihrer Haut. Als er sah, dass sie mit der Hand ihre Brüste bedecken wollte, nahm er sie und küsste ihre Fingerknöchel.

»Das solltest du nicht tun«, murmelte er. »Es ist so schön, dich anzusehen.«

Sie hätte nie gedacht, dass sie sich vor ihm schämen würde, aber es kostete sie Überwindung, die Hand wegzunehmen und aufs Bett sinken zu lassen. Als er aus seiner Jeans stieg, nahm ihr der Anblick den Atem – schön wie ein Märchenprinz, der sich der vielen Narben an seinem Körper nicht schämte, sondern sie stolz zur Schau trug.

Überwältigt von Leidenschaft streckte sie die Arme nach ihm aus.

Er kam zu ihr, legte sich vorsichtig auf sie, um nicht mit dem ganzen Gewicht auf ihr zu lasten. Sie war so zart, dachte er, so schlank – und umso vieles unschuldiger, als sie glaubte.

Als der aufgehende Mond die ersten schrägen Strahlen ins Zimmer warf, zeigte er ihr, welch erotische Schätze er für sie bereithielt.

Seufzer, Gemurmel, erfindungsreiche, verhaltene Liebkosungen, stilles Ausprobieren und Genießen. Seine Hände erregten sie so sehr, dass es sie fast umbrachte, bewegten sich jedoch nie zu schnell oder überhastet. Ihre eigenen Hände, die bewundernd auf Entdeckungsreise gingen, vergaßen es, länger zu verweilen. Er fand heraus, wo sie besonders empfindlich war – an der Unterseite ihrer Brüste, in den Kniekehlen, in dem berauschenden Tal zwischen ihren Oberschenkeln und dem Zentrum ihrer Lust.

Er war so auf sie konzentriert, dass es ihn überraschte, als plötzlich sein eigenes Verlangen aufwallte und er tief zu stöhnen begann, während er mit dem Mund ihre Brust liebkoste.

Sie bäumte sich auf und erschauerte unter seinem fordernden Griff.

Der Rhythmus veränderte sich.

Stoßweise atmend hob er den Kopf und schaute in ihr Gesicht. Seine Hand bahnte sich den Weg zwischen ihre Schenkel. Presste sich dazwischen. Ertastete ihre Nässe.

»Ich will zusehen, wenn du kommst.« Seine Finger spielten mit ihr, in ihr, als sie immer schneller atmete und sich wechselnd Lust, Panik, Erregung auf ihrem Gesicht abzeichneten. Er beobachtete, wie sie stieg, immer höher und höher, und dann mit einem erstickten Aufschrei den Gipfel erklomm.

Sie wollte den Kopf schütteln, um wieder zur Besinnung zu kommen, doch die köstliche Benommenheit gab sie nicht frei. Das vertraute Zimmer verschwamm ihr vor den Augen, sodass sie nur noch sein Gesicht erkennen konnte, es nur noch ihn gab. Sie war trunken, unaussprechlich erregt, rasend.

Dies war endlich die Liebe, wie sie sie sich immer erträumt hatte.

Ihre Haut prickelte, als er langsam an ihr hinaufglitt und sein Mund eine warme, feuchte Spur auf ihren Körper malte.

»Bitte.« Es war nicht genug. Selbst das war noch nicht genug. Sie sehnte sich nach der Vereinigung, der höchsten Intimität. »Ethan …« Sie öffnete sich ihm, bog sich ihm entgegen. »Jetzt.«

Seine Hände umschlossen ihr Gesicht, seine Lippen bedeckten die ihren. »Jetzt«, murmelte er an ihrem Mund und drang in sie ein.

Ihre lang gezogenen Seufzer vermischten sich, und ein schier endloser Lustschauer ließ sie beide erbeben, als er tief in ihr war. Sie begannen sich zu bewegen, stimmten sich aufeinander ein, fanden wie im Traum einen gemeinsamen Rhythmus, als hätten sie ihn schon ihr Leben lang gekannt.

Die Begierde überspülte sie, ein steter, nicht nachlassender Hitzestrom. Von dem sie sich treiben ließen, überwältigt von der Schnelligkeit, mit der er sie fortriss, von der tiefen, intensiven Lust, die ihnen jeder Stoß bereitete. Grace näherte sich dem Scheitelpunkt, sie spürte, wie die Spannung sich in ihr aufbaute, ihr Blut zum Kochen brachte und sie ins Feuer schleuderte, bis die Flammen über ihr zusammenschlugen und sie staunend wieder hinabsank.

Er presste das Gesicht in ihr Haar und folgte ihr.

Ethan war so still, dass sie sich Sorgen machte. Er hielt sie zwar, aber vielleicht dachte er auch nur, dass sie das jetzt brauchte. Er sagte kein Wort, und je länger die Stille andauerte, umso größer wurde ihre Furcht. Was würde er sagen, wenn er sein Schweigen schließlich brach?

Also brach sie es zuerst.

»Sag mir nicht, dass du es bedauerst. Ich glaube nicht, dass ich das jetzt ertragen könnte.«

»Das hatte ich gar nicht vor. Ich habe mir zwar geschworen, es niemals so weit kommen zu lassen, aber ich bedaure es nicht.«

Sie lehnte den Kopf an seine Schulter, sodass ihr Haar sein Kinn streifte. »Wirst du mich denn noch öfter lieben?«

»Heute?«

Seine träge, belustigte Stimme vertrieb ihre Anspannung. Sie lächelte. »Inzwischen weiß ich, dass ich dich zu nichts drängen darf.« Sie hob den Kopf und sah ihn an. Es war ihr wichtig, Bescheid zu wissen. »Wirst du es tun, Ethan? Wirst du noch öfter mit mir zusammen sein?«

Er fuhr mit den Fingern durch ihr Haar. »Ich wüsste nicht, wie wir beide uns nach heute Nacht einfach so aus der Affäre schleichen könnten.«

»Wenn du es versuchen würdest, müsste ich dich eben wieder verführen.«

»Ach ja?« Ein Lächeln huschte über sein Gesicht. »Dann sollte ich vielleicht so tun als ob.«

Entzückt rollte sie sich auf ihn und presste sich an ihn. »Aber das nächste Mal würde ich viel geschickter vorgehen, weil ich nicht so nervös wäre.«

»Deine Nervosität hat dich aber nicht sehr behindert. Ich hätte beinahe meine Zunge verschluckt, als du in dem rosa Kleid zur Tür kamst.« Er wollte ihr Haar küssen, hielt jedoch inne und kniff die Augen zusammen. »Wieso hast du eigentlich ein Kleid getragen, wo du doch allein zu Hause warst?«

»Ich weiß nicht … einfach so.« Sie wandte den Kopf ab und hauchte Küsse auf seinen Hals.

»Warte mal.« Da er wusste, wie schnell sie ihn ablenken konnte, nahm er sie bei den Schultern und schob sie von sich. »Ein hübsches Kleid, Kerzenlicht … es war fast so, als hättest du mich erwartet.«

»Ich habe immer gehofft, dass du zu mir kommst«, sagte sie und versuchte wieder, ihn zu küssen.

»Schickt mich mit einem Rezept zu dir, um Himmels willen!« Mit einer geschickten Bewegung beförderte er sie neben sich, dann richtete er sich auf. »Du und Anna – ihr steckt wohl unter einer Decke, wie? Ihr habt mich aufs Kreuz gelegt!«

»Was für ein absurder Gedanke.« Sie versuchte, entrüstet zu tun, wirkte stattdessen jedoch schuldbewusst. »Ich weiß nicht, wie du auf solche Ideen kommst.«

»Du kannst einfach nicht lügen.« Entschlossen nahm er ihr Kinn in die Hand und hielt es fest, bis sie ihm in die Augen sehen musste. »Es hat eine Weile gedauert, bis mir ein Licht aufgegangen ist, aber ich habe doch recht, oder?«

»Sie wollte nur helfen. Sie wusste, wie unglücklich ich war. Du hast jedes Recht, wütend zu sein, aber lass es bitte nicht an ihr aus. Sie war nur …«

»Habe ich denn gesagt, dass ich wütend bin?«, unterbrach er sie.

»Nein, aber …« Sie hielt inne und holte vorsichtig Luft. »Du bist nicht wütend?«

»Ich bin froh.« Ein herausforderndes Lächeln trat auf sein Gesicht. »Aber vielleicht solltest du das mit dem Verführen lieber gleich noch mal tun. Doppelt hält besser.«

KAPITEL 11

ETHAN REGTE SICH im Dunkeln, als ein Käuzchen schrie, und glitt unter Grace' Arm hervor, den sie um seine Brust geschlungen hatte. Sogleich schmiegte sie sich tiefer an ihn. Er musste lächeln.

»Stehst du schon auf?«, murmelte sie an seiner Schulter.

»Ich muss. Es ist schon nach fünf.« Er konnte riechen, dass Regen in der Luft lag, konnte ihn in dem auffrischenden Wind spüren. »Ich springe mal schnell unter die Dusche. Schlaf du wieder ein.«

Sie gab einen Laut von sich, den er als Zustimmung deutete, und vergrub den Kopf im Kissen.

Leichtfüßig bewegte er sich durch das dunkle Haus, obgleich er sich auf dem Weg zum Bad mehrmals neu orientieren musste. Er kannte ihr Haus nicht so gut wie sein eigenes, schaltete die Deckenlampe aber erst ein, nachdem er die Tür hinter sich geschlossen hatte, damit der Lichtschein nicht ins Schlafzimmer drang und sie störte.

Das Bad spiegelte die Größenverhältnisse des restlichen Hauses wider – es war so winzig, dass er von der Mitte aus beide Seitenwände mit den Händen hätte berühren können. Weiße Fliesen, die Wände darüber mit zart gestreifter Tapete dekoriert. Er wusste, dass Grace selbst tapeziert hatte. Ihr Vermieter Stuart Claremont war nicht gerade für seine Großzügigkeit oder seinen Geschmack bekannt.

Beim Anblick der orangefarbenen Gummiente, die auf dem Rand der Wanne saß, grinste er, und als er an der Seife schnupperte, wurde ihm klar, warum Grace immer schwach nach Limonen duftete. An ihr gefiel ihm der Geruch zwar sehr gut, aber er hoffte doch, dass Jim ihn an ihm nicht wahrnehmen würde.

Probehalber hielt er den Kopf unter die Brause, die einen jämmerlich dünnen Wasserstrahl produzierte. Da war dringend Ersatz fällig, dachte er und fuhr sich mit der Hand übers Gesicht. Und er brauchte eine Rasur. Aber das würde erst mal warten müssen.

Er konnte ja wohl davon ausgehen, dass Grace ihm jetzt, da sie einander so nahe gekommen waren, erlauben würde, in ihrem Haus hin und wieder nach dem Rechten zu sehen. Sie war immer schon so verflixt stur gewesen, was das Annehmen fremder Hilfe betraf. Aber mit Sicherheit würde sogar eine so stolze Frau wie Grace weniger empfindlich sein, wenn ihr Liebster ihr seine Hilfe anbot, nicht bloß ein Freund.

Das war er jetzt – ihr Liebster, überlegte Ethan. Ganz gleich, wie oft er sich geschworen hatte, dass es nie dazu kommen durfte. Und es würde nicht bei dieser einen Nacht bleiben. Weder er noch sie wollten nur ein Abenteuer, und überdies hatte es ebenso viel mit dem Herzen zu tun wie mit dem Unterleib. Sie hatten diesen Schritt getan und begriffen ihn beide als Verpflichtung.

Ein beunruhigender Gedanke.

Denn er würde sie niemals heiraten, Kinder mit ihr haben können. Und sie würde Kinder haben wollen. Sie war eine zu gute Mutter, um darauf zu verzichten. Und Aubrey würde sich über Geschwister freuen.

Es hatte keinen Sinn, sich mit solchen Fantasien abzugeben, ermahnte er sich. So war es nun mal. Nur das Hier und Jetzt zählte. Sie würden sich noch oft lieben und so lange zusammenbleiben, wie es ihnen Freude bereitete. Das musste reichen.

Nach fünf Minuten unter der Dusche stellte er fest, dass Grace' Durchlauferhitzer ebenso zu wünschen übrig ließ wie der Rest des Hauses. Der ohnehin schon dürftige Wasserstrahl wurde erst kühl, dann eiskalt, noch bevor er den ganzen Seifenschaum abgespült hatte.

»Alter Geizkragen«, schimpfte er im Hinblick auf Claremont, drehte die Brause ab und schlang eines der rosa Handtücher um seine Taille. Er hatte vor, ins Schlafzimmer zurückzugehen und sich im Dunkeln anzuziehen, doch als er die Tür des Badezimmers öffnete, sah er Licht in der Küche brennen und hörte, wie Grace mit vom Schlafen noch heiserer Stimme ein Liebeslied sang – darüber, dass jemand gerade noch rechtzeitig die wahre Liebe gefunden hatte.

Als die ersten Regentropfen gegen die Fenster schlugen, folgte er dem Duft des brutzelnden Schinkens und des aufgebrühten Kaffees in die Küche. Der Anblick von Grace in einem kurzen Bademantel von der Farbe des Frühlingslaubs war ein kleiner Schock. Sein Herz machte einen solchen Satz, dass er glaubte, es müsse ihm aus dem Mund direkt in ihre Hände springen.

Er bewegte sich schnell und leise, sodass sie zusammenzuckte, als er die Arme um sie schlang und sie auf den Kopf küsste.

»Ich sagte doch, du sollst wieder einschlafen.«

Mit geschlossenen Augen lehnte sie sich an ihn und überließ sich dem Zauber seiner Umarmung. »Ich wollte Frühstück für dich machen.«

»Das sollst du doch nicht tun.« Er drehte sie zu sich um. »So etwas verlange ich nicht von dir. Du musst deine spärliche Freizeit nutzen.«

»Ich wollte es aber tun.« Sein Haar tropfte, seine Brust

glänzte feucht. Die Lust, die sie plötzlich durchfuhr, war erschreckend – erschreckend köstlich. »Heute ist ein besonderer Tag.«

»Dann vielen Dank.« Er beugte sich hinunter, um ihr noch einen letzten kurzen Kuss zu geben. Doch der Kuss zog sich in die Länge, bis sie sich auf die Zehenspitzen stellte und sich sehnsüchtig an ihn drängte.

Mit Mühe löste er sich von ihr und kämpfte das wilde Verlangen nieder, ihr den Bademantel auszuziehen und sie hier und jetzt zu nehmen. »Der Schinken brennt an«, murmelte er und hauchte diesmal nur einen keuschen Kuss auf ihre Stirn. »Ich ziehe mich mal lieber an.«

Sie ließ von ihm ab und wendete den Schinken in der Pfanne, um ihm Zeit zu geben, sich zu fangen und die Küche zu verlassen. Anna hatte recht, dachte sie, ich habe tatsächlich Macht über ihn.

»Ethan?«

»Ja?«

»In mir hat sich so wahnsinnig viel Verlangen nach dir aufgestaut.« Lächelnd blickte sie über ihre Schulter. »Hoffentlich stört es dich nicht.«

Alles Blut wich aus seinem Kopf. Sie flirtete nicht nur, sie provozierte ihn geradezu. Selbstbewusst, siegesgewiss. Er ächzte nur, bevor er den Rückzug ins Schlafzimmer antrat. Mehr brachte er nicht zustande.

Ethan begehrte sie! Grace tanzte durch die Küche, drehte sich, wirbelte herum. In der vergangenen Nacht hatten sie sich dreimal geliebt, drei Mal ein traumhaftes Erlebnis. Sie hatten eng umschlungen geschlafen. Und er begehrte sie noch immer.

Es war der schönste Morgen ihres Lebens.

Es regnete den ganzen Tag über, und in dem rauen Seegang hatte Ethan alle Hände voll damit zu tun, das Boot auf Kurs zu halten. Nur gut, dass er dem Jungen nicht erlaubt hatte, sich ihnen anzuschließen. Jim und er hatten schon unter schlimmeren Bedingungen gearbeitet, aber Seth hätte wohl den größten Teil des Tages damit zugebracht, über der Reling zu hängen.

Doch auch das miese Wetter konnte ihm die Stimmung nicht verderben. Er pfiff vor sich hin, obgleich der Regen ihm ins Gesicht klatschte und das Boot unter ihnen bockte wie ein ungestümer Rodeohengst.

Jim beäugte ihn mehrmals von der Seite. Er arbeitete lange genug mit Ethan zusammen, um zu wissen, dass der Capt'n ein netter, gutmütiger Kerl war. Ein oberflächlicher Narr war er jedenfalls nicht. In sich hineinlächelnd, zog er die nächste Falle hoch. Sah so aus, als hätte er sich gestern Nacht im Bett die Zeit mit angenehmen Dinge vertrieben. Wozu bestimmt nicht gehört hatte, ein Buch zu lesen.

Wurde ja auch allmählich Zeit, Jims Meinung nach. Ethan Quinn war jetzt wohl dreißig Jahre alt. In diesem Alter sollte ein Mann sesshaft werden, Frau und Kinder haben. Für einen Fischer war es wichtig, dass zu Hause eine heiße Mahlzeit und ein angewärmtes Bett auf ihn warteten. Eine Ehefrau half einem durch schwere Zeiten, gab einem ein Ziel und Ermunterung, wenn die Bucht verrücktspielte. Was weiß Gott oft genug vorkam.

Wer mochte die Frau sein? Nicht, dass er gern die Nase in anderer Leute Angelegenheiten steckte. Er kümmerte sich um seinen eigenen Kram und erwartete von seinen Nachbarn, dass sie es ebenso hielten. Aber ein kleines bisschen neugierig durfte man schon sein.

Er überlegte gerade, wie er das Thema anschneiden sollte, als ein noch zu kleines Krabbenweibchen ein winziges Loch in seinem Handschuh aufspürte und zuschnappte, bevor er es wieder ins Wasser werfen konnte.

»Hat sie dich erwischt?«

»Ja.« Jim beobachtete, wie sie in den Wellen landete. »Warte, wir sprechen uns noch, und zwar bevor die Saison vorbei ist.«

»Sieht so aus, als wären neue Handschuhe angesagt, Jim.«

»Meine Frau besorgt mir heute welche.« Er legte die tiefgefrorenen Maifische, die sie als Köder benutzten, in die Falle. »Ist 'ne große Hilfe, eine Frau zu haben, die einem dies und jenes abnimmt.«

»Mhm.« Mit einer Hand betätigte Ethan die Ruderpinne, nahm mit der anderen den Fischhaken und schätzte Wellengang und Entfernung ab.

»Wenn ein Mann den ganzen Tag auf dem Wasser zubringt, tut es gut zu wissen, dass abends seine Frau auf ihn wartet.«

Ein wenig überrascht nickte Ethan. Über solche Dinge sprachen sie sonst nie. »Kann ich mir vorstellen. Wir fahren noch diese Leine ab, dann laufen wir ein, Jim.«

Jim leerte schweigend die nächste Falle aus. Über ihren Köpfen veranstalteten einige Möwen einen – wie Jim es nannte – Pisswettbewerb; laut kreischend stießen sie herab und konkurrierten um Fischbröckchen, die ins Wasser gefallen waren.

»Weißt du, Bess und ich sind im nächsten Frühjahr dreißig Jahre verheiratet.«

»Ach ja?«

»Gibt einem Mann Halt, die Ehe. Wenn man mit dem Heiraten zu lange wartet, wird man wunderlich.«

»Schätzungsweise.«

»Du musst jetzt etwa dreißig sein, oder, Capt'n?«

»Richtig.«

»Dann musst du aufpassen, dass du nicht wunderlich wirst.«

»Ich werd' dran denken«, sagte Ethan und hob den Fischhaken.

Jim seufzte und gab auf.

Als Ethan in die Bootswerkstatt kam, stand Cam an der Kreissäge, und drei kleine Jungen schliffen am Bootsrumpf. Oder taten zumindest so.

»Hast du eine neue Crew angeheuert?« fragte Ethan, als Simon zu ihm getrottet kam, um ihn zu beschnüffeln.

Cam warf einen Blick auf Seth, der sich eifrig mit Danny und Will Miller unterhielt. »So sitzen sie mir wenigstens nicht andauernd im Nacken. Sind die Krebse für heute vor dir sicher?«

»Wir haben genug gefangen.« Er holte eine Zigarre heraus und zündete sie an, während er nachdenklich zu den offenen Türen der Laderampe schaute. »Es gießt wie aus Kübeln.«

»Und ob.« Cam schaute verdrossen auf die beschlagenen Fenster. »Deshalb fallen mir die drei ja auch auf die Nerven. Der Kleine quatscht einem die Ohren voll, und wenn man den beiden anderen nicht ununterbrochen was zu tun gibt, treiben sie nur Unfug.«

»Tja.« Ethan stieß den Rauch aus und sah zu, wie die Jungen den verzückten Simon tätschelten und kraulten. »Bei dem Tempo werden sie in zehn oder zwanzig Jahren immer noch schleifen.«

»Darüber wollte ich noch mit dir reden.«

»Dass wir die Kids für die nächsten zwei Jahrzehnte unter Vertrag nehmen müssen?«

»Nein, über die Arbeit.« Er konnte ebenso gut gleich Pause machen. Cam bückte sich und füllte Eistee aus der Thermoskanne in eine Tasse. »Heute Morgen hat mich Todd Bardette angerufen.«

»Der Freund, der das Boot zum Sportfischen haben will?«

»Genau. Also, Bardette und ich kennen uns schon ziemlich lange. Er weiß, was ich draufhabe. »

»Hat er dir wieder ein Rennen angeboten?«

Das hatte er in der Tat, dachte Cam, der sich mit dem süßen Tee den Staub aus der Kehle spülte. Ihm einen Korb zu geben hatte wehgetan, aber längst nicht mehr so weh wie bei früheren Gelegenheiten. »Ich habe euch mein Wort gegeben, und das halte ich auch.«

Ethan schob die Hand in seine Gesäßtasche und schaute auf das Boot. Diese Werkstatt, der Bootsbau war sein persönlicher Traum, nicht der von Cam oder von Phillip. »So hab ich's nicht gemeint. Ich weiß sehr gut, was du aufgegeben hast, um hier mit von der Partie zu sein.«

»Wir sind auf die Werkstatt angewiesen.«

»Ja, aber du bist der Einzige, der Opfer bringen musste, um diesen Plan zu verwirklichen. Ich hab' mich nie richtig bei dir bedankt, und das tut mir leid.«

Cam starrte ebenso verlegen auf das Boot wie sein Bruder. »Dass ich leide, kann man ja nicht gerade behaupten. Das Geschäft hat uns geholfen, die Vormundschaft über Seth zu bekommen, außerdem befriedigt mich die Arbeit – wenn Phillip auch immerzu über das Geld meckert.«

»Das ist seine Spezialität.«

»Meckern?«

Ethan grinste. Die Zigarre steckte zwischen seinen Zähnen. »Ja, und das Geld. Wir beide könnten das hier nie durchziehen, wenn er uns nicht mit den finanziellen Dingen auf den Wecker fallen würde.«

»Vielleicht geben wir ihm ja noch mehr Grund, sich aufzuregen. Eigentlich wollte ich dir Folgendes erzählen: Bardette hat einen Freund, der an einem maßgefertigten Einmaster interessiert wäre. Er will ein schnelles, schönes Boot, das schon im März fahrbereit sein soll.«

Stirnrunzelnd überschlug Ethan im Kopf den Zeitplan. »Um dieses Projekt hier zu beenden, brauchen wir noch sieben oder acht Wochen, das heißt, bis Ende August, Anfang September.«

Während er rechnete, lehnte er sich an die Werkbank und kniff die Augen gegen den Rauch zusammen. »Dann kommt der Sportfischer dran. Sein Boot haben wir nicht vor Januar fertig, und das ist schon knapp kalkuliert. Uns fehlt die Zeit für den dritten Auftrag.«

»Sicher, unter den jetzigen Bedingungen. Aber ich könnte den ganzen Tag in der Bootswerkstatt arbeiten, und nach der Krebssaison könntest auch du länger hier anpacken.«

»Die Fischerei ist zwar nicht mehr das, was sie mal war, aber, na ja …«

»Du wirst dich entscheiden müssen, ob dir das Fischen wichtiger ist oder ob du mehr Zeit in die Werkstatt investieren willst, Ethan.« Er wusste, was er da von seinem Bruder verlangte. Ethan lebte nicht nur *vom* Wasser, er lebte *für* das Wasser. »Phil wird in Kürze auch eine Entscheidung fällen müssen. Wir haben vorerst nicht das Geld, um Arbeiter einzustellen« – er stieß die Luft aus –, »mal abgesehen von den drei Kids. Dieser Freund von Bardette will sich noch nicht festlegen. Er will erst herkommen, uns kennenlernen und sich die Werkstatt ansehen, wie wir hier so arbeiten. Ich denke, wir sollten Phillip darauf ansetzen, ihm einen Vertrag aufzuschwatzen, der ihn zu einer Anzahlung verpflichtet.«

Ethan hatte nicht erwartet, dass es so schnell gehen würde, dass die Erfüllung des einen Traums den anderen in den Hintergrund drängen würde. Er dachte an die vielen kalten Wintermonate, in denen er gefischt hatte, an das Schaukeln der Skipjack in der starken Dünung, die lange, oftmals enttäuschende Suche nach Austern, um seinen Lebensunterhalt zu sichern.

Für manche ein Albtraum, aber nicht für ihn.

Er ließ den Blick durch das Gebäude schweifen. Das nahezu vollendete Boot wartete in dem grellen Deckenlicht auf willige, fähige Hände, die ihm Leben einhauchten. Seths gerahmte Skizzen, die an der Wand hingen, kündeten von Träumen und Schweiß. Ringsherum wartete still das trotz der Staubschicht funkelnde Werkzeug.

Quinn-Boote, dachte er. Wenn er sich das eine nehmen wollte, musste er das andere loslassen.

»Ich bin nicht der Einzige, der den Kutter oder die Skipjack steuern kann.« Er sah Cams fragenden, verständnisvollen Blick und hob eine Schulter. »Es geht darum, die verfügbare Zeit am nutzbringendsten aufzuteilen.«

»Ja.«

»Ich schätze, ich könnte einen Einmaster entwerfen.«

»Und lass bloß Seth den Bauplan zeichnen«, fügte Cam lachend hinzu. Ethan verzog das Gesicht. »Wir haben alle unsere Stärken und Schwächen, Kumpel. Zeichnen liegt dir eben nicht besonders.«

»Ich werde mal in mich gehen«, erwiderte Ethan. »Wir können ja sehen, was dabei herauskommt.«

»Na schön. Und …« Cam leerte seine Tasse. »Wie war der Rezeptetausch?«

Ethan grinste. »Darüber wollte ich eigentlich noch ein Wörtchen mit deiner Frau reden.«

»Von mir aus.« Lächelnd nahm Cam ihm die Zigarre aus der Hand und zog daran. »Du siehst heute wirklich … entspannt aus, Bruderherz.«

»Bin ich ja auch«, entgegnete Ethan. »Aber du hättest mir ruhig einen Tipp geben können, dass Anna eine Verschwörung anzettelt, um Schwung in mein Sexleben zu bringen.«

»Hätte ich getan, hätte ich wirklich getan, wenn mir das bewusst gewesen wäre – oder vielleicht auch nicht, da dein Sexleben tatsächlich mal ein bisschen aufgepeppt werden musste.« Spontan nahm Cam seinen Bruder in den Würgegriff. »Ich mag dich nämlich, Mann.« Er lachte nur, als sich ein Ellbogen in seine Rippen bohrte. »Siehst du? Sogar deine Reflexe sind in Schwung gekommen.«

Ethan drehte sich blitzschnell um und nahm seinen Bruder in die Zange. »Du hast recht«, sagte er und klopfte mit den Fingerknöcheln fest auf Cams Kopf.

An diesem Abend war Ethan mit Kochen an der Reihe. Er gab ein Ei in eine Schüssel mit Rinderhack. Nicht, dass er Kochen hasste. Es gehörte zu den Dingen, die einfach getan werden mussten. Insgeheim hatte er ja die egoistische Macho-Hoffnung gehegt, dass sich Anna als einzige Frau im Haus allein um den Haushalt kümmern würde.

Diese Hoffnung war jedoch schnell zerplatzt wie eine Seifenblase.

Sicher, ihre Anwesenheit sorgte dafür, dass die Last sich auf mehr Schultern verteilte. Aber das Schlimmste war in seinen

Augen die Zusammenstellung des Speisezettels. Nur für sich zu kochen war im Vergleich dazu ein Kinderspiel. Er hatte schnell gelernt, dass sich, wenn man für eine Familie kochte, jeder zum Gourmetkritiker berufen fühlte.

»Was soll das werden?«, wollte Seth wissen, als Ethan Hafermehl in die Mixtur gab.

»Hackbraten.«

»Sieht ekelhaft aus. Warum können wir keine Pizza essen?«

»Weil es nun mal Hackbraten gibt.«

Seth machte Würggeräusche, als Ethan Tomatensuppe in einen Topf goss. »Widerlich. Da esse ich lieber gleich Dreck.«

»Draußen kannst du dich nach Herzenslust bedienen.«

Seth trat von einem Fuß auf den anderen, dann stellte er sich auf die Zehenspitzen, um noch einen Blick in die Schüssel zu werfen. Der Regen machte ihn wahnsinnig. Es gab nicht das Geringste zu tun. Er starb fast vor Hunger, hatte sich sechs Millionen Mückenstiche eingefangen, und im Fernsehen liefen nur alberne Kindersendungen und Nachrichten.

Nachdem er sich Seths Klagen angehört hatte, zuckte Ethan nur die Schulter. »Geh zu Cam und fall ihm auf die Nerven.«

Cam hatte ihm gesagt, er solle Ethan auf die Nerven fallen. Aus eigener leidvoller Erfahrung wusste Seth, dass es viel länger dauerte und mehr Mühe kostete, Ethan in Rage zu bringen.

»Wie kommt's, dass du so viel anderen Mist da reintust, wenn es doch Hackbraten heißt?«

»Damit es nicht wie Mist schmeckt, wenn man es isst.«

»Ich wette, es schmeckt trotzdem wie Mist.«

Für einen Jungen, der noch vor wenigen Monaten nicht gewusst hatte, wann er die nächste Mahlzeit bekommen würde, war Seth mächtig wählerisch geworden. Doch statt ihn darauf hinzuweisen, rächte Ethan sich mit einer tödlichen Drohung. »Morgen kocht Cam.«

»O Mann! Das reine Gift.« Seth verdrehte theatralisch die Augen, griff sich an die Kehle und stolperte durch die Küche. Ethan wäre auf ihn eingegangen, hätten die Hunde sich in diesem Moment nicht eingemischt. Wild bellend kamen sie in die Küche gestürzt.

Als Anna später hereinkam, hatte Ethan den Hackbraten schon ins Backrohr geschoben und schüttete ein paar Aspirin auf seine Hand.

»Hallo. Was für ein Tag. Der Verkehr war schlimm.« Sie hob eine Braue, als Ethan die Tabletten schluckte. »Kopfschmerzen? Von so viel Regen kann man die kriegen.«

»Diese Kopfschmerzen hören auf den Namen Seth.«

»Oh.« Besorgt goss sie sich ein Glas Wein ein und signalisierte, dass sie bereit war, ihm zuzuhören. »Es gibt immer Phasen von Stress und Kommunikationsproblemen. Er muss so vieles verarbeiten, seine Aufsässigkeit ist ein reiner Verteidigungsmechanismus.«

»Er hat in den letzten sechzig Minuten nichts anderes getan, als sich zu beschweren. Meine Ohren klingeln noch davon. Für Hackbraten ist er sich zu fein«, murmelte Ethan und holte sich ein Bier aus dem Kühlschrank. »›Warum können wir keine Pizza essen?‹ Er sollte dankbar sein, dass überhaupt jemand für ihn kocht. Stattdessen sagt er, dass es eklig aussieht und vermutlich wie Mist schmecken wird. Anschließend sorgt er dafür, dass die Hunde ausrasten. Obendrein …«

Er verstummte und sah sie misstrauisch an, als sie grinste. »Du findest das auch noch amüsant?«

»Entschuldige, aber ich freue mich einfach. Oh, Ethan, es ist so wunderbar normal! Er benimmt sich wie ein ganz normaler Zehnjähriger an einem Regentag – er nervt. Vor ein paar Monaten hätte er sich schmollend in sein Zimmer verkrochen, statt dir auf den Wecker zu fallen. Was für ein gewaltiger Fortschritt!«

»Er entwickelt sich langsam, aber sicher zu einer gewaltigen Nervensäge.«

»Ja.« Sie spürte, wie ihr Freudentränen in die Augen schossen. »Ist das nicht herrlich? Er muss unausstehlich gewesen sein, wenn er es geschafft hat, dich, die Geduld in Person, aus der Haut fahren zu lassen. Wenn es so weitergeht, wird er zu Weihnachten ein Monster sein.«

»Und das findest du gut?«

»Ja, Ethan. Ich habe mit Kindern gearbeitet, die nicht mal halb so unglücklich waren wie Seth, und manchmal brauchten sie viel länger, um sich zurechtfinden, trotz therapeutischer Betreuung. Du, Cam und Phillip, ihr habt wahre Wunder an Seth bewirkt.«

Ethan, dessen Wut allmählich verrauchte, trank von seinem Bier. »Du warst auch daran beteiligt.«

»Ja, sicher, was mich beruflich ebenso glücklich macht wie privat. Und um dir meine Dankbarkeit zu zeigen, helfe ich dir bei der Zubereitung des Essens.« Energisch zog sie ihre Jacke aus und krempelte die Ärmel hoch. »Was hattest du denn als Beilage zu dem Hackbraten vorgesehen?«

Eigentlich hatte er nur vorgehabt, ein paar Kartoffeln in die Mikrowelle zu schmeißen, um sich Arbeit zu ersparen, und vielleicht noch ein Paket Tiefkühlerbsen auszugraben.

»Ich dachte, die Käsenudeln, die du mal gekocht hast, würden sich als Beilage gut machen.«

»Die Alfredos? Eine Cholesterinbombe, zusammen mit dem Hackbraten – aber was soll's. Ich erledige das schon.

Warum setzt du dich nicht, bis die Kopfschmerzen abgeklungen sind?«

Sie hatten bereits aufgehört, aber es schien klüger, das nicht zu erwähnen.

Er nahm Platz, schlürfte sein Bier – und bereitete sich darauf vor, seiner Schwägerin eins reinzuwürgen. »Oh, Grace sagte, ich solle dir für das Rezept danken. Sie lässt dich später wissen, ob es ihr gelungen ist.«

»Ach?« Anna wandte sich ab, um ihr zufriedenes Lächeln zu verbergen, und griff nach einer Schürze.

»Ja, ich hab' auch das Rezept für Brathähnchen mitgebracht – es liegt in dem Kochbuch.« Er verbarg sein Lächeln hinter seiner Bierflasche, als ihr Kopf herumfuhr.

»Du … oh, gut …«

»Ich hätte es dir ja gestern Abend schon gegeben, aber es war spät, als ich zurückkam, und du warst schon im Bett. Auf dem Heimweg habe ich Jim noch getroffen.«

»Jim?« Staunen und unverhüllter Ärger malten sich auf ihrem Gesicht.

»Ja, ich bin mit zu ihm nach Hause gefahren, um mir den Außenbordmotor anzusehen, der ihm solche Scherereien macht.«

»Du warst gestern Abend bei Jim?«

»Es ist ziemlich spät geworden, weil im Fernsehen noch ein Baseballspiel lief. Die O's spielten schließlich drüben in Kalifornien.«

Wie gern hätte sie ihm mit seiner eigenen Bierflasche eins über den Schädel gegeben! »Du hast gestern Abend einen Motor repariert und dir noch ein Baseballspiel angesehen?«

»Ja.« Er warf ihr einen unschuldsvollen Blick zu. »Wie ich schon sagte, es ist spät geworden, aber es war ein tolles Spiel.«

Ärgerlich schnaufend riss sie die Tür des Kühlschranks auf und holte Käse und Milch heraus. »Männer«, murmelte sie. »Ihr habt sie doch nicht alle.«

»Wie war das?«

»Nichts. Na, hoffentlich hat es dir Spaß gemacht, dir das Spiel anzusehen.« Während Grace allein und traurig zu Hause saß.

»Ich kann mich nicht erinnern, jemals so viel Spaß gehabt zu haben. Es ging sogar in die Verlängerung.« Jetzt grinste er offen, er konnte nicht anders. Sie war so irritiert, so erbost und gab sich trotzdem alle Mühe, es zu verbergen.

»Verdammt noch mal.« Kochend vor Wut riss sie den Küchenschrank auf, um die Fettuccine herauszuholen, und sah dabei sein Gesicht. Langsam drehte sie sich zu ihm um, das Paket mit der Pasta in der Hand. »Du warst gestern Abend *nicht* bei Jim, um dir ein Baseballspiel anzusehen!«

»Ach nein?« Er hob eine Braue, schaute nachdenklich auf sein Bier und nahm einen Schluck. »Na so was, du hast tatsächlich recht. Das war an einem anderen Tag.«

»Du warst bei Grace.«

»Meinst du?«

»Ethan!« Zähneknirschend knallte sie das Paket auf den Tresen. »Du machst mich noch völlig verrückt! Los, raus mit der Sprache, wo warst du gestern Nacht?«

»Ich glaube, das hat mich seit dem Tod meiner Mutter keiner mehr gefragt.«

»Ich will dich nicht aushorchen ...«

»Ach nein?«

»Schon gut, schon gut, ich will dich aushorchen, und du machst es mir unmöglich, diskret zu sein.«

Er lehnte sich in seinem Stuhl zurück und betrachtete sie.

Tatsächlich hatte er sie fast auf Anhieb gemocht – obgleich sie ihm anfangs Unbehagen eingeflößt hatte. Komisch, dachte er, im Lauf der letzten Wochen war sie ihm richtig ans Herz gewachsen. Was lag da näher, als sie zu necken?

»Du fragst mich also nicht, ob ich die Nacht in Grace' Bett verbracht habe?«

»Nein. Nein, natürlich nicht.« Sie nahm die Pasta, dann legte sie das Paket wieder aus der Hand. »Nicht direkt.«

»Waren die Kerzen ihre Idee oder deine?«

Anna entschied, dass dies der richtige Zeitpunkt war, um die Pfanne herauszuholen. Vielleicht würde sie ja eine Waffe brauchen. »Hat es denn funktioniert?«

»Deine, vermute ich mal; das Kleid wahrscheinlich auch. Grace denkt nicht so. Sie ist nicht das, was man als hinterlistig bezeichnen könnte.«

Summend stellte Anna die Zutaten für ihre Käsesoße bereit.

»Und es war hinterlistig, heimtückisch und intrigant, mich zu ihr zu schicken.«

»Ich weiß. Aber ich würde es jederzeit wieder tun.« Und das nächste Mal viel geschickter vorgehen, fügte sie im Stillen hinzu. »Du kannst ruhig sauer auf mich sein, wenn du willst, Ethan, aber ich bin auch noch nie jemandem begegnet, der so dringend auf Hilfe von außen angewiesen war.«

»Jedenfalls bist du ein Vollprofi. Ich meine, als Sozialarbeiterin verdient man doch praktisch seinen Lebensunterhalt damit, sich in das Leben anderer Leute einzumischen.«

»Ich helfe Leuten, die Hilfe benötigen«, sagte sie und schaltete den Herd ein. »Und ihr beide habt weiß Gott Hilfe gebraucht.« Sie kreischte auf, als er die Hand auf ihre Schulter legte, weil sie dachte, dass er sie schütteln wollte, deshalb blinzelte sie überrascht, als er sie auf die Wange küsste.

»Ich bin dir dankbar für die Einmischung.«

»Wirklich?«

»Nicht, dass ich es auf eine Neuauflage abgesehen hätte, aber dieses eine Mal bin ich dir dankbar.«

»Sie macht dich glücklich.« Anna blickte ihn verträumt an. »Das sehe ich.«

»Wir werden sehen, wie lange ich *sie* glücklich machen kann.«

»Ethan …«

»Lass es bitte so stehen.« Er gab ihr noch einen Kuss, sowohl aus Zuneigung als auch zur Warnung. »Bis auf Weiteres keine großen Pläne.«

»Na gut.« Aber ihr Lächeln blühte auf. »Grace arbeitet heute Abend im Pub, nicht wahr?«

»Ja. Und damit du dir nicht die Zunge abbeißen musst, um dir die Frage zu verkneifen – ja, ich habe vor, nach dem Abendessen dorthin zu fahren.«

»Gut.« Hochzufrieden machte Anna sich an die Arbeit. »Dann gibt's bald Essen.«

KAPITEL 12

Es war so, als träume man, obwohl man gar nicht schlief, dachte Grace. Man wusste nicht, wie es weiterging, und doch wusste man, dass es wunderschön sein würde. Als befände man sich in einer zwar vertrauten Welt, die jedoch vom Glanz freudiger Erwartung durchströmt war.

Ihre Tage und Abende waren immer noch mit Arbeit angefüllt, mit Pflichten, kleinen Freuden und kleinen Ärgernissen. Doch zurzeit, im ersten Taumel ihrer Liebe, erschienen ihr die Freuden riesengroß und die Ärgernisse minimal.

Alles, was sie jemals über die Liebe gelesen hatte, traf zu. Wenn man liebte, schien die Sonne heller, die Luft roch frischer. Die Blumen waren bunter, der Gesang der Vögel melodischer. Alle Klischees wurden wahr.

Sie tauschten verstohlene Liebkosungen aus – eine Umarmung draußen vor dem Pub in der Pause, nach der sie zitternd und entrückt wieder hineinging. Nachts im Bett lag sie lange Zeit wach und konnte nicht einschlafen. Ein inniger gefühlvoller Blick, wenn sie sich im Haus der Quinns aufhielt, bis er kam. Sie befand sich unablässig in einem Zustand der Erwartung, der sich steigernden Sehnsucht, jetzt, da sie wusste, wie schön alles sein konnte.

Wie schön es bald wieder sein würde.

Sie wollte ihn berühren und von ihm berührt werden, die köstliche Reise zu höchster Lust und Leidenschaft wiederholen. Doch Hand in Hand mit der Sehnsucht ging immer wieder die Enttäuschung, weil das Leben ihre Träume durchkreuzte.

Es blieb nie genug Zeit, um mit ihm allein zu sein, um einfach und unbesorgt zu leben.

Sie fragte sich oft, ob Ethan das gleiche drängende, quälende Verlangen empfand wie sie. Oder lag es an ihr – an einer ihr bislang verborgenen sexuellen Unersättlichkeit? Wenn es so war – sollte sie sich darüber freuen oder sich schämen?

Fest stand, dass sie ihn mit aller Macht begehrte und dass dieses Begehren mit jedem Tag, der in eine einsame Nacht mündete, wuchs. Ob er schockiert wäre, wenn er es wüsste?

Aber sie machte sich völlig umsonst solche Sorgen.

Er konnte nur hoffen, dass er den Zeitpunkt richtig gewählt hatte, dass der Vorwand, den er Jim aufgetischt hatte, um den Fang in den Hafen zu bringen, noch bevor sie alle Fallen abgefahren hatten, nicht allzu durchsichtig war. Aber er wollte sich nicht mit Gewissensbissen quälen, sagte Ethan sich entschlossen, als er sein Boot am Anlegesteg vertäute.

Heute Abend würde er eine Extraschicht in der Bootswerkstatt einlegen, um wiedergutzumachen, dass er Cam am Nachmittag allein gelassen hatte. Wenn er nicht wenigstens eine Stunde mit Grace zusammen sein konnte, nicht wenigstens einen Bruchteil des Drucks loswerden konnte, der sich stetig in ihm aufbaute, würde er noch den Verstand verlieren. Und würde zu gar nichts mehr taugen.

Falls sie schon mit der Arbeit fertig war und das Haus verlassen hatte, wollte er eben nach ihr suchen. Er hatte noch genug Selbstkontrolle übrig, um sie nicht zu erschrecken oder zu schockieren, konnte es aber keinen Tag länger ohne sie aushalten.

Auf sein Gesicht trat ein strahlendes Lächeln, als er durch die Hintertür hereinkam und sah, dass das Chaos vom Morgen noch nicht beseitigt war. Die Waschmaschine rumpelte in der Waschküche. Grace war also noch da. Er ging gleich weiter ins Wohnzimmer, um dort nach ihr zu suchen.

Die Kissen waren alle aufgeschüttelt, die vom Staub befreiten Möbel glänzten. Als es über seinem Kopf leise knarrte, schaute er zur Decke empor.

Fortuna musste es gut mit ihm meinen. Grace war in seinem Zimmer – wie hätte er es perfekter inszenieren können? Es wäre viel einfacher, sie am hellen Tag ins Bett zu locken, wenn gleich eines neben ihr stand.

Er ging die Treppe hoch und hörte entzückt, dass sie vor sich hin summte.

Dann durchfuhr ihn ein Blitz unwiderstehlicher Begierde, als er sah, dass sie nicht nur neben seinem Bett stand, sondern fast schon darin lag. Sie bückte sich und zog gerade ein frisches Laken auf. Die abgeschnittenen Jeans ließen ihre langen Beine sehen.

Das Blut schäumte mit einer Schnelligkeit durch seine Adern, die ihm den Atem nahm, und steigerte die unterschwellige Sehnsucht, mit der zu leben er gelernt hatte, zu scharfem, nagendem Ziehen. Schon sah er vor sich, wie er einen Satz nach vorn machen, sie aufs Bett drücken und ihr die Kleider herunterreißen würde, um ungehindert in sie eindringen zu können.

Und weil er es tun konnte, weil er es tun wollte, zwang er sich, an Ort und Stelle stehen zu bleiben, bis er sicher war, dass er sich wieder fest im Griff hatte.

»Grace?«

Sie richtete sich auf, fuhr herum und presste eine Hand auf ihr Herz. »Oh … Ich … oh.« Sie konnte nicht sprechen, konnte kaum zusammenhängend denken. Was würde er von ihr halten, fragte sie sich benommen, wenn er wüsste, dass sie sich vorgestellt hatte, wie sie beide sich nackt und verschwitzt auf diesem frischen, sauberen Laken wälzten?

Ihre Wangen hatten sich gerötet, was er höchst reizvoll fand. »Ich wollte mich nicht anschleichen.«

»Ist schon gut.« Sie stieß die Luft aus, doch es half nichts. Ihr Herz hörte nicht auf zu hämmern. »Ich hab' nicht damit gerechnet, dass jemand ... Was machst du so früh schon zu Hause?« Sie verschränkte schnell die Hände, um sie nicht nach ihm auszustrecken. »Bist du krank?«

»Nein.«

»Es ist noch nicht mal drei.«

»Ich weiß.« Er trat näher, sah, dass sie die Lippen zusammenpresste, sie befeuchtete. Immer schön langsam, ermahnte er sich, jag ihr bloß keine Angst ein. »Aubrey ist nicht bei dir?«

»Nein, Julie passt auf sie auf. Julie hat ein neues Kätzchen, und Aubrey wollte bei ihr bleiben, um ...« Er roch nach Meer, Salz und Sonne. Ihr wurde schwindlig davon.

»Dann haben wir ja ein wenig Zeit für uns.« Er kam noch ein Stück näher. »Ich wollte dich sehen ...«

»Ach ja?«

»Ich will dich sehen, seit wir uns in jener Nacht geliebt haben.« Er hob die Hand und umfasste sacht ihren Nacken. »Ich begehre dich«, sagte er leise und näherte sich ihrem Mund.

Er war so sanft, so zärtlich, dass sich ihr das Herz in der Brust umdrehte. Ihre Knie wurden weich, fingen an zu zittern, als sie die Arme um ihn schlang und mit feuriger Leidenschaft auf den zögernden Kuss reagierte. Seine Finger gruben sich in ihr Fleisch, sein Mund presste sich hart auf den ihren. Einen wilden, verbotenen Moment lang dachte sie, er werde sie im Stehen nehmen, schnell, überstürzt, ungehemmt.

Dann wurde sein Griff wieder sanfter, seine Hände glitten an ihrem Körper hinab. Mit weichen Lippen streifte er ihren Mund. »Komm mit mir ins Bett«, murmelte er, »komm mit mir ins Bett«, während er sie bereits nach unten drückte und sich auf sie legte.

Sie drängte sich ihm entgegen, willig, ungeduldig wegen der Kleider, die sie noch voneinander trennten. Es schienen Jahre vergangen zu sein, seit sie ihn das letzte Mal berührt, zum letzten Mal diese feste Haut, diese stählernen Muskeln gespürt hatte. Sie hauchte seinen Namen, schob sein Hemd hoch, nahm ihn mit den Händen in Besitz und erregte ihn.

Sein stoßweiser Atem brannte ihm in der Kehle. Ihre Bewegungen drängten ihn vorwärts, schneller und schneller, doch er fürchtete, ihr wehzutun, wenn er sich nicht mehr Zeit ließ, ganz behutsam war. Deshalb kämpfte er mit sich, um das Tempo zu drosseln, zu kosten, statt zu verschlingen, zu liebkosen, statt zu fordern.

Wenn sie ihn beim ersten Mal noch verführt hatte, so war er ihr jetzt endgültig verfallen.

Er zog ihr das Shirt aus und stellte fest, dass sie darunter nackt war. Sie sah das Aufblitzen in seinen Augen, sah, wie sie sich zu feurigem Blau verwandelten, das beinahe ihre Haut versengte. Er war vorsichtig, übervorsichtig, um ihr nicht wehzutun, sie nicht zu ängstigen. Langsam, ganz langsam – während ihn der Wunsch überwältigte, sie sofort, rücksichtslos zu nehmen, nichts zu versäumen.

Sein Mund schloss sich um ihre Lippen, saugten mit einem verzweifelten Hunger, der sie beide zu verzehren drohte, an ihr. Tastend streckte sie einen Arm aus, fand jedoch nichts, woran sie sich festhalten konnte. Er zog sie hoch, glitt mit den Lippen über ihren Oberkörper, streifte mit den Zähnen ihre Haut, bis sie sich keuchend an ihm festkrallte.

Er konnte nicht mehr warten, nein, noch länger zu warten würde ihn umbringen. Jetzt – konnte er nur noch denken, es musste jetzt geschehen, und selbst dieser Gedanke ging im Ansturm seiner Begierde unter. Fluchend zerrte er an ihren Shorts, dann schob er die Finger zwischen ihre Schenkel.

Sie bäumte sich auf und schrie. Als sie kam, sah er, wie ihre Augen sich verschleierten, ihr Kopf zurücksank, sodass er ihren langen, schlanken Hals küssen konnte. Immer noch gegen heftigen Drang ankämpfend, sofort über sie herzufallen, fuhr er fort, sie zu liebkosen, um die schmerzhafte Leere in seinem Innern ein wenig zu füllen.

Dann befreite er sich von seiner Jeans und glitt in sie hinein. Sie schrie erneut auf. Ihre Muskeln zogen sich fest um ihn zusammen.

Und es war vollends um ihn geschehen.

Rausch, Hitze, Kraft ... Mehr, mehr ... Er schob ihre Knie hoch und stieß tiefer zu, fester, wild erregt, als sie die Nägel in seine Schultern bohrte. Er tauchte tief, tief in sie ein, zitternd vor nackter, blinder Begierde.

Ungekannte Gefühle stürmten auf sie ein, fielen über sie her, verwandelten sie in ein erschauerndes, hilflos ihrem Verlangen preisgegebenes Etwas. Sie dachte, sie müsse sterben. Und als der nächste Höhepunkt sie ergriff, heiß über sie hinwegrollte, meinte sie, sie wäre bereits tot.

Sie erschlaffte, ihre Hände glitten von Ethans feuchten Schultern, alle Energie verließ sie, und übrig blieb nur süße Erschöpfung. Als sie sein lang gezogenes, tiefes Stöhnen hörte, spürte, wie sein Körper vorstieß und sich anspannte, als er keuchend auf ihr zusammenbrach, lächelte sie befriedigt – das Lächeln einer Frau, die einem Mann die höchste Lust bereitet hatte.

Das Sonnenlicht stach ihr in die Augen, als sie über seine Hüften strich. »Ethan.« Sie wandte den Kopf, um sein Haar zu küssen. »Nein, noch nicht«, murmelte sie, als er sich aufrichten wollte. »Noch nicht.«

Er war grob zu ihr gewesen und verwünschte sich im Stillen, weil er sich nicht besser zu beherrschen wusste. »Ist alles in Ordnung?«, fragte er.

»Mmmmmm. Ich könnte den ganzen Tag so daliegen.«

»Ich habe mir nicht so viel Zeit gelassen, wie ich eigentlich wollte.«

»Wir haben auch nicht so viel Zeit wie die meisten Menschen.«

»Nein.« Er hob den Kopf. »Du würdest es mir ohnehin nicht sagen, wenn ich dir wehgetan hätte.« Also überzeugte er sich selbst, forschte in ihrem Gesicht. Und sah die schläfrige Zufriedenheit einer Frau, die, wenn auch überhastet, geliebt worden war. »Ich hab's wohl nicht getan, wie?«

»Es war aufregend! Es war wundervoll zu spüren, dass du mich so sehr begehrst.« Träge drehte sie eine Locke seines von der Sonne gebleichten Haars um ihren Finger und kostete das herrlich verbotene Gefühl aus, mitten am Tag nackt mit ihm im Bett zu liegen. »Ich hatte mir schon Sorgen gemacht, dass ich dich mehr begehre als du mich.«

»Das kann gar nicht sein.« Um es zu beweisen, gab er ihr einen langen, innigen Kuss. »Aber so habe ich es mir nicht vorgestellt. Immer nur ein paar Minuten, wenn wir mal Pause haben. Und diese wenigen Minuten dazu zu benutzen, eben schnell ins Bett zu springen, weil die Zeit drängt.«

»Ich habe noch nie am hellen Tag mit jemand geschlafen.« Sie lächelte. »Aber es hat mir gefallen.«

Er holte tief Luft und presste seine Stirn an ihre. Wäre es möglich gewesen, dann hätte er den Rest des Tages so verbracht, bei ihr, in ihr. »Wir werden einen Weg finden müssen, uns hin und wieder ein wenig mehr gemeinsame Zeit schaffen zu können.«

»Morgen Abend habe ich frei. Du könntest zum Abendessen kommen ... und bleiben.«

»Ich sollte dich irgendwohin ausführen.«

»Ich will aber nicht ausgehen. Mir wäre es lieber, wenn wir zu Hause zusammen zu Abend essen.« Sie lächelte. »Ich koche auch Tortellini für dich. Ich habe da so ein neues Rezept ...«

Als er lachte, schlang sie die Arme um ihn und hatte wieder mal das Gefühl, dass dies der glücklichste Moment ihres Lebens sei. »Ach, ich liebe dich, Ethan.« Sie war so ausgelassen, dass sie zuerst nicht bemerkte, dass er nicht mehr lachte, sondern sehr still geworden war. Ihr wild klopfendes Herz schlug langsamer.

»Vielleicht willst du nicht, dass ich das sage, aber ich kann nicht gegen meine Gefühle an. Ich erwarte nicht, dass du es auch sagst oder dass du dich verpflichtet fühlst ...«

Er drückte sanft die Finger auf ihre Lippen, um sie zum Schweigen zu bringen. »Lass mir nur eine Minute Zeit, Grace«, erwiderte er leise. Bei ihren Worten hatte ihn eine Flutwelle von Gefühlen überspült, stürmische Gezeiten der Freude, der Hoffnung, der Furcht. Er konnte nicht klar denken. Doch er kannte sie, er wusste, dass das, was er jetzt sagte, und wie er es sagte, für sie von entscheidender Bedeutung war.

»Ich empfinde schon so lange etwas für dich«, begann er.

»Ich kann mich kaum noch an die Zeit erinnern, als es nicht so war. Und genauso lange habe ich mir gesagt, dass es nicht sein darf. Deshalb brauche ich ein wenig Zeit, um mich daran zu gewöhnen.«

Als er sich diesmal aufrichtete, hielt sie ihn nicht zurück. Sie nickte, wich jedoch seinem Blick aus und griff nach ihren Kleidern. »Mir reicht es, wenn du mich begehrst, mich vielleicht sogar ein wenig brauchst. Das ist erst mal genug, Ethan. All das ist neu für uns beide.«

»Meine Gefühle sind sehr intensiv, Grace. Du bedeutest mir mehr als jemals eine Frau zuvor.«

Jetzt sah sie ihn doch an. Wenn er das sagte, meinte er es auch so, das wusste sie. Die Hoffnung ließ ihr Herz wieder schneller schlagen. »Wenn du Gefühle für mich empfandest, so starke Gefühle, warum hast du es mir dann nie gezeigt?«

»Zunächst mal warst du noch so jung.« Er fuhr sich mit der Hand durchs Haar, während er sich anzog, wohl wissend, dass dies eine Ausrede, eine Ausflucht war, nicht der wahre Grund. Den wahren Grund konnte er ihr nicht sagen. »Es war mir unangenehm, so für dich zu empfinden, so über dich zu denken, als du noch zur Schule, zur Highschool gingst.«

Sie hätte aufs Bett springen und tanzen mögen. »Seit ich auf der Highschool war? Die ganze Zeit schon?«

»Ja, die ganze Zeit. Dann warst du in einen anderen verliebt, also hatte ich kein Recht, etwas anderes für dich zu empfinden als Freundschaft.«

Sie atmete vorsichtig aus. Das Geständnis, das sie ihm jetzt machen wollte, erfüllte sie mit Scham. »Ich war nie in einen anderen verliebt. Für mich gab es immer nur dich.«

»Jack …«

»Ich habe ihn nie geliebt, und dass es zwischen uns nicht

geklappt hat, ist eher meine Schuld als seine. Er war nur deshalb der erste Mann, der mich berühren durfte, weil ich dachte, dass du es nie tun würdest. Und als ich erkannte, was für einen großen Fehler ich begangen hatte, war ich schon schwanger.«

»Du kannst nicht sagen, dass es deine Schuld war.«

»O doch, das kann ich.« Um ihren Händen etwas zu tun zu geben, begann sie das Laken glatt zu streichen. »Ich wusste, dass er mich nicht liebte, aber ich habe ihn dennoch geheiratet, weil ich Angst hatte. Und eine Zeit lang habe ich mich furchtbar dafür geschämt, ich war wütend und schämte mich.« Sie nahm ein Kissen und steckte es in einen frischen Bezug. »Bis ich eines Nachts im Bett lag und dachte, mein Leben sei vorüber, und da spürte ich dieses Flattern in mir.« Sie schloss die Augen und drückte das Kissen an sich. »Ich spürte Aubrey, und es war so … so gewaltig, dieses kleine Flattern, dass ich mich nie mehr schämte oder wütend war. Das zumindest hat Jack mir gegeben.« Sie öffnete wieder die Augen und legte das Kissen behutsam aufs Bett. »Ich bin ihm dankbar dafür, und ich werfe ihm nicht vor, dass er mich verlassen hat. Er hat dieses Flattern nie gespürt. Aubrey war für ihn nie wirklich da.«

»Er war ein Feigling, ja, noch Schlimmeres! Dich wenige Wochen vor der Geburt des Babys im Stich zu lassen!«

»Mag sein, aber ich war auch ein Feigling und Schlimmeres, weil ich mit ihm zusammen war, ihn geheiratet habe, obwohl ich nicht den Bruchteil dessen für ihn empfand, was ich für dich empfinde.«

»Du bist die tapferste Frau, die ich kenne, Grace.«

»Es ist nicht schwer, tapfer zu sein, wenn man ein kleines Kind hat, das auf einen angewiesen ist. Was ich dir zu sagen versuche, ist Folgendes: wenn ich einen Fehler gemacht habe, dann den, dir so lange nicht zu sagen, dass ich dich liebe. Was du auch für mich empfindest, Ethan, es ist mehr, als ich jemals erwartet hätte. Und das reicht mir.«

»Ich liebe dich seit fast zehn Jahren, und meine Liebe wird immer größer.«

Sie hatte das zweite Kissen genommen, das ihr jetzt aber aus der Hand glitt. Als ihr Tränen in die Augen schossen, blinzelte sie. »Ich dachte, ich könnte leben, ohne dich das jemals sagen zu hören. Aber jetzt musst du es gleich noch mal sagen, damit ich wieder atmen kann.«

»Ich liebe dich, Grace.«

Lächelnd schlug sie die Augen auf. »Es klingt so ernst, fast traurig, wie du das sagst.« Um ihn aufzumuntern, streckte sie die Hand nach ihm aus. »Vielleicht solltest du es öfter üben.«

Seine Finger verflochten sich mit den ihren, als unten plötzlich die Fliegentür zukrachte. Füße stampften auf der Treppe. Als sie auseinanderfuhren, erschien Seth im Flur. Er kam schlitternd vor ihrer Tür zum Stehen, die Grace gerade geöffnet hatte, dann stand er nur da und starrte sie fassungslos an.

Er schaute auf das Bett, das noch nicht völlig geglättete Laken, das Kissen, das auf dem Fußboden lag. Dann wanderte sein Blick zu ihnen, erfüllt von bitterem Zorn, der für sein kindliches Gesicht viel zu erwachsen schien.

»Du Mistkerl.« In seiner Stimme lag Abscheu, als er Ethan fixierte, dann Widerwille, als sich sein Blick auf Grace heftete. »Ich dachte, ihr wärt anders.«

»Seth ...« Sie trat einen Schritt vor, doch er machte auf dem Absatz kehrt und rannte davon. »O Gott, Ethan.« Als sie dem Jungen nachlaufen wollte, hielt Ethan sie am Arm zurück.

»Nein, ich gehe ihm nach. Ich weiß, was in ihm vorgeht. Mach dir keine Sorgen.« Er drückte ihren Arm, bevor er hinausging. Dennoch folgte sie ihm zur Treppe, krank vor Sorge. Noch nie hatte sie so glühenden Hass in den Augen eines Kindes gesehen.

»Verflixt noch mal, Seth, ich hab' dir gesagt, du sollst dich beeilen.« Cam kam zur Haustür herein, als Ethan am Fuß der Treppe anlangte. Cam schaute hoch, sah Grace und grinste. »Huch!«

»Ich hab' jetzt keine Zeit für zweideutige Witze«, sagte Ethan. »Seth ist weggelaufen.«

»Was? Wieso?« Er begriff, noch bevor er ausgesprochen hatte. »Oh, Mist. Er muss hinten rausgelaufen sein.«

»Ich suche ihn.« Ethan schüttelte den Kopf, als Cam protestieren wollte. »Ich bin es, auf den er sauer ist. Er denkt, dass ich ihn im Stich gelassen habe. Also muss ich die Sache auch in Ordnung bringen.« Er schaute zu Grace hinüber, die sich auf die Treppe gesetzt hatte. »Kümmre dich um sie«, raunte er Cam zu und lief zur Hintertür.

Ethan nahm an, dass Seth in den Wald gelaufen war. Hoffentlich nicht zu weit weg. Na ja, er ist ein Überlebenskünstler, dachte Ethan, um sich Mut zu machen. Dennoch war er ungeheuer erleichtert, als er in der Nähe das Rascheln von Sträuchern und welkem Laub hörte.

Schnell hatte er die Stelle entdeckt, an der Seth vom Pfad abgebogen war. Ethan schob sich durch ineinander verflochtene Ranken, durch dorniges Gestrüpp und folgte seiner Spur. Das Laub der Bäume, die über ihm zusammenstießen, sperrten das grelle Licht und die schlimmste Sonnenhitze aus, aber die Luftfeuchtigkeit war enorm hoch.

Schweißtropfen liefen Ethan am Rücken hinunter und rannen ihm in die Augen, während er weiterging und horchte. Ihm war bewusst, dass Seth ihm auswich, sich immer ein paar Meter vor ihm hielt. Schließlich setzte er sich auf einen umgestürzten Baumstamm und entschied, dass es einfacher wäre, den Jungen auf sich zukommen zu lassen.

Es dauerte zehn lange Minuten, in denen ihn blutgierige Moskitos umschwirrten, bis Seth endlich aus dem Dickicht erschien und sich vor ihn hinstellte.

»Ich komme nicht mit dir zurück.« Er spie die Worte beinahe aus. »Wenn du mich dazu zwingst, laufe ich nur wieder weg.«

»Ich werde dich zu gar nichts zwingen.« Von seinem Platz auf dem Baumstamm betrachtete Ethan ihn. Seths Gesicht war schmutzig, fleckig und verschwitzt, gerötet von Hitze und Wut. Seine Arme und Beine waren von dem Dornengestrüpp übel zerkratzt.

Später würde es höllisch brennen, dachte Ethan, wenn Seth sich so weit abgekühlt hatte, dass er es spüren konnte.

»Willst du dich nicht setzen und dich mit mir aussprechen?«, fragte er milde.

»Ich glaube nicht ein Wort von dem, was du zu mir sagst. Du bist ein Lügner. Ihr seid beide Lügner. Willst du mir etwa weismachen, dass ihr nicht gebumst habt?«

»Nein, das haben wir nicht getan.«

Seth stürzte sich so plötzlich auf ihn, dass Ethan den ersten Faustschlag, der ihn am Kinn traf, nicht kommen sah. Später, viel später würde er denken, dass der Junge einen tollen rechten Haken hatte. Aber im Augenblick brauchte er all seine Konzentration, um Seth festzuhalten.

»Ich bring dich um! Du Scheißkerl, ich bring dich um, sobald ich die Gelegenheit dazu habe.« Er wand sich, kämpfte und wartete auf die Schläge, die auf ihn niederprasseln würden.

»Halt mal die Luft an.« Verärgert, weil die schweißnassen Arme des Jungen ihm immer wieder entglitten, schüttelte Ethan ihn kurz. »So kommst du nicht weiter. Ich bin größer als du, und ich werde dich einfach in die Mangel nehmen, bis dir die Puste ausgeht.«

»Nimm deine Hände weg.« Seth biss die Zähne zusammen. »Du Sohn einer Hure«, zischte er.

Dieser Schlag war noch wirkungsvoller und besser gezielt als der Fausthieb. Ethan hielt den Atem an und nickte langsam. »Ja, das bin ich. Und das ist der Grund, warum du und ich, warum wir beide uns kennen. Du kannst ruhig weglaufen, wenn ich dich loslasse, Seth. Du kannst mich ruhig mit Dreck bewerfen. Genau das erwarten die Menschen von Söhnen einer Hure. Obwohl ich glaube, dass das unter deinem Niveau ist.«

Ethan ließ von ihm ab, kauerte sich auf den Boden und wischte sich das Blut vom Mund. »Das ist das zweite Mal, dass du mir ins Gesicht geschlagen hast. Wenn du das noch mal tust, werde ich dir den Hintern versohlen, bis du nicht mehr sitzen kannst.«

»Ich hasse dich!«

»Gut. Aber dann solltest du mich auch aus dem richtigen Grund hassen.«

»Du wolltest doch bloß, dass sie die Beine für dich breitmacht, und sie hat dir den Gefallen getan.«

»Moment mal.« Blitzschnell packte Ethan ihn am Shirt und zog ihn hoch, bis er kniete. »Sprich nicht in diesem Ton von Grace, ja? Du warst klug genug, auf Anhieb zu sehen, was für ein wertvoller Mensch sie ist. Deshalb hast du ihr vertraut, deshalb hast du sie gern gehabt.«

»Sie ist mir scheißegal«, behauptete Seth und musste schwer schlucken, bevor ihm heiße Tränen aus den Augen quollen.

»Wenn das stimmte, wärst du nicht so wütend auf uns beide. Du hättest nicht das Gefühl, dass wir dich im Stich gelassen haben.«

Er ließ Seth los und fuhr sich mit den Händen übers Gesicht. Ihm war klar, wie ungeschickt er sich oft anstellte, wenn er über Gefühle reden sollte. Vor allem über seine eigenen. »Ich will ganz offen mit dir sein.« Er ließ die Hände sinken. »Du hast recht in dem Punkt, was geschehen ist, als du nach Hause kamst. Aber in dem Punkt, was es zu bedeuten hatte, hast du unrecht.«

Seths zitternde Lippen verzogen sich höhnisch. »Ich weiß, was Bumsen bedeutet.«

»Ja, du kennst dich aus mit hässlichen Geräuschen im Nebenzimmer, mit verstohlenem Gefummel im Dunkeln, säuerlichem Geruch, Geld, das den Besitzer wechselt.«

»Dass du sie nicht dafür bezahlt hast, heißt noch lange nicht ...«

»Sei ruhig«, sagte Ethan geduldig. »Früher dachte ich auch, dass es nur das wäre, dass es nur so ginge. Grob und herzlos, sogar manchmal brutal und unmenschlich. Du willst vom anderen haben, was du kriegen kannst, ohne Rücksicht auf Verluste. Die pure Selbstsucht. Du erleichterst dich, ziehst die Hose wieder hoch und gehst weg. Nun, auch das ist nicht immer falsch. Wenn es beiden nichts ausmacht, wenn man auf diese Weise die Nacht übersteht, ist es nicht immer falsch. Aber es geht auch anders, und der beste Weg ist es auf keinen Fall.«

Er erinnerte sich daran, dass er gehofft hatte, ein anderer würde dem Jungen zu gegebener Zeit all diese Dinge erklären müssen. Aber es schien, als sei dieser Zeitpunkt jetzt gekommen, und das Los fiel eben auf ihn.

Er konnte es nicht lächelnd und mit einem Augenzwinkern erklären, so wie Cam es vielleicht getan hätte; und auch nicht so glatt und redegewandt wie Phillip. Er konnte nur aus dem Herzen sprechen und hoffen, dass er den richtigen Ton traf.

»Sex kann genauso sein wie Essen. Mal stillt man einfach nur den Hunger. Manchmal bezahlt man für eine Mahlzeit, manchmal tauscht man etwas dagegen, und wenn es fair zugeht, gibst du genauso viel, wie du nimmst.«

»Sex ist immer Sex. Die Leute erfinden bloß schöne Geschichten darüber, um Bücher und Filme an den Mann zu bringen.«

»Meinst du, das ist alles, was auch Anna und Cam verbindet?«

Seth zuckte ein paar Mal mit den Schultern, kam jedoch ins Nachdenken.

»Die beiden verbindet etwas Wichtiges, Dauerhaftes, eine Basis, auf der sie ein gemeinsames Leben aufbauen können. Nicht das, womit du aufgewachsen bist oder womit ich den ersten Teil meines Lebens zugebracht habe – deshalb kann ich offen zu dir darüber sprechen.«

Ethan presste die Finger auf die Augen und ignorierte die Mückenschwärme und die feuchte Hitze. »Es ist anders, wenn man Gefühle empfindet, wenn der andere nicht bloß ein Gesicht oder ein willfähriger Körper ist, den man gerade zur Hand hat. So etwas habe ich auch erlebt. Den meisten Menschen geht es ab und zu so. Es ist anders, wenn es um die eine Person geht, die dir wichtig ist, die alles verändert. Wenn nicht nur der bloße Hunger dich treibt. Wenn du mehr geben willst, als du nimmst. Ich habe noch nie bei einer anderen empfunden, was ich mit Grace empfunden habe.«

Achselzuckend wandte Seth sich ab, aber Ethan konnte sein unglückliches Gesicht sehen. »Ich weiß, dass du sie gern hast – echte, starke Gefühle, die dir viel bedeuten. Vielleicht hast du dir insgeheim gewünscht, dass sie vollkommen ist, nicht die Bedürfnisse hat, die andere Frauen haben. Auf der anderen Seite wolltest du sie beschützen, dafür sorgen, dass niemand sie verletzt. Deshalb sage ich dir jetzt, was ich ihr vorhin gesagt habe: Ich liebe sie. Und ich habe nie eine andere geliebt.«

Seth starrte in die Marsch hinaus. Ihm tat alles weh, aber das Allerschlimmste war die Scham. »Liebt sie dich auch?«

»Ja, das tut sie. Warum, kann ich mir im Augenblick auch nicht erklären.«

Seth dachte sich, dass er den Grund kannte. Ethan war stark, und er zog keine große Show ab. Er tat, was zu tun war. Was richtig war. »Ich wollte auf sie aufpassen, wenn ich größer bin. Wahrscheinlich findest du das ziemlich albern.«

»Nein.« Er hatte große Lust, den Jungen an sich zu ziehen, wusste jedoch, dass dies der falsche Zeitpunkt war. »Nein, ich finde es großartig. Ich bin deswegen stolz auf dich.«

Seths Blick glitt kurz zu seinem Gesicht, bevor er sich wieder abwandte. »Ich liebe sie auch, weißt du. Irgendwie. Nicht, dass ich sie nackt sehen will oder so was«, fügte er hinzu. »Nur …«

»Ich hab' schon verstanden.« Ethan musste sich schwer beherrschen, um nicht zu lachen. Seine Erleichterung war köstlicher als ein eiskaltes Bier an einem heißen Sommertag. »So, als wäre sie eine Schwester, für die du nur das Beste willst.«

»Ja.« Seth seufzte. »Ja, so könnte man es sagen.«

Nachdenklich sog Ethan die Luft durch die Zähne ein. »Es muss hart sein, wenn man ins Haus kommt – und plötzlich sieht man seine Schwester mit einem Kerl zusammen.«

»Ich habe ihr wehgetan. Ich wollte ihr wehtun.«

»Ja, stimmt. Du wirst dich entschuldigen müssen, wenn du es wiedergutmachen willst.«

»Sie hält mich bestimmt für blöd. Sie wird nicht mit mir reden wollen.«

»Sie war drauf und dran, dich selbst zu suchen. Ich würde sagen, jetzt gerade geht sie im Garten auf und ab und ist ganz krank vor Sorge.«

Seth holte tief Luft, und zu ihrer beider Unbehagen klang es wie ein Schluchzen. »Ich hab' Cam so lange bekniet, bis er mich nach Hause gefahren hat, damit ich meinen Baseballhandschuh holen konnte. Und als ich ... als ich euch da drinnen sah, musste ich daran denken, wie es früher war, als ich dazukam, wie sie es grade mit irgendeinem Kerl trieb.«

Wenn Sex zum Geschäft wird, dachte Ethan, ist alles hässlich und gemein. »Es ist schwer, solche Dinge zu vergessen oder den Gedanken zuzulassen, dass es auch anders sein kann.« Da er selbst noch daran zu kauen hatte, drückte er sich besonders vorsichtig aus. »Dass die körperliche Liebe, wenn man Gefühle hat, wenn es einem etwas bedeutet, wenn alles stimmt, rein ist.«

Seth schniefte und wischte sich die Augen. »Die Mücken«, murmelte er.

»Ja, die sind hier draußen eine echte Plage.«

»Du hättest mir eine runterhauen sollen, weil ich solchen Mist geredet habe.«

»Du hast recht«, sagte Ethan nach einer kurzen Pause. »Das nächste Mal haue ich dir eine runter. Aber jetzt lass uns nach Hause gehen.«

Er stand auf, klopfte seine Hose ab und streckte die Hand aus. Seth schaute zu ihm auf, sah Zuneigung, Geduld, Mitgefühl in seinen Augen – Eigenschaften an einem Mann, über die er früher gespottet hätte, weil er bei den Menschen, mit denen er in Berührung gekommen war, so wenig davon gefunden hatte.

Er reichte Ethan die Hand und ließ sie, ohne es zu merken, in der seinen liegen, als sie den Pfad entlanggingen. »Wie kommt es eigentlich, dass dir vorhin nicht ein einziges Mal die Hand ausgerutscht ist?«

Kleiner Junge, dachte Ethan, gegen dich haben in deinem kurzen Leben schon viel zu viele die Hand erhoben. »Vielleicht hatte ich ja Angst, dass du mich besiegst.«

Seth schnaubte und blinzelte heftig gegen die Tränen an, die ihm immer noch kamen. »Scheiße.«

»Na ja, du bist zwar klein«, fuhr Ethan fort, nahm die Mütze aus Seths Gesäßtasche und stülpte sie ihm auf den Kopf, »aber du bist ein ganz schön drahtiger kleiner Mistkerl.«

Seth musste mehrmals tief Luft holen, als sie zum Waldrand kamen, wo die Sonne schräge weiße Strahlen auf die Bäume warf.

Er entdeckte Grace, die, wie Ethan prophezeit hatte, im Garten stand und die Arme um sich geschlungen hatte, als ob ihr kalt sei. Sie ließ sie sinken, trat vor und blieb dann stehen.

Ethan spürte, wie Seths Hand zuckte, und drückte sie ermutigend. »Es würde schon viel helfen, wenn du zu ihr läufst und sie umarmst«, murmelte Ethan. »Grace hat eine Schwäche für Umarmungen.«

Genau das hatte er tun wollen, aber er hatte auch Angst, es zu riskieren. Er schaute zu Ethan auf, hob eine Schulter und räusperte sich. »Ich schätze, das könnte ich tun, wenn sie sich dann besser fühlt.«

Ethan blieb stehen und beobachtete, wie der Junge den Rasen überquerte, sah, wie Grace' Gesicht aufleuchtete und wie sie lächelnd die Arme ausbreitete, um ihn an sich zu drücken.

KAPITEL 13

Wenn man an einem verlängerten freien Wochenende schon arbeiten musste, dachte Phillip, dann sollte die Arbeit wenigstens Spaß machen. Er hing an seinem Job. Was war Werbung anderes als Menschenkenntnis, das Wissen darum, auf welche Knöpfe man drücken musste, um irgendwelche Leute dazu zu bringen, ihre Brieftasche zu zücken.

Es war eine andere Form – eine akzeptierte, kreative, sogar allgemein erwartete Form des Taschendiebstahls, dachte er oft. Und für einen Mann, der sich die erste Hälfte seines Lebens mit Diebstahl über Wasser gehalten hatte, bot Werbung die besten Aufstiegschancen.

Heute, einen Tag vor Amerikas Unabhängigkeitsfest, brachte er seine Fähigkeiten in der Bootswerkstatt an den Mann – er umschmeichelte einen potenziellen Kunden. Was er körperlicher Arbeit entschieden vorzog.

»Sie müssen den Zustand des Gebäudes entschuldigen.« Phillip wedelte mit seiner sorgfältig manikürten Hand und umfasste den weiten Raum, die bloßen Deckenbalken und nackten Glühbirnen, die noch ungestrichenen Wände und den verkratzten Fußboden. »Meine Brüder und ich finden, man sollte seine ganze Energie in das Produkt investieren und die laufenden Geschäftskosten auf ein Minimum beschränken. Diesen Preisvorteil geben wir selbstverständlich an unsere Kunden weiter.«

Genau genommen an den einen Kunden, den sie im Moment hatten, dachte Phillip – und an einen zweiten, der in den Startlöchern stand, und an diesen hier, Nummer drei, der den Köder erst noch schlucken musste.

»Hmmm.« Jonathan Kraft rieb sich das Kinn. Er war Mitte dreißig und hatte das Glück, in der vierten Generation dem Kraft-Clan anzugehören, der in großem Stil in der pharmazeutischen Industrie mitmischte. Seit den bescheidenen Anfängen seines Urgroßvaters als kleiner Apotheker in Boston hatte seine Familie auf der Basis von Kopfschmerztabletten und Analgetika ein Firmenimperium errichtet. Deshalb sah Jonathan sich in der glücklichen Lage, ungehindert seiner großen Liebe zum Segelsport frönen zu können.

Er war groß, fit, sonnengebräunt, sein Haar nerzbraun und perfekt gestylt, sodass es sein attraktives markantes Gesicht zur Geltung brachte. Heute trug er eine braune Hose, ein dunkelblaues Baumwollhemd und abgenutzte hohe Turnschuhe. Am Arm glänzte eine teure Rolex, sein Gürtel bestand aus handgeprägtem italienischem Leder.

Sein Aussehen spiegelte die Rolle wider, in die er hineingeboren war: ein privilegierter, reicher Mann, der sich gern im Freien aufhielt.

»Ihr seid erst seit ein paar Monaten im Geschäft?«

»Offiziell, ja«, sagte Phillip und lächelte charmant. Sein Haar hatte einen intensiven Bronzeton, und seine Frisur betonte ein Gesicht, das die Glücksgöttin dazu ausersehen hatte, die Ideale männlicher Schönheit zu verkörpern. Er trug modisch verwaschene Jeans, ein grünes Hemd und olivgrüne Stiefel. Sein Blick wirkte gerissen, sein Lächeln anziehend.

Alles in allem spiegelte sein Aussehen wider, was er aus sich gemacht hatte: einen kultivierten Stadtmenschen mit einer Schwäche für modische Kleidung und Liebe zur See.

»Wir bauen seit Jahren Boote in wechselnden Teams.« Gewandt führte er Jonathan zu den Skizzen, die an einer Wand hingen. Seths Kunstwerke wirkten durch die Rahmen besonders rustikal, was in Phillips Augen gut zu der Atmosphäre einer traditionellen Bootswerkstatt passte.

»Die Skipjack meines Bruders Ethan; eine der wenigen, die noch jeden Winter in die Chesapeake-Bucht auslaufen, um Austernfischerei zu betreiben. Sie ist seit über zehn Jahren im Dienst.«

»Sie ist eine Wucht.« Auf Jonathans Gesicht trat ein verträumter Ausdruck, wie Phillip es nicht anders erwartet hatte. Welche Art von Taschendiebstahl man auch betrieb, man musste sein Opfer sorgfältig beobachten. »Ich würde sie gern in natura sehen.«

»Das lässt sich mit Sicherheit arrangieren.«

Er ließ Jonathan noch ein wenig Zeit, bevor er zum nächsten Schlag ansetzte. »Also, dieses Boot hier erkennen Sie bestimmt wieder.« Er zeigte auf die Zeichnung einer schnittigen Rennjacht. »Die Circe. Mein Bruder Cameron war an Entwurf und Bau beteiligt.«

»Und sie hat meiner Lorelei in zwei aufeinanderfolgenden Jahren den Sieg vor der Nase weggeschnappt.« Jonathan verzog gutmütig das Gesicht. »Cam war der Captain.«

»Er kennt seine Boote aus dem Effeff.« Phillip hörte das Sirren des Bohrers unter Deck, wo Cameron arbeitete. Er hatte vor, Cam in Kürze zu dem Gespräch hinzuzuziehen.

»Das Boot, das wir momentan in Arbeit haben, geht vorwiegend auf einen Entwurf meines Bruders Ethan zurück, obwohl Cam auch diese oder jene Idee beigesteuert hat. Uns ist vor allem daran gelegen, den Ansprüchen und Wünschen unserer Kunden gerecht zu werden.« Er führte Jonathan zu der Stelle, wo Seth am Bootsrumpf schliff. Ethan stand an Deck und brachte die Reling an. »Dieser Kunde legte Wert auf Schnelligkeit, Stabilität und luxuriöse Ausstattung.«

Phillip wusste, dass das Boot bestens zur Demonstration ihrer Beplankungsmethode taugte – er hatte selbst zahllose schweißtreibende Arbeitsstunden in diese Tätigkeit investiert. »Sie soll sowohl äußerlich etwas hermachen als auch technische Höchstleistungen erbringen. Teakholz vom Bug bis zum Heck, auf eigenen Wunsch des Kunden«, fügte er hinzu und klopfte munter mit den Fingern gegen den Bootskörper.

Dann sah er Ethan an und wackelte mit den Augenbrauen, das verabredete Zeichen. Ethan unterdrückte einen Seufzer. Ihm gefiel ganz und gar nicht, was nun folgte, aber Phillip hatte ihm erklärt, wie wichtig es war, dass ein potenzieller Kunde sich vor Ort ein Bild von ihrer Arbeit machen konnte.

»Die Nahtstellen sind ohne Leim miteinander verfugt.« Ethan lockerte seine Schultern. Ihm war zumute, als sei er wieder in der Schule und müsse ein Referat halten. Das hatte er immer aus tiefster Seele gehasst. »Wir dachten, wenn es den alten Bootsbauern gelungen war, ohne Leim zu beplanken und dennoch zu erreichen, dass die Beplankung mindestens hundert Jahre hielt, dann könnten wir es auch. Und wie oft habe ich nicht erlebt, dass verleimte Planken nachgegeben haben.«

»Hmmm«, machte Jonathan wieder, und Ethan holte nochmals tief Luft.

»Der Bootsrumpf wird nach dem traditionellen Verfahren kalfatert – mit Baumwollelementen. So wird die Beplankung bombenfest. Zum Schluss versiegeln wir alles mit Standardkomponenten.«

Jonathan gab erneut einen undefinierbaren Laut von sich. Er ahnte nur von fern, worüber Ethan sprach. Mit Booten kannte er sich insofern aus, als er damit segelte – Boote, die er funkelnagelneu und seetüchtig von einem Händler kaufte. Aber was er sah, gefiel ihm.

»Scheint ein prachtvolles, stabiles Boot zu sein. Eine hübsche Jacht. Mir liegt ebenfalls an Schnelligkeit, Tüchtigkeit und ästhetischer Wirkung.«

»Dann sorgen wir dafür, dass Sie genau das bekommen.« Phillip lächelte ihm zu und hob hinter Jonathans Kopf einen Finger. Zeit für den nächsten Schachzug.

Ethan verschwand unter Deck, wo Cam die Schablone für einen Bettkasten ausmaß. »Du bist jetzt dran«, murmelte er.

»Hat Phillip ihn schon am Haken?«

»Kann ich nicht sagen. Ich habe meine kleine Ansprache vom Stapel gelassen, und der Typ hat nur genickt und irgendwelche Laute von sich gegeben. Wenn du mich fragst, hatte er nicht den leisesten Schimmer, wovon ich rede.«

»Natürlich nicht. Jonathan hat Angestellte, die sich um die Instandhaltung seiner Boote kümmern. Er hat noch nie im Leben einen Schiffsrumpf abgekratzt oder ein Deck neu beplankt.« Cam richtete sich auf und rieb seine steifen Knie. »Er gehört zu den Typen, die einen Maserati fahren, ohne eine Ahnung von Motoren zu haben. Aber er war bestimmt beeindruckt von deiner Seemannssprache und deinem hübschen, frischen Gesicht.«

Als Ethan nur verächtlich auflachte, zwängte Cam sich an ihm vorbei. »Dann versuche ich jetzt mal mein Glück.«

Er kletterte nach oben und gab sich überzeugend den Anschein, als sei er überrascht, Jonathan in der Werkstatt vorzufinden. Dieser stand an Bord und sah sich gerade das Dollbord an. »Hey, Kraft, wie läuft's?«

»Gut wie immer.« Aufrichtig erfreut schüttelte Jonathan ihm die Hand. »Ich hab' mich schon gewundert, als du im Sommer nicht zur San-Diego-Regatta aufgetaucht bist.«

»Ich hab' geheiratet.«

»Hab' ich gehört. Meinen Glückwunsch. Und jetzt baust du also Boote, statt Rennen zu fahren.«

»Streich mich lieber noch nicht ganz von der Liste. Ich trage mich mit dem Gedanken, im Winter einen Einmaster für mich zu bauen, sollte dann in der Werkstatt nicht mehr so viel los sein.«

»Habt ihr viel zu tun?«

»Allmählich spricht es sich herum«, sagte Cam locker. »Ein Quinn-Boot steht für Qualität. Kluge Leute wollen immer nur das Beste – wenn sie es sich leisten können.« Er grinste. »Kannst du es dir leisten?«

»Ich will auch einen Einmaster kaufen. Dein Bruder hat es bestimmt erwähnt.«

»Ja, er hat es kurz angesprochen. Du willst ein leichtes, schnelles und stabiles Boot. In letzter Zeit haben Ethan und ich an einem Entwurf für das Boot gebastelt, das ich mir bauen will. Den könnten wir modifizieren.«

»Was für 'n Schwachsinn«, sagte Seth, allerdings so leise, dass nur Phillip ihn hören konnte.

»Klar.« Phillip zwinkerte ihm zu. »Aber Schwachsinn Güteklasse A.« Er beugte sich zu Seth hinüber, als Cam und Jonathan sich über die Qualitäten von Einmastern bei Rennen verbreiteten. »Cam weiß, dass der Typ ihn zwar sehr mag, ihn aber auch als Konkurrenten betrachtet. Er hat Cam noch nie in einem Kopf-an-Kopf-Rennen geschlagen. Von daher ...«

»Von daher würde er eine Stange Geld springen lassen, um sich von Cam ein Boot bauen zu lassen, das nicht einmal Cam schlagen könnte.«

»Du hast es erfasst.« Stolz stupste Phillip ihn gegen die Schulter. »Du bist ein echter Schnelldenker. Benutze deinen

Verstand, dann wirst du nicht ewig Boote schleifen müssen. Aber jetzt, Kleiner, kommt der Meister.«

Er richtete sich strahlend auf. »Ich würde Ihnen gern die Entwürfe zeigen, Jonathan. Wie wär's, wenn wir in mein Büro gehen?«

»Möchte schon mal einen Blick darauf werfen.« Jonathan stieg zu ihm hinunter. »Das Problem ist nur, dass das Boot bereits am ersten März seetüchtig sein muss. Ich brauche Zeit, um es zu testen und mich bis zu den Rennen im Sommer daran zu gewöhnen.«

»Erster März.« Phillip spitzte die Lippen, dann schüttelte er den Kopf. »Könnte schwierig werden. Für uns steht Qualität an erster Stelle. Es dauert seine Zeit, das Boot eines Champions zu bauen. Aber ich schaue mal auf unserem Terminplan nach«, fügte er hinzu und legte Jonathan im Gehen den Arm um die Schulter. »Wir werden sehen, was sich machen lässt. Der Arbeitsplan sagt mir allerdings, dass wir allerhöchstens im Mai das qualitativ hochwertige Produkt liefern können, das Sie haben wollen und auf das Sie ein Anrecht haben.«

»Dann bleibt mir nicht mehr genug Zeit, um das richtige Gespür für das Boot zu entwickeln«, beschwerte sich Jonathan.

»Glauben Sie mir, Jonathan, bei einem Quinn-Boot geht das ganz schnell. Im Handumdrehen«, fügte er hinzu und warf seinen Brüdern ein Wolfslächeln zu, bevor er Jonathan in sein Büro schob.

»Er wird den Mai-Termin durchdrücken«, sagte Cam, und Ethan nickte.

»Oder er wird April anbieten und dem armen Kerl dafür eine Sonderprämie abknöpfen.«

»So oder so.« Cam legte die Hand auf Ethans Schulter. »Bis heute Abend haben wir bestimmt einen neuen Vertrag in der Tasche.«

Unter ihnen schnaubte Seth verächtlich. »Quatsch, er hat alles bis zum Mittagessen unter Dach und Fach. Der Typ ist ein Genie.«

Cam spielte mit. »Allerhöchstens um zwei.«

»Bis um zwölf.« Seth schaute zu ihm hoch.

»Zwei Dollar?«

»Klar. Ich kann das Geld gut gebrauchen.«

»Weißt du was?«, sagte Cam, als er seine Brieftasche zückte. »Bevor du hier aufgekreuzt bist, um mein Leben total zu ruinieren, hatte ich gerade ein Vermögen in Monte Carlo gewonnen.«

Seth grinste spöttisch. »Hier ist eben nicht Monte Carlo.«

»Was du nicht sagst.« Er reichte ihm die beiden Geldscheine, dann zuckte er zusammen, als er seine Frau hereinkommen sah. »Aufgepasst. Sozialarbeiterin im Anmarsch. Es wird ihr nicht gefallen, dass hier Minderjährige Wetten abschließen.«

»Hey, ich hab' doch gewonnen«, protestierte Seth, ließ das Geld jedoch in seiner Tasche verschwinden. »Hast du was zu essen mitgebracht?«, fragte er Anna.

»Oh, nein, diesmal nicht. Tut mir leid.« Zerstreut fuhr sie sich mit der Hand durchs Haar. Ihr Herz war bleischwer, sie tat jedoch ihr Bestes, um das zu überspielen. Sie lächelte zwar, aber das Lächeln reichte nicht bis zu ihren Augen. »Habt ihr nichts zu essen mitgenommen?«

»Doch, aber normalerweise bringst du noch leckerere Sachen mit.«

»Diesmal war ich zu eingespannt von den Vorbereitungen für unser Picknick. Morgen ist es ja schon so weit.« Sie fuhr ihm über den Kopf, dann ließ sie die Hand auf seiner Schulter liegen. Sie brauchte den körperlichen Kontakt. »Ich habe gerade … ich dachte, ich mache mal eine Pause und sehe nach, was ihr hier so treibt.«

»Phil hat diesen reichen Fuzzi gerade dazu gebracht, einen tollen Vertrag zu unterschreiben.«

»Gut, sehr gut«, sagte sie geistesabwesend. »Das sollten wir eigentlich feiern. Wie wär's, wenn ich allen ein Eis ausgebe? Kannst du es schaffen, zu Crawford's zu gehen und für alle Karamel-Eisbecher zu holen, Seth?«

»Ja, klar.« Er grinste. »Keine große Sache.«

Sie nahm Geld aus ihrem Portemonnaie und hoffte, dass er nicht bemerkte, dass ihre Hände zitterten. »Keine Nusssplitter auf meinem, ja?«

»Klar. Ich werd's nicht vergessen. Bin schon weg.« Er lief hinaus, und sie schaute ihm traurig nach.

»Was ist los, Anna?« Cam nahm sie bei den Schultern und drehte sie zu sich herum. »Was ist passiert?«

»Lass mir eine Minute Zeit. Ich bin im Rekordtempo hergefahren und muss mich erst mal fangen.« Sie atmete tief durch und fühlte sich dann eine Spur besser. »Hol deine Brüder her, Cam.«

»Na schön.« Doch er zögerte kurz und streichelte ihre Schultern. Man sah sie selten so aufgelöst. »Was es auch sein mag, wir bringen es wieder in Ordnung.«

Er ging zur Laderampe, wo Ethan und Phillip über Baseball diskutierten. »Es gibt Probleme«, sagte er knapp. »Anna ist hier. Sie hat Seth weggeschickt, damit wir reden können.«

Sie stand an der Werkbank, eines von Seths Skizzenheften

aufgeschlagen vor sich. In ihren Augen brannten Tränen, da sie ihr eigenes, von dem kleinen Jungen sorgfältig und liebevoll eingefangenes Gesicht vor sich sah.

Fast von Anfang an war er mehr als nur ein Fall für sie gewesen. Jetzt gehörte er zu ihr, genauso wie Ethan und Phillip zu ihr gehörten. Ihre Familie. Sie konnte den Gedanken nicht ertragen, dass jemand ihrer Familie schaden wollte.

Doch als sie sich umwandte, hatte sie sich wieder gefasst. Sie blickte in die beunruhigten Gesichter der Männer, die eine so wichtige Rolle in ihrem Leben spielten. »Das hier ist heute mit der Post gekommen.« Ihre Hand zitterte nicht mehr, als sie in ihre Handtasche griff und den Brief herausholte.

»Er ist an ›die Quinns‹ adressiert. Nur an ›die Quinns‹«, wiederholte sie. »Von Gloria DeLauter. Ich habe ihn geöffnet. Ich hielt es für das Beste, und – na ja, ich heiße ja jetzt auch Quinn.«

Sie reichte ihn Cam. Wortlos zog er den einzelnen Papierbogen heraus und gab den Umschlag langsam an Phillip weiter.

»In Virginia Beach aufgegeben«, murmelte Phillip. »In North Carolina hatten wir ihre Spur verloren. Sie bleibt bei den Stränden, kommt aber nach Norden.«

»Was will sie?« Ethan steckte die zu Fäusten geballten Hände in die Taschen.

»Wie zu vermuten war«, antwortete Cam knapp. »Geld. ›Liebe Quinns‹«, las er vor. »›Ich habe gehört, dass Ray tot ist. Schade um ihn. Vielleicht wissen Sie nicht, dass Ray und ich eine Vereinbarung getroffen hatten. Ich gehe davon aus, dass Sie sich daran halten werden, da Seth jetzt bei Ihnen lebt. Ich schätze, er hat sich inzwischen in Ihrem hübschen Haus eingewöhnt. Er fehlt mir. Sie haben ja keine Ahnung, was für ein Opfer es für mich war, ihn Ray zu überlassen, aber ich wollte eben das Beste für meinen einzigen Sohn.‹«

»Jetzt solltest du deine Geige zur Hand haben«, murmelte Phillip, an Ethan gewandt.

»›Ich wusste, dass Ray gut zu ihm sein würde‹«, fuhr Cam fort. »›Er hat früher anständig für Sie drei gesorgt, und in Seths Adern fließt ja sogar sein Blut.‹«

Er hielt kurz inne. Da stand es, schwarz auf weiß. »Wahrheit oder Lüge?« Er schaute seine Brüder an.

»Damit befassen wir uns später.« Ethan spürte, wie der schmerzhafte Druck auf sein Herz sich verstärkte. Aber er schüttelte nur den Kopf. »Lies den Rest vor.«

»Na gut. ›Ray wusste, wie weh es mir tat, mich von dem Jungen zu trennen, deshalb hat er mir hin und wieder unter die Arme gegriffen. Jetzt, da er nicht mehr ist, mache ich mir Sorgen, ob Seth bei Ihnen auch wirklich gut aufgehoben ist. Ich bin bereit, mich eines Besseren belehren zu lassen. Wenn Sie entschlossen sind, ihn zu behalten, dann werden Sie sich an Rays Zusagen halten und mich unterstützen. Ich erwarte eine kleinere Geldsumme, als Zeichen Ihres guten Willens. Sagen wir, fünftausend Dollar. Sie können es mir postlagernd nach Virginia Beach schicken. Ich lasse Ihnen zwei Wochen Zeit, da die Post ja nicht die schnellste ist. Sollte ich nichts von Ihnen hören, weiß ich, dass Sie den Kleinen nicht mehr wollen.

Dann komme ich, um ihn abzuholen. Er muss mich furchtbar vermissen. Richten Sie ihm bitte aus, dass seine Mom ihn sehr lieb hat und vielleicht bald zu Besuch kommt.‹«

»Miststück«, stieß Phillip hervor. »Sie stellt uns auf die Probe, ob wir auf ihre Erpressungsversuche genauso reinfallen wie Daddy.«

»Ihr dürft nicht bezahlen.« Anna legte die Hand auf Cams Arm und spürte, dass er vor Zorn bebte. »Überlasst die Sache den Behörden. Ihr müsst darauf vertrauen, dass ich ihr das Handwerk lege. Vor Gericht …«

»Anna.« Cam reichte Ethan den Brief, als dieser die Hand danach ausstreckte. »Wir werden nicht zulassen, dass der Junge vor Gericht gezerrt wird. Nicht, solange es einen anderen Ausweg gibt.«

»Ihr habt doch nicht vor, ihr Geld zu geben! Cam …«

»Ich habe nicht vor, ihr auch nur einen einzigen Cent in den Rachen zu werfen.« Er trat einen Schritt zurück, um seine Wut niederzukämpfen. »Sie glaubt, sie hätte uns am Wickel, aber da täuscht sie sich. Jetzt hat sie es nicht mehr nur mit einem einsamen alten Mann zu tun.« Mit blitzenden Augen fuhr er herum. »Wir werden ja sehen, ob sie es wagt, hierherzukommen und sich vor unseren Augen an Seth zu vergreifen.«

»Ihre Formulierungen sind ziemlich gut durchdacht«, bemerkte Ethan, nachdem er den Brief noch einmal überflogen hatte. »Es bleibt zwar eine Drohung, aber sie ist keinesfalls dumm.«

»Die Gier treibt sie«, warf Phillip ein. »Wenn sie nach der Summe, die Dad ihr gezahlt hat, schon neue Forderungen stellt, heißt das, sie sondiert, wie viel die Geldquelle hergibt.«

»Ja, sie sieht euch jetzt als ihre Geldquelle«, bestätigte Anna. »Und es lässt sich nicht vorhersagen, was sie tun wird, wenn sie begreift, dass diese Quelle sich nicht so ohne Weiteres anzapfen lässt.« Sie hielt inne und presste die Fingerspitzen an ihre Schläfen, um scharf nachzudenken. »Sobald sie in diesem Gerichtsbezirk auftaucht und Kontakt zu Seth aufzunehmen versucht, kann ich sie unter Arrest stellen lassen und bei Gericht zumindest ein einstweiliges Kontaktverbot erwirken. Ihr habt die Vormundschaft. Und Seth ist alt genug, um selbst zu der Angelegenheit gehört zu werden. Die Frage ist nur, ob er sich äußern will.«

Sie hob frustriert die Hände und ließ sie dann wieder sinken. »Er hat mir sehr wenig über das Leben erzählt, das er geführt hat, bevor er hierherkam. Ich brauche Einzelheiten, um jeden Versuch ihrerseits abzuschmettern, das Sorgerecht zu bekommen.«

»Er will sie nicht. Und sie will ihn nicht.« Ethan nahm mit Mühe Abstand davon, den Brief zu zerknüllen und auf den Boden zu werfen. »Es sei denn, er ist noch den Preis eines Schusses wert. Sie hat ihren Kerlen erlaubt, sich an ihn heranzumachen.«

Anna drehte sich zu ihm um und schaute ihm fest in die Augen. »Hat Seth dir das erzählt? Hat er dir gesagt, dass es zu sexuellem Missbrauch gekommen ist und dass sie daran beteiligt war?«

»Er hat mehr als genug gesagt.« Ethan verzog grimmig den Mund. »Und es ist allein seine Entscheidung, ob er anderen davon erzählen will und es hinterher in irgendwelchen Gerichtsakten stehen soll.«

»Ethan.« Anna legte die Hand auf seinen Arm. »Ich liebe ihn auch. Ich will ihm nur helfen.«

»Ich weiß.« Er wich zurück. Sein Zorn war einfach zu groß. Er musste verhindern, dass er ihn an anderen ausließ. »Tut mir leid, aber es gibt Momente, da machen die Behörden nur alles noch schlimmer. Man hat das Gefühl, als ob man zerquetscht würde.« Er kämpfte gegen die schmerzliche Erinnerung an. »Er wird wissen, dass wir für ihn da sind – ob mit oder gegen die Behörden –, dass wir hinter ihm stehen.«

»Der Anwalt muss erfahren, dass sie Kontakt zu uns aufgenommen hat.« Phillip nahm Ethan den Brief ab, faltete ihn zusammen und steckte ihn wieder in den Umschlag. »Und wir müssen uns überlegen, wie wir reagieren wollen. Mein erster Impuls war, nach Virginia Beach zu fahren, sie aus ihrem Schlupfwinkel hervorzuzerren und ihr auf unmissverständliche Weise klarzumachen, was sie zu erwarten hat, wenn sie sich Seth auch nur auf fünfzig Kilometer nähert.«

»Sie zu bedrohen, hilft doch nichts …«, begann Anna.

»Aber es würde verdammt guttun.« Cam knirschte mit den Zähnen. »Das kann ich gern übernehmen.«

»Andererseits könnte es durchaus etwas bringen und später eventuell auch vor Gericht nützlich sein«, fuhr Phillip fort, »wenn unsere heiß geliebte Gloria ein offizielles Schreiben von Seths Betreuerin erhält. Zum derzeitigen Stand der Dinge, den verschiedenen Optionen und den daraus zu ziehenden Schlüssen. Es fällt doch in deine Kompetenz, Kontakt zur leiblichen Mutter aufzunehmen, wenn diese es sich anders überlegt und ihr Kind nicht mehr zur Adoption freigeben will, oder, Anna? Wenn das betreffende Kind einer deiner Fälle ist?«

Sie dachte darüber nach. Es lag haarscharf an der Grenze, und sie würde äußerst vorsichtig sein müssen, um nicht gegen die Bestimmungen zu verstoßen. »Ich darf ihr nicht drohen. Aber … ich könnte sie vielleicht dazu bringen, noch mal in Ruhe über alles nachzudenken. Die große Frage ist, weihen wir Seth ein?«

»Er hat Angst vor ihr«, murmelte Cam. »Mist, der Kleine hat sich gerade ein bisschen erholt und wähnt sich in Sicherheit vor ihr. Wieso sollten wir ihm unbedingt auf die Nase binden, dass sie sich wieder in sein Leben hineindrängen will?«

»Weil er das Recht hat, es zu erfahren.« Ethan sprach leise. Seine Wut war verraucht, und er konnte endlich wieder klar denken. »Er hat das Recht zu erfahren, was ihm bevorsteht, welchen Kampf er auszufechten hat. Wenn man weiß, was einem blüht, hat man eine größere Chance, damit fertigzuwerden. Und er muss es auch erfahren, weil der Brief an die Quinns adressiert ist«, fügte er hinzu. »Er ist einer von uns.«

»Ich würde das Schreiben lieber verbrennen«, murmelte Phillip. »Aber du hast natürlich recht.«

»Wir sagen es ihm alle zusammen«, stimmte Cam zu.

»Ich rede mit ihm.«

Cam und Phillip starrten Ethan an. »Ach ja?«

»Wenn er es von mir hört, ist es vielleicht leichter für ihn.« Er schaute zur Tür, als Seth hereinkam. »Mal sehen, ob ich richtigliege.«

»Mutter Crawford hat extra viel Karamelsoße draufgetan. Mann, sie hat richtig zugeschlagen. Draußen am Hafen tummeln sich Millionen von Touristen, und …«

Sein aufgeregtes Geplapper brach ab. In Sekundenschnelle verwandelte sich Fröhlichkeit in Misstrauen. Sein Herz begann wild zu pochen. Er erkannte Ärger, schlimmen Ärger auf Meilen Entfernung. So etwas hatte einen eigenen Geruch. »Was steht an?«

Anna nahm ihm die große Tüte ab und packte die Plastikbecher aus. »Warum setzt du dich nicht, Seth?«

»Ich will mich nicht setzen.« Wenn man stand, gewann man leichter Vorsprung, falls Ausreißen angesagt war.

»Heute war ein Brief in der Post.« Am besten war es, mit unangenehmen Neuigkeiten direkt und ohne Umschweife herauszurücken, dachte Ethan. »Von deiner Mutter.«

»Ist sie hier?« Die Angst war wieder da, so scharf wie ein Skalpell. Seth wich schnell einen Schritt zurück und wurde dann steif wie ein Brett, als Cam die Hand auf seine Schulter legte.

»Nein, sie ist nicht hier. Aber wir sind da. Vergiss das nicht.«

Seth erschauerte, dann fing er sich wieder. »Was wollte sie? Warum schickt sie plötzlich Briefe? Ich will ihn nicht sehen.«

»Du brauchst ihn auch nicht zu lesen«, beruhigte Anna ihn. »Warum lässt du Ethan nicht erst mal aussprechen? Anschließend reden wir darüber, was zu tun ist.«

»Sie weiß, dass Ray gestorben ist«, begann Ethan. »Ich denke mir, dass sie es von Anfang an gewusst hat, aber sie hat sich Zeit gelassen, darauf zu reagieren.«

»Er hat ihr Geld gegeben.« Seth schluckte gegen die Angst an. Ein Quinn hatte keine Angst, sagte er sich. Die Quinns fürchteten sich vor gar nichts. »Sie ist verduftet. Ihr ist es doch egal, dass er tot ist.«

»Das glaube ich auch, aber sie hofft darauf, noch mehr Geld einzustreichen. Darum geht es in dem Brief.«

»Sie will, dass ich sie bezahle?« Die nächste Welle von Panik und Angst brach über ihn herein. »Ich hab' doch gar kein Geld. Warum schreibt sie mir und verlangt Geld?«

»Sie hat nicht nur an dich geschrieben.«

Unsicher holte Seth Luft und konzentrierte sich auf Ethans Gesicht. Seine Augen waren klar und geduldig, der Mund fest und ernst. Ethan wusste es, konnte er nur noch denken. Ethan wusste, wie es war. Er wusste von den Zimmern, den Gerüchen, den fleischigen Händen in der Dunkelheit.

»Sie will, dass ihr sie bezahlt?« Einerseits hätte er sie gern angefleht, es zu tun. Ihr zu geben, was immer sie haben wollte.

Dann würde er hoch und heilig schwören, dass er für den Rest seines Leben tun wollte, was immer sie von ihm verlangten, um seine Schuld zu begleichen.

Aber er brachte es nicht fertig. Nicht, wenn Ethan ihn so ansah und wartete. Und Bescheid wusste.

»Wenn ihr darauf eingeht, wird sie später nur umso mehr verlangen. Sie wird immer neue Forderungen stellen.« Seth fuhr sich mit seiner schweißigen Hand über den Mund. »Solange sie weiß, wo ich bin, wird sie immer wiederkommen. Ich muss von hier weggehen, mich an einem Ort verkriechen, wo sie mich nicht finden kann.«

»Du gehst nirgendwohin.« Ethan ging in die Hocke, um ihm in die Augen sehen zu können, »und sie wird keinen Cent mehr bekommen. Sie wird nicht gewinnen.«

Langsam, wie eine Aufziehpuppe, schüttelte Seth den Kopf. »Ihr kennt sie nicht.«

»Ich kenne sie zumindest zum Teil. Sie ist klug genug, um zu wissen, dass wir dich unbedingt bei uns behalten wollen. Dass wir dich genug lieben, um wenigstens theoretisch zu bezahlen.« Er sah die Gefühle in Seths Augen aufblitzen, bevor der Junge die Lider senkte. »Und wir würden auch bezahlen, wenn es damit ein Ende hätte, wenn das die Probleme lösen würde. Aber so würde es nicht sein. Es ist so, wie du gesagt hast. Sie würde nur noch mehr verlangen.«

»Was wollt ihr denn tun?«

»Es geht um die Frage, was wir alle zusammen tun können.« Ethan wartete, bis Seth ihm wieder ins Gesicht blickte. »Zunächst mal werden wir so weiterleben wie bisher. Phil wird sich mit dem Anwalt besprechen, um es von der rechtlichen Seite aus zu klären.«

»Sag ihm, dass ich nicht mehr zu ihr zurückgehe.« Seth

warf Phillip einen verzweifelten Blick zu. »Ganz egal, was passiert, ich gehe nicht zurück.«

»Ich sag's ihm.«

»Anna wird ihr einen Brief schreiben«, fuhr Ethan fort.

»Was für einen Brief?«

»Einen klugen«, sagte Ethan mit dem Hauch eines Lächelns. »Gespickt mit diesen Fünfzig-Dollar-Worten und dem ganzen offiziellen Zeugs. Sie tut es in ihrer Eigenschaft als deine Betreuerin, um Gloria wissen zu lassen, dass die Behörden und das Gesetz hinter uns stehen. Vielleicht kommt sie so ins Nachdenken.«

»Sie hasst Sozialarbeiter«, warf Seth ein.

»Gut.« Zum ersten Mal seit einer Stunde lächelte Anna befreit. »Wenn Menschen jemanden hassen, haben sie für gewöhnlich auch Angst vor ihm.«

»Eines würde uns noch helfen, Seth, wenn du es schaffen könntest …«

Er wandte sich wieder Ethan zu. »Was muss ich tun?«

»Wenn du mit Anna reden, ihr erzählen könntest, wie es früher war – so genau wie eben möglich.«

»Ich will nicht darüber reden. Es ist vorbei. Ich gehe nicht wieder zurück.«

»Ich weiß.« Sanft legte Ethan die Hände auf Seths zuckende Schultern. »Und ich weiß, dass darüber zu reden fast so sein kann, als wäre man wieder dort. Ich habe lange gebraucht, um es meiner Mutter – Stella – zu erzählen; laut auszusprechen, obwohl sie das meiste schon wusste. Danach wurde es immer besser. Und es half ihr und Ray dabei, den ganzen juristischen Kram zu regeln.«

Seth dachte an *Zwölf Uhr mittags,* an Helden. An Ethan. »Ist es das Richtige, es zu tun?«

»Ja, es ist das Richtige.«

»Kommst du mit?«

»Na klar.« Ethan stand auf und streckte die Hand aus. »Wir gehen nach Hause und reden in aller Ruhe darüber.«

KAPITEL 14

FERTIG, MAMA? GEHEN wir?«

»Beinahe, Aubrey.« Grace schmeckte ihren Kartoffelsalat ab. Zuletzt streute sie Paprika darüber, um ihm ein wenig Farbe zu verleihen.

Aubrey stellte ihr seit halb acht heute früh immer dieselbe Frage. Grace dachte sich, dass sie nur deshalb nicht die Geduld mit ihrer kleinen Tochter verloren hatte, weil sie genauso aufgeregt und gespannt war wie eine Zweijährige.

»Maaamaaa.«

Grace musste fast über die Frustration in Aubreys Stimme lachen. »Lass mal sehen.« Sorgfältig zog Grace die Plastikfolie über die Schüssel, bevor sie sich umdrehte und ihr kleines Mädchen betrachtete. »Wie hübsch du bist.«

»Ich hab' eine Schleife.« Mit einer ausgesprochen femininen Geste hob Aubrey die Hand und tätschelte das Band, das Grace ihr in die Locken geflochten hatte.

»Eine rosa Schleife.«

»Rosa.« Aubrey strahlte ihre Mutter an. »Hübsche Mama.«

»Danke, Baby.« Hoffentlich fand Ethan das auch. Wie würde er sie wohl ansehen?, fragte sie sich. Wie sollten sie sich verhalten? Es würden so viele Leute da sein, und niemand – nun ja, niemand außer den Quinns – wusste, dass sie ein Liebespaar waren.

Ein Liebespaar, dachte sie mit einem langen, verträumten Seufzer. Es war wie im Märchen. Sie blinzelte, als sich kleine Ärmchen um ihre Beine schlangen und drückten.

»Mama! Fertig?«

Lachend hob Grace sie hoch und küsste sie. »Na schön. Gehen wir.«

Nicht einmal ein General in den letzten Stunden vor einer Entscheidungsschlacht befehligte seine Truppen mit mehr Autorität und Entschlossenheit als Anna Spinelli Quinn.

»Seth, stell die Klappstühle da drüben in den Schatten der Bäume. Ist Phillip noch nicht mit dem Eis da? Er ist schon seit mindestens zwanzig Minuten unterwegs. Cam! Du und Ethan ihr stellt die Picknicktische viel zu nah zusammen.«

»Vorhin standen sie noch zu weit auseinander«, sagte Cam leise. Aber er ging rückwärts und zog den Tisch zwanzig Zentimeter weiter.

»Gut so. Prima.« Mit hellrot, weiß und blau gestreiften Tischtüchern bewaffnet, eilte Anna durch den Garten. »Jetzt kannst du die Tische mit den Sonnenschirmen umstellen, näher zum Wasser hin vielleicht.«

Cam kniff die Augen zusammen. »Du sagtest doch, sie sollten drüben bei den Bäumen stehen.«

»Ich hab's mir anders überlegt.« Sie schaute sich im Garten um, während sie die Tischtücher auflegte.

Cam öffnete den Mund, um zu protestieren, fing jedoch noch rechtzeitig Ethans warnendes Kopfschütteln auf. Sein Bruder hatte recht, entschied er. Streit würde nichts bringen.

Anna war schon den ganzen Morgen völlig außer sich, und als er in einem unbewachten Moment mit Ethan darüber sprach, merkte man ihm an, wie gereizt und verblüfft er deswegen war.

»Normalerweise ist sie eine so praktische, besonnene Frau«, fügte Cam hinzu. »Ich weiß nicht, was plötzlich in sie gefahren ist. Es geht doch bloß um ein blödes Picknick.«

»Ich schätze, Frauen regen sich öfter mal über solche Dinge auf«, gab Ethan zu bedenken. Ihm fiel ein, wie Grace ihm verboten hatte, sich in seinem eigenen Bad zu duschen, nur weil Cam und Anna nach Hause kamen. Wer konnte schon wissen, was im Kopf einer Frau vor sich ging?

»Vor unserem Hochzeitsempfang hat sie sich nicht so angestellt.«

»Da war sie mit ihren Gedanken wohl ganz woanders.«

»Ja.« Cam ächzte, als er – zum wievielten Mal? – einen der runden Tische mit Sonnenschirm hochnahm und ihn zum sonnengesprenkelten Ufer schleppte. »Phil ist klüger als wir. Er hat sich schleunigst aus dem Staub gemacht.«

»Das konnte er schon immer gut«, bestätigte Ethan.

Ihm machte es nichts aus, Tische zu verstellen, Stühle herumzuschleppen oder eine der anderen zig Aufgaben zu erfüllen – ob groß oder klein –, die Anna sich einfallen ließ. Es half ihm, sich von wichtigeren Dingen abzulenken.

Wenn er zu lange nachdachte, stand ihm das Bild von Gloria DeLauter vor Augen. Da er sie nie gesehen hatte, zeigte dieses erfundene Bild eine große, üppige Frau mit wirrem strohblondem Haar, harten, kohlschwarz umschminkten Augen und schlaffem Mund, weil sie zu oft zur Flasche gegriffen und mit der Nadel herumgespielt hatte.

Die Augen waren blau, so wie seine eigenen. Der Mund, trotz des dicken Lippenstifts, so geformt wie der seine. Ihm war klar, dass er nicht das Gesicht von Seths Mutter vor sich sah. Es war seine eigene Mutter.

Das Bild war nicht verschwommen und trüb wie in den letzten Jahren. Es war scharf und klar, als hätte er sie erst gestern gesehen.

Und es besaß immer noch die Macht, sein Blut gefrieren und eine animalische Furcht in seinem Bauch aufsteigen zu lassen, die viel mit Scham zu tun hatte.

Darum hatte er immer noch das Bedürfnis, mit geschwollenen, blutigen Fäusten um sich zu schlagen.

Langsam drehte er sich um, als er den Freudenschrei hörte. Dann sah er Aubrey quer über den Rasen laufen, mit Augen so hell wie Sonnenstrahlen. Und er sah Grace, die an den Verandastufen stand, wo sie warm und eine Spur schüchtern lächelte.

Du hast kein Recht dazu, zischte die hässliche kleine Stimme in seinem Kopf. Kein Recht, etwas so Schönes und Reines zu besudeln.

Zugleich brachen all seine Wünsche mit der Gewalt eines Unwetters über ihn herein, dem er nichts entgegenzusetzen hatte. Als Aubrey auf ihn zugelaufen kam, griff er nach ihr und schwang sie hoch durch die Luft, während sie fröhlich kreischte.

Er wollte, dass sie zu ihm gehörte. Er war von der tiefen Sehnsucht erfüllt, dass dieses vollkommene, dieses unschuldsvolle, lachende Kind seine Tochter wäre.

Grace' Knie gaben unter ihr nach, als sie zu den beiden ging. Das Bild, das sie vor sich sah, brannte sich in ihren Kopf, in ihr Herz ein, wo sie es auf immer bewahren würde. Der schlaksige Mann mit den großen Händen und dem ernsten Lächeln, und das goldhelle Kind mit der rosa Schleife im Haar.

Das Sonnenlicht ergoss sich über sie, so voll und reich wie die Liebe, die in ihrem Herzen wohnte.

»Sie wollte herkommen, seit sie heute Morgen die Augen aufgeschlagen hat«, begann Grace. »Ich dachte, wir könnten ein wenig eher hier sein, um Anna zu helfen.« Er betrachtete sie so konzentriert, so still, dass ihre Haut prickelte. »Es gibt zwar nicht mehr viel zu tun, aber …«

Sie brach ab, da er plötzlich den Arm ausgestreckt hatte und sie fest an sich drückte. Sie konnte nur noch erschrocken

Luft holen, bevor er seinen Mund auf ihren presste. Der raue, verlangende Kuss sandte heiße Blitze durch ihr Blut und bescherte ihr einen Schwindelanfall. Wie von fern hörte sie Aubreys glückliches Quietschen.

»Kuss, Mama!«

Oh, ja, dachte Grace und ergab sich dem atemberaubenden Glücksgefühl, das sie durchströmte. Bitte. Küss mich, küss mich, küss mich.

Sie glaubte einen Laut zu hören, einen Seufzer vielleicht, der tief aus seinem Innern kam. Seine Lippen wurden weicher. Die Hand, die ihr Shirt gepackt hatte wie eine Rettungsleine, öffnete sich und streichelte sie. Die sanfteren, zärtlicheren Gefühle, die jetzt von ihm ausstrahlten, waren jedoch nicht weniger glühend als der erste Ansturm der Begierde; sie vergoldeten nur das Sehnen, das er in ihr geweckt hatte.

Sie konnte ihn riechen, seine männliche Erregung. Sie nahm auch den Duft ihrer Tochter wahr, Puder und Seife. Glücklich schlang sie die Arme um beide, bildete instinktiv eine Einheit aus ihnen, hielt sie fest, als der Kuss endete, und presste sich an Ethans Schulter.

Er hatte sie noch nie vor anderen geküsst. Sie wusste, dass Cam nur wenige Meter entfernt gestanden hatte, als Ethan sie packte. Und Seth hatte es gesehen … und Anna.

Was hatte das zu bedeuten?

»Küss mich!«, forderte Aubrey, tätschelte Ethans Wange und spitzte das Mündchen.

Er gehorchte, knabberte an ihrem Nacken, wo es kitzelte, und brachte sie zum Lachen. Dann wandte er den Kopf und fuhr mit den Lippen über Grace' Haar. »Ich wollte dich nicht so an mich reißen.«

»Ich hatte gehofft, dass du es tun würdest«, murmelte sie. »Es hat mir das Gefühl gegeben, dass du an mich gedacht hast. Mich begehrt hast.«

»Ich denke schon so lange an dich, Grace. Ich begehre dich schon so lange.«

Da Aubrey sich in seinem Arm wand, setzte er sie ab, und sie lief zu Seth und den Hunden hinüber. »Ich meinte, dass ich nicht so grob zu dir sein wollte.«

»Das warst du doch gar nicht. Ich bin nicht aus Glas, Ethan.«

»O doch, in gewisser Weise schon.« Als er sah, wie Aubrey sich auf Foolish fallen ließ und mit ihm im Gras herumkugelte, blickte er Grace in die Augen. »So zerbrechlich«, sagte er leise, »wie das weiße Porzellan mit den rosaroten Rosen, das wir nur am Erntedankfest benutzten.«

Ihr Herz klopfte schneller vor Freude, weil er so dachte, auch wenn sie es besser wusste. »Ethan ...«

»Ich hatte immer Angst, dass ich es falsch anfassen und aus lauter Unbeholfenheit kaputt machen würde.«

Er fuhr sacht mit dem Daumen über ihren Wangenknochen, wo ihre Haut warm und seidenweich war. Dann ließ er die Hand sinken. »Wir sollten lieber mit anpacken, bevor Anna den armen Cam endgültig in den Wahnsinn treibt.«

Grace flatterte immer noch vor Nervosität und Freude, als sie die Aufgabe übernahm, das Essen von der Küche zu den Picknicktaschen zu bringen. Immer wieder ertappte sie sich dabei, wie sie innehielt, eine Schüssel oder Platte in der Hand, um zuzusehen, wie Ethan die Pflöcke für die Hufeisen in die Erde trieb.

Schau dir nur die Muskeln an, die sich unter seinem Hemd abzeichnen. Wie stark er ist. Schau dir an, wie er Seth zeigt, wie man den Hammer halten musste. Er hat so viel Geduld. Er trägt die Jeans, die ich neulich erst gewaschen habe. Die Aufschläge sind weiß geworden und fransen schon aus. In der rechten Vordertasche steckten dreiundsechzig Cents.

Schau dir an, wie Aubrey auf seinen Rücken klettert. Sie weiß, dass sie ihm immer willkommen ist. Ja, er greift nach hinten, schiebt sie ein wenig nach oben, damit sie mehr Halt hat, dann wendet er sich wieder seiner Arbeit zu. Es stört ihn nicht, wenn sie ihm seine Mütze klaut und sich selbst aufsetzen will. Sein Haar ist lang geworden, und die Spitzen glänzen in der Sonne, wenn er die Strähnen aus den Augen schüttelt.

Hoffentlich vergisst er noch eine Weile, zum Friseur zu gehen.

Ich wünschte, ich könnte es jetzt gleich berühren. Diese dicken, sonnengebleichten Strähnen um meine Finger wickeln.

»Ein hübsches Bild«, murmelte Anna so dicht hinter ihr, dass Grace zusammenzuckte. Leise lachend stellte Anna eine riesige Schüssel Nudelsalat auf den Tisch. »Manchmal mache ich das Gleiche mit Cam. Ich stehe nur da und beobachte ihn. Die Quinns sind sehr ansehnliche Männer.«

»Ich denke immer, dass ich nur ganz kurz hinschauen will, und dann kann ich plötzlich nicht mehr aufhören.« Als Ethan sich aufrichtete und sich langsam im Kreis drehte, als wolle er Aubrey suchen, die noch immer an seinem Rücken hing, grinste sie.

»Er geht so herrlich natürlich mit Kindern um«, bemerkte Anna. »Er wäre ein wunderbarer Vater.«

Grace spürte, wie ihr das Blut in die Wangen stieg. Sie hatte dasselbe gedacht. Schwer zu glauben, dass sie noch vor wenigen Wochen zu ihrer Mutter gesagt hatte, sie werde nie wieder heiraten. Und jetzt überlegte sie, hoffte und wartete.

Es war ihr leichtgefallen, jeden Gedanken an eine zweite Heirat auszuschalten, solange sie glaubte, dass sie nie ein gemeinsames Leben mit Ethan führen würde. Ihre erste Ehe war kläglich gescheitert, weil ihr Herz einem anderen als ihrem Ehemann gehört hatte. Es war allein ihre Schuld, und sie stellte sich auch der Verantwortung für dieses Versagen.

Aber eine Ehe mit Ethan konnte sie doch mit Leben und Glanz erfüllen, nicht wahr? Sie konnten sich ein Heim schaffen, eine Familie gründen und ihre Zukunft auf Liebe und Vertrauen aufbauen.

Er wollte nicht mit der Tür ins Haus fallen, dachte sie. Das war nicht seine Art. Aber er liebte sie. Sie verstand Ethan gut genug, um zu wissen, dass Heirat der nächste Schritt sein würde.

Sie war schon jetzt bereit, ihn zu wagen.

Das Aroma von Hamburgern, die auf dem Grill brieten; der Hefegeruch des Biers, das aus einem alten Fass gezapft wurde; Kinderlachen und die Stimmen von Erwachsenen, die sich mal in angeregtem Gespräch hoben, mal senkten, wenn saftiger Klatsch weitergegeben wurde. Das tiefe Dröhnen eines Boots, das übers Wasser schoss, begleitet von den entzückten Schreien der Teenager, die es steuerten; das Klirren eines Hufeisens, das sein Ziel traf.

Gerüche, Geräusche, Bilder. Das flotte Rot, Weiß und Blau der Tischdecken, auf denen sich Schüsseln, Teller, Platten und Auflaufformen drängten.

Mrs. Cutters Kirschkuchen. Der Shrimpssalat der Wilsons. Was von den Maiskolben übrig war, die die Crawfords mitgebracht hatten. Götterspeise und Obstsalat, Brathähnchen und frühe Essigtomaten. Die Menschen standen in größeren und kleineren Gruppen zusammen. Sie saßen auf Stühlen, auf dem Rasen, unten am Steg und auf der Veranda.

Mehrere Männer hatten die Hände in die Hüften gestemmt und sahen dem Hufeisenwerfen zu; ihre Gesichter waren ernst, wie stets, wenn Männer einen Wettkampf verfolgten. Babys dösten in Kinderwagen oder auf willigen Armen, während andere Kleinkinder um Aufmerksamkeit bettelten. Die größeren Kids planschten und schwammen im kühlen Wasser, und die Alten fächelten sich im Schatten Luft zu.

Der Himmel war klar, die Hitze drückend.

Grace beobachtete, wie Foolish auf der Suche nach Essensresten den Boden beschnüffelte. Er hatte schon viele Leckerbissen gefunden, und sie vermutete, dass ihm noch vor dem Ende der Party – ja, hundeelend sein würde.

Hoffentlich ging diese Party nie zu Ende.

Sie watete ins Wasser und hielt Aubrey trotz der bunten Schwimmflossen an ihren Armen fest um die Taille. Dann tauchte sie ihre Tochter hinein und lachte, als Aubreys kleine Beinchen vergnügt strampelten.

»Rein, rein, rein!«, forderte Aubrey.

»Schätzchen, ich habe meinen Badeanzug nicht mitgebracht.« Doch sie wagte sich ein Stück weiter vor, bis das Wasser um ihre Knie spielte, damit Aubrey nach Herzenslust planschen konnte.

»Grace! Grace! Guck mal!«

Aufmerksam blinzelte Grace gegen die Sonne und beobachtete, wie Seth Anlauf nahm und vom Steg sprang. Er zog Knie und Arme an und fiel wie ein Stein ins Wasser, sodass eine glitzernde Fontäne aufspritzte, die sie von Kopf bis Fuß durchnässte.

»Eine Kanonenkugel«, verkündete er stolz, als er wieder

auftauchte. Dann grinste er. »Mensch, du bist ja ganz nass geworden.«

»Seth, hol mich.« Aubrey streckte die Ärmchen aus. »Hol mich.«

»Geht nicht, Aub. Ich muss noch ein paar Kanonenkugeln abschießen.« Als er davonschwamm, um sich den anderen Jungen anzuschließen, begann Aubrey zu schniefen.

»Er kommt später zurück und spielt mit dir«, versicherte Grace ihr.

»Jetzt!«

»Bald.« Um abzuwenden, was sich nach ihrer Erfahrung zu einem ausgewachsenen Wutanfall hochsteigern konnte, warf Grace die Kleine in die Luft und fing sie auf, bevor sie im Wasser landete. Sie ließ sie eine Weile paddeln und planschen, dann gab sie sie frei und kaute nervös auf ihrer Unterlippe, während Aubrey ihre Freiheit genoss.

»Ich schwimme, Mama.«

»Das sehe ich, Kleines. Du bist eine gute Schwimmerin. Aber bleib schön in meiner Nähe.«

Wie Grace erwartet hatte, wurde die Kleine schließlich von der Mischung aus Sonne, Wasser und Aufregung müde. Als Aubrey blinzelte und die Augen aufriss, wie sie es immer tat, wenn sie gegen den Schlaf kämpfte, zog Grace sie an sich. »Holen wir uns was zu trinken, Aubrey?«

»Schwimmen.«

»Wir schwimmen gleich noch ein bisschen. Aber ich habe Durst.« Grace hob sie hoch und stellte sich schon mal auf den Kampf ein, der folgen würde.

»Was hast du denn da gefangen, Grace? Eine Nixe?«

Mutter und Tochter blickten zur feuchten Uferböschung und sahen Ethan dort stehen.

»Die ist aber wirklich hübsch«, sagte er und lächelte Aubrey trotz ihrer aufsässigen Miene an. »Darf ich sie mal nehmen?«

»Ich weiß nicht. Vielleicht.« Sie beugte sich zu Aubreys Ohr. »Er hält dich für eine Nixe.«

Aubreys Unterlippe zitterte zwar, aber sie hatte fast schon vergessen, warum sie jetzt weinen wollte. »So wie Arielle?«

»Ja, so wie Arielle in dem Film.« Sie wollte aus dem Wasser steigen, und plötzlich war Ethans Hand da, die sich fest um die ihre schloss. Als sie ihr Gleichgewicht wiederfand, nahm er ihr Aubrey ab.

»Schwimmen«, sagte sie ziemlich kläglich zu ihm, dann lehnte sie den Kopf an seinen Hals.

»Ich hab' dich schwimmen sehen.« Sie fühlte sich kühl und nass an, als sie sich an ihn kuschelte. Er griff wieder nach Grace' Hand und zog sie auf ebenes Gelände. Diesmal verflocht er seine Finger mit den ihren. »Sieht so aus, als hätte ich es mit zwei Nixen zu tun.«

»Sie ist müde«, sagte Grace leise. »Dann wird sie manchmal gereizt. Sie ist ganz nass«, fügte sie hinzu und wollte Aubrey wieder nehmen.

»Ihr geht's prima.« Er gab ihre Hand nur frei, um über Grace' feuchtes, glänzendes Haar zu streichen. »Du bist auch nass.« Dann legte er den Arm um ihre Schultern. »Lass uns eine Weile in die Sonne gehen.«

»In Ordnung.«

»Vielleicht vorn ums Haus herum«, schlug er vor und lächelte, als Aubrey einnickte und ihr regelmäßiger Atem über seine Haut strich. »Wo nicht so viele Leute sind.«

Überrascht und erfreut beobachtete Carol Monroe, wie Ethan mit ihrer Tochter und ihrer Enkelin davonging. Mit weiblichem Scharfblick sah sie mehr in ihnen als einen Nachbarn und Freund, der mit einer Nachbarin und Freundin einen Spaziergang machte. Spontan zog sie ihren Mann am Arm und lenkte ihn vom Hufeisenwerfen ab, in das er völlig vertieft war.

»Einen Moment noch, Carol. Junior und ich stehen in dieser Runde dicht vor dem Sieg.«

»Schau mal, Pete. Schau dir das an. Grace geht mit Ethan.«

Leicht verärgert schaute er sich um und zuckte die Schultern.

»Na und?«

»Er geht mit ihr, du Blödmann.« Sie sagte es gereizt, aber auch liebevoll. »Sie sind ein Paar.«

»Ein Paar?« Er schnaubte und wollte sich wieder dem Spiel zuwenden – Carol kam manchmal weiß Gott auf die verrücktesten Ideen. So wie damals, als sie wild entschlossen gewesen war, an einer Kreuzfahrt zu den Bahamas teilzunehmen. Als könnte er nicht zu jeder Tages- und Nachtzeit in seinem eigenen Hinterhof einen Segeltörn machen. Aber dann fiel ihm irgendetwas auf, in der Art, wie Ethan sich seiner Tochter zuneigte und wie sie daraufhin den Kopf hob.

Pete trat von einem Fuß auf den anderen und wandte finster den Blick ab. »Ein Paar«, murmelte er und wusste nicht, was er davon halten sollte. Er steckte die Nase nicht in die Angelegenheiten seiner Tochter, rief er sich in Erinnerung. Sie ging schon seit Langem eigene Wege.

Düster blickte er in die Sonne, als er sich daran erinnerte, wie sie als kleines Mädchen den Kopf an seine Schulter gelegt hatte, so wie Aubrey es jetzt gerade bei Ethan tat.

Wenn sie noch klein waren, dachte er, vertrauten sie einem, schauten zu einem auf und glaubten alles, was man ihnen sagte, selbst wenn man behauptete, dass es donnerte, weil die Engel in die Hände klatschten.

Wurden sie dann größer, wandten sie sich von einem ab. Und wünschten sich völlig unvernünftige Dinge. Zum Beispiel Geld, um in New York City zu leben, und deinen Segen, um irgendeinen hergelaufenen Mistkerl zu heiraten, der ihnen nicht das Wasser reichen konnte.

Sie dachten nicht mehr daran, dass du der Mann warst, der auf alles eine Antwort wusste, und brachen dir kaltblütig das Herz. Also musstest du es, so gut es ging, wieder zusammenflicken und ein Vorhängeschloss anbringen, damit es kein zweites Mal geschehen konnte.

»Ethan ist genau das, was Grace braucht«, sagte Carol leise nur für den Fall, dass einer der komischen Käuze, die dachten, mit einem Hufeisen nach einem Metallpflock zu werfen sei eine sinnvolle Beschäftigung, scharfe Ohren hatte. »Er ist verlässlich und rücksichtsvoll. Ein Mann, an den sie sich anlehnen kann.«

»Wird sie nicht.«

»Was?«

»Sie wird sich an niemanden anlehnen. Sie ist viel zu dummstolz, das war sie immer schon.«

Carol seufzte nur. Wenn dies zutraf, so hatte sie diesen halsstarrigen Stolz allerdings in Gänze von ihrem Vater geerbt. »Du hast nicht einmal versucht, ihr auf halbem Wege entgegenzukommen.«

»Fang nicht wieder damit an, Carol. Ich habe nichts dazu zu sagen.« Er entfernte sich von ihr und verdrängte die Gewissensbisse, die in ihm aufstiegen, weil er ganz genau wusste, dass diese Geste sie kränken würde. »Ich brauche ein Bier«, murmelte er und marschierte davon.

Phillip Quinn und ein paar andere Männer standen rings um das Fass. Belustigt sah Pete, dass Phillip mit Celia, dem Mädchen der Barrows, flirtete. Das konnte er dem Jungen nicht verdenken. Sie war gebaut wie ein Playmate und hatte keinerlei Scheu, ihre Reize auch herzuzeigen. So etwas fiel einem Mann immer auf, auch wenn er alt genug war, um ihr Vater zu sein.

»Soll ich ein Glas für Sie zapfen, Mr. Monroe?«

»Danke.« Pete wies mit dem Kopf auf die Gäste im Garten. »Hier ist heute ordentlich was los, Phillip. Tolles Essen. Ich weiß noch, wie eure Eltern fast jedes Jahr im Sommer ein Picknick gaben. Schön, dass ihr diese Tradition fortsetzt.«

»Anna ist auf die Idee gekommen«, sagte Phillip, während er Pete ein schäumendes Bier in einem großen Plastikbecher reichte.

»Frauen haben immer mehr Ideen als Männer. Für den Fall, dass ich keine Gelegenheit dazu haben sollte, richten Sie ihr bitte aus, dass ich mich über die Einladung sehr gefreut habe. In etwa einer Stunde muss ich zum Hafen, um den Startschuss für das Feuerwerk zu geben.«

»Das haben Sie schon immer sehr gut gemacht. Das beste Feuerwerk an der ganzen Küste.«

»Tradition«, sagte Pete nur. Ein Wort, das ihm sehr wichtig war.

Carol Monroe hatte nicht als Einzige bemerkt, wie Ethan und Grace zusammen davongeschlendert waren. Bei Kartoffelsalat und gedünsteten Krabben wurden Spekulationen und zweideutige Blicke ausgetauscht.

Mutter Crawford fuchtelte mit der Gabel vor ihrer guten Freundin Lucy Wilson herum. »Wenn du mich fragst, muss Grace sich ganz schön ranhalten, wenn Ethan Quinn ihr einen Heiratsantrag machen soll, bevor die Kleine alt genug ist, um aufs College zu gehen. Ich hab' noch nie einen so zögerlichen Mann gesehen.«

»Er denkt eben viel nach«, wandte Lucy loyal ein.

»Das bestreite ich ja gar nicht. Ich sage nur, dass er zögerlich ist. Ich hab' sie einander anschmachten sehen, noch bevor der Junge seinen eigenen Kutter hatte. Das muss fast zehn Jahre her sein. Stella – Gott hab sie selig – und ich haben uns ein paar Mal darüber unterhalten.«

Lucy seufzte in ihren Obstsalat, und das nicht nur, weil sie auf die Kalorien achten musste. »Stella kannte ihre Jungs in- und auswendig.«

»O ja, so war's. Irgendwann einmal hab' ich zu ihr gesagt: ›Stella, dein Ethan macht der kleinen Monroe schöne Augen.‹ Und sie lachte und sagte, es sei zwar eine kindliche Schwärmerei, aber manchmal komme dabei die wahre Liebe heraus. Ich konnte mir nie erklären, warum Ethan sich nicht eingemischt hat, als Grace sich mit diesem Jack Casey einließ. Den konnte ich nie leiden.«

»Er war kein schlechter Kerl, nur schwach. Schau mal da.« Lucy senkte verschwörerisch die Stimme. Sie wies mit dem Kopf auf Ethan und Grace, die Hand in Hand wieder auftauchten. Die Kleine schlief an Ethans Schulter.

»An dem ist nichts Schwaches dran.« Mutter Crawford hob anzüglich die Augenbrauen. »Und im Bett ist ein zögerlicher Mann nicht schlecht, was, Lucy?«

Lucy prustete los. »Und ob, Mutter Crawford. Und ob.«

Grace, die zum Glück nichts von den Spekulationen ahnte, die sich um einen harmlosen Spaziergang rund ums Haus an einem heißen Sommernachmittag rankten, blieb stehen, um Eistee einzugießen. Bevor sie das erste Glas zur Hälfte gefüllt hatte, kam ihre Mutter strahlend herbeigeeilt.

»Ach, lass mich doch mal die süße Kleine halten. Es gibt nichts Schöneres, als ein schlafendes Kind auf dem Schoß zu wiegen.« Sie nahm Ethan die Kleine ab, während sie hektisch und mit leiser Stimme sprach. »Ein ausgezeichneter Vorwand, um mal eine Weile im Schatten zu sitzen und still zu sein. Nancy Claremont hat so lange auf mich eingeredet, dass mir fast die Ohren abgefallen sind. Außerdem sollt ihr jungen Leute euch in Ruhe amüsieren.«

»Ich wollte sie gerade ins Bett bringen …«, begann Grace, doch ihre Mutter winkte ab.

»Nicht nötig, nicht nötig. Ich habe kaum mal die Gelegenheit, sie im Arm zu halten, wenn sie still ist. Geht ihr nur weiter spazieren. Aber ihr solltet nicht zu lange in der Sonne bleiben. Das ist gefährlich.«

»Gute Idee«, sagte Ethan nachdenklich, als Carol davoneilte und die schlafende Aubrey an sich drückte. »Uns würde es auch guttun, mal eine Weile ruhig im Schatten zu sitzen.«

»Tja … na gut, aber ich kann nur noch eine Stunde bleiben. Dann muss ich mich auf den Weg machen.«

Er hatte sie sanft zu den Bäumen gezogen und gedacht, dass dort ein abgeschiedener Fleck zu finden wäre, ein lauschiges Plätzchen, wo er sie noch einmal küssen könnte. Plötzlich blieb er stehen und blickte sie stirnrunzelnd an. »Auf den Weg machen – wohin?«

»Zur Arbeit. Ich muss heute in den Pub.«

»Heute ist dein freier Abend.«

»Normalerweise schon, aber ich schiebe ein paar Überstunden.«

»Du arbeitest doch ohnehin schon zu viel.«

Sie lächelte zerstreut – und dann erleichtert, als der Schatten, in den sie eintauchten, die drückende Hitze linderte. »Es sind nur ein paar Stunden. Shiney hat mir angeboten, durch Überstunden auszugleichen, was ich für den Wagen bezahlen musste. Oh, ist das angenehm hier.« Sie schloss die Augen und sog die feuchte, kühle Luft tief in sich ein. »Anna sagte, dass du und deine Brüder später musizieren wollen. Schade, dass ich das verpasse.«

»Grace, ich hab' dir doch gesagt, wenn du Geld brauchst, helfe ich dir.«

Sie schlug die Augen auf. »Ich brauche deine Hilfe nicht, Ethan. Ich kann arbeiten.«

»Ja, das kannst du. Du tust ja fast nicht anderes.« Er entfernte sich von ihr und kam wieder zurück, als wolle er so abschütteln, was ihm zu schaffen machte. »Ich hasse es, dass du dort arbeitest.«

Ihr Rücken versteifte sich – sie spürte, wie er sich Wirbel um Wirbel anspannte. »Ich will nicht schon wieder über dieses Thema mit dir streiten. Es ist eine ehrliche Arbeit.«

»Ich streite nicht, ich sage es dir nur.« Er kam zu ihr zurück, und die Wut, die in seinen Augen loderte, ließ sie überrascht zurückweichen.

»Das hab' ich alles schon mal gehört«, sagte sie ruhig. »Und es ändert nichts an den Tatsachen. Ich arbeite dort, und ich werde auch weiterhin dort arbeiten.«

»Du brauchst jemanden, der für dich sorgt.« Es quälte ihn unsagbar, dass er es nicht tun konnte.

»O nein.«

Und ob es so war. Sie hatte schon wieder dunkle Ringe unter ihren grünen Augen, und jetzt sagte sie ihm auch noch, dass sie bis zwei Uhr früh vollbeladene Tabletts durchs Lokal schleppen wollte. »Hast du Dave schon bezahlt?«

»Die Hälfte.« Es war demütigend. »Den Rest hat er mir großzügigerweise bis zum nächsten Monat gestundet.«

»Du wirst ihm kein Geld mehr geben.« So viel zumindest konnte er für sie tun. Und er würde es tun. »Ich übernehme das.«

Die Demütigung war vergessen. Trotzig reckte sie das Kinn vor. »Das wirst du nicht.«

Zu einem anderen Zeitpunkt hätte er sie überredet, sie gelockt. Oder einfach im Stillen gehandelt. Aber in ihm rumorte irgendetwas – etwas, das in ihm schwelte, seit er sich heute Morgen umgedreht und sie gesehen hatte. Er konnte keinen klaren Gedanken fassen, nur fühlen und reagieren, sah ihr fest in die Augen und legte die Hand auf ihren Hals.

»Sei still.«

»Ich bin kein Kind, Ethan. Du kannst nicht ...«

»Ich betrachte dich nicht als Kind.« Ihre Augen glitzerten angriffslustig. Und ließen das Etwas in seinem Innern überkochen. »Dazu bin ich nicht mehr in der Lage. Aber tu dieses eine Mal, was ich von dir verlange.«

Sie wusste nicht, wie es kam, dass ihr das Atmen schwerfiel und dass sie fröstelte. Wie von fern spürte sie die raue Baumrinde an ihren Händen, als sie sich abstützte. Sie glaubte nicht, dass er noch von dem Geld für den Wagen sprach.

»Ethan ...«

Seine andere Hand lag auf ihrer Brust. Er hatte sie nicht dorthin legen wollen, es war einfach geschehen. Seine Finger begannen ihr Fleisch zu streicheln. Ihr Shirt war noch feucht, und er spürte, wie ihre Haut darunter glühte. »Tu dieses eine Mal, was ich von dir verlange«, wiederholte er.

Ihre Augen waren weit aufgerissen. Er fiel hinein und ertrank in ihnen. Ihr Herz schlug gegen seine Hand, als halte er es in seinen Fingern. Plötzlich presste er in fast gewalttätiger Gier den Mund auf ihren. Grace war hilflos. Er hörte ihren erschrockenen Aufschrei, der von seinem Mund erstickt wurde. Und war nur umso erregter.

Hitze übertrug sich von seinem Körper auf sie. Seine Zähne bohrten sich grob in ihre Unterlippe, sodass sie keuchte. Prompt drang seine Zunge in ihren Mund ein.

Die Gefühle stürmten zu schnell auf sie ein, um eins von dem anderen zu unterscheiden, aber es waren heftige, bedrohliche, mitreißende Gefühle. Seine Hände waren überall, zerrten an ihrem Shirt, nahmen ihre Brüste in Besitz, ließen sie die köstlich rauen Schwielen an ihrer Haut spüren. Sie fühlte, dass er zitterte, und griff nach seinen Schultern, um nicht selbst das Gleichgewicht zu verlieren.

Dann riss er an ihren Shorts.

Nein! Ein Teil von ihr wich erschrocken zurück, schrie es beinahe heraus. Er konnte doch nicht vorhaben, sie hier zu nehmen, auf diese Art, nicht weit vom Garten entfernt, wo die Leute saßen und Kinder spielten. Aber ein anderer Teil von ihr stöhnte nur erregt auf und flüsterte Ja.

Hier. Jetzt. So. Genau so.

Als er in sie eindrang, hätte ihr Aufschrei beides ausgedrückt, doch er wurde von seinem Mund aufgesogen, ging in seinem stoßweisen Atem unter.

Er stieß hart, schnell, tief zu. Ihr Körper prallte gegen den seinen, seine Hände griffen schmerzhaft in ihren festen, runden Hintern. In seinem Kopf herrschte völlige Leere, er kannte nur noch seine verzweifelte Begierde. Als sie kam, über ihm, um ihn explodierte, war seine Lust unvorstellbar groß und überzog seine Haut mit einem Schweißfilm.

Sein eigener Höhepunkt hatte scharfe Klauen, die sich so

brutal in ihn bohrten, dass sich ein roter Schleier vor seine Augen legte.

Noch nachdem der Schleier sich verzogen hatte, erschauerte und keuchte er. Erst allmählich wurde ihm bewusst, wo er sich befand. Er hörte das wilde Klopfen eines Spechts tief im Wald, helles Lachen hinter den Bäumen. Und Grace' schluchzenden Atem.

Dann spürte er die kühlende Brise an seiner Haut. Und ihr Zittern.

»O Gott. Verdammt.« Er fluchte leise, hasserfüllt.

»Ethan?« Sie hatte nicht geahnt, hätte niemals geglaubt, dass man von solch einem Verlangen erfüllt sein konnte. Von solch einem Verlangen nach ihr. »Ethan«, sagte sie erneut und hätte ihre kraftlosen Arme um ihn geschlungen, wenn er nicht zurückgewichen wäre.

»Tut mir leid. Ich ...« Es gab keine Worte dafür. Nichts, was er sagen konnte, wäre angemessen, wäre eine Wiedergutmachung. Er bückte sich, zog ihre Shorts hoch und knöpfte sie zu. Mit derselben bedächtigen Sorgfalt zupfte er sein Hemd zurecht. »Ich kann dich nicht um Verzeihung bitten. So etwas kann man nicht verzeihen.«

»Ich will gar nicht, dass du mich um Verzeihung bittest. Du brauchst mich für nichts um Verzeihung zu bitten, was wir gemeinsam tun, Ethan.«

Er starrte auf den Boden, als sein Kopf schmerzhaft zu pochen begann. »Ich habe dir keine Wahl gelassen.« Er wusste, wie es war, keine Wahl zu haben.

»Ich habe meine Wahl längst getroffen. Ich liebe dich.«

Er blickte sie endlich an, und jedes Gefühl, das in ihm tobte, stand in seinen Augen. Ihre Lippen waren geschwollen, ihre Augen weit aufgerissen. An ihrem Körper würden blaue

Flecken von seinen Händen zurückbleiben. »Du hast etwas Besseres verdient.«

»Ich bilde mir ein, dass ich dich verdient habe. Du hast mir das Gefühl gegeben, eine … begehrenswerte Frau zu sein. Nein, das ist nicht das richtige Wort.« Sie presste die Hand auf ihr hämmerndes Herz. »Eher, dass ich dich wahnsinnig mache vor Lust«, fuhr sie fort. »Und jetzt tut es mir leid …« Sie wandte den Blick ab. »Mir tut jede Frau leid, die dieses Gefühl nie kennengelernt hat.«

»Ich habe dir Angst gemacht.«

»Nur einen Moment lang.« Verlegen holte sie tief Luft.

»Verdammt noch mal, Ethan, muss ich dir denn erst sagen, dass es mir gefallen hat? Ich fühlte mich hilflos, überwältigt, und das war – sehr erregend. Du hast die Kontrolle über dich verloren, und die meiste Zeit hast du dich so unglaublich gut in der Gewalt. Es hat mir gefallen zu wissen, dass irgendetwas an mir, irgendetwas, das ich getan habe, den Damm gebrochen hat.«

Er fuhr sich mit der Hand durchs Haar. »Du verwirrst mich, Grace.«

»Das ist nicht meine Absicht. Aber so schlecht finde ich es andererseits auch wieder nicht.«

Er stieß einen Seufzer aus, dann kam er einen Schritt näher und glättete ihr zerzaustes Haar. »Vielleicht besteht das Problem darin, dass wir uns so gut zu kennen glaubten. Aber wir wissen noch längst nicht alles.« Er nahm ihre Hand und betrachtete sie mit der nachdenklichen Miene, die sie so liebte. Dann küsste er so zärtlich ihre Finger, dass ihre Lider zuckten.

»Ich will dich niemals verletzen. Niemals.« Aber er hatte es getan und würde es wieder tun.

Vorsichtig hielt er ihre Hand, als sie wieder aus dem Schatten in die Sonne traten. Sehr bald würde er mit ihr über das reden müssen, was sie noch nicht von ihm wusste. Damit sie verstand, warum er ihr nicht mehr geben konnte.

KAPITEL 15

ALSO WEISS ICH noch nicht, ob ich mich noch mal mit ihm treffe, weil er sich allmählich viel zu besitzergreifend aufführt, verstehst du? Ich will ihn ja nicht verletzen, aber mein Leben geht vor, ist es nicht so?«

Julie Cutter biss in den glänzend grünen Apfel, den sie sich aus der Obstschale in Grace' Küche genommen hatte. Sie fühlte sich hier ebenso zu Hause wie nebenan. Gut gelaunt zog sie sich hoch, um es sich auf dem Tresen bequem zu machen, während Grace am Tisch stand und Wäsche zusammenfaltete.

»Außerdem hab' ich diesen unglaublich niedlichen Typ kennengelernt«, fuhr Julie fort und gestikulierte mit ihrem Apfel. »Er arbeitet in dem Computerladen im Einkaufszentrum. Und er trägt eine von diesen kleinen Brillen mit Metallrahmen und lächelt ganz süß.« Sie grinste, und ihr hübsches, herzförmiges Gesicht leuchtete. »Ich habe ihn nach seiner Telefonnummer gefragt, und da ist er rot geworden.«

»Du hast ihn nach seiner Telefonnummer gefragt?« Grace hörte nur mit halbem Ohr hin. Sie mochte es, wenn Julie zu Besuch kam, weil sie immer so lustig war, so viel zu erzählen hatte und voller Energie steckte. Aber heute fiel es ihr schwer, sich zu konzentrieren. Ihr Kopf war voll davon, was zwischen ihr und Ethan in dem Wäldchen geschehen war. Was war plötzlich in ihn gefahren, dass er sich so auf sie gestürzt hatte – und warum hatte er sich hinterher so distanziert verhalten?

»Klar.« Julie legte den Kopf schief. Ihre braunen Augen funkelten spitzbübisch. »Hast du nie von dir aus einen Typ eingeladen? Komm schon, Grace, wir stehen an der Schwelle zum nächsten Millennium. Die meisten Männer mögen es, wenn die Frau die Initiative ergreift. Auf jeden Fall ...« Sie warf ihr langes, glattes braunes Haar zurück. »Jeff hat es gefallen – diesem sexy Computerfan. Zuerst war er total verwirrt, aber dann hat er mir seine Nummer gegeben, und als ich ihn anrief, habe ich gemerkt, dass er sich richtig gefreut hat. Also unternehmen wir am Samstag was zusammen, aber vorher muss ich noch mit Don Schluss machen.«

»Armer Don«, murmelte Grace und blickte zerstreut zu Aubrey hinüber, als diese den Turm aus Bauklötzchen umwarf, den sie gebaut hatte. Sie applaudierte dem Zerstörungswerk.

»Ach, der kommt schon drüber weg.« Julie zuckte die Schultern. Es ist ja nicht so, als wäre er unsterblich in mich verliebt. Er ist es eben bloß gewöhnt, eine feste Freundin zu haben.«

Grace lächelte. Noch vor wenigen Monaten war Julie ganz verrückt nach Don gewesen und war immer wieder vorbeigekommen, um Grace brühwarm und in allen Einzelheiten ihre Dates zu schildern. Oder eher eine zensierte Version ihrer Dates, wie Grace vermutete. »Zu mir hast du gesagt, Don wäre derjenige, welcher.«

»War er ja auch.« Julie lachte. »Eine Zeit lang. Ich bin noch nicht so weit, mich auf einen festzulegen.«

Grace ging zum Kühlschrank, um ihnen etwas zu trinken zu holen. In Julies Alter – mit neunzehn – war sie schwanger gewesen, verheiratet und hatte sich den Kopf darüber zerbrochen, wie sie die Rechnungen bezahlen sollte. Sie war ganze drei Jahre älter als Julie, aber ebensogut hätten es dreihundert Jahre sein können. »Du machst es schon richtig, wenn du dich gründlich umschaust, um später ganz sicher zu sein.« Während sie Julie ein Glas reichte, schaute sie ihr in die Augen. »Aber pass gut auf.«

»Ich passe auf, Grace«, versicherte Julie ihr gerührt. »Eines Tages will ich natürlich heiraten. Vor allem um ein so süßes Kind wie Aubrey zu kriegen. Aber erst will ich das College abschließen und dann was von der Welt sehen. Verschiedene … Sachen machen«, fügte sie mit einer weit ausholenden Geste hinzu. »Ich will nicht so früh gebunden sein, Windeln wechseln und in irgendeinem miesen Job versauern, nur weil mich ein Typ beschwatzt hat, mit ihm …«

Sie verstummte plötzlich, aufrichtig entsetzt. Mit großen, erschrockenen Augen glitt sie vom Tresen herunter. »Mein Gott, es tut mir so leid. Ich kann manchmal so sagenhaft blöd sein. Ich meinte nicht, dass du …«

»Ist schon gut.« Sie drückte kurz Julies Arm. »Genau das habe ich getan, genau das habe ich geschehen lassen. Ich bin froh, dass du klüger bist.«

»Ich bin ein Volltrottel«, murmelte Julie den Tränen nahe. »Ich bin ein gefühlloser Klotz. Ich bin abscheulich.«

»Nein, das bist du nicht.« Grace lachte und nahm einen Spielanzug von Aubrey aus dem Korb. »Du hast mich nicht verletzt. Der Gedanke, dass du nicht sagst, was dir in den Sinn kommt, würde mir gar nicht gefallen.«

»Du bist eine meiner besten Freundinnen. Und ich kann den Mund einfach nicht halten.«

»Ja, das stimmt allerdings.« Grace kicherte, als Julie zusammenzuckte. »Aber es gefällt mir.«

»Ich mag dich und Aubrey sehr gern, Grace.«

»Ich weiß. Jetzt hör auf, dich zu grämen, und sag mir, wohin du mit Jeff, dem niedlichen Computertyp, gehen willst?«

»Ein ganz ungefährliches Date. Kino und Pizza.« Julie seufzte leise. Sie hätte sich eher … den Kopf rasieren und die Stoppeln lila färben lassen, als Grace willentlich zu verletzen. Um ihre Taktlosigkeit wenigstens einigermaßen wiedergutzumachen, lächelte sie.

»Weißt du, ich passe gern auf Aubrey auf, wenn du das nächste Mal abends was mit Ethan unternimmst.«

Grace hatte den Spielanzug gefaltet und zu den Socken gegriffen. Sie hielt inne und starrte auf die winzigen weißen Socken mit der gelben Verzierung, die sie in den Händen hielt. »Wie bitte?«

»Du weißt schon – wenn ihr ins Kino geht, ins Restaurant oder was auch immer.« Bei dem »Was auch immer« wackelte sie mit den Augenbrauen, dann verbiss sie sich das Lachen, als sie Grace' Gesicht sah. »Du hast doch nicht etwa vor, mir weismachen zu wollen, dass du dich nicht mit Ethan Quinn triffst?«

»Na ja, er ist … ich bin …« Sie blickte hilflos zu Aubrey hinüber.

»Wenn es ein Geheimnis bleiben sollte, dann wäre es besser gewesen, seinen Transporter anderswo als in deiner Einfahrt zu parken, wenn er über Nacht bleibt.«

»O Gott.«

»Wo liegt denn das Problem? Es ist ja nicht so, als hättest du eine schmutzige kleine Affäre – so wie Mr. Wiggins mit Mrs. Löwen, die sich immer montags im Motel an der Route 13 treffen.« Als Grace einen erstickten Laut von sich gab, zuckte Julie nur die Schultern. »Meine Freundin Robin arbeitet dort. Sie geht zur Abendschule. Von ihr weiß ich, dass er jeden Montagmorgen um halb elf eincheckt, während sie in ihrem Wagen wartet. Jedenfalls …«

»Was muss deine Mutter denken«, flüsterte Grace.

»Mom? Über Mr. Wiggins? Nun ja ...«

»Nein, nein.« Grace wollte nicht über das wöchentliche Motel-Techtelmechtel des korpulenten Mr. Wiggins nachdenken. »Über ...«

»Oh, über dich und Ethan? Ich glaube, sie hat was von ›höchster Zeit‹ gesagt. Mom ist doch nicht blöd. Er sieht ja sooo gut aus«, schwärmte Julie. »Ich meine, was für ein toller Anblick, wenn er ein T-Shirt trägt! Und dieses Lächeln ... Es dauert mindestens zehn Minuten, bis es seine Augen erreicht hat, und dann, o Mann, kann man sich einfach nicht mehr halten. Im letzten Sommer sind Robin und ich einen Monat lang jeden Tag zum Hafen gegangen, nur um ihm beim Ausladen zuzusehen.«

»Ach ja?«, fragte Grace matt.

»Wir waren beide wahnsinnig in ihn verknallt.« Sie griff in die Keksdose aus weißer Keramik und angelte sich zwei Haferplätzchen. »Ich habe immer heftig mit ihm geflirtet, wenn sich die Gelegenheit dazu bot.«

»Du ... hast mit Ethan geflirtet.«

»Mmm.« Sie nickte kauend. »Ich hab' mir wirklich Mühe gegeben. Meistens war es ihm wohl eher peinlich, aber ein paar Mal habe ich ihm dieses tolle Lächeln entlockt.« Sie grinste fröhlich, als Grace sie anstarrte. »Oh. Inzwischen bin ich längst drüber weg, also keine Sorge.«

»Gut.« Grace griff zu ihrem vernachlässigten Glas und trank einen kräftigen Schluck. »Sehr gut.«

»Trotzdem hat er einen tollen Hintern.«

»Oh, Julie!« Grace biss sich auf die Unterlippe, um nicht loszukichern, und warf einen bedeutungsvollen Blick auf ihre Tochter.

»Sie hört gar nicht hin. Also, wie war ich überhaupt noch mal darauf gekommen? Ach ja, ich nehme dir Aubrey gern mal ab, wenn ihr ausgehen wollt.«

»Ich ... danke.« Sie versuchte sich gerade schlüssig zu werden, ob sie unter das Thema Ethan Quinn einen Schlussstrich ziehen oder aber es noch ausführlicher behandeln sollte, als sie es klopfen hörte und ihn vor ihrer Haustür stehen sah.

»Wie durch Zauberei«, murmelte Julie, und romantische Gefühle erblühten in ihrem Herzen. »Weißt du was, wie wär's, wenn ich Aubrey für eine Weile zu meiner Mom bringe? Ich behalte sie bis zum Essen da und füttere sie.«

»Aber ich muss erst in einer Stunde zur Arbeit.«

Julie verdrehte die Augen. »Dann nutze die Zeit gut, meine Liebe.« Sie nahm Aubrey auf den Arm. »Willst du zu uns rüberkommen, Aubrey? Dir mein Kätzchen ansehen?«

»Oooh, Kätzchen. Tschüss, Mama.«

»Oh, aber ...« Doch da rauschten sie bereits zur Hintertür hinaus, wobei Aubrey aufgeregt winkte und nach dem Kätzchen rief. Sie schaute wieder Ethan an, starrte durch das Fliegengitter auf sein Gesicht und hob dann die Hände.

Er beschloss, diese Geste als Einladung aufzufassen, und trat ein. »War das Julie, die gerade mit Aubrey das Weite gesucht hat?«

»Ja. Sie will Aubrey mit ihrem Kätzchen spielen lassen und sie drüben füttern.«

»Es ist schön, dass du jemanden wie Julie hast, die sich um die Kleine kümmert.«

»Ohne Julie wäre ich völlig aufgeschmissen.« Verblüfft legte Grace den Kopf auf die Seite. Er stand verlegen da, eine Hand hinter dem Rücken versteckt. »Stimmt irgendwas nicht? Hast du dir die Hand verletzt?«

»Nein.« Wie blöd er sich benahm, dachte Ethan und hielt ihr die Blumen hin, die er mitgebracht hatte. »Ich dachte, du hättest vielleicht gern welche.« Er wollte unbedingt einen Weg finden, sie dafür zu entschädigen, wie er sie in dem Wäldchen behandelt hatte.

»Du hast mir Blumen mitgebracht!«

»Ich habe sie hier und da mitgehen lassen. Am besten, du erwähnst Anna gegenüber nichts davon. Die Tigerlilien wachsen gleich an der Straße. Sie blühen dieses Jahr besonders üppig.«

Er hatte ihr Blumen mitgebracht! Es waren keine Blumen aus dem Geschäft, sondern welche, nach denen er selbst gesucht und die er eigenhändig gepflückt hatte. Mit einem lang gezogenen, zitternden Seufzer hielt sie das Gesicht in den kleinen Strauß. »Sie sind wunderschön.«

»Sie erinnern mich an dich. Fast alles erinnert mich an dich.« Als sie den Kopf hob, als er sah, dass ihre Augen weich vor Staunen waren, wünschte er, dass er beredter wäre, sich besser, geschickter ausdrücken könnte. »Ich weiß, dass du dir jetzt nur noch den einen Abend in der Woche freinimmst. Da würde ich dich gern zum Essen ausführen, wenn du keine anderen Pläne hast.«

»Zum Essen?«

»Es gibt da ein Lokal in Princess Anne, das Anna und Cam sehr mögen. Man muss sich fein anziehen, aber sie behaupten, das Essen wäre es wert. Hättest du Lust?«

Sie merkte, dass sie eifrig nickte wie eine Aufziehpuppe, und riss sich zusammen. »Ja, große Lust.«

»Ich hole dich dann ab. Gegen halb sieben?«

Und schon wieder schnellte ihr Kopf auf und ab wie bei einem Rotkehlchen im Frühling, wenn es sich an Würmern nicht satt fressen kann. »Toll. Das wäre toll.«

»Jetzt kann ich leider nicht bleiben. Die anderen warten drüben in der Bootswerkstatt auf mich.«

»Das macht nichts.« Ob ihre Augen wohl so weit aufgerissen waren, wie es sich anfühlte? Sie hätte ihn mit den Blicken verschlingen mögen. »Danke für die Blumen. Sie sind sehr hübsch.«

»Bitte sehr.« Mit offenen Augen beugte er sich zu ihr und drückte sanft die Lippen auf ihren Mund. Er sah, wie ihre Lider zuckten, sah, wie das Grün ihrer Iris sich rings um die winzigen Goldpünktchen verschleierte. »Dann bis morgen Abend.«

Sie schmolz dahin wie Wachs. »Morgen«, stieß sie hervor und seufzte tief, als er hinausging und verschwand.

Er hatte ihr Blumen mitgebracht. Mit beiden Händen umfasste sie die Stiele, hielt die Blumen von sich und tanzte mit ihnen durchs ganze Haus. Wunderschöne, duftende Blumen. Und als ein paar von den Blättern auf den Boden segelten, als sie tanzte, war es nur umso romantischer.

Sie gaben ihr das Gefühl, eine Prinzessin zu sein, eine Frau im wahrsten Sinn des Wortes. Genüsslich schnupperte sie an ihnen, als sie in die Küche tänzelte, um eine Vase zu holen. Sie fühlte sich wie eine junge Braut.

Jäh blieb sie stehen und starrte den Strauß an. *Eine Braut.*

Ihr wurde schwindelig, ihre Haut glühte, ihre Hände begannen zu zittern. Als sie merkte, dass sie den Atem anhielt, stieß sie die Luft zischend aus, doch dann konnte sie überhaupt nicht mehr atmen, weil sie völlig außer sich war.

Er hatte ihr Blumen mitgebracht, dachte sie wieder. Er hatte sie zum Essen eingeladen. Zögernd legte sie die Hand auf ihr Herz und spürte, wie leicht und schnell es plötzlich schlug.

Er würde sie fragen, ob sie seine Frau werden wollte. *Seine Frau.*

»O Gott. Oh.« Ihre Beine verweigerten ihr den Dienst, deshalb setzte sie sich mitten auf den Fußboden in der Küche, die Blumen in ihren Armen wiegend wie ein Kind. Blumen, zärtliche Küsse, ein romantisches Abendessen zu zweit. Er warb um sie.

Nein, nein. Sie zog voreilige Schlüsse. So schnell würde er niemals den nächsten Schritt tun. Sie schüttelte den Kopf, rappelte sich auf und fand eine alte Flasche mit weitem Hals, die sie zur Vase umfunktionierte. Er wollte nur lieb sein. Er wollte rücksichtsvoll sein. Er war eben einfach Ethan.

Sie drehte den Hahn auf, um die Flasche mit Wasser zu füllen. Er war einfach er selbst, dachte sie wieder und merkte, dass sie zum zweiten Mal keine Luft bekam.

Es war Ethans Charakter, gründlich nachzudenken und nach einer ganz bestimmten Methode vorzugehen. Während sie um Ruhe und logisches Denken kämpfte, arrangierte sie eine Blume nach der anderen.

Sie kannten einander seit ... sie konnte sich kaum noch an eine Zeit erinnern, in der sie ihn nicht gekannt hatte. Jetzt waren sie ein Liebespaar. Sie liebten sich. Ethan würde, seinem Charakter entsprechend, Heirat als den nächsten logischen Schritt betrachten. Den ehrenhaften, üblichen Schritt. Er würde das Richtige tun. Er würde es für das Richtige halten.

Das wusste sie wohl, aber sie hatte damit gerechnet, dass noch Monate ins Land gehen würden, bevor er sich zu diesem Schritt entschloss. Und doch, warum sollte er warten, fragte sie sich, wo sie beide doch bereits so viele Jahre gewartet hatten?

Aber ... sie hatte sich gelobt, nie wieder zu heiraten. Dieses Gelübde hatte sie abgelegt, als sie ihre Unterschrift unter die Scheidungspapiere setzte. Sie durfte nie wieder so kläglich versagen oder Aubrey dem Elend und dem Trauma einer gescheiterten Ehe aussetzen. Sie hatte die Entscheidung gefällt, Aubrey allein großzuziehen, mit viel Liebe und Verständnis; war willens gewesen, selbst für ihre Tochter zu sorgen, ihr ein Heim zu schaffen, in dem ihre Kleine Glück und Sicherheit fand.

Aber damals hatte sie auch noch nicht damit gerechnet, dass Ethan sie einmal haben wollte, dass er sie jemals so lieben würde, wie sie ihn liebte. Denn es war immer nur um Ethan gegangen. Immer nur Ethan, dachte sie und schloss die Augen. In ihrem Herzen, in ihren Träumen. Durfte sie es wagen, ihr Gelübde zu brechen, einen Schwur, den sie so feierlich abgelegt hatte? Konnte sie das Risiko eingehen, wieder eine Ehefrau zu sein und all ihre Hoffnungen und ihr Herz an einen Mann zu hängen?

O ja. Ja, sie konnte jedes Risiko eingehen, wenn der Mann Ethan war. Dann war alles perfekt, vollkommen, dachte sie und lachte in sich hinein; vor Freude wurde ihr leicht ums Herz. Es war das Happy End, nach dem zu sehnen sie sich verboten hatte.

Wie würde er sie wohl fragen? Sie presste die Finger auf ihre zitternden, unwillkürlich lächelnden Lippen. Ganz ruhig, dachte sie, mit offenem, ernstem Blick. Er würde ihre Hand nehmen, so vorsichtig, wie es seine Art war. Sie würden draußen im Mondlicht, in der Meeresbrise stehen, umgeben von den Düften der Nacht und dem melodischen Geplätscher des nahen Wassers.

Ganz schlicht, dachte sie, ohne Poesie oder Getue. Er würde zu ihr hinunterschauen, lange Zeit gar nichts sagen, und dann würde er ohne Eile zu sprechen beginnen.

Ich liebe dich, Grace … Ich werde dich immer lieben. Willst du mich heiraten?

Ja, ja, ja! Ausgelassen drehte sie sich im Kreis. Sie würde seine Braut sein, seine Frau, seine Gefährtin, seine Liebste. Jetzt. Immerdar. Sie konnte ohne jedes Zögern ihr Kind in seine Obhut geben in dem Wissen, dass er es lieben und behüten, schützen und für es sorgen würde. Sie würde Kinder von ihm bekommen.

O Gott – Ethans Kind, das in ihr wuchs. Überwältigt von der Vorstellung presste sie die Hände auf ihren Bauch. Und diesmal, diesmal würden beide Eltern, Mutter und Vater, sich auf das Leben freuen, das in ihr heranwuchs.

Sie würden sich ein gemeinsames Leben aufbauen, ein wunderbares, aufregend einfaches Leben.

Sie konnte es kaum erwarten, damit zu beginnen.

Morgen Abend, erinnerte sie sich und griff sich in plötzlicher Panik ins Haar. Ließ die Hände sinken und schaute verzweifelt in den Spiegel. Oh, ihr Aussehen war eine Katastrophe. Sie musste doch unbedingt schön sein.

Was sollte sie anziehen?

Sie ertappte sich, wie sie lachte, ein glückliches, nervöses Lachen. Ausnahmsweise vergaß sie die Arbeit, Zeitpläne und Verantwortung und stürzte zu ihrem Kleiderschrank.

Anna bemerkte erst am folgenden Tag, dass jemand ihre Blumen geklaut hatte. Sie schrie auf, als sie es bemerkte.

»Seth! Seth, du kommst jetzt auf der Stelle hierher.« Sie hatte die Hände in die Hüften gestemmt, ihr flotter Strohhut saß schief auf ihrem Kopf, und in ihren Augen lag ein gefährliches Funkeln.

»Ja?« Er kam nach draußen, in der Hand eine Brezel, obwohl das Essen schon auf dem Herd stand.

»Hast du dich an meinen Blumen vergriffen?«

Er warf einen Blick auf das Beet mit der kunterbunten Mischung aus einjährigen Pflanzen und Immergrün. Und schnaubte verächtlich. »Wieso sollte ich mich wohl an irgendwelchen albernen Blumen vergreifen?«

Sie klopfte mit dem Fuß auf den Boden. »Das frage ich dich ja gerade.«

»Ich hab' sie nicht angerührt. Hey, du willst doch noch nicht mal, dass wir Unkraut jäten.«

»Aus dem einfachen Grund, weil ihr den Unterschied zwischen Unkraut und einem Gänseblümchen nicht kennt«, fauchte sie. »Also, jemand hat sich an meinen Blumen zu schaffen gemacht.«

»Ich war's nicht.« Er zuckte die Schultern, dann verdrehte er schadenfroh die Augen, als sie an ihm vorbei ins Haus stürmte.

Irgendjemandem, dachte Seth, blühte ein furchtbares Strafgericht.

»Cameron!« Sie marschierte nach oben ins Bad, wo er sich nach der Arbeit frisch machte. Er schaute sie an und hob eine Braue, während ihm das Wasser vom Gesicht ins Waschbecken tropfte. Sie blickte ihn finster an, dann schüttelte sie den Kopf. »Schon gut«, murmelte sie und warf die Tür hinter sich zu.

Cam würde sich ebenso wenig an ihrem Garten vergreifen wie Seth, entschied sie. Und falls er Blumen für jemanden pflückte, dann gefälligst für seine liebende Ehefrau, oder sie würde ihn kaltblütig ermorden, um ihn sich ein für alle Mal vom Hals zu schaffen.

Vor der Tür zu Ethans Zimmer kniff sie die Augen zusammen. Ein gedämpfter, drohender Laut stieg in ihrer Kehle auf.

Sie nahm sich noch die Zeit anzuklopfen, obgleich es nur

drei kurze, abgehackte Klopfzeichen waren, bevor sie einfach die Tür aufstieß.

»Himmel noch mal, Anna.« Verlegen schnappte Ethan sich seine Hose vom Bett und hielt sie vor sich. Er hatte nichts außer seiner Unterhose an. Sein Gesicht verzog sich entsetzt.

»Spar dir das schamhafte Getue, ich bin nicht an dir interessiert. Bist du über meine Blumen hergefallen?«

»Über deine Blumen?« Oh, er hatte gewusst, dass das kommen würde. Diese Frau hatte Augen wie ein Luchs, wenn es um ihre Blumenbeete ging. Nur hatte er nicht damit gerechnet, dass er dann halb nackt sein würde. Halb nackt war gut, dachte er und drückte die Hose noch fester an sich.

»Irgendjemand hat mehr als ein Dutzend Blumen ausgerissen. Brutal ausgerissen!« Sie näherte sich ihm, während ihr Blick auf der Suche nach belastenden Indizien durchs Zimmer schweifte.

»Oh, na ja ...«

»Gibt's Probleme?« Cam lehnte sich belustigt an den Türrahmen. Eine amüsante Szene nach einem mit harter Arbeit angefüllten Tag, dachte er. Einfach köstlich, wie seine aufgebrachte Frau seinen fast nackten Bruder in die Mangel nahm.

»Jemand war in meinem Garten und hat meine Blumen gestohlen.«

»Im Ernst? Soll ich die Cops rufen?«

»Ach, halt die Klappe.« Sie fuhr wieder zu Ethan herum, der vorsichtshalber – und aus Feigheit – einen Schritt zurücktrat. Sie schien imstande, einen Mord zu begehen. »Nun?«

»Nun, ich ...« Er hatte eigentlich die Absicht, ein Geständnis abzulegen, sich ihr auf Gnade und Ungnade zu ergeben. Doch für die Frau, die vor ihm stand und ihn aus schwarzen, wutblitzenden Augen fixierte, schien Gnade ein Fremdwort zu sein. »Kaninchen«, sagte er langsam.

»Kaninchen?«

»Ja.« Nervös trat er von einem Fuß auf den anderen und wünschte inständig, er hätte wenigstens seine Hose anziehen können, bevor sie hereingeplatzt war. »Kaninchen können große Schäden in Gärten anrichten. Sie hoppeln einfach mitten rein und bedienen sich.«

»Kaninchen«, wiederholte sie.

»Könnten auch Rehe gewesen sein«, fügte er aus reiner Verzweiflung hinzu. »Die Tiere schleichen sich an und fressen alles, was ihnen in die Quere kommt, ratzekahl ab.« Mitleidheischend blickte er Cam an. »Ist es nicht so?«

Nach reiflicher Überlegung gelangte Cam zu dem Schluss, dass Anna als Städterin vermutlich darauf reinfallen würde. Oh, Ethan würde es teuer bezahlen müssen, wenn er ihm jetzt half, entschied er sich und lächelte. »O ja, Rehe und Kaninchen, ein ernstes Problem.« Ein Problem, das sich nicht stellte, wenn zwei Hunde auf dem Grundstück herumliefen.

»Warum hat mir das keiner gesagt!« Sie riss sich den Hut vom Kopf und schlug damit gegen ihren Oberschenkel. »Und was machen wir dagegen? Wie können wir sie davon abhalten?«

»Es gibt verschiedene Mittel.« Ethan war zwar ein wenig schuldbewusst, sagte sich jedoch, dass Rehe und Kaninchen ja tatsächlich ein Problem sein konnten, daher sollte sie ohnehin gewisse Vorsichtsmaßnahmen ergreifen. »Getrocknetes Blut.«

»Getrocknetes Blut? Wessen Blut denn?«

»Man kann es in der Gärtnerei kaufen und verteilt es einfach. Das verscheucht sie.«

»Getrocknetes Blut!« Mit gespitzten Lippen nahm sie sich vor, welches zu kaufen.

»Oder Urin.«

»Getrockneter Urin?«

»Nein.« Ethan räusperte sich. »Man geht einfach raus und … du weißt schon, rundherum, damit sie es wittern und wissen, dass ein Fleischfresser in der Nähe lauert.«

»Ich verstehe.« Sie nickte zufrieden, dann fuhr sie zu ihrem Mann herum. »Also, dann gehst du jetzt sofort raus und pinkelst auf meine Ringelblumen.«

»Vorher könnte ich ein Bier gebrauchen«, sagte Cam und zwinkerte seinem Bruder zu. »Keine Sorge, Schatz, wir erledigen das schon.«

»Na gut.« Ruhiger geworden, stieß sie die Luft aus. »Entschuldige, Ethan.«

»Ja. Gut … hmmm.« Er wartete, bis sie hinausgeeilt war, dann sank er auf die Bettkante. Von dort warf er einen schrägen Blick auf Cam, der immer noch an der Tür lehnte. »Deine werte Gattin hat ganz schön viel Bosheit in sich.«

»Ja. Ich liebe das an ihr. Warum hast du denn ihre Blumen geklaut?«

»Ich brauchte sie eben«, murmelte Ethan, während er in seine Hose schlüpfte. »Warum zum Teufel wachsen sie da draußen, wenn man sie nicht pflücken darf? Ich dachte, sie reißt mir den Kopf ab.«

»Kaninchen? Rehe?« Cam brach in schallendes Gelächter aus. »Eine Plage für jeden Garten.«

»Ziemlich todesmutige Kaninchen, die an zwei Hunden vorbei zum Haus hoppeln, um sich ein paar Blumen einzuverleiben. Wenn sie es bis dahin schaffen würden, bliebe von dem Garten nichts mehr übrig.«

»Das muss sie ja nicht unbedingt wissen. Vorerst jedenfalls. Danke, dass du mich gedeckt hast. Ich dachte schon, sie gibt mir eins auf die Nase.«

»Hätte gut passieren können. Da ich dein hübsches Gesicht gerettet habe, bist du mir ja wohl was schuldig.«

»Es gibt eben nichts umsonst«, grummelte Ethan und marschierte zum Schrank, um sich ein Hemd zu holen.

»Du hast es erfasst. Seth braucht einen Haarschnitt, außerdem ist ihm sein letztes Paar Schuhe endgültig zu klein geworden.«

Ethan drehte sich um, das Hemd baumelte von seinen Fingerspitzen herab. »Du willst, dass ich mit ihm ins Einkaufszentrum fahre?«

»Volltreffer.«

»Dann akzeptiere ich lieber den Schlag auf die Nase.«

»Zu spät.« Cam hakte den Daumen in seine Hosentasche und grinste. »Also, wozu brauchtest du die Blumen?«

»Ich dachte bloß, dass sie Grace gefallen würden.« Ethan zog sein Hemd an.

»Ethan Quinn klaut Blumen und geht – aus freien Stücken – in ein feines Restaurant mit Krawattenzwang.« Cam grinste und hob die Augenbrauen. »Scheint ernst zu werden.«

»Es ist doch nichts Ungewöhnliches, wenn ein Mann eine Frau zum Essen einlädt und ihr hin und wieder Blumen mitbringt.«

»Bei dir schon.« Cam richtete sich auf und klopfte auf seinen flachen Bauch. »Tja, dann gehe ich wohl mal lieber runter und genehmige mir das Bier, damit ich den Helden spielen kann.«

»Hier hat man überhaupt kein Privatleben mehr«, beschwerte sich Ethan, als Cam davonschlenderte. »Frauen kommen in dein Zimmer geplatzt und besitzen nicht mal die Höflichkeit, wieder zu gehen, wenn sie sehen, dass man keine Hose anhat.«

Mit finsterer Miene kramte er eine seiner beiden Krawatten hervor. »Die Menschen sind bereit, dich nur wegen ein paar Blumen zu massakrieren. Und ehe man sich's versieht, muss man sich in diesem verflixten Einkaufszentrum durch die Massen kämpfen und Schuhe kaufen.«

Er zwängte die Krawatte unter seinen Kragen und plagte sich mit dem Knoten ab. »Als ich noch in meinem eigenen Haus wohnte, brauchte ich mir um so was keine Sorgen zu machen. Ich konnte splitternackt durchs Haus spazieren, wenn mir danach war.« Er stöhnte auf, als die widerspenstige Krawatte sich nicht bändigen lassen wollte. »Ich hasse diese Scheißdinger.«

»Du knüpfst eben lieber Seemannsknoten.«

»Wen wundert's?«

Er hielt plötzlich inne. Seine Hände erstarrten. Sein Blick hing am Spiegel, in dem er seinen Vater hinter sich stehen sah.

»Du bist bloß ein bisschen nervös, das ist alles«, sagte Ray lächelnd und zwinkerte ihm zu. »Eine heiße Verabredung.«

Ethan holte tief Luft und drehte sich um. Ray stand am Fuß des Bettes, mit fröhlich blitzenden blauen Augen – so hatten sie immer gefunkelt, wenn er sich über etwas ganz besonders gefreut hatte, erinnerte sich Ethan.

Er trug ein quittengelbes T-Shirt, auf dem ein Boot unter vollen Segeln abgebildet war, eine verwaschene Jeans und abgenutzte Sandalen. Sein Haar war lang und reichte ihm bis über den Kragen, schieres Silber. Ethan sah, wie die Sonne sich darin fing.

Er sah genauso aus wie früher – ein kraftstrotzender, attraktiver Mann, der bequeme Kleider liebte und gern lachte.

»Ich träume nicht«, murmelte Ethan.

»Es war leichter für dich, es dir am Anfang so zu erklären. Hallo, Ethan.«

»Dad.«

»Ich weiß noch, wie du mich das erste Mal so genannt hast. Du hast eine ganze Weile gebraucht. Damals warst du schon fast ein Jahr bei uns. Himmel, warst du ein unheimliches Kind, Ethan. Still wie ein Schatten, unergründlich wie ein Bergsee. Eines Abends, als ich Referate korrigierte, klopftest du an meine Tür. Du standest einen Moment lang nur da und dachtest nach. Gott, war es schön, dich zu beobachten, wenn es in deinem Kopf arbeitete. Dann sagtest du: ›Dad, Telefon für dich.‹« Rays Lächeln strahlte wie die Sonne. »Du bist gleich wieder verschwunden, sonst hättest du mitbekommen, wie ich mich komplett zum Narren machte. Ich heulte wie ein Baby und musste dem Anrufer sagen, ich hätte eine allergische Reaktion.«

»Mir war nie klar, warum du mich haben wolltest.«

»Du brauchtest uns. Wir brauchten dich. Du gehörtest schon zu uns, Ethan, bevor wir einander begegnet sind. Das Schicksal lässt sich oft viel Zeit, aber letztlich erfüllt es sich immer. Du warst so … zart«, sagte Ray nach kurzem Nachdenken, und Ethan blinzelte überrascht. »Stella und ich hatten immer Angst, etwas falsch zu machen.«

»Ich war nicht zart.«

»O doch, Ethan. Dein Herz war so zerbrechlich wie Glas, das jederzeit in tausend Splitter zerbrechen konnte. Dein Körper war zäh. Wir machten uns nie Sorgen, wenn Cam und du in den ersten Monaten aufeinander losgingt. Wir dachten, dass es euch beiden guttun könnte.«

Ethans Lippen zuckten. »Er hat die Prügeleien meistens angefangen.«

»Aber es war nie deine Art nachzugeben, wenn dein Blut erst mal in Wallung geraten war. Es musste schon viel passieren, um es so weit zu bringen«, fügte er hinzu. »Das ist immer noch so. Wir haben gesehen, wie du deine Umgebung beobachtet hast, wie du in aller Ruhe nachdachtest und deine Schlüsse zogst.«

»Ihr habt mir ... Zeit gelassen. Zeit, zu beobachten und in aller Ruhe nachzudenken. Alles, was an mir anständig ist, kommt von euch beiden.«

»Nein, Ethan, wir haben dir nur Liebe gegeben. Und eben Zeit und Raum.«

Er ging zum Fenster hinüber, um auf das Wasser und die Boote zu schauen, die sanft am Anlegesteg schaukelten. Dann beobachtete er einen Reiher, der über den von der Hitze dunstigen Himmel mit den bauschigen Wolken glitt.

»Du warst dazu bestimmt, unser Sohn zu sein. Hier zu leben. Du hast das Meer lieben gelernt, als wärst du hier geboren. Cam wollte einfach immer nur schnell sein, und Phillip war ein Genießer. Aber du ...«

Er wandte sich ihm wieder zu. Sein Blick war nachdenklich. »Du hast jeden Zentimeter des Boots, jede Welle, jede Flussbiegung genauestens studiert. Stundenlang übtest du, einen Knoten zu binden, und niemand musste dir auf die Nerven fallen, damit du die Decks schrubbtest.«

»Es fiel mir leicht, von Anfang an. Du wolltest, dass ich einen College-Abschluss mache.«

»Für mich.« Ray schüttelte den Kopf. »Für mich, Ethan. Väter sind schließlich auch nur Menschen, und ich machte eine Phase durch, in der ich dachte, meine Söhne müssten die Wissenschaft ebenso lieben wie ich. Aber du hast getan, was das Richtige für dich war. Ich war so stolz auf dich. Ich hätte es dir öfter sagen sollen.«

»Du hast es mir immer gezeigt.«

»Dinge auszusprechen ist auch sehr wichtig. Wer weiß das besser als ein Mann, der sein Leben damit zugebracht hat, jungen Menschen die Liebe zur Sprache beizubringen?« Er seufzte. »Aber ich weiß auch, dass es dir oft schwerfällt, deine Gefühle in Worte zu fassen, Ethan. Du darfst nur eines nicht vergessen. Du und Grace, ihr habt euch noch sehr viel zu sagen.«

»Ich will sie nicht kränken.«

»Du wirst es tun«, sagte Ray leise, »indem du es zu vermeiden versuchst. Ich wünschte, du könntest dich mit meinen Augen sehen.« Er schüttelte den Kopf. »Nun ja, das Schicksal lässt sich eben Zeit. Denk an den Jungen, Ethan, denk an Seth – und welchen Teil von dir selbst du in ihm wiedererkennst.«

»Seine Mutter …«, begann Ethan.

»Denk an den Jungen«, sagte Ray nur und war verschwunden.

KAPITEL 16

Die leichte Sommerluft trug nicht den geringsten Hauch von Regen mit sich. Der Himmel war von kräftigem, überwältigendem Blau, eine weitgespannte Kuppel, über der ein matter Dunstschleier lag, mit zarten Wolken geschmückt. Ein einsamer Vogel sang aufgeregt, als sei er versessen darauf, sein Lied noch schnell zu beenden, bevor der lange Tag vorüber war.

Sie war so nervös wie ein Teenager am Abend des Abschlussballs. Dieser Gedanke brachte Grace zum Lachen. Kein Teenager hatte jemals so schwache Nerven gehabt.

Sie experimentierte mit ihrem Arm und wünschte, sie hätte Annas lange, glänzende Locken – exotisch, wie eine Zigeunerin. Sexy.

Aber so war es nun mal nicht, sagte sie sich bestimmt. Und es würde auch nie so sein. Zumindest hob der kurze, schlichte Haarschnitt die hübschen Goldohrringe hervor, die Julie ihr geliehen hatte.

Julie war so süß gewesen, so aufgeregt über das, was sie als das »große Date« bezeichnete. Sie hatte direkt eine Diskussion über die Frage vom Zaun gebrochen, was sie wozu tragen sollte – und natürlich den Inhalt von Grace' Kleiderschrank als völlig daneben verworfen.

Sich von Julie ins Einkaufszentrum mitschleifen zu lassen war der reine Leichtsinn gewesen. Nicht dass Julie große Überredungskünste hätte aufbieten müssen. Es war lange her, seit Grace einfach aus Spaß am Einkaufen losgezogen war. In den zwei Stunden, in denen sie durch die Läden geschlendert waren, hatte sie sich so jung und unbekümmert gefühlt. Nichts schien ihr wichtiger, als das richtige Outfit zu finden.

Dennoch hätte sie sich eigentlich kein neues Kleid kaufen dürfen, auch wenn sie es im Sonderangebot erstanden hatte. Aber sie konnte einfach nicht widerstehen. Nur dieses eine Mal, dieser eine kleine Luxus. Sie wollte so unbedingt etwas Neues und Unverbrauchtes für diesen besonderen Abend haben.

Auf Anhieb war sie verknallt gewesen in das sexy, raffinierte kleine Schwarze mit den Spaghettiträgern und dem eng anliegenden Rock. Und in das geradezu verboten sinnliche rote Kleid mit dem kühnen, tiefen Ausschnitt. Aber die standen ihr nicht, wie sie bereits vermutet hatte.

Dass das schlichte taubenblaue Leinenkleid heruntergesetzt war, hatte sie nicht überrascht. Am Ständer hatte es so unscheinbar, so alltäglich gewirkt. Aber Julie hatte es ihr dringend ans Herz gelegt, und Julie hatte ein Auge für solche Dinge.

Sie hatte wie immer recht gehabt, dachte Grace jetzt. Es wirkte schlicht, fast jungfräulich durch sein schmuckloses Oberteil und den klassisch-eleganten Schnitt. Aber an ihr sah es sehr hübsch aus, die kühle Farbe hob sich vorteilhaft von ihrer Haut ab, der Rock schwang luftig um ihre Beine.

Grace fuhr mit dem Finger über den eckigen Halsausschnitt und staunte, dass der BH, den zu kaufen Julie sie überredet hatte, ihr tatsächlich eine Spur von Dekolleté bescherte. Ein wahres Wunder, dachte Grace leise lachend.

Konzentriert beugte sie sich zum Spiegel. Mit dem geliehenen Make-up war sie genauso verfahren wie von Julie angewiesen. Ihre Augen wirkten tatsächlich größer und lebendiger, dachte sie. Sie hatte sich alle Mühe gegeben, die Anzeichen von Erschöpfung zu tilgen, und fand, dass es ihr recht gut gelungen war. Mochte ja sein, dass sie gestern Nacht kaum ein Auge zugetan hatte, doch sie war nicht im Mindesten müde.

Sie fühlte sich belebt, erfrischt.

Ihre Hand hing kurz über den Parfümproben, die sie sich gestern in der Kosmetikabteilung hatte geben lassen. Dann fiel ihr ein, dass Anna ihr geraten hatte, ihren gewohnten Duft für Ethan zu tragen, weil er ihm vertraut sein würde.

Sie griff zu ihrem alten Parfüm, schloss die Augen und tupfte sich ein wenig hinters Ohr. Die Augen geschlossen haltend, stellte sie sich vor, wie er sie mit den Lippen genau dort berühren würde.

Verträumt nahm sie das elfenbeinfarbene Abendtäschchen – noch eine Leihgabe – und überprüfte den Inhalt. Solch eine winzige Tasche hatte sie nicht mehr benutzt, seit … nun ja, seit ihrer Schwangerschaft, dachte sie. Es war komisch, hineinzusehen und keines der vielen Dinge *zu* entdecken, die eine Mutter gewöhnlich mit sich führte. Nur typisch weibliche Dinge, überlegte sie. Die kleine Puderdose, die sie sich geleistet hatte, ein Lippenstift, den sie selten benutzte, weil sie es einfach vergaß, ihr Hausschlüssel, ein paar Geldscheine, sorgfältig zusammengefaltet, ein Taschentuch, das ausnahmsweise mal nicht dünn und ausgefranst war, weil sie ein klebriges Gesichtchen damit abgewischt hatte.

Alles in allem fühlte sie sich ungeheuer feminin. Hinzu kamen die Sandaletten mit den unpraktisch hohen Absätzen – oh, sie würde jeden Cent umdrehen müssen, um ihr Konto ausgleichen zu können, wenn die Kreditkartenrechnung kam. Rasch schlüpfte sie hinein, drehte sich vor dem Spiegel und beobachtete, wie der Rock bei jeder Bewegung ihren Körper umschmeichelte.

Als sie seinen Transporter vorfahren hörte, stürzte sie los, zwang sich aber sofort stehen zu bleiben. Nein, sie würde nicht zur Tür stürmen wie ein kleines Hündchen. Sie würde an Ort und Stelle warten, bis er an die Tür klopfte. Und ihrem Herzen die Gelegenheit geben, wieder in seinem normalen Rhythmus zu schlagen.

Als er dann klopfte, pochte ihr das Blut noch in den Ohren. Sie ging zur Tür, lächelte ihm durch das Fliegengitter zu und öffnete.

Ihm fiel ein, dass sie schon einmal so zur Tür gekommen war, an dem Abend, als sie sich zum ersten Mal geliebt hatten. Sie hatte hinreißend ausgesehen, so einsam in dem ringsherum flackernden Kerzenlicht.

Aber heute Abend sah sie … ihm fehlten die Worte, um es zu beschreiben. Alles an ihr schien zu leuchten – Haut, Haar, Augen. Der Anblick machte ihn verlegen, demütig, ehrfürchtig. Er wollte sie küssen, um sich davon zu überzeugen, dass sie wirklich existierte, hatte jedoch beinahe Angst, sie zu berühren.

Er trat zurück, als sie die Fliegentür öffnete, dann nahm er die Hand, die sie ihm zögernd entgegenstreckte. »Du siehst – so verändert aus.«

Nein, poetisch war er nicht. Sie musste lächeln. »Ich wollte dich heute Abend überraschen.« Sie zog die Tür hinter sich zu und ließ sich von ihm zu seinem Transporter führen.

Plötzlich wünschte er, dass er sich die Corvette geliehen hätte.

»Der Transporter passt nicht zu dem Kleid«, sagte er, als sie einstieg.

»Zu mir passt er aber schon.« Sie raffte ihr Kleid zusammen, damit es nicht in der Tür hängen blieb. »Ich mag vielleicht anders aussehen, Ethan, aber ich bin immer noch dieselbe.«

Sie lehnte sich zurück und bereitete sich auf den schönsten Abend ihres Lebens vor.

Die Sonne stand noch hell am Himmel, als sie in Princess Anne anlangten. Das Restaurant, das er ausgewählt hatte, befand sich in einem der alten, renovierten Häuser mit den hohen Decken und den länglichen, schmalen Fenstern. Auf den mit weißem Leinen gedeckten Tischen standen Kerzen zum Anzünden bereit, und die Kellner trugen Jacketts und schwarze Krawatten. Die anderen Gäste unterhielten sich gedämpft wie in der Kirche. Als sie zu ihrem Tisch geführt wurden, konnte sie das Klicken ihrer Absätze auf dem polierten Fußboden hören.

Sie wollte sich jedes einzelne Detail einprägen. Den kleinen Tisch, der in einer Nische direkt am Fenster stand, das Gemälde mit Motiven der Bucht, das hinter Ethan an der Wand hing. Das freundliche Augenzwinkern des Kellners, als er ihnen die Speisekarte brachte und fragte, ob sie einen Aperitif wünschten.

Aber vor allem wollte sie sich Ethan einprägen. Das stille Lächeln in seinen Augen, als er sie über den Tisch hinweg ansah, und wie seine Finger auf dem weißen Leinen immer wieder über die ihren strichen.

»Möchtest du Wein?«, fragte er sie.

Wein, Kerzen, Blumen. »Ja, gern.«

Er schlug die Weinkarte auf und studierte sie eingehend. Er wusste, dass sie Weißwein bevorzugte, und ein, zwei Namen kamen ihm bekannt vor. Phillip hatte zu Hause stets mindestens zwei Flaschen Wein kalt gestellt. Ihm persönlich war schleierhaft, warum ein vernünftiger Mensch regelmäßig so viel Geld für alkoholische Getränke bezahlte.

Erleichtert, weil die einzelnen Gerichte nummeriert waren und er deshalb nicht versuchen musste, französisch zu sprechen, gab er beim Kellner die Bestellung auf. Er freute sich, als er sah, dass seine Wahl Grace' Beifall fand.

»Hunger?«

»Ein bisschen.« Sie fragte sich, ob sie vor Aufregung überhaupt einen Bissen hinunterbekommen würde. »Es ist einfach so schön, hier zu sein – mit dir.«

»Ich hätte schon eher mal mit dir ausgehen sollen.«

»Wir hatten bisher doch kaum Zeit für so etwas.«

»Wir müssen uns mehr Zeit schaffen.« Es war gar nicht so schlimm, eine Krawatte zu tragen und umgeben von anderen Leuten in einem Lokal zu essen, dachte er. Nicht, wenn er sie dabei ansehen konnte, wenn sie ihm gegenübersaß. »Du siehst ausgeruht aus, Grace.«

»Ausgeruht?« Das Lachen sprudelte aus ihr heraus, sodass er sie unsicher anlächelte. Dann drückte sie zärtlich seine Finger. »Oh, Ethan. Ich liebe dich so sehr.«

Die Sonne sank tiefer am Himmel. Im Kerzenschein tranken sie ihren Wein und genossen das ausgezeichnete Essen, das der Kellner ihnen mit vollendeten Manieren servierte. Ethan erzählte von den Fortschritten, die sie mit dem Boot machten, und von dem neuen Vertrag, den Phillip unter Dach und Fach gebracht hatte.

»Wie schön. Kaum zu glauben, dass ihr das Geschäft gerade erst im Frühjahr aus der Taufe gehoben habt.«

»Geplant hatte ich es ja schon länger«, sagte er. »Das meiste hatte ich schon im Kopf ausgearbeitet.«

Wie nicht anders zu erwarten war, dachte sie. Dinge gründlich zu durchdenken, gehörte zu Ethans Charakter. »Aber jetzt erfüllt ihr die Idee mit Leben. Ich wollte schon mindestens zehnmal vorbeikommen, um mir die Werkstatt anzusehen.«

»Warum hast du's nicht getan?«

»Früher … nun, wenn ich dir zu oft begegnete, war ich unsicher.« Es tat gut, mit ihm darüber zu sprechen, zu sehen, wie sich dabei seine Augen veränderten. »Ich dachte immer, du kannst sehen, was ich für dich empfinde – wie gern ich dich berühren wollte und wie sehr ich mir wünschte, dass du mich berührst.«

Das Blut pochte in seinen Fingerspitzen, als er ihre Finger streichelte. Und sein Blick veränderte sich tatsächlich, so, wie sie es sich gewünscht hatte – er schaute ihr tief in die Augen. »Ich hatte mir verboten, von dir zu träumen«, sagte er behutsam.

»Wie froh ich bin, dass du es nicht wirklich durchhalten konntest.«

»Ich auch.« Er führte ihre Hand an die Lippen und küsste sie. »Vielleicht kommst du demnächst ja mal in die Bootswerkstatt, und ich schaue dich an und weiß Bescheid.«

Sie legte den Kopf auf die Seite. »Vielleicht tue ich das.«

»Du könntest eines heißen Nachmittags vorbeikommen und …«

Sein Daumen strich langsam über ihre Fingerknöchel. »Und Brathähnchen mitbringen.«

Sie prustete los. »Ich hätte wissen müssen, dass es das ist, was dich zu mir hinzieht.«

»Ja, es hat den Ausschlag gegeben. Ein hübsches Gesicht, die Augen einer Meeresgöttin, lange Beine, ein herzliches

Lachen – solche Dinge bedeuten einem Mann nicht viel. Aber fütterst du ihn mit Brathähnchen, dann ist es um ihn geschehen.«

Geschmeichelt schüttelte sie den Kopf. »Und ich dachte, ich könnte dir nie poetische Worte entlocken.«

Sein Blick wanderte über ihr Gesicht, und zum ersten Mal in seinem Leben wünschte er, ganze Oden schreiben zu können. »Wünschst du dir Poesie, Grace?«

»Ich will dich, Ethan. So, wie du bist.« Zufrieden seufzend schaute sie sich im Restaurant um. »Schenk einer Frau hin und wieder einen solchen Abend ...« Sie blickte ihn an und grinste. »Und es ist um sie geschehen.«

»Abgemacht. Ich gehe sehr gern mit dir aus, Grace. Ich bin überall gern mit dir zusammen.«

Sie verschränkte die Finger mit den seinen. »Vor langer, langer Zeit – zumindest scheint es sehr lange her zu sein – habe ich von romantischer Liebe geträumt, von Liebe wie aus dem Märchen. Aber jetzt ist es noch viel schöner, Ethan. Die Wirklichkeit ist schöner als alle Träume.«

»Ich möchte, dass du glücklich bist.«

»Wenn ich noch ein winziges bisschen glücklicher wäre, müsste ich mich in zwei Personen aufspalten, um es auszuhalten.« Mit funkelnden Augen beugte sie sich zu ihm. »Und dann müsstest du dir überlegen, wie du mit zwei Frauen von meiner Sorte klarkommen solltest.«

»Eine Grace reicht mir völlig. Möchtest du einen Spaziergang machen?«

Ihr Herz weitete sich. Würde es jetzt passieren? »Ja. Ein Spaziergang wäre jetzt genau das Richtige.«

Die Sonne war beinahe untergegangen, als sie durch die ruhigen, bereits im Schatten liegenden Straßen schlenderten.

Am Himmel, der in allen Farben leuchtete, ging der Mond auf. Kein Vollmond, bemerkte Grace, aber das spielte keine Rolle. Dafür war ihr Herz voll.

Als er sie am Rand der Lichtinsel einer Straßenlaterne in die Arme schloss, schmolz sie unter dem innigen Kuss geradezu dahin.

Sie war verändert, dachte Ethan wieder, während der Kuss immer leidenschaftlicher wurde. Sie fühlte sich weicher an, wärmer, nachgiebiger, und er spürte das leichte Zittern, das durch ihren Körper lief.

»Ich liebe dich, Grace.«

Das Herz klopfte ihr bis zum Hals, sodass ihre Stimme schwankte. Über ihnen flammten Sterne auf, strahlend weiße Lichtpunkte. »Ich liebe dich auch, Ethan.« Sie schloss die Augen und hielt in Erwartung seiner ersehnten Frage den Atem an.

»Wir sollten uns auf den Heimweg machen.«

Sie öffnete überrascht die Augen. »Oh … Ja.« Dann stieß sie die Luft aus. »Ja, du hast recht.«

Wie dumm von mir, dachte sie, als sie zu seinem Transporter gingen. Ein so behutsamer, gründlicher Mann wie Ethan würde ihr nicht an einer Straßenecke in Princess Anne einen Heiratsantrag machen. Er würde warten, bis sie zu Hause waren, bis Julie gegangen war und sie nach Aubrey gesehen hatte.

Er würde warten, bis sie allein waren, ungestört, in vertrauter Umgebung. Natürlich, so war's. Deshalb lächelte sie ihn an, als er den Motor anließ. »Es war ein wundervolles Essen, Ethan.«

Der Mond schien, so wie sie es sich vorgestellt hatte. Das Licht fiel durchs Fenster herein und strahlte über Aubrey in ihrem Bettchen. Ihre Kleine hatte schöne Träume, dachte

Grace. Und wie glücklich sie alle erst morgen früh wären, wenn sie den nächsten Schritt zu dem Ziel getan hätten, in einer Familie vereint zu sein.

Aubrey liebte ihn bereits, dachte Grace, als sie ihrer Tochter übers Haar strich. Noch vor Kurzem war sie entschlossen gewesen, ihr Kind allein großzuziehen. Jetzt nicht mehr. Ethan würde ihrer Tochter ein Vater sein, ein liebevoller Vater, der sie hüten würde wie seinen eigenen Augapfel.

Eines Tages könnten sie Aubrey gemeinsam ins Bett bringen. Eines Tages könnten sie vor einem Kinderbett stehen und über den Schlaf eines anderen Kindes wachen. Mit Ethan würde sie die schlichte Freude eines solchen Augenblicks gerne teilen – diesen stillen Moment in der von Mondlicht erhellten Dunkelheit, wenn man sein Kind sicher und wohlbehalten im Bett liegen sah.

Er hatte ihnen so vieles zu geben, dachte sie. Und sie natürlich ihm.

Ein Mann wie Ethan würde das erste Flattern des neuen Lebens in seinem Herzen spüren, so wie sie es in ihrem Bauch spürte. Das wusste sie genau, und sie würden nicht nur diesen, sondern eine ganze Fülle solcher wunderbarer Momente teilen.

Leise ging sie ins Wohnzimmer. Ethan stand an der Fliegentür und blickte nach draußen. Einen Moment lang geriet sie in Panik. Er ging doch nicht schon? Er durfte nicht fortgehen. Nicht jetzt. Nicht bevor …

»Willst du eine Tasse Kaffee?« Sie stieß die Frage überhastet hervor, mit schriller Stimme, wie sie zu spät bemerkte.

»Nein, danke.« Er drehte sich um. »Schläft sie fest?«

»O ja, alles in Ordnung.«

»Sie sieht dir so ähnlich.«

»Findest du?«

Er sah, wie sie den Blick auf ihn heftete, wie ihre Augen im gedämpften Licht der Lampe glänzten. Flüchtig schien es ihm, als gäbe es nur noch diesen Moment, als habe es vorher nichts gegeben und würde danach nichts mehr geben. Nur sie drei, in stillen Nächten wie dieser, in dem kleinen Puppenhaus. Es könnte seine Zukunft sein. Er wollte so gern daran glauben …

»Ich möchte bleiben. Ich möchte heute Nacht mit dir zusammen sein wenn du auch willst.«

»Ich will es. Natürlich will ich es.« Sie glaubte zu verstehen. Zuerst wollte er ihr seine Liebe zeigen. Mehr als bereit, streckte sie die Hand aus. »Komm ins Bett, Ethan.«

Er achtete darauf, zärtlich zu sein, sie durch sanfte Liebkosungen zum Höhepunkt zu bringen. Dort hielt er sie dann, hielt sie so lange, bis ihr Körper sich aufbäumte, ein zitternder Tumult von Gefühlen. Er beobachtete, wie der Mond ihre Haut mit Lichtflecken sprenkelte, folgte den wechselnden Schatten mit seinen Fingerspitzen, mit den Lippen. Bereitete ihr Lust.

Liebe hüllte sie ein. Wiegte sie in ihren Armen. Schaukelte sie im sanften Rhythmus der ruhigen See. Während sie dahinglitt, gab sie ihm mit vollen Händen zurück, ein schimmerndes Spiegelbild seiner selbst.

Seine Zärtlichkeit rührte sie zu Tränen. Inzwischen wusste sie, wie rau und rücksichtslos sein Verlangen sein konnte. Auch das erregte sie. Doch dieser Teil von ihm, dieser einfühlsame, sensible, großzügige Teil von ihm, traf sie mitten ins Herz. Immer tiefer sank sie in den bodenlosen Brunnen der Liebe hinab.

Als er in sie glitt, sich mit ihr vereinte, fing sein Mund jeden ihrer Seufzer ein. Sie stieg auf und verhielt bebend auf dem seidenweichen Gipfel, länger und länger, bis er ebenfalls erschauerte und sie einander auf dem langsamen Flug nach unten auffangen konnten.

Hinterher zog er sie in seine Arme und streichelte sie. Die Augen fielen ihr zu. Jetzt, dachte sie. Er würde sie jetzt fragen, solange sie beide noch von der Liebe glühten.

Während sie noch wartete, schlief sie ein.

Er war zehn Jahre alt. Von den letzten Prügeln, die sie ihm verabreicht hatte, war auf seinem Rücken ein Netz aus violett verfärbten Blutergüssen zurückgeblieben. Er hatte furchtbare Schmerzen. Ins Gesicht schlug sie ihn nie. Sie hatte schnell gelernt, dass die meisten Kunden nichts davon hielten, wenn die Ware Veilchen und blutige Lippen aufwies.

Auch ihre Fäuste gebrauchte sie jetzt kaum noch. Einen Gürtel oder eine Haarbürste fand sie wirkungsvoller. Sie bevorzugte die dünnen, runden Bürsten, die praktisch nur aus harten Borsten bestanden. Als sie das erste Mal eine benutzt hatte, war der Schock so groß, waren die Schmerzen so unerträglich gewesen, dass er sich gewehrt und ihr die Lippen blutig geschlagen hatte. Danach hatte sie noch einmal ihre Fäuste benutzt, bis er sich in die Bewusstlosigkeit flüchtete.

Ihm war klar, dass er es nicht mit ihr aufnehmen konnte. Sie war groß und kräftig. Und wenn sie betrunken war, wuchsen ihre Kräfte und ihre Brutalität noch. Es half nichts, zu betteln, es half nichts, zu weinen, deshalb hatte er mit beidem aufgehört. Und die Schläge waren auch nicht so schlimm wie das andere. Nichts konnte so schlimm sein.

Als sie ihn das erste Mal verkauft hatte, bekam sie zwanzig Dollar für ihn. Das wusste er, weil sie es ihm erzählt hatte. Sie versprach, ihm zwei Dollar abzugeben, wenn er keinen

Ärger machte. Er hatte nicht gewusst, wovon sie sprach. Damals noch nicht. Er hatte es nicht gewusst, bis sie ihn mit dem Mann in dem dunklen Schlafzimmer allein ließ.

Selbst da wusste er noch nicht Bescheid, begriff es nicht. Erst als sich die großen, feuchten Hände auf seinen Körper legten, wurde seine Angst so grell, die Scham so dunkel, der Schrecken so ohrenbetäubend – so ohrenbetäubend laut wie seine Schreie.

Er hatte geschrien, bis nur noch ein heiseres Wimmern aus seinem Mund kam. Nicht einmal die Schmerzen der Vergewaltigung konnten ihm noch einen Laut entlocken.

Sie händigte ihm die zwei Dollar tatsächlich aus. Er hatte sie verbrannt, dort in dem schmutzigen Waschbecken in dem grässlichen Badezimmer, in dem es nach seinem eigenen Erbrochenen stank, und sah zu, wie das Papier sich schwarz verfärbte und zerfiel. Sein Hass auf sie war ebenso schwarz.

Als er seine leeren Augen in dem fleckigen Spiegel sah, schwor er sich, dass er sie, wenn sie ihn noch einmal zu Hurendiensten zwang, töten würde.

»Ethan.« Das Herz klopfte Grace bis zum Hals, als sie sich hinkniete und ihn an den Schultern rüttelte. Seine Haut war eiskalt, sein Körper zu Stein erstarrt, obwohl er zitterte. Sie musste an Erdbeben denken, an Vulkane. Kochende Urgewalten unter einer Felsschicht.

Die Laute, die tief aus seiner Kehle gedrungen waren, hatten sie aufgeweckt. Sie hatte von einem Tier geträumt, das in der Falle saß.

Er schlug die Augen auf. Sie sah sie im Dunkeln glitzern, blind, wild. Einen Moment lang fürchtete sie, dass die untergründige Gewalt, die sie spürte, hervorbrechen und sich über sie ergießen würde.

»Du hast geträumt.« Sie sagte es entschlossen, davon überzeugt, dass sie Ethan nur so aus dieser Starre zurückholen konnte. »Jetzt ist alles gut. Es war nur ein Traum.«

Er konnte seinen rasselnden Atem hören. O nein, es war mehr als ein Traum. Es war der Erinnerungsblitz, der ihn seit Jahren nicht mehr heimgesucht hatte, die Erinnerung, die ihn in kalten Schweiß ausbrechen ließ. Die Folgen waren immer noch die gleichen. Übelkeit breitete sich in seinem Magen aus, sein Kopf pochte, erfüllt von dem Echo der jämmerlichen Schreie eines kleinen Jungen. Er schauderte heftig, trotz der sanften Hände, die er spürte.

»Ich bin okay.«

Aber seine Stimme klang rau, und sie wusste, dass er log. »Ich hole dir ein Glas Wasser.«

»Nein, mir geht's gut.« Nicht einmal Wasser würde er jetzt in seinem zuckenden Magen behalten können. »Schlaf wieder ein.«

»Ethan, du zitterst.«

Er würde damit aufhören. Er konnte es, wenn er wollte. Dazu brauchte er nur ein wenig Zeit und Konzentration. Er sah, dass ihre Augen sich geweitet hatten. Angst sprach aus ihnen. Ihm war übel, und er war wütend, weil er die Erinnerung an jene Schrecken in ihr Bett getragen hatte.

Großer Gott, wie hatte er auch nur einen Augenblick lang glauben können, dass es anders werden könnte? Für ihn, für sie beide?

Er rang sich ein Lächeln ab. »Ich hab' mich bloß erschrocken, das ist alles. Tut mir leid, wenn ich dich geweckt habe.«

Beruhigt, weil sie wieder zumindest einen Schatten des Mannes, den sie liebte, in seinen Augen sah, strich sie ihm übers Haar. »Es muss ein furchtbarer Traum gewesen sein. Er hat uns beide erschreckt.«

»Ja, vermutlich. Ich erinnere mich nicht mehr.« Die nächste Lüge, dachte er unaussprechlich müde. »Komm, leg dich wieder hin. Jetzt ist alles in Ordnung. »

Sie kuschelte sich neben ihn, um ihn zu trösten, und legte eine Hand auf sein Herz. Es hämmerte. »Schließ einfach die Augen«, murmelte sie, wie sie es bei Aubrey getan hätte. »Schließ jetzt die Augen und ruh dich aus. Halt dich an mir fest, Ethan. Träum von mir.«

In der Hoffnung, Frieden zu finden, tat er beides.

Als sie aufwachte und er nicht mehr da war, versuchte Grace sich zu sagen, dass das Ausmaß ihrer Enttäuschung übertrieben war. Er hatte sie so früh nicht stören wollen, nur deshalb hatte er sich nicht von ihr verabschiedet.

Jetzt, da die Sonne schon hoch am Himmel stand, würde er bereits draußen auf dem Wasser sein.

Sie stand auf, schlüpfte in einen Morgenrock und ging barfuss in die Küche, um Kaffee zu kochen und ein paar Minuten für sich allein zu haben, bevor Aubrey aufwachte.

Dann seufzte sie und trat auf die kleine hintere Veranda hinaus. Sie wusste im Grunde, dass ihre Enttäuschung nicht daher rührte, dass er grußlos gegangen war. Sie war so sicher gewesen, so sicher, dass er sie bitten würde, seine Frau zu werden. Sämtliche Anzeichen hatten dafür gesprochen, es war der richtige Schauplatz, der ideale Moment gewesen. Aber die Frage war ausgeblieben.

Sie hatte praktisch das Drehbuch geschrieben, dachte sie und verzog das Gesicht, aber er hatte sich nicht daran gehalten. Dieser Morgen sollte eigentlich für sie beide der Beginn eines neuen Lebensabschnitts sein. Sie hatte sich ausgemalt, wie sie zu Julie hinüberlaufen und die Freude mit ihr teilen würde, wie sie Anna anrufen und mit ihr plaudern, sie um Tipps für die Hochzeit bitten würde.

Wie sie es ihrer Mutter erzählen würde.

Wie sie all das Aubrey erklären würde.

Stattdessen war es ein ruhiger Morgen.

Nach einer wunderbaren Nacht, schalt sie sich. Einer hinreißenden Nacht. Sie hatte kein Recht, sich zu beklagen. Ärgerlich über sich ging sie wieder hinein und goss sich rasch die erste Tasse von dem frisch aufgebrühten Kaffee ein.

Dann kicherte sie plötzlich. Was hatte sie sich eigentlich dabei gedacht? Schließlich hatte sie es mit Ethan Quinn zu tun. War er nicht derselbe Mann, der – nach eigenem Eingeständnis fast zehn Jahre gewartet hatte, bis er sie auch nur küsste? Bei seinem Tempo konnten gut noch einmal zehn Jahre verstreichen, bevor er das Thema Heirat anschnitt.

Und sie waren nur aus einem einzigen Grund von jenem ersten Kuss zum jetzigen Stand vorgedrungen, nämlich weil sie … nun ja, weil sie sich ihm an den Hals geworfen hatte, gestand Grace sich ein. Schlicht und ergreifend. Und sie hätte nicht den Mut gehabt, das zu tun, hätte Anna sie nicht dazu gedrängt.

Blumen, dachte sie, drehte sich lächelnd um und sah sie hell und fröhlich auf dem Küchentresen stehen. Ein Essen bei Kerzenschein, ein Spaziergang im Mondlicht, eine lange, zärtliche Liebesnacht. Ja, er warb tatsächlich um sie – und würde es höchstwahrscheinlich weiter tun, bis sie noch verrückt wurde, weil sie schon so lange darauf wartete, dass er den nächsten Schritt tat.

Aber so war Ethan nun mal, und auch deswegen liebte sie ihn.

Sie trank von dem Kaffee und nagte an ihrer Unterlippe.

Warum musste eigentlich er diesen Schritt tun? Warum sollte nicht sie es sein, die neue Impulse gab? Julie hatte ihr gesagt, dass es Männern gefiel, wenn eine Frau die Initiative übernahm. Und hatte es Ethan nicht auch gefallen, als sie schließlich den Mut gefasst hatte, ihn zu bitten, mit ihr zu schlafen?

Sie konnte doch auch um ihn werben, oder nicht? Und sie konnte die Dinge ein wenig beschleunigen. Sie war ja weiß Gott eine Expertin im Aufstellen von Zeitplänen.

Sie würde nur den Mut aufbringen müssen, ihn zu fragen. Tief holte sie Luft. Das würde einige Anstrengung kosten, aber sie würde sich hartnäckig darum bemühen, bis sie so weit war.

Die Temperatur stieg steil in die Höhe, und die Feuchtigkeit verwandelte die Luft in »Melasse«, wie Cam es ausdrückte. Er arbeitete unter Deck an der Innenausstattung der Kabine, bis die Hitze ihn nach oben trieb, auf der verzweifelten Suche nach Wasser und einer kühlenden Brise.

Obgleich er sich selten über die Arbeitsbedingungen beklagte, war Ethan – ebenso wie Cam – bis zur Taille nackt. Der Schweiß lief ihm herunter, während er geduldig lackierte.

»Es wird eine Woche dauern, bis das getrocknet ist, so verflixt feucht ist es.«

»Vielleicht schafft bald ein anständiges Gewitter Abhilfe.«

»Dann wünsche ich bei Gott, dass wir nicht zu lange darauf warten müssen.« Cam schnappte sich den Krug und kippte sich das Wasser direkt in den Mund.

»Schwüles Wetter macht manche Menschen gereizt.«

»Ich bin nicht gereizt, mir ist heiß. Wo ist der Kleine?«

»Ich hab' ihn Eis holen geschickt.«

»Gute Idee. Ich könnte mich darin baden. Da unten kriegt man so gut wie keine Luft.«

Ethan nickte. Das Lackieren war bei diesem Wetter schlimm genug, aber unten in der kleinen Kabine, wo man nichts von den großen Ventilatoren spürte, war es heiß wie in der Hölle. »Willst du mal eine Weile tauschen?«

»Ich kriege meine Arbeit schon hin.«

Ethan hob nur eine seiner schweißnassen Schultern. »Wie du willst.«

Cam biss die Zähne zusammen, dann stieß er die Luft aus. »Na schön, dann bin ich eben gereizt. Die Hitze verbrennt mich, und ich frage mich laufend, ob diese streunende Katze schon Annas Brief gekriegt hat.«

»Müsste sie eigentlich. Er ist gleich am Dienstag rausgegangen, und heute ist Freitag.«

»Ich weiß, was heute für ein Tag ist, Ethan.« Verärgert wischte Cam sich den Schweiß vom Gesicht und blickte seinen Bruder finster an. »Machst du dir deswegen überhaupt keine Sorgen?«

»Es ändert doch nichts, ob ich mir Sorgen mache oder nicht. Sie wird tun, was sie tun zu müssen glaubt.« Der Blick, den er Cam zuwarf, war entschieden unfreundlich. »Dann reagieren wir.«

Cam ging auf dem Deck auf und ab, fing einen Luftzug von einem der Ventilatoren auf und kam zurück. »Ich konnte nie verstehen, wie du so ruhig bleiben kannst, wenn um einen herum die Hölle losbricht.«

»Reine Gewohnheit«, murmelte Ethan und lackierte weiter.

Cam ließ seine schmerzenden Schultern kreisen und trommelte mit den Fingern gegen seinen Oberschenkel. Er musste an etwas anderes denken, sonst drehte er noch völlig durch. »Wie ist denn die heiße Verabredung neulich verlaufen?«

»Ganz gut.«

»Himmel, Ethan, muss man dir die Worte einzeln aus der Nase ziehen?«

Ein Lächeln spielte um Ethans Lippen. »Das Essen war ausgezeichnet. Ich hab' was von dem Pouilly-Fuissé getrunken, auf den Phil so scharf ist. Schmeckt ganz gut, aber ich weiß trotzdem nicht, warum er einen solchen Wirbel darum macht.«

»Und, wurdest du flachgelegt?«

Ethan warf ihm noch einen Blick zu, sah Cams Grinsen und beschloss, die Frage so aufzunehmen, wie sie gemeint war. »Ja, und du?«

Wenn auch nicht abgekühlt, so doch aufgeheitert, warf Cam den Kopf in den Nacken und lachte. »Mann, sie muss das Beste sein, was dir je passiert ist. Ich meine nicht bloß den Sex, obschon er seinen Teil dazu beigetragen haben wird, dass du in letzter Zeit so munter bist. Die Frau passt dir wie der sprichwörtliche Handschuh.«

Ethan hielt inne und kratzte sich den Bauch, wo der Schweiß ihn kitzelte. »Wieso?«

»Weil sie total zuverlässig, bildhübsch, so geduldig wie Hiob ist und genug Humor hat, um deinen aus dir rauszukitzeln. Ich schätze, über kurz oder lang werden wir den Garten für die nächste Hochzeit herrichten müssen.«

Ethans Finger krampften sich um den Pinsel. »Ich werde sie nicht heiraten, Cam.«

Es war der Ton ebenso wie die Feststellung selber, die Cam aufmerken ließ. Stille Verzweiflung. Er kniff die Augen zusammen. »Dann hab' ich wohl einen falschen Eindruck bekommen«, sagte Cam langsam. »Ich dachte, so wie sich die Dinge entwickelt haben, wäre es dir jetzt ernst mit ihr.«

»Es ist mir ernst mit Grace. Sehr ernst.« Er tauchte seinen Pinsel wieder ein und beobachtete, wie der goldene Lack hinuntertropfte. »Aber für die Ehe bin ich nicht geschaffen.«

Normalerweise hätte Cam das Thema an diesem Punkt fallen gelassen. Er wäre mit einem Achselzucken weggegangen. Deine Sache, Bruderherz. Aber er kannte Ethan zu gut, war schon zu lange eng mit ihm verbunden, um seinen Kummer einfach zu ignorieren. Er ging an der Reling in die Hocke, sodass ihre Gesichter einander näher waren.

»Ich dachte auch, dass ich nicht dafür geschaffen bin«, murmelte er. »Hat mir eine höllische Angst eingejagt. Aber wenn die gewisse Frau in dein Leben tritt, die einzige, die zählt, dann macht es noch mehr Angst, sie irgendwann gehen zu lassen.«

»Ich weiß, was ich tue.«

Sein verschlossener Blick schreckte Cam nicht ab. »Das denkt man immer. Hoffentlich irrst du dich diesmal nicht. Ich hoffe inständig, dass nicht nur irgendeine Scheiße dahintersteckt, die mit dem hohläugigen Jungen zu tun hat, den Mom und Dad damals mitgebracht haben. Dem Jungen, der nachts schreiend aus dem Schlaf fuhr.«

»Rühr es nicht wieder auf, Cam.«

»Rühr du es auch nicht wieder auf. Mom und Dad haben etwas Besseres verdient.«

»Mit ihnen hat das nichts zu tun.«

»Natürlich hat das mit ihnen zu tun. Hör zu …« Er brach leise fluchend ab, als Seth hereinkam.

»Hey, das Scheißzeug schmilzt jetzt schon.«

Cam richtete sich auf und blickte Seth aus reiner Gewohnheit finster an. »Hab' ich dir nicht gesagt, du sollst dir ein Ersatzwort für ›Scheiße‹ suchen?«

»Du sagst es doch auch«, konterte Seth und hielt die Tüte mit dem Eis in die Höhe.

»Das ist nicht der Punkt.«

Seth, der das Spiel kannte, steckte das Eis in die Kühltasche. »Wieso?«

»Weil Anna mir an die Kehle geht, wenn du nicht damit aufhörst. Und wenn sie mir an die Kehle geht, gehe ich anschließend dir an die Kehle, Kumpel.«

»Oh, jetzt hab' ich aber Angst.«

»Das solltest du auch.«

Sie fuhren fort zu zanken, während Ethan unermüdlich lackierte. Er blendete sie aus und konzentrierte sich auf seine Arbeit, um seinen Kummer in sich zu verschließen.

KAPITEL 17

Es wäre ideal. Es war so offensichtlich genau das Richtige, dass Grace sich wunderte, dass sie nicht schon eher darauf gekommen war. Ein Segeltörn bei Sonnenuntergang auf dem ruhigen Meer, während der Himmel im Westen rosarot und golden schimmerte, war wie geschaffen als Kulisse für sie. Die Bucht war ein Teil ihres Lebens, mit allem, was sie gab und was sie nahm.

Sie wusste, dass die Bucht für Ethan mehr war als nur der Ort, an dem er seiner Arbeit nachging. Er liebte das Meer.

Den Ausflug zu organisieren, war nicht schwer gewesen. Sie brauchte ihn nur zu fragen. Zuerst wirkte er überrascht, dann lächelte er. »Ich hatte vergessen, wie gern du segelst«, sagte er.

Sie war gerührt, als er wie selbstverständlich davon ausgegangen war, dass Aubrey sie begleiten würde. Aber die Kleine konnte das später nachholen, dachte sie. Ein Leben lang, das sie drei miteinander teilen würden. Dieser warme, windige Abend gehörte ihnen beiden allein.

Lachen stieg in ihr auf, als sie sich seine Reaktion vorstellte, wenn sie ihm den Heiratsantrag machte. Sie sah so deutlich vor sich, wie er innehalten und sie aus diesen wundervoll staunenden blauen Augen ansehen würde. Dann könnte sie lächeln und ihm die Hand reichen, während sie auf dem dunklen Wasser dahinglitten. Sie würde ihm sagen, was in ihr vorging, was sie fühlte.

Ich liebe dich so sehr, Ethan. Ich habe dich schon immer geliebt, und ich werde dich immer lieben. Willst du mich heiraten? Ich will, dass wir eine

Familie sind. Ich will mein Leben mit dir verbringen. Kinder von dir haben. Dich glücklich machen. Haben wir nicht lange genug gewartet?

Dann würde auch er lächeln, das wusste sie. Dieses herrliche, verhaltene Lächeln, das sich nach und nach über die Flächen und Schatten seines Gesichts bis zu den Augen ausbreitete. Er würde vermutlich sagen, dass er sie von sich aus hatte fragen wollen. Dass er bald so weit gewesen wäre.

Sie würden zusammen lachen, und sie würden sich in den Armen halten, bis die Sonne rot glühend hinter der Küste versank. Und ihr gemeinsames Leben konnte beginnen.

»Wo bist du, Grace?«

Sie blinzelte und sah, dass Ethan ihr vom Ruder aus zulächelte. »Ich hab' bloß geträumt«, sagte sie leise. »Der Sonnenuntergang ist die beste Zeit für Träume. Dann ist alles so friedlich.«

Sie stand auf und schmiegte sich in seinen Arm. »Ich bin so froh, dass du dir ein paar Stunden freinehmen konntest.«

»Wir werden die Arbeit an dem Boot noch diesen Monat abschließen.« Er vergrub das Gesicht in ihrem Haar. »Ein paar Wochen vor dem offiziellen Termin.«

»Ihr habt alle sehr schwer gearbeitet.«

»Es hat sich gelohnt. Der Kunde war heute da.«

»Ach?« Das gehörte auch dazu, dachte sie. Ihre ungezwungenen Gespräche darüber, was sie den Tag über gemacht hatten. »Was hat er gesagt?«

»Er hat fast ununterbrochen geredet, deshalb kriegt man meist gar nicht mit, was er meint. Er hat dies und jenes zum besten gegeben, was er in seinen Bootszeitschriften gelesen hat, und so viele Fragen gestellt, dass einem der Schädel brummte.«

»Aber hat es ihm gefallen?«

»Ich schätze, er war zufrieden, da er den ganzen Nachmittag strahlte wie ein Kind am Heiligabend. Nachdem er gegangen war, wollte Cam mit mir eine Wette abschließen, dass er das Boot auf der ersten Fahrt in die Bucht auf Grund setzt.«

»Hast du die Wette angenommen?«

»Um Himmels willen, nein. Es wird bestimmt so kommen. Aber man kennt die Bucht nicht, wenn man nicht wenigstens einmal auf Grund gelaufen ist.«

Ethan würde so etwas nie passieren, dachte sie, während sie seine großen, geschickten Hände betrachtete. Er war ein perfekter Segler.

»Ich weiß noch, wie ihr diese Schlup gebaut habt.« Sie strich mit den Fingern über das Steuerrad. »Ich half draußen am Hafen aus, als ihr das erste Mal mit ihr rausfuhrt. Professor Quinn stand am Steuerrad, und du kümmertest dich um die Leinen. Du hast mir zugewunken.« Kichernd legte sie den Kopf auf die Seite und schaute zu ihm auf. »Ich war hin und weg, weil du mich beachtet hast.«

»Ich habe dich immer beachtet.«

Sie reckte sich in die Höhe und küsste ihn aufs Kinn. »Aber du hast auch immer darauf geachtet, dass ich nicht merke, dass du mich beachtest.« Spontan biss sie in seine Wange. »Bis vor Kurzem.«

»Ich schätze, jetzt habe ich einfach vergessen, wie das geht.« Er wandte langsam den Kopf, um sie auf den Mund zu küssen.

»Gut.« Leise lachend legte sie den Kopf an seine Schulter. »Weil es mir nämlich sehr gut gefällt, wenn du mich beachtest und wenn ich es merken kann.«

Sie waren nicht allein in der Bucht, aber er hielt sich gekonnt fern von den durch den Sommerabend dahinrasenden

Motorbooten. Eine Schar Möwen stieß aufgeregt herab und umkreiste den Bug eines Einers, auf dem ein Mädchen Brotkrumen in die Luft warf. Ihr Lachen wehte zu ihnen herüber, hell und fröhlich, und mischte sich mit den gierigen Schreien der Seevögel.

Die Brise frischte auf, blähte die Segel und vertrieb die feuchte Hitze des Tages. Die wenigen Wolken, die im Westen dahinzogen, färbten sich an den Rändern rosa.

Es ist gleich so weit.

Komisch, dachte sie, dass sie kein bisschen nervös war. Ein wenig übermütig vielleicht, weil ihr Kopf sich so leicht, ihr Herz sich so frei anfühlte. Die so lange Zeit vergrabene und jetzt befreite Hoffnung erstrahlte in goldenem Glanz.

Sie fragte sich, ob er in einen der schmalen Kanäle einbiegen würde, wo dichter Schatten herrschte und das Wasser die Farbe von Tabak annahm. Er konnte sich an den schaukelnden Bojen entlang zu einem ruhigen Plätzchen schlängeln, einem Fleck, wo nicht einmal die Möwen sie stören würden.

Ethan fühlte sich so wohl in ihrer Gesellschaft, dass er es dem Wind überließ, ihren Kurs zu bestimmen. Aber ein paar kleinere Korrekturen sollte ich doch vornehmen, dachte er. Sonst würden die Segel zu flattern beginnen. Aber er wollte Grace nicht loslassen, noch nicht.

Sie duftete nach ihrer Limonenseife, und ihr Haar strich weich über seine Wange. So könnte ihr ganzes Leben sein, dachte er. Stille Momente, abendliche Segelfahrten. Zusammen sein. Kleine Träume in große Träume verwandeln.

»Sie genießt den Spaß ihres Lebens«, murmelte Grace.

»Hmmm?«

»Das kleine Mädchen da drüben, das die Möwen füttert.« Sie wies mit dem Kopf auf den Einer und lächelte bei der

Vorstellung, dass Aubrey in ein paar Jahren am Heck von Ethans Boot stehen und ebenso lachen und den Möwen zurufen würde. »Oje, da kommt ihr kleiner Bruder, um seinen Anteil einzufordern.« Sie lachte, von den Kindern bezaubert. »Zusammen geben sie ein hübsches Bild ab«, fügte sie leise hinzu und beobachtete, wie die beiden die Brotkrumen hoch in die Luft schleuderten, um sie von den eifrigen Schnäbeln auffangen zu lassen. »Sie leisten sich gegenseitig Gesellschaft. Ein Einzelkind ist öfter mal einsam.«

Ethan schloss kurz die Augen, als sein eigener, erst halb geformter Tagtraum in tausend Stücke zersprang. Sie würde weitere Kinder haben wollen. Und sie hatte das Recht dazu. Das Leben bestand nicht nur aus netten Segelfahrten in der Bucht.

»Ich muss mich um die Segel kümmern«, sagte er. »Willst du mal ans Steuer?«

»Ich übernehme die Segel.« Sie grinste, als sie unter seinem Arm hindurchschlüpfte, um nach Backbord zu gehen. »Ich habe nicht vergessen, wie man segelt, Capt'n.«

Nein, dachte er, das hatte sie nicht vergessen. Sie war eine gute Seglerin, an Deck eines Boots ebenso zu Hause wie in ihrer Küche. Die Takelage bediente sie mit dem gleichen Geschick, mit dem sie im Pub den Gästen die Getränke servierte.

»Es gibt nicht vieles, was du nicht kannst, Grace.«

»Wie bitte?« Sie schaute auf, dann lachte sie. »Es ist nicht schwer, mit dem Wind umzugehen, wenn man damit aufgewachsen ist.«

»Du bist ein Naturtalent im Segeln«, widersprach er. »Eine wunderbare Mutter, eine hervorragende Köchin. Du sorgst dafür, dass die Menschen, die dir nahe sind, sich wohlfühlen.«

Ihr Puls beschleunigte sich, raste. Würde er sie jetzt doch noch fragen, bevor sie ihn selbst fragen konnte? »All diese

Dinge tue ich gern«, sagte sie und sah, dass er sie beobachtete. »Hier in St. Chris zu leben, macht mir Freude, und dir auch, Ethan.«

»Ich brauche diesen Ort«, erwiderte er leise. »Er hat mich gerettet«, fügte er hinzu, hatte sich jedoch abgewandt, sodass sie es nicht hören konnte.

Grace wartete kurz und wünschte, er würde weitersprechen, es ihr sagen, sie fragen. Dann überquerte sie kopfschüttelnd das Deck.

Die Sonne stand dicht vor dem allnächtlichen Kuss mit der Bucht. Das Wasser lag ruhig da, nur winzig kleine Wellen tanzten um den Bootsrumpf. Die weißen Segel bauschten sich.

Jetzt, dachte sie, und ihr Herz tat einen Satz. Jetzt, jetzt.

»Ethan, ich liebe dich so sehr.«

Er hob den Arm, um sie an sich zu ziehen. »Ich liebe dich auch, Grace.«

»Ich habe dich immer geliebt. Und ich werde dich immer lieben.«

In diesem Augenblick schaute er sie an, und sie sah die Rührung in seinen Augen, die das Blau seiner Iris verdunkelte. Sie legte die Hand an seine Wange und ließ sie dort, bis sie tief Luft geholt hatte.

»Willst du mich heiraten?« Sie erkannte die Überraschung, die sie erwartet hatte, merkte jedoch nicht, wie sein Körper sich versteifte, als sie hastig weiterredete. »Ich will, dass wir eine Familie sind. Ich will mein Leben mit dir verbringen. Kinder mit dir haben. Dich glücklich machen. Haben wir nicht lang genug gewartet?«

Und sie wartete wieder, doch sie wartete umsonst darauf, dass das verhaltene Lächeln sich über sein Gesicht breitete, seine Augen aufleuchten ließ. Er starrte sie nur an, mit einem beinahe entsetzten Ausdruck. Und die harten Flügel der Panik flatterten in ihrem Magen.

»Vielleicht hast du dir das ganz anders vorgestellt, Ethan, und es überrascht dich, dass ich dich frage. Aber ich will, dass wir zusammen sind, richtig zusammen.«

Warum sagte er nichts?, schrie es in ihrem Kopf. Nicht ein Wort? Warum starrte er sie nur an, als hätte sie ihm ins Gesicht geschlagen?

»Ich brauche keine Verlobungszeit.« Ihre Stimme stockte, und sie gab sich Mühe, laut und fest zu sprechen. »Nicht, dass ich für solche Dinge wie Blumen und Essen bei Kerzenschein nichts übrighätte, aber alles, was ich brauche, bist du. Ich will, dass du bei mir bist. Ich will deine Frau sein.«

Aus Furcht, dass es ihn innerlich zerreißen würde, wenn er noch länger in diese verletzten und erstaunten Augen sah, wandte er sich ab. Seine Finger krampften sich um das Steuerrad. »Wir müssen einlaufen.«

»Was?« Sie fuhr zurück, starrte in sein versteinertes Gesicht, auf den Muskel, der an seinem Kinn zuckte. Ihr Herz klopfte immer noch schneller, aber nicht aus Erwartung. Jetzt empfand sie nur noch Angst. »Du hast mir nichts anderes zu sagen, als dass wir einlaufen müssen?«

»Ich habe dir vieles zu sagen, Grace.« Seine Stimme klang so beherrscht, wie sein Herz außer Kontrolle geraten war. »Wir müssen umkehren, damit ich es tun kann.«

Sie wollte ihn anschreien, dass er es jetzt gleich sagen müsse. Aber sie nickte nur. »Also gut, Ethan. Kehren wir um.«

Die Sonne war verschwunden, als sie anlegten. Grillen stimmten ihren nächtlichen Chor an und erfüllten die Luft mit ihrer schrillen, zu munteren Musik. Über ihnen blinkten ein paar Sterne hinter dem Dunstschleier, und der Dreiviertelmond schimmerte.

Die Luft hatte sich schnell abgekühlt, aber sie wusste, dass sie nicht deshalb fror. Denn sie fror sehr.

Er sicherte selbst die Leinen, schweigend. So wie er schweigend zum Hafen zurückgefahren war. Dann stieg er wieder auf das Boot und setzte sich ihr gegenüber. Der Mond stand noch tief am Himmel, knapp oberhalb der Wipfel der Bäume, aber die frühen Sterne gaben genug Licht, dass sie sein Gesicht sehen konnte.

Keine Spur von Freude.

»Ich kann dich nicht heiraten, Grace.« Er sprach behutsam, da er wusste, dass er sie verletzen würde. »Es tut mir leid. Ich kann dir nicht geben, was du dir wünschst.«

Sie presste die Hände aufeinander und wusste nicht, ob sie sie zu Fäusten ballen und auf ihn einhämmern oder sie schlaff und zittrig herabhängen lassen sollte wie eine alte Frau. »Dann hast du also gelogen, als du sagtest, dass du mich liebst?«

Vielleicht wäre es gnädiger, ihre Frage zu bejahen, dachte er, dann schüttelte er den Kopf. Nein, es wäre nur feige. Sie hatte die Wahrheit verdient. Die ganze Wahrheit. »Ich habe nicht gelogen. Ich liebe dich wirklich.«

Es gab verschiedene Grade der Liebe. So dumm, das nicht zu wissen, war sie nicht. »Aber nicht so, wie du die Frau lieben willst, die du heiratest.«

»Ich könnte keiner Frau mehr Liebe entgegenbringen als dir. Aber ich bin …«

Sie hob die Hand. Ihr war gerade etwas eingefallen. Wenn dies der Grund für seine Zurückweisung war, dann würde sie ihm das niemals verzeihen können. »Ist es wegen Aubrey? Weil ich ein Kind von einem anderen Mann habe?«

Er bewegte sich so schnell, dass es sie überrumpelte, als er plötzlich nach ihrer Hand griff und sie fest drückte. »Ich liebe sie, Grace. Ich wäre stolz, wenn sie mich als ihren Vater betrachten würde. Das musst du doch wissen.«

»Ich muss gar nichts wissen. Du sagst, du liebst mich, und du liebst sie, und trotzdem willst du uns nicht. Das tut weh, Ethan.«

»Verzeih mir. Verzeih mir.« Er ließ ihre Hand los, als habe sie ihn verbrannt. »Ich weiß, dass ich dir wehtue. Ich wusste, dass es so kommen würde. Ich hatte kein Recht, es so weit kommen zu lassen.«

»Aber du hast es getan«, sagte sie ruhig. »Du musstest wissen, dass ich so empfinden würde, dass ich erwarten würde, dass du dasselbe empfindest.«

»Ja, ich wusste es. Ich hätte offen und aufrichtig zu dir sein müssen. Es gibt keine Entschuldigung für mein Verhalten.« *Außer, dass ich dich brauchte. Ich brauchte dich, Grace.* »Für die Ehe bin ich einfach nicht geschaffen.«

»Oh, bitte behandle mich nicht, als wäre ich dumm, Ethan.« Sie seufzte, zu erschüttert, um wütend zu sein. »Menschen wie wir haben keine Beziehungen, keine Affären. Wir heiraten und gründen eine Familie. Wir sind unkompliziert, gradlinig, und so amüsant das andere auch finden mögen, so sind wir nun mal.«

Er starrte auf seine Hände. Sie hatte natürlich recht, oder hätte recht gehabt. Aber sie wusste eben nicht, dass er alles andere als unkompliziert war. »Es liegt nicht an dir, Grace.«

»Nein?« Kummer und Demütigung kämpften in ihr. Sie dachte sich, dass Jack Casey wohl das Gleiche zu ihr gesagt hätte, wäre es ihm nicht zu mühsam gewesen, etwas zu sagen, bevor er ging. »Wenn es nicht an mir liegt, an wem dann? Ich bin die Einzige hier.«

»Es liegt an mir. Ich kann wegen meiner Herkunft keine Familie gründen.«

»Wegen deiner Herkunft? Du kommst aus St. Christopher's im Südosten Marylands. Du stammst von Raymond und Stella Quinn ab.«

»Nein.« Er hob den Blick. »Ich komme aus den Slums von Washington und Baltimore und so vieler anderer Städte, dass ich sie nicht mehr zählen kann. Ich stamme von einer Hure ab, die für eine Flasche Alkohol oder einen Schuss ihren Körper verkaufte – und auch den meinen. Du weißt nicht, wo ich herkomme. Oder was ich gewesen bin.«

»Ich weiß, dass du furchtbare Dinge erlebt hast, Ethan.« Sie sprach jetzt sanft, um den tiefen Schmerz zu lindern, der aus seinen Augen sprach. »Ich weiß, dass deine Mutter – deine biologische Mutter eine Prostituierte war.«

»Sie war eine Hure«, verbesserte Ethan. »›Prostituierte‹ ist ein zu harmloses Wort.«

»Na gut.« Sie nickte vorsichtig. Aus seinem Blick sprach jetzt auch Zorn, ebenso heftig und bitter wie der Schmerz.

»Du hast durchlitten, was kein Kind je erleben sollte, bevor du hierherkamst. Bevor die Quinns dir Hoffnung, Liebe und ein Heim gaben. Und du bist ihr Sohn geworden. Du bist zu Ethan Quinn geworden.«

»Sein Blut kann man nicht auswechseln.«

»Ich verstehe nicht, was du meinst.«

»Wie solltest du auch?«, fuhr er sie aufgebracht, mit scharfer Stimme an. Woher sollte sie?, dachte er rasend vor Wut. Sie war bei ihren Eltern aufgewachsen, hatte ihre Großeltern gekannt, hatte sich nie die Frage stellen zu müssen, was sie ihr vererbt, was sie von ihnen mitbekommen hatte.

Aber wenn er erst fertig war, würde sie es verstehen, o ja. Und das wäre das Ende. »Sie war groß, stark. Ich habe ihre Hände. Ihre Füße, die langen Arme.«

Er schaute auf diese Arme, auf diese Hände, die sich zu Fäusten geballt hatten, ohne dass er es merkte. »Ich weiß nicht, woher der Rest kommt, weil sie vermutlich ebenso wenig wie ich wusste, wer mein Vater war. Irgendein Freier wahrscheinlich, mit dem sie Pech hatte. Sie hat mich nicht abgetrieben, weil sie bereits drei Abtreibungen hinter sich hatte und es zu riskant fand. Das hat sie mir gesagt.«

»Wie grausam von ihr.«

»Himmel, Herrgott.« Unfähig, länger stillzusitzen, sprang er auf und kletterte auf den Steg, um dort auf und ab zu gehen.

Grace folgte ihm langsam. In einem Punkt hatte er recht, dachte sie. Sie kannte diesen Mann nicht, diesen Mann mit den schnellen, abrupten Bewegungen, der die Fäuste ballte, als wolle er auf jeden einschlagen, der seinen Weg kreuzte.

Daher hielt sie sich von ihm fern.

»Sie war ein Ungeheuer. Ein gefühlloses Ungeheuer. Sie schlug mich nur so zum Spaß halb tot, wann immer sie einen Grund zu haben glaubte.«

»Oh, Ethan.« Nicht imstande, sich zurückzuhalten, streckte sie die Hand nach ihm aus.

»Fass mich nicht an.« Er wusste nicht, was er tun würde, wenn sie sich ihm jetzt näherte. Und das machte ihm Angst. »Fass mich jetzt nicht an«, wiederholte er.

Sie ließ die Arme sinken und kämpfte mit den Tränen.

»Einmal musste sie mich ins Krankenhaus bringen«, fuhr

er fort. »Ich schätze, sie hatte Angst, dass ich ihr wegsterben würde. Damals zogen wir von Washington nach Baltimore. Der Arzt hatte zu viele Fragen gestellt. Er wollte genau wissen, wie ich die Treppe hinuntergefallen wäre und mir die Gehirnerschütterung und die gebrochenen Rippen eingehandelt hätte. Ich habe mich immer gefragt, warum sie mich nicht einfach dort zurückließ. Aber sie bezog meinetwegen Stütze, und außerdem hatte sie so einen lebenden Sandsack, und das war wohl Grund genug. Bis ich acht Jahre alt war.«

Er blieb stocksteif stehen, das Gesicht ihr zugewandt. In ihm war so viel rasende Wut angestaut, dass er zu spüren vermeinte, wie sie seine Haut versengte. Ihr bitterer Geschmack brannte ihm in der Kehle. »Da überlegte sie sich, dass ich allmählich selbst für meinen Unterhalt aufkommen könnte. Sie war erfahren genug, um zu wissen, wohin sie gehen musste, um Männer zu finden, denen nichts an Frauen lag. Männer, die für Kinder gutes Geld bezahlen würden.«

Sie konnte nicht sprechen, obwohl sie eine Hand auf ihren Hals legte, wie um die Worte, nur ein Wort herauszupressen. Sie konnte nur dastehen, leichenblass im Licht des aufgehenden Mondes, mit riesigen, ängstlichen Augen.

»Beim ersten Mal kämpfst du noch. Du kämpfst wie um dein Leben, und ein Teil von dir kann nicht glauben, dass es wirklich passiert. Es kann einfach nicht sein. Es spielt keine Rolle, dass du weißt, was Sex ist, weil du ja das ganze Leben mit seiner hässlichen Seite zu tun hattest. Was das ist, weißt du nicht, du kannst nicht glauben, dass so etwas möglich ist. Bis es dann passiert. Bis du nicht verhindern kannst, dass es passiert.«

»Oh, Ethan. O Gott. O Gott.« Sie begann zu weinen, um ihn, um den kleinen Jungen, um eine Welt, in der es solch entsetzliche Dinge gab.

»Sie nahm zwanzig Dollar ein, mir gab sie zwei davon. Und machte einen Strichjungen aus mir.«

»Nein«, sagte Grace hilflos schluchzend. »Nein.«

»Ich verbrannte das Geld, aber das änderte nichts daran. Sie ließ mir zwei Wochen Zeit, dann verkaufte sie mich wieder. Man kämpft auch beim zweiten Mal. Sogar noch erbitterter als beim ersten Mal, weil man jetzt Bescheid weiß und weil man es glauben muss. Und dann kämpft man jedes Mal, immer wieder gegen denselben Albtraum, bis man einfach aufgibt. Du nimmst das Geld und versteckst es, weil du eines Tages genug haben wirst. Dann kannst du sie töten und entkommen. Und Gott weiß, dass man sie noch viel lieber töten als entkommen möchte.«

Sie schloss die Augen. »Hast du es getan?«

Er hörte ihre raue Stimme und vermutete dahinter Widerwille statt den gerechten Zorn, den sie empfand. Vermischt mit der Hoffnung, dass er es getan hatte. Oh, hätte er sie nur getötet!

»Nein. Nach einer Weile wird es zu deinem normalen Leben. Das ist alles. Nicht mehr, nicht weniger. Du lebst es einfach.«

Jetzt wandte er sich ab, um auf das Haus zu schauen, wo Licht aus den Fenstern schien. Von wo Musik – Cam auf seiner Gitarre – vom Wind zu ihnen getragen wurde, eine hübsche, einschmeichelnde Melodie.

»So lebte ich, bis ich zwölf war und einer der Männer, an die sie mich verkaufte, ausrastete. Er schlug mich ziemlich brutal, was allerdings nicht ungewöhnlich war. Aber dann stolperte ich über irgendetwas und fiel, und er ging stattdessen auf sie los. Sie demolierten die Wohnung und machten so viel Krawall, dass die Nachbarn, die bisher darauf geachtet hatten, sich bloß nicht einzumischen, wütend gegen die Tür hämmerten.«

»Er hatte die Hände um ihren Hals gelegt«, fuhr Ethan fort. »Und ich lag auf dem Fußboden und schaute zu ihnen hoch, sah, wie ihre Augen hervorquollen, und dachte, vielleicht tut er es ja. Vielleicht erledigt er es für mich. Da bekam sie ein Messer zu fassen und stach damit zu. Sie bohrte es ihm in dem Moment in den Rücken, als die Nachbarn, die gegen die Tür gehämmert hatten, eindrangen. Ich hörte Schreie, Kreischen. Sie nahm dem Mistkerl die Brieftasche ab, während er blutend auf dem Fußboden lag. Und dann floh sie, ohne einen Blick an mich zu verschwenden.«

Achselzuckend wandte er sich ihr wieder zu. »Irgendjemand rief die Polizei, und ich wurde ins Krankenhaus gebracht. Ich kann mich nicht mehr an alles erinnern, aber da landete ich. Ärzte, Cops und Sozialarbeiter«, sagte er leise. »Sie stellten Fragen, schrieben alles auf. Ich schätze, sie haben nach ihr gesucht, sie aber nie gefunden.«

Dann schwieg er, sodass nur das Plätschern des Wassers zu hören war, der Ruf der Insekten, der Widerhall von Gitarrenklängen. Grace sagte nichts, da sie wusste, dass er noch nicht fertig war. Noch nicht ganz.

»Stella Quinn nahm an einem Ärztekongress in Baltimore teil und machte Visite im Krankenhaus. Sie kam zu mir ans Bett. Vermutlich hat sie sich mein Krankenblatt angesehen, ich weiß es nicht mehr. Ich weiß nur, dass sie da war, sich mit den Händen auf das Fußteil stützte und mich ansah. Sie hatte liebevolle Augen, keine weichen, aber liebevolle Augen. Sie sprach zu mir. Ich achtete nicht auf das, was sie sagte, nur auf ihre Stimme. Sie kam immer wieder. Manchmal war Ray bei ihr. Eines Tages sagte sie zu mir, ich könne mit ihnen nach Hause kommen, wenn ich wollte.«

Er verstummte erneut, als sei das alles. Aber Grace dachte

nur, dass der Moment, in dem die Quinns ihm ein Heim geboten hatten, erst der Beginn gewesen war.

»Ethan, mein Herz blutet für dich. Und ich weiß jetzt, dass es, sosehr ich die Quinns in all den Jahren auch geliebt und bewundert habe, doch noch längst nicht genug war. Sie haben dich gerettet.«

»Ja, sie haben mich gerettet«, bestätigte er. »Und nachdem ich beschlossen hatte weiterzuleben, tat ich, was in meiner Macht stand, um ihnen Ehre zu machen.«

»Du bist, warst schon immer der anständigste Mensch, dem ich jemals begegnet bin.« Sie ging zu ihm, schlang die Arme um ihn und hielt ihn fest, obgleich er ihre Umarmung nicht erwiderte. »Lass mich dir helfen«, murmelte sie. »Lass mich bei dir sein, Ethan.« Sie hob das Gesicht und presste ihren Mund auf seinen. »Lass mich dich lieben.«

Erschauernd riss er sich los. Dann umarmte er sie, als wolle er sie zerdrücken. Sein Mund holte sich den Trost, den sie ihm darbot. Er stand schwankend da und hielt sich an ihr fest wie an einer Rettungsleine in stürmischer See. »Ich kann es nicht tun, Grace. Es ist nicht fair dir gegenüber.«

»Du bist, was ich will.« Sie klammerte sich an ihn, als er sie von sich schieben wollte. »Nichts, was du gesagt hast, ändert etwas an meinen Gefühlen. Nichts könnte daran etwas ändern. Ich liebe dich nur umso mehr.«

»Hör mir zu.« Seine Hände zitterten nicht. Er packte sie fest bei den Schultern und schob sie von sich weg. »Ich kann dir nicht geben, was du brauchst, was du willst, was du haben solltest. Ehe, Kinder, eine Familie.«

»Ich will nichts als …«

»Sag mir nicht, dass du all das nicht brauchst. Ich weiß, dass es so ist.«

Sie holte tief Luft. »Ich brauche all das mit dir. Ich möchte mit dir leben.«

»Ich kann dich nicht heiraten. Ich kann dir die Kinder nicht geben, die du dir wünschst. Ich habe mir geschworen, niemals das Risiko einzugehen, an ein Kind weiterzugeben, was von ihr in mir ist.«

»In dir ist nichts von ihr.«

»Oh doch.« Er packte noch fester zu. »Du hast es an dem Tag im Wäldchen selbst erlebt, als ich dich wie ein Tier unter dem Baum nahm. Du hast es gemerkt, als ich dich anbrüllte, weil du in einem Pub arbeitest. Und ich selbst habe es so oft erlebt, wenn mich jemand reizte oder herausforderte, dass ich es schon nicht mehr zählen kann. Es zurückzuhalten heißt nicht, dass es nicht da ist. Ich kann dir kein Versprechen geben oder ein Kind mit dir zeugen. Ich liebe dich zu sehr, um dich in dem Glauben zu lassen, dass es niemals zu einem Ende mit Schrecken kommen wird.«

»Sie hat mehr verletzt als deinen Körper«, murmelte Grace. »In Wahrheit hat sie dein Herz misshandelt und missbraucht. Ich kann dir helfen, es zu heilen.«

Er rüttelte sie sanft. »Du hörst mir nicht richtig zu. Du hörst mich nicht. Wenn du nicht akzeptieren kannst, wie es in mir aussieht, kann ich das verstehen. Ich werde dir keinen Vorwurf machen, wenn du dich von mir distanzierst und bei einem anderen die Dinge suchst, die du dir wünschst. Das Beste für dich wäre, wenn ich dich gehen ließe. Und das werde ich tun.«

»Du lässt mich gehen?«

»Ich will, dass du jetzt nach Hause gehst.« Er gab sie frei und trat zurück. Ihm war, als stürze er in ein riesiges dunkles Loch. »Wenn du erst über alles nachgedacht hast, wirst du es mit meinen Augen sehen. Dann kannst du entscheiden, ob wir uns weiterhin treffen können, so wie bisher. Oder ob du willst, dass ich dich in Ruhe lasse.«

»Ich will …«

»Nein«, unterbrach er. »Du weißt jetzt nicht, was du willst. Du brauchst Zeit, ebenso wie ich. Mir wäre es lieber, du würdest neu anfangen, mit einem anderen. Ich will nicht, dass du jetzt hierbleibst, Grace.«

Sie hob eine Hand an ihre Schläfe. »Du willst mich nicht bei dir haben?«

»Nicht jetzt.« Er biss die Zähne zusammen, als er den Kummer in ihren Augen sah. Es ist zu ihrem eigenen Besten, sagte er sich. »Geh nach Hause, und lass mich eine Zeit lang in Ruhe.«

Sie trat einen Schritt zurück – und noch einen. Dann machte sie auf dem Absatz kehrt und rannte los. Ums Haus herum statt hindurch. Sie wollte nicht, dass jemand ihre Tränen sah und den furchtbaren Schmerz, der ihr das Herz zerriss. Er wollte sie nicht – das war alles, was sie denken konnte. Er wollte nicht, dass sie ihm gab, was er brauchte.

»Hey, Grace! Hey!« Seth unterbrach seine Jagd nach den Glühwürmchen, die in der Dunkelheit flimmerten, und lief hinter ihr her. »Ich hab' eine Million von diesen Dingern gefangen.« Er hielt ein Glas in die Höhe.

Dann sah er ihre Tränen, hörte ihr stoßweises Atmen, als sie sich am Türgriff ihres Wagens zu schaffen machte. »Was ist los? Warum weinst du? Hast du dir wehgetan?«

Sie atmete schluchzend aus und presste eine Hand aufs Herz. Oh ja, oh ja, es tat weh. »Es ist nichts. Ich muss nach Hause. Ich kann nicht – ich kann nicht bleiben.«

Sie riss die Wagentür auf und kletterte ins Auto.

Seths verblüffter Blick wurde grimmig, als er sie wegfahren sah. Von heißem Zorn erfüllt, stürmte er ums Haus und knallte das leuchtende Glas auf die Einfassung der Veranda. Er sah den Schatten auf dem Anlegesteg und ging mit kämpferisch geballten Fäusten dorthin.

»Du Mistkerl, du Schwein.« Er wartete, bis Ethan sich umgedreht hatte, dann rammte er ihm so fest die Faust in den Bauch, wie er konnte. »Du hast sie zum Weinen gebracht.«

»Ich weiß es.« Der frische physische Schmerz gesellte sich zu dem Übrigen. »Das geht dich nichts an, Seth. Geh wieder ins Haus.«

»Verdammt noch mal, du hast ihr wehgetan! Na los, versuch doch, mir wehzutun. Das wird dir nicht so leichtfallen.« Seth schlug wieder und wieder zu, bis Ethan ihn am Kragen und am Hosenboden packte und ihn über den Rand des Anlegestegs baumeln ließ.

»Reg dich ab, hörst du, oder ich werfe dich ins Wasser.« Er schüttelte ihn fest, um die Drohung zu unterstreichen. »Meinst du etwa, ich hätte es darauf angelegt, sie zu verletzen? Meinst du, dass es mir Spaß gemacht hat?«

»Warum hast du es dann getan?«, schrie Seth, der wie ein Fisch an der Angel kämpfte.

»Ich hatte keine andere Wahl.« Plötzlich unaussprechlich müde, ließ Ethan ihn auf den Steg hinunter. »Lass mich in Ruhe«, murmelte er und setzte sich auf den Rand. Erschöpft stützte er den Kopf in die Hände und presste die Finger auf seine Augen. »Lass mich einfach in Ruhe.«

Seth trat von einem Fuß auf den anderen. Nicht nur Grace hatte Kummer. Er hatte nicht gewusst, dass auch ein erwachsener Mann so traurig sein konnte. Aber Ethan war traurig. Zögernd trat er zu ihm. Er schob die Hände in seine Taschen, dann zog er sie wieder hervor. Scharrte mit den Füßen. Seufzte. Dann setzte er sich.

»Frauen«, sagte Seth mit ruhiger, nachdenklicher Stimme. »Da möchte man sich manchmal nur noch eine Kugel in den Kopf schießen, um es hinter sich zu haben.« Das hatte er einmal Phillip zu Cam sagen hören und dachte, dass es jetzt passen könnte. Er war zufrieden, als Ethan kurz, wenn auch nicht besonders fröhlich, auflachte.

»Ja, ich schätze, da hast du recht.« Er legte den Arm um Seths Schultern, zog den Jungen fest an sich – und fühlte sich ein wenig getröstet.

KAPITEL 18

Anna überlegte, was wichtiger war – und nahm sich den Tag frei. Sie konnte nicht genau sagen, wann Grace vorbeikam, um sich um den Haushalt zu kümmern, und sie durfte nicht riskieren, sie zu verpassen.

Ihr war völlig schnuppe, was Ethan sagen – oder nicht sagen würde. Es gab eine Krise.

Hätte sie angenommen, dass die beiden lediglich gestritten oder Meinungsverschiedenheiten hatten, dann wäre sie mitfühlend oder belustigt gewesen, je nachdem, was anstand. Aber es konnte sich nicht nur um eine Meinungsverschiedenheit handeln, dazu lag zu viel Schmerz in Ethans Augen. Oh, er wusste sich gut zu verstellen, dachte sie, als sie langsam und unbarmherzig das Unkraut ausriss, das ihre Begonien im Vorgarten zu überwuchern drohte. Und seine geheimsten Gefühle verbarg er besonders geschickt. Allerdings war sie zufällig ein Profi im Aufspüren geheimer Gefühle.

Pech für ihn, dass er eine Sozialarbeiterin zur Schwägerin bekommen hatte.

Sie versuchte Seth auszuhorchen, weil sie nicht den geringsten Zweifel hatte, dass der Junge etwas wusste. Aber sie war gegen eine eiserne Mauer männlicher Solidarität gestoßen. Von ihm erntete sie nur ein Achselzucken. Seine Lippen waren versiegelt.

Dennoch hätte sie es aus ihm herauskitzeln können. Aber sie brachte es nicht übers Herz, diese schöne Beziehung zu beschädigen. Sollte Seth ruhig Ethan die Stange halten.

Stattdessen würde sie sich Grace vorknöpfen.

Sie war sicher, dass die beiden sich seit Tagen nicht gesehen hatten. Ethan im Auge zu behalten war ein Kinderspiel. Jeden Morgen fuhr er aufs Wasser raus, nachmittags und abends arbeitete er in der Bootswerkstatt. Er stocherte in seinem Abendessen herum und verzog sich danach in sein Zimmer. Wo sie mehrere Male noch tief in der Nacht einen Lichtschein unter der Tür gesehen hatte.

Er grübelt, dachte sie und schüttelte ungeduldig den Kopf. Und wenn er nicht grübelte, war er auf Streit aus.

Am Wochenende hatte sie praktisch verhindert, dass Blut floss, als sie unvermutet in der Bootswerkstatt aufgetaucht war. Die drei Brüder hatten sich drohend voreinander aufgebaut, und Seth sah ihnen mit lebhaftem Interesse zu.

Was dazu geführt hatte, blieb ein Geheimnis, da sie auf die gleiche männliche Mauer des Schweigens stieß. Zum Dank für ihre Bemühungen erntete sie nur Achselzucken und höhnische Bemerkungen.

Nun, das würde aufhören, entschied sie und attackierte heftig eine Mauer. Frauen wussten, wie man sich mitteilte und über Gefühle sprach. Und wenn sie Grace Monroe dazu eines mit ihrem Spaten über den Schädel geben müsste – sie würde sich mitteilen und auch über ihre Gefühle reden.

Als sie Grace' Wagen schließlich vorfahren hörte, freute sie sich. Anna schob ihren Hut zurück, richtete sich auf und lächelte ihr zur Begrüßung zu. »Na, hallo.«

»Hallo, Anna. Ich dachte, du müsstest heute arbeiten.«

»Ich hab' mir den Tag freigenommen, um mal mental auszuspannen.« Oh ja, auch hier Kummer, dachte sie. Und nicht mal so gut verhüllt wie bei Ethan. »Du hast Aubrey gar nicht mitgebracht?«

»Nein. Meine Mutter wollte sie heute um sich haben.«

Grace fuhr mit der Hand über den Riemen ihrer großen Schultertasche. »Na, dann fange ich mal gleich an und lasse dich weiter im Garten arbeiten.«

»Ich suche schon lange nach einem Vorwand, um eine Pause einzulegen. Wie wär's, wenn wir uns kurz auf die Veranda setzen?«

»Ich sollte erst die Wäsche in die Waschmaschine stecken.«

»Grace.« Sanft legte Anna die Hand auf ihren Arm. »Setz dich. Rede mit mir. Ich betrachte uns als Freundinnen. Hoffentlich siehst du das genauso.«

»Das tue ich.« Grace' Stimme schwankte. Sie musste mehrmals tief durchatmen, um sich zu beruhigen. »Das sehe ich ganz genauso, Anna.«

»Dann setzen wir uns. Sag mir, was passiert ist, warum Ethan und du so unglücklich seid.«

»Ich weiß nicht, ob ich es kann.« Aber sie war müde, todmüde, deshalb ließ sie sich auf den Stufen nieder. »Ich hab' einfach alles kaputt gemacht.«

»Wie denn?«

Sie hatte geweint, bis sie keine Tränen mehr hatte, dachte Grace. Nicht, dass es etwas geholfen hätte. Vielleicht würde es ja helfen, alles mit einer anderen Frau durchzusprechen, einer Frau, der sie sich allmählich sehr nahe fühlte. »Ich habe geträumt«, begann sie. »Ich habe Pläne gemacht. Er hat Blumen für mich gepflückt«, sagte sie und hob in einer hilflosen Geste die Hände.

»Blumen gepflückt?« Annas Augen wurden schmal. Kaninchen, von wegen, dachte sie, schob es jedoch zu späterer Verwendung beiseite.

»Und er hat mich zum Essen ausgeführt. Kerzen und Wein. Ich dachte, er würde mich bitten, seine Frau zu werden. Ethan geht doch immer planmäßig Schritt für Schritt vor, und ich war der Meinung, er steuere darauf zu, mir einen Antrag zu machen.«

»Natürlich. Ihr liebt einander. Er vergöttert Aubrey, und sie vergöttert ihn. Ihr seid beide Nestbauer. Warum solltest du es nicht annehmen?«

Grace starrte sie kurz an, dann seufzte sie. »Ich kann dir gar nicht sagen, was es für mich bedeutet, dass du das sagst. Ich kam mir so unglaublich dumm vor.«

»Na, dann vergiss das schleunigst. Du bist nicht dumm. Ich auch nicht, und ich habe dasselbe gedacht.«

»Wir haben uns beide geirrt. Er hat mich nicht gefragt. Aber er hat mich in jener Nacht geliebt, Anna. So zärtlich. Ich hätte nie gedacht, dass mal jemand so viel für mich empfinden könnte. Später dann hatte er einen Albtraum.«

»Einen Albtraum?«

»Ja.« Und jetzt verstand sie. »Er war schlimm, sehr schlimm, aber er spielte es herunter. Er sagte, ich solle mir keine Sorgen machen, und ließ das Thema einfach fallen. Also dachte ich nicht mehr darüber nach. Damals.« Nachdenklich rieb sie an einem kleinen Bluterguss an ihrem Oberschenkel, den sie sich zugezogen hatte, als sie im Shiney's gegen einen Tisch gestoßen war.

»Am nächsten Tag kam ich zu dem Schluss, dass ich, wenn ich warten wollte, bis Ethan aktiv würde, an meinem Hochzeitstag schlohweißes Haar hätte. Ethan ist nicht unbedingt von der schnellen Truppe.«

»Nein, das ist er nicht. Er hat sein eigenes Tempo, und das ist gut so. Aber hin und wieder kann er wahrlich einen kleinen Schubs gebrauchen.«

»Ja, nicht wahr?« Sie konnte ein wehmütiges Lächeln nicht

unterdrücken. »Manchmal denkt er so lange über etwas nach, bis es sich von selbst erledigt hat. Und ich dachte, dies wäre wieder so ein Fall, deshalb habe ich mich entschlossen, ihn selbst zu fragen.«

»Du hast Ethan gefragt, ob er dich heiraten will?« Anna lachte leise und lehnte sich gegen die Stufen. »Bravo, Grace.«

»Ich hatte mir alles genau zurechtgelegt. Alles, was ich sagen wollte und wie ich es sagen wollte. Ich dachte, am besten auf dem Wasser, wo er am glücklichsten ist, deshalb bat ich ihn, abends mit mir segeln zu gehen. Es war so herrlich, die Sonne ging unter, die Segel leuchteten hell und bauschten sich. Und ich habe ihn tatsächlich gefragt.«

Anna schloss die Hand um Grace' Finger. »Ich vermute, er hat dich abgewiesen. Aber …«

»Es war mehr als das. Wenn du sein Gesicht gesehen hättest … Er wurde eiskalt. Er sagte, er werde mir alles erklären, wenn wir wieder zu Hause seien. Und das tat er. Es wäre nicht richtig, wenn ich es dir erzähle, Anna, weil es um Ethans Privatsphäre geht. Aber er sagte, dass er weder mich noch eine andere heiraten könne. Niemals.«

Anna schwieg. Als Seths Betreuerin hatte sie Zugang zu den Akten über die drei Männer, die seine Vormünder waren. Sie kannte ihre Vergangenheit fast ebensogut wie diese selbst. »Wegen der Dinge, die ihm als Kind zugestoßen sind?«

Grace senkte den Blick, dann starrte sie nach vorn. »Er hat es dir erzählt?«

»Nein, aber ich weiß davon, den größten Teil zumindest. Es hat mit meiner Arbeit zu tun.«

»Du weißt … was seine Mutter – diese Frau – ihm angetan hat, ihm von anderen hat antun lassen? Er war damals ein kleiner Junge.«

»Ich weiß, dass sie ihn gezwungen hat, mehrere Jahre lang Sex mit Freiern zu haben, bevor sie ihn seinem Schicksal überließ. In seiner Akte sind Kopien der ärztlichen Berichte enthalten. Ich weiß, dass er vergewaltigt und misshandelt wurde, bevor Stella Quinn ihn im Krankenhaus fand. Und ich weiß, was solch ein Trauma, diese Form von konstantem Missbrauch anrichten kann. Aus Ethan hätte sehr gut selbst ein Missbraucher werden können. Es ist ein furchtbarer Teufelskreis.«

»Aber er ist es nicht geworden.«

»Nein, aus ihm ist ein nachdenklicher, rücksichtsvoller Mann mit nahezu unzerstörbarer Selbstbeherrschung geworden. Aber die Narben sind noch da, in seinem Innern.

Wahrscheinlich hat das Zusammensein mit dir einiges an die Oberfläche geholt.«

»Er will sich nicht von mir helfen lassen, Anna, er hat sich in den Kopf gesetzt, dass er keine Kinder haben kann, weil das Blut dieser Frau in seinen Adern fließt. Schlechtes Blut, das er weitervererben würde. Er will nicht heiraten, weil Heirat für ihn bedeutet, eine Familie zu gründen.«

»Er hat unrecht, zumal er das beste Beispiel für seinen Irrtum täglich im Spiegel sieht. Sicher, in seinen Adern fließt nicht nur ihr Blut, er hat auch die ersten zwölf Jahre seines Lebens – die empfänglichsten Jahre – mit ihr in einer Umgebung verbracht, die in jedem Kind große Schäden anrichten könnte. Aber er ist Ethan Quinn. Wieso sollte aus seinen Kindern, Kinder, die von euch beiden abstammen würden, weniger Gutes entstehen als aus ihm?«

»Ich wünschte, ich hätte ihm das sagen können«, murmelte Grace. »Aber ich war so schockiert, so traurig und erschüttert.« Sie schloss die Augen. »Und es hätte wohl auch keine

Rolle gespielt, selbst wenn es mir eingefallen wäre. Er wollte nicht zuhören. Jedenfalls nicht mir«, sagte sie langsam. »Er meint, ich wäre nicht stark genug, damit zu leben, womit er leben musste.«

»Da irrt er sich.«

»Ja, er irrt sich. Aber seine Meinung steht fest. Er will mich nicht mehr. Er sagt zwar, ich hätte die Wahl, aber ich kenne ihn. Wenn ich ihm sage, dass ich es akzeptieren kann und dass wir so weitermachen wie bisher, wird es an ihm nagen, bis er sich von mir distanziert.«

»Kannst du es denn akzeptieren?«

»Das habe ich mich auch gefragt, schon seit Tagen denke ich darüber nach. Ich liebe ihn so sehr, dass ich es versuchen will, mich sogar wenigstens eine Zeit lang damit abfinden könnte. Aber an mir würde es auch nagen.« Sie schüttelte den Kopf. »Nein, ich kann es nicht akzeptieren. Ich kann nicht nur einen Teil von ihm akzeptieren. Und ich werde Aubrey nicht zumuten, sich mit weniger als einem richtigen Vater zufriedenzugeben.«

»Eine weise Entscheidung. Und was willst du jetzt tun?«

»Ich weiß nicht, ob ich überhaupt irgendwas tun kann. Nicht, wenn wir beide uns so verschiedene Dinge wünschen.«

Anna stieß die Luft aus. »Grace, die Entscheidung liegt einzig und allein bei dir. Aber lass mich dir eines sagen: Cam und ich sind auch nicht auf rosaroten Wolken zum Traualtar geflogen. Wir wollten verschiedene Dinge – oder dachten es zumindest. Und um herauszufinden, was wir gemeinsam haben, haben wir uns gegenseitig verletzt, wir haben uns gefetzt, aber wir haben unseren Weg gefunden.«

»Es ist schwer, sich mit Ethan zu fetzen.«

»Aber es ist nicht unmöglich.«

»Nein, unmöglich ist es nicht, aber … Er war nicht ehrlich zu mir, Anna. Trotz allem anderen kann ich das nicht vergessen. Er hat zugelassen, dass ich meine Tagträume spinne, obgleich er die ganze Zeit wusste, dass er die Fäden abschneiden und mich fallen lassen würde. Es tut ihm leid, ich weiß, aber dennoch …«

»Du bist zornig.«

»Ja, das stimmt wohl. Dasselbe hat mir schon ein anderer Mann angetan. Mein Vater«, fügte sie kühl hinzu. »Ich wollte Tänzerin werden, und er wusste genau, dass ich all meine Hoffnungen darauf setzte. Ich kann zwar nicht behaupten, dass er mich je ermutigt hätte, aber er hat zugelassen, dass ich Unterricht nahm und mir meine Zukunft als Tänzerin ausmalte. Und als ich darauf angewiesen war, dass er zu mir stand und mir half, meinen Traum zu verwirklichen … hat er die Fäden zerschnitten. Ich habe ihm verziehen, oder ich habe es zumindest versucht, aber danach war es nie mehr so wie früher. Dann wurde ich schwanger und heiratete Jack. Ich schätze, man könnte sagen, dass ich damit die Fäden meines Vaters zerschnitten habe. Er hat mir nie verziehen.«

»Hast du denn versucht, dich mal mit ihm auszusprechen?«

»Nein. Auch er hat mir die Wahl gelassen, so wie Ethan, oder was sie für eine Wahl halten. Übernimm ihre Vorstellungen. Akzeptiere, was sie wollen, oder du musst ohne sie klarkommen. Also komme ich lieber ohne sie klar.«

»Das kann ich verstehen. Eine stolze Haltung, aber was richtet das in deinem Herzen an?«

»Wenn die Menschen einem das Herz brechen, ist der Stolz alles, was einem noch bleibt.«

Und ohne Herz, dachte Anna, konnte Stolz kalt und bitter werden. »Lass mich mit Ethan reden.«

»Ich werde mit ihm reden, sobald ich mir überlegt habe, was es noch zu reden gibt.« Sie holte tief Luft. »Ich fühle mich schon besser«, sagte sie. »Es hilft, alles laut auszusprechen. Und es gab sonst niemanden, dem ich es hätte erzählen können.«

»Ich mag euch beide sehr.«

»Ich weiß. Wir werden es schon schaffen.« Sie drückte Annas Hand, bevor sie aufstand. »Du hast mir über die Tränen hinweggeholfen. Ich hasse es, ständig den Tränen nahe zu sein. Und jetzt gehe ich und reagiere einen Teil der Wut ab, die in mir steckt.« Sie brachte ein Lächeln zustande. »Wenn ich fertig bin, wird euer Haus quietschsauber sein. Ich putze wie eine Wahnsinnige, wenn ich meine Wut abreagieren will.«

Reagiere bloß nicht alles ab, dachte Anna, als Grace ins Haus ging. Spar dir für Ethan, diesen Trottel, noch was auf.

Es dauerte zweieinhalb Stunden, bis Grace sich durch das zweite Stockwerk geschrubbt, geputzt, gewischt und gebohnert hatte. In Ethans Zimmer, wo sein Geruch und der Geruch der See in der Luft hing und überall die kleinen, alltäglichen Dinge verstreut waren, die an ihn erinnerten, hätte sie fast schlappgemacht.

Aber sie nahm sich zusammen und aktivierte den stählernen Kern, der sie schon durch eine Scheidung und den schmerzhaften Bruch mit der Familie gebracht hatte.

Die Arbeit half, wie immer. Gute, anstrengende körperliche Arbeit nahm sowohl ihre Hände als auch ihren Verstand in Anspruch. Das Leben ging weiter. Sie kannte sich damit aus. Man musste es Stück für Stück angehen.

Sie hatte ihr Kind. Sie hatte ihren Stolz. Und sie hatte auch noch Träume – obwohl sie an dem Punkt angelangt war, an dem sie lieber Pläne zu den Träumen sagte.

Zweifellos konnte sie ohne Ethan leben. Nicht so erfüllt vielleicht, auf keinen Fall so glücklich. Aber sie konnte leben und produktiv sein und Zufriedenheit finden auf dem Weg, den sie für sich und ihre Tochter gewählt hatte.

Mit Tränen und mit Selbstmitleid war sie fertig.

Dieselbe Entschlossenheit begleitete sie ins Erdgeschoss. Die Möbel wurden poliert, bis sie glänzten. Das Glas wurde gewienert, bis es funkelte. Sie hängte die Wäsche auf, fegte die Veranden und kämpfte gegen den Schmutz an, als wäre er ein Feind, der die Erde zu erobern drohte.

Als sie in der Küche ankam, tat ihr der Rücken weh, aber das war ein harmloser, befriedigender Schmerz. Auf ihrer Haut stand ein leichter Schweißfilm, ihre Hände waren rau von Waschwasser, und sie fühlte sich stolz wie ein Firmenpräsident nach einer sensationellen Übernahme.

Sie schaute auf die Uhr und rechnete. Sie wollte fertig und aus dem Haus sein, bevor Ethan von der Arbeit kam. Trotz der Läuterung durch die Arbeit schwelte in ihrem Herzen immer noch ein kleines Glutstückchen aus Wut, und sie kannte sich gut genug, um zu wissen, dass es nur eines winzig kleinen Anstoßes bedurfte, um die Flamme hell auflodern zu lassen.

Wenn sie mit ihm stritt, wenn sie auch nur einen Teil der Dinge sagte, die ihr in den letzten Tagen unaufhörlich durch den Kopf gingen, würden sie sich nie wieder versöhnen, geschweige denn, Freunde sein können.

Sie wollte die Quinns nicht zwingen, Partei zu ergreifen. Und sie wollte nicht riskieren, ihre kostbare und ihr so wichtige Beziehung zu Seth in Gefahr zu bringen, nur weil zwei Erwachsene, die in seinem Leben eine Rolle spielten, sich nicht beherrschen konnten.

»Und ich werde deshalb auch meinen Job nicht verlieren«,

murmelte sie, als sie sich an den Arbeitsflächen zu schaffen machte. »Nur weil er nicht sehen kann, was er wegwirft.«

Sie atmete zischend aus, fuhr sich mit den Fingern durchs Haar, das von der Hitze und der Anstrengung an den Schläfen feucht geworden war. Und lenkte sich ab, indem sie die Platten des alten Herds gründlich schrubbte.

Als das Telefon läutete, schnappte sie sich, ohne nachzudenken, den Hörer. »Hallo?«

»Anna Quinn?«

Grace blickte aus dem Fenster und sah Anna fröhlich im Garten werkeln. »Nein, ich werde ...«

»Ich hab' dir was zu sagen, du Miststück.«

Grace blieb zwei Schritte vor der Fliegentür stehen. »Wie bitte?«

»Hier ist Gloria DeLauter. Was bilden Sie sich verdammt noch mal ein, mir zu drohen?«

»Ich bin nicht ...«

»Ich habe Rechte. Hören Sie mich? Ich habe Scheißrechte. Der Alte hat einen Handel mit mir abgeschlossen, und wenn Sie und Ihr Scheißehemann und seine Scheißbrüder sich nicht daran halten, wird es Ihnen noch leidtun.«

Die Stimme war nicht nur hart und grausam, diese Frau war krank, erkannte Grace angesichts des Sturzbaches von Beschimpfungen. Seths Mutter, dachte sie, die Frau, die ihn so verletzt, die ihm Angst gemacht hatte. Die Geld für ihn genommen hatte.

Ihn verkauft hatte.

Sie bemerkte nicht, dass sie die Schnur um ihre Hand gewickelt hatte, so fest, dass sie sich in ihr Fleisch grub. Sie gab sich alle Mühe, ruhiger zu werden, und holte tief Luft. »Miss DeLauter, Sie machen einen Fehler.«

»Sie sind es, die den verdammten Fehler gemacht hat, mir diesen Scheißbrief zu schicken statt das Geld, das Sie mir schulden. Sie sind es mir verdammt noch mal schuldig! Sie denken, ich hätte Angst vor Ihnen, weil Sie 'ne beschissene Sozialarbeiterin sind. Von mir aus können Sie sogar die verdammte Königin von England sein. Der Alte ist tot, und wenn Sie wollen, dass alles so bleibt, wie es ist, werden Sie sich mit mir einigen müssen. Meinen Sie, dass Sie mich mit beschriebenem Papier einschüchtern können? Sie werden mich nicht aufhalten, wenn ich komme und mir den Jungen hole.«

»Sie irren sich«, hörte Grace sich sagen, aber ihre Stimme klang, als komme sie aus weiter Feme, ein bloßes Echo in ihrem Kopf.

»Er ist mein Fleisch und Blut, und ich habe das Recht, mir zu holen, was mir gehört.«

»Versuchen Sie's doch.« Wut durchfuhr sie wie ein Sturmwind. »Sie werden ihn nie mehr in die Finger kriegen.«

»Ich kann mit ihm machen, was ich will. Er gehört mir.«

»Er gehört Ihnen nicht. Sie haben ihn verkauft. Jetzt gehört er zu uns, und Sie werden ihm nie wieder zu nahe kommen.«

»Er wird tun, was ich ihm sage. Er weiß, dass er sonst dafür bezahlen wird.«

»Wenn Sie auch nur in seine Nähe kommen, reiße ich Sie eigenhändig in Stücke. Was Sie ihm angetan haben, wie ungeheuerlich es auch war, ist nichts im Vergleich zu dem, was ich mit Ihnen machen werde. Wenn ich mit Ihnen fertig bin, kann man Sie höchstens noch vom Boden aufkratzen und in eine Zelle werfen. Genau da gehören Sie nämlich hin – wegen Kindesmisshandlung, Vernachlässigung, Körperverletzung, Prostitution und wie immer man es bezeichnen mag, wenn eine Mutter ihr eigenes Kind an Freier verkauft.«

»Was für Lügen hat dieses kleine Biest erzählt? Ich hab' ihn nie angerührt.«

»Halten Sie den Mund! Halten Sie endlich Ihren erbärmlichen Mund!« Sie hatte den Faden verloren, Seths und Ethans Mutter vermischt und eine Frau aus ihnen gemacht. Ein Ungeheuer. »Ich weiß, was Sie ihm angetan haben, und in meinen Augen ist kein Kerker finster genug, um Sie dort einzusperren. Aber ich werde einen Kerker für Sie finden, und ich werde Sie höchstpersönlich hineinbefördern, wenn Sie ihm noch einmal zu nahe kommen.«

»Ich will bloß Geld.« In ihrer Stimme lag jetzt ein schmeichlerischer Ton, hinterhältig und eine Spur ängstlich. »Bloß ein bisschen Geld, um mir über das Gröbste hinwegzuhelfen. Sie haben so viel davon.«

»Für Sie habe ich nichts anderes übrig als Verachtung. Halten Sie sich von hier fern, halten Sie sich von dem Kind fern, oder Sie werden diejenige sein, die bezahlt.«

»Sie sollten lieber noch mal darüber nachdenken. Denken Sie lieber noch mal darüber nach.« Ein erstickter Laut war zu hören, dann klimperte Eis gegen ein Glas. »Sie sind nicht besser als ich. Ich habe keine Angst vor Ihnen.«

»Sie sollten aber Angst haben. Sie sollten furchtbare Angst haben.«

»Das ... das letzte Wort über diese Sache ist noch nicht gesprochen. Ich bin noch nicht fertig mit Ihnen.«

Ein lautes Klicken ertönte, und die Verbindung war unterbrochen. »Mag sein«, sagte Grace leise, drohend. »Aber ich auch nicht.«

»Gloria DeLauter«, murmelte Anna. Sie stand draußen vor der Fliegentür, wo sie seit zwei Minuten zuhörte.

»Ich glaube nicht, dass sie ein Mensch ist. Wäre sie jetzt

hier in diesem Zimmer, dann würde ich ihr an die Kehle gehen. Wie ein Tier hätte ich sie angefallen.« Grace begann zu zittern, vor Wut und Schock. »Ich hätte sie getötet. Oder es zumindest versucht.«

»Ich weiß, wie man sich bei so etwas fühlt. Es ist schwer, ein menschliches Wesen in solchen Leuten zu sehen.« Den Blick auf Grace geheftet, schob Anna die Tür auf. Sie hätte nie damit gerechnet, eine so sanfte Frau in solch glühenden Zorn ausbrechen zu sehen. »Bei der Arbeit habe ich sehr oft mit solchen Personen zu tun, und ich kann mich einfach nicht daran gewöhnen.«

»Sie war widerlich.« Grace schauderte. »Sie hat mich für dich gehalten, als ich abnahm. Ich habe versucht, den Irrtum aufzuklären, aber sie wollte mir nicht zuhören. Sie schrie nur, drohte mir und beschimpfte mich. Das konnte ich doch nicht einfach so hinnehmen. Ich konnte es nicht ertragen. Es tut mir leid.«

»Ist schon gut. Soweit ich es mitbekommen habe, hast du dich wacker geschlagen. Willst du dich setzen?«

»Nein, ich kann nicht. Ich kann nicht stillsitzen.« Sie schloss die Augen, vor die sich ein grellroter Schleier gelegt hatte. »Anna, sie sagte, dass sie kommt und Seth holt, wenn sie kein Geld kriegt.«

»Sie wird kein Geld bekommen.« Anna ging zum Kühlschrank und holte eine Flasche Wein heraus. »Ich gieße dir jetzt mal ein Glas ein. Du trinkst es ganz langsam, während ich mein Notizbuch hole. Und dann versuchst du zu wiederholen, was sie gesagt hat, so exakt wie möglich. Kannst du das schaffen?«

»Ja. Ich erinnere mich noch genau.«

»Gut.« Anna schaute auf die Uhr. »Wir werden alles dokumentieren müssen. Wenn sie tatsächlich herkommt, sollten wir vorbereitet sein.«

»Anna.« Grace starrte auf das Glas, das Anna ihr gegeben hatte. »Er darf nicht mehr verletzt werden. Er soll keine Angst mehr vor ihr haben.«

»Ich weiß. Wir werden dafür sorgen, dass es aufhört. Ich bin gleich wieder da.«

Anna ging zweimal das Gespräch mit ihr durch. Beim zweiten Durchgang konnte Grace nicht mehr stillsitzen. Sie stand auf, ließ das halb volle Glas stehen und holte sich einen Besen.

»Wie sie es sagte, war genauso gemein wie das, was sie sagte«, berichtete sie, während sie fegte. »Denselben Ton muss sie Seth gegenüber benutzt haben. Ich kann nicht verstehen, wie ein Mensch so zu einem Kind sprechen kann.« Dann schüttelte sie den Kopf. »Aber sie sieht ihn gar nicht als Kind. Für sie ist er eine Sache.«

»Sollte man dich als Zeugin vorladen, dann könntest du unter Eid aussagen, dass sie Geld gefordert hat?«

»Mehr als einmal«, bestätigte Grace. »Wird es denn dazu kommen, Anna? Wirst du auch mit Seth vor Gericht gehen müssen?«

»Ich weiß es noch nicht. Sollte es sich so entwickeln, können wir Erpressung mit auf die Liste der Vergehen setzen, die du aufgezählt hast. Du musst ihr Angst gemacht haben«, fügte sie befriedigt lächelnd hinzu. »Ich jedenfalls hätte geschlottert vor Angst.«

»Die Worte purzeln einfach nur so aus mir heraus, wenn ich in Wut gerate.«

»Ich versteh' schon. Ich würde ihr auch gern so manches sagen, aber in meiner Position kann ich es nicht tun. Oder ich darf es nicht«, sagte sie seufzend. »Ich tippe das hier eben für Seths Akte, dann muss ich wohl noch einen Brief an sie aufsetzen.«

»Warum?« Grace' Finger krampften sich um den Besenstiel. »Warum musst du überhaupt Kontakt mit ihr halten?«

»Cam und seine Brüder müssen Bescheid wissen, Grace. Sie müssen wissen, in welchem Verhältnis Gloria DeLauter und Seth zu Ray standen.«

»Es ist nicht wahr, was die Leute behaupten.« Grace' Augen blitzten, als sie eine Kehrschaufel aus dem Besenschrank holte. Den in ihr schwelenden Zorn konnte sie leider nicht so problemlos beseitigen wie den Schmutz. »Professor Quinn hätte seine Frau nie im Leben betrogen. Er hat sie geliebt.«

»Sie brauchen sämtliche Fakten, und Seth auch.«

»Die Fakten sind bekannt. Professor Quinn hatte Feingefühl.

Eine Frau wie Gloria DeLauter hätte er nie wahrgenommen – höchstens aus Mitleid oder Ekel.«

»Cam denkt genauso. Aber die Leute sagen auch, dass Seth die gleichen Augen hat wie Ray Quinn.«

»Nun, dann muss es eine andere Erklärung dafür geben.« Erhitzt räumte Grace Besen und Schaufel weg und griff stattdessen nach Eimer und Mopp.

»Mag sein. Andererseits muss man darauf gefasst sein, dass die Quinns genau wie alle anderen Paare hie und da Probleme in ihrer Ehe hatten. Außereheliche Affären sind leider fast schon die Norm.«

»Ich gebe nichts auf all diese Statistiken, die man im Fernsehen hört oder in Zeitschriften lesen kann, dass angeblich drei von fünf Männern oder so ihre Frau betrügen.« Grace gab Reinigungsmittel in den Eimer, stellte ihn ins Waschbecken und drehte den Wasserhahn voll auf. »Die Quinns liebten sich, mochten sich. Sie bewunderten einander. Das konnte man gar nicht übersehen, wenn man mit ihnen umging. Durch ihre Söhne kamen sie sich nur noch näher. Wenn man die fünf zusammen traf, dann wusste man, was eine echte Familie ist. So wie ihr fünf jetzt eine echte Familie seid.«

Anna lächelte gerührt. »Wir arbeiten zumindest daran.«

»Ihr habt nur noch nicht so viele Jahre hinter euch wie die Quinns.« Grace stemmte den Eimer aus dem Waschbecken. »Sie waren eine Einheit.«

Einheiten zerbrechen oft, dachte Anna. »Wenn Ray etwas mit Gloria gehabt hätte – wäre Stella dann bereit gewesen ihm zu verzeihen?«

Grace stieß den Mopp in den Eimer und warf Anna einen kühlen, entschlossenen Blick zu. »Würdest du dann Cam verzeihen?«

»Ich weiß es nicht«, sagte Anna nach einer kleinen Pause.

»Wäre auch sinnlos, weil ich ihn nämlich umbringen würde. Aber vielleicht würde ich später Blumen auf sein Grab legen.«

»Genau.« Grace nickte befriedigt. »Solch einen Verrat schluckt man nicht so schnell hinunter. Und es ist ja wohl klar, dass ihre Söhne es mitbekommen hätten, wäre es zu Spannungen zwischen ihnen gekommen. Kinder sind nicht dumm, ganz gleich wie viele Erwachsene das glauben mögen.«

»Oh nein, das sind sie nicht«, murmelte Anna. »Wie auch immer die Wahrheit aussehen mag, sie müssen es herausfinden. Ich tippe jetzt mal meine Notizen ab«, sagte sie und stand auf. »Wirfst du später mal einen Blick darauf, ob du noch irgendwas hinzufügen oder ändern willst, bevor sie in die Akte aufgenommen werden?«

»In Ordnung. Ich muss noch Wäsche aufhängen, dann werde ich ...«

Sie hörten es gleichzeitig, das aufgeregte, fröhliche Gebell der Hunde. Grace' Reaktion war unverhüllte Panik. Sie hatte nicht auf die Zeit geachtet – Ethan war nach Hause gekommen.

Schnell ließ Anna ihr Notizbuch in einer Küchenschublade verschwinden. »Ich will erst mit Cam darüber reden, bevor wir Seth von dem Anruf erzählen.«

»Ja, es ist sicher besser so. Ich ...«

»Du kannst hinten rausgehen, Grace«, sagte Anna leise. »Ich kann gut verstehen, dass du heute nicht noch einen Zusammenstoß verkraften kannst.«

»Ich muss noch Wäsche aufhängen.«

»Für heute hast du mehr als genug getan.«

Grace straffte die Schultern. »Was ich anfange, bringe ich auch zu Ende.« Sie ging in die Waschküche und öffnete scheppernd die Tür der Waschmaschine. »Was man von so einigen Leuten leider nicht behaupten kann.«

Anna hob eine Augenbraue. Ethan stand eine Überraschung ins Haus, dachte sie. Und war es nicht praktisch, dass sie zufällig da war, um es hautnah mitzuerleben?

KAPITEL 19

Als er ihren Wagen in der Einfahrt entdeckte, musste Ethan sich zwingen, nicht Hals über Kopf ins Haus zu stürzen, um wenigstens einen Blick auf sie zu erhaschen. Nur einen Blick, nur einen. Nach diesem einen Blick würde er ihr Bild für immer in seinem Herzen tragen.

Er hatte nicht gewusst, dass man eine Frau – oder überhaupt irgendeinen Menschen – so sehr vermissen konnte, wie er Grace vermisste.

Sie fehlte ihm so sehr, dass er sich völlig leer fühlte, dass ihm alles wehtat, dass er vor Nervosität fast durchdrehte, bis er diese Leere nur noch unbedingt füllen wollte. Im Bett lag er wach und horchte darauf, wie die Nacht atmete.

Allmählich glaubte er, noch vollends den Verstand zu verlieren.

Die Selbstkontrolle, mit der er sich so viele Jahre jeden Gedanken an sie verboten hatte, schien zusehends ins Wanken zu geraten. Die Außenmauern dieser Kontrolle waren bereits eingebrochen, lagen in Trümmern zu seinen Füßen, und der Staub würgte ihn im Hals.

Wenn man erst einmal losgelassen hatte, war es schier unmöglich, eine neue Mauer zu errichten.

Aber er hatte ja ihr die letzte Entscheidung überlassen, sagte er sich. Und da sie seit Tagen nichts von sich hatte hören lassen, fürchtete er zu wissen, welche Wahl ihr als die richtige erschienen war.

Er konnte ihr keinen Vorwurf machen.

Sie würde einen anderen finden – einen Mann, mit dem sie

sich ein gemeinsames Leben aufbauen konnte. Dieser Gedanke drückte ihm das Herz ab, als er neben seinem Transporter stand, aber er wollte ihn nicht verdrängen.

Sie verdiente es, ein Leben nach ihren Vorstellungen zu führen – Ehe, Kinder, ein hübsches Haus. Ein Vater für Aubrey, ein Mann, der zu schätzen wusste, wie kostbar sie beide waren.

Ein anderer Mann.

Ein anderer Mann, der die Arme um ihre Taille legte, seine Lippen auf die ihren drückte. Der hörte, wie ihr Atem schneller ging, spürte, wie ihr Körper sich weich, verlangend an ihn schmiegte.

Irgendein gesichtsloser Mistkerl, der es nicht wert war, ihr die Schuhriemen zu lösen, würde sich nachts zu ihr umdrehen und sie in Besitz nehmen. Und jeden Morgen mit einem Lächeln erwachen, weil er wusste, dass er es jederzeit wieder tun konnte.

Himmel, dachte Ethan, er würde wahnsinnig werden.

Foolish stieß gegen seine Beine, einen zerkauten Tennisball im Maul, und wedelte hoffnungsfroh mit dem Schwanz. Aus reiner Gewohnheit nahm Ethan den Ball und warf ihn. Foolish setzte ihm nach und kläffte wütend, als Simon wie der Blitz von links herangeschossen kam und ihn abfing.

Simon trottete zu ihm, ließ sich auf dem Boden nieder und wartete auf eine Fortsetzung des Spiels. Ethan seufzte.

Es war keine schlechte Ausrede, um draußen zu bleiben, entschied er. Er würde mit den Hunden spielen und an seinem Boot herumbasteln, um Grace aus dem Weg zu gehen. Hätte sie ihn sehen wollen, dann hätte sie jederzeit zu ihm kommen können.

Er folgte den Hunden seitlich ums Haus. Aus Mitleid mit dem langsameren, schwerfälligeren Foolish hob Ethan ein Stöckchen vom Boden auf, um es für ihn zu werfen. Es munterte ihn ein wenig auf zuzusehen, wie die Hunde sich um den Ball balgten und eifrig apportierten.

Auf einen Hund konnte man sich immer verlassen, dachte er und warf den Ball noch höher, noch weiter. Simon hetzte ihm hinterher. Hunde verlangten nie mehr von einem, als man ihnen geben konnte.

Grace sah er erst, als er das Haus umrundet hatte. Dann blieb er stocksteif stehen.

Nein, ein Blick, ein kurzer Blick reichte nicht. Würde niemals reichen.

Das Laken, das sie an die Leine hielt und feststeckte, flatterte nass in der Brise. Die Sonne schien auf ihr Haar. Während er zusah, beugte sie sich zu ihrem Korb hinunter, holte einen Kissenbezug heraus, schüttelte ihn kurz aus und befestigte ihn neben dem Laken.

Liebe stürmte auf ihn ein, überschwemmte ihn, ließ ihn matt und voll Verlangen zurück. Einzelheiten ihres Körpers prägten sich ihm ein – der Schwung ihrer Wange im Profil. War ihm schon jemals aufgefallen, welch schönes Profil sie hatte? Wie flaumig ihr Nackenhaar war? Ließ sie es wachsen? Und wie der enge Saum ihrer Shorts sich an ihre Oberschenkel schmiegte … Sie hatte so lange, glatte Schenkel.

Foolish stieß mit dem Kopf gegen Ethans Bein und riss ihn aus seinen Träumereien.

Plötzlich nervös, wischte er sich die Hände an seiner Arbeitshose ab und trat von einem Fuß auf den anderen. Am besten war es wohl, wenn er vorn ins Haus ging und sich nach oben verzog. Er trat einen Schritt zurück, blieb jedoch wie angewurzelt stehen, als sie sich umdrehte. Sie warf ihm einen langen Blick zu, den er sich nicht zu deuten wusste, dann bückte sie sich nach dem nächsten Kissenbezug.

»Hallo, Ethan.«

»Grace.« Er schob die Hände in die Taschen. Selten hatte er sie so kühl erlebt.

»Ist doch albern, ums Haus herumzugehen, nur um mich zu meiden.«

»Ich wollte … etwas auf dem Boot nachsehen.«

»Gut. Das kannst du dann ja tun, nachdem wir miteinander geredet haben.«

»Ich war mir nicht sicher, ob du mit mir reden wolltest.« Er näherte sich ihr vorsichtig. Ihr Tonfall ließ die Temperatur des brütend heißen Tages um einige Grad sinken.

»Neulich abends habe ich schon mit dir zu reden versucht, aber du warst nicht geneigt, mir dein Ohr zu leihen.« Sie griff in den Korb. Offenbar war es ihr völlig gleichgültig, dass sie jetzt seine Unterwäsche aufhängte. »Danach brauchte ich ein wenig Zeit für mich, um all das erst mal zu verdauen und in meinem Kopf zu ordnen.«

»Und was denkst du?«

»Zunächst sollte ich dir wohl etwas zu den Dingen sagen, von denen du mir erzählt hast. Was du durchgemacht hast, bevor du hierherkamst, hat mich schockiert und mir wehgetan, und ich empfinde nichts als Mitgefühl für den kleinen Jungen, der du damals warst, und Wut über das, was ihm zugestoßen ist.« Sie warf ihm einen Blick zu, als sie die nächste Wäscheklammer feststeckte. »Aber das willst du nicht hören. Du willst nicht wissen, was ich dabei empfunden habe, wie sehr es mich getroffen hat.«

»Nein«, sagte er ruhig. »Nein, ich wollte nicht, dass es dir wehtut.«

»Weil ich so zerbrechlich bin. Weil ich so zart bin.«

Er zog die Brauen zusammen. »Zum Teil. Und …«

»Und deshalb hast du diese hässlichen, grausamen Dinge für dich behalten«, fuhr sie fort, während sie sich an der Wäscheleine entlangarbeitete. »Obwohl es nichts in meinem Leben gibt, was du nicht weißt. So sollte es deiner Meinung nach sein – ich bin ein offenes Buch für dich, und du versteckst dich vor mir.«

»Nein, das war's nicht. Nicht nur.«

»Was sollte es sonst gewesen sein?«, sagte sie, aber er glaubte nicht, dass es eine Frage war und war klug genug, nicht zu antworten. »Ich habe darüber nachgedacht, Ethan. Ich habe über vieles nachgedacht. Warum gehen wir es nicht Schritt für Schritt durch? Du arbeitest gern planmäßig und logisch. Und da du es magst, wenn alles nach deinen Vorstellungen verläuft, gehen wir jetzt eben planmäßig und logisch vor.«

Die Hunde, die Ärger witterten, verzogen sich zum Wasser. Ethan beneidete sie.

»Du hast gesagt, du hättest mich schon seit Jahren geliebt. Seit Jahren«, sagte sie mit so plötzlich aufwallendem Zorn, dass er beinahe zurückgeprallt wäre. »Aber du unternimmst gar nichts. Du kommst nicht einmal, kein einziges Mal zu mir und fragst mich, ob ich nicht mit dir zusammen sein möchte. Ein Wort von dir, ein Blick von dir hätte mich glücklich gemacht. Aber nein, oh nein, nicht Ethan Quinn mit der grüblerischen Art und der unglaublichen Selbstkontrolle. Du hast immer Abstand gehalten und hast zugelassen, dass ich mich nach dir verzehre.«

»Ich wusste nicht, dass du so für mich empfindest.«

»Dann bist du ebenso blind wie dumm«, fuhr sie ihn an.

Er runzelte die Brauen. »Dumm?«

»Ja, das sagte ich.« Sein empörtes Gesicht war Balsam für

ihr angeschlagenes Selbstbewusstsein. »Ich hätte Jack Casey niemals beachtet, hättest du mir auch nur einen Zipfel Hoffnung gegeben. Aber ich brauchte jemanden, der mich begehrte, und es sah nicht so aus, als ob von dir jemals etwas in der Richtung kommen würde.«

»Jetzt warte mal einen Moment. Ich bin nicht schuld daran, dass du Jack geheiratet hast.«

»Nein, die Schuld trage einzig und allein ich. Ich übernehme die Verantwortung, und ich bereue es nicht, weil ich Aubrey bekommen habe. Aber dir gebe ich auch einen Teil Schuld, Ethan.« Die goldgesprenkelten grünen Augen loderten auf. »Deine Schuld besteht darin, dass du zu starrsinnig warst, um dir zu nehmen, was du dir wünschtest. Und du hast dich nicht im Mindesten verändert.«

»Du warst zu jung …«

Sie legte all ihre Kraft in den Stoß, den sie ihm mit beiden Händen versetzte. »Ach, halt den Mund. Du konntest sagen, was du wolltest. Jetzt bin ich dran.«

In der Küche lief Seth hochrot an. Er stürzte zur Tür, wurde jedoch von Anna aufgehalten, die ebenfalls angestrengt horchte.

»Nein, das tust du nicht.«

»Er hat sie angebrüllt.«

»Sie brüllt auch.«

»Er streitet mit ihr. Ich muss ihn aufhalten.«

Anna legte den Kopf auf die Seite. »Sieht sie so aus, als ob sie Hilfe bräuchte?«

Mit verkniffenem Mund blickte Seth durch die Fliegentür. Er änderte seine Meinung, als er sah, wie sie Ethan schubste. »Anscheinend nicht.«

»Sie wird schon mit ihm fertig.« Belustigt zerwühlte sie Seths Haar. »Wie kommt's, dass du mich nicht verteidigst, wenn Cam und ich streiten?«

»Weil er Angst vor dir hat.«

Dieser Gedanke gefiel Anna ungeheuer. »Ach, wirklich?«

»Na ja, ein bisschen jedenfalls«, sagte Seth und grinste. »Er weiß nie, was du tun wirst. Und außerdem streitet ihr zwei gerne.«

»Du bist ein oberschlaues kleines Kerlchen.«

Fröhlich zuckte er die Schultern. »Ich sehe, was ich sehe.«

»Und du weißt, was du weißt.« Lachend trat sie mit ihm näher an die Tür, um besser schauen zu können.

»Kommen wir zum nächsten Punkt, Ethan.« Mit dem Fuß schob Grace den leeren Wäschekorb beiseite. »Überspringen wir ein paar Jahre. Kommst du auch mit?«

Er holte tief Luft, um sie nicht wieder anzubrüllen. »Du machst mich stinksauer, Grace.«

»Gut. Das will ich nämlich, und ich mag es nicht, wenn ich mit meinen Pläne scheitere.«

Er wusste nicht, welches Gefühl in ihm überwog, Ärger oder Staunen. »Was ist bloß in dich gefahren?«

»Ach, keine Ahnung, Ethan, mal überlegen – könnte es vielleicht daran liegen, dass du mich für ein hirnloses, hilfloses weibliches Wesen hältst? Ja, sicher ...« Sie bohrte ihren Zeigefinger in seine Brust. »Ich wette, genau das ist es, was in mich gefahren ist.«

»Ich halte dich nicht für hirnlos ...«

»Oh, dann wohl nur für hilflos.« Als er den Mund öffnete, überschrie sie ihn einfach. »Meinst du, eine hilflose Frau könnte tun, was ich in den letzten Jahren getan habe? Glaubst du – wie war das noch?-, ich wäre so zerbrechlich wie das feine Porzellan deiner Mama? Ich bin nicht aus Porzellan!«, explodierte sie. »Ich bin aus gutem, solidem Steingut, das nur auf dem Boden herumrollt, wenn man es fallen lässt. Es zerspringt nicht. Man muss sich anstrengen, um gutes Steingut zu zerbrechen, Ethan, und ich bin noch nicht zerbrochen.«

Erneut stieß sie mit dem Finger gegen seine Brust, befriedigt, als seine Augen warnend aufblitzten. »Als ich dich gezielt zu mir ins Bett holte, war ich nicht so hilflos, oder? Denn genau da wollte ich dich haben.«

»Du hast mich nicht gezielt in dein Bett geholt?«

»Und ob. Und nur du bist hier hirnlos, wenn du dir das Gegenteil einredest. Ich habe dich geködert wie einen deiner Krebse.«

Es bereitete ihr Vergnügen, oh, so großes Vergnügen, Wut und Frustration über sein Gesicht huschen zu sehen. »Wenn du glaubst, dass diese Behauptung auch nur für einen von uns schmeichelhaft ist ...«

»Ich versuche dir nicht zu schmeicheln. Ich rede ganz offen mit dir. Ich wollte dich und habe dir nachgestellt. Hätte ich alles dir überlassen, dann hätten wir uns höchstens irgendwann im Altersheim in den Hintern gekniffen.«

»Himmel, Grace.«

»Sei bloß still.« Es gab jetzt kein Halten mehr für sie, ganz gleich, was für Folgen es hatte, so stürmisch brauste die See in ihrem Kopf. »Denk mal darüber nach, Ethan Quinn. Lass es dir in aller Ruhe durch den Kopf gehen und sag nie wieder, dass ich zerbrechlich bin.«

Er nickte langsam. »Das ist nicht das Wort, das mir im Moment zu dir einfallen würde.«

»Gut. Ich brauchte weder dich noch andere, um meiner

Kleinen ein anständiges Leben zu bieten. Ich habe meine Körperkraft und meinen Mut benutzt, um zu tun, was getan werden musste, also erzähl du mir nicht, ich wäre aus Porzellan.«

»Du hättest all das nicht allein zu tun brauchen, wenn du nicht zu stolz wärst, um dich mit deinem Vater auszusöhnen.«

Die Wahrheit, die in seinen Worten lag, ließ sie kurz innehalten. Aber sie ballte die Fäuste und stürmte weiter vorwärts. »Wir reden jetzt von dir und mir. Du sagst, du liebst mich, Ethan, aber du verstehst mich kein bisschen.«

»Das sehe ich allmählich auch so«, murmelte er.

»Du hast eine richtig egoistische Macho-Vorstellung in deinem Kopf, dass man auf mich aufpassen, mich beschützen, mich verzärteln muss, während ich gebraucht, respektiert und geliebt werden will. Und das wüsstest du, wenn du aufmerksam zugehört hättest. Stell dir doch mal folgende Fragen, Ethan: Wer hat wen verführt? Wer hat als Erster ›Ich liebe dich‹ gesagt? Wer hat von Heirat gesprochen? Bist du so kurzsichtig, dass du nicht sehen kannst, dass ich jedes Mal den ersten Schritt tun musste?«

»Das klingt so, als hättest du mich an der Nase herumgeführt, Grace. Und so was gefällt mir nicht.«

»Ich könnte dich nicht mal an der Nase herumführen, wenn ich sie mit einem Fischhaken durchbohren würde. Du gehst genau dort hin, wohin du gehen willst, Ethan, aber du kannst so aufreizend langsam sein. Ich liebe das an dir, ich bewundere dich dafür, und inzwischen verstehe ich es auch besser. Du hast in deinem Leben Schreckliches durchgemacht. Damals warst du völlig ohnmächtig, und jetzt achtest du darauf, nie mehr die Kontrolle zu verlieren. Aber von Kontrolle zu Halsstarrigkeit ist es nur ein kleiner Schritt, und genau diesen Schritt hast du getan.«

»Ich bin nicht halsstarrig. Ich will nur das Richtige tun.«

»Das Richtige? Ist es richtig, wenn zwei Menschen sich lieben und sich kein gemeinsames Leben aufbauen? Ist es richtig, dein Leben lang dafür zu bezahlen, was jemand dir angetan hat, als du zu klein warst, um dich zu verteidigen? Ist es richtig, wenn du sagst, dass du mich nicht heiraten kannst und willst, weil du ... beschmutzt bist und irgend so ein albernes Gelübde abgelegt hast, niemals eine eigene Familie zu haben?«

Es klang schief, wenn sie es so sagte. Es klang ... dumm.

»So ist es aber nun mal.«

»Weil du es sagst.«

»Ich habe dir gesagt, wie es um mich steht, Grace. Ich habe dir die Wahl gelassen.«

Ihr Kiefer schmerzte, so lange hatte sie die Zähne zusammengebissen. »Die Menschen sagen gern, dass sie jemandem die Wahl gelassen haben, wenn sie in Wahrheit meinen, man solle sich ihren Vorstellungen beugen. Ich mag deine Vorstellungen nicht, Ethan. Deine Vorstellungen berücksichtigen nur, was war, und nicht, was ist und was sein könnte. Meinst du, ich weiß nicht, was du erwartet hast? Du wolltest ganz einfach deinen Standpunkt klarmachen, und dann würde die süße, zarte Grace sich anpassen.«

»Ich habe nicht erwartet, dass du dich anpasst.«

»Dann sollte ich eben zu Tode getroffen davonkriechen und mich für den Rest meines Lebens nach dir verzehren. Aber beides kannst du dir abschminken. Diesmal stelle ich dich vor die Wahl, Ethan. Du gehst in dich, denkst die nächsten hundert oder zweihundert Jahre darüber nach, und dann lässt du mich wissen, welche Schlüsse du gezogen hast. Denn mein Standpunkt ist folgender: entweder Heirat oder gar nichts. Ich denke nicht daran, mich für den Rest meines Lebens nach dir zu verzehren. Ich kann auch ohne dich leben.« Sie warf den Kopf in den Nacken. »Wir werden ja sehen, ob du Manns genug bist, das Gleiche in Bezug auf mich zu tun.«

Sie wirbelte herum, marschierte davon und ließ ihn wutschäumend zurück.

»Ab nach oben«, zischte Anna Seth zu. »Er kommt rein. Jetzt bin ich dran.«

»Wirst du ihn auch anbrüllen?«

»Vielleicht.«

»Ich will zugucken.«

»Diesmal nicht.« Sie schob ihn aus dem Zimmer. »Ab. Ich mein's ernst.«

»Mist.« Er stapfte zur Treppe, wartete kurz und schlich dann durch den Flur zurück.

Anna goss sich gemütlich eine Tasse Kaffee ein, als Ethan die Hintertür hinter sich zukrachen ließ. Im ersten Moment wollte sie zu ihm gehen und ihn mitfühlend an sich drücken. Er sah so schrecklich unglücklich und verwirrt aus. Aber es war ihre feste Überzeugung, dass es manchmal mehr Sinn hatte, jemanden, der am Boden lag, einen Tritt zu geben, um ihn herauszufordern.

»Willst du auch eine Tasse?«

Er warf ihr nur einen flüchtigen Blick zu und ging weiter. »Nein, danke.«

»Warte mal.« Sie lächelte freundlich, als er stehen blieb, obwohl er nichts anderes als nervöse Ungeduld ausstrahlte. »Ich muss kurz mit dir sprechen.«

»Ich habe für heute genug geredet.«

»In Ordnung.« Auffordernd zog sie einen Stuhl heran. »Setz dich, und ich rede.«

Frauen, dachte Ethan, als er sich auf den Stuhl fallen ließ – der Fluch seines Lebens. »Dann nehme ich doch einen Kaffee.«

»Gut.« Sie goss ihm eine Tasse ein und gab ihm einen Löffel, damit er die gewohnte Riesenportion Zucker zugeben konnte. Dann setzte sie sich, faltete wohlerzogen die Hände und lächelte nach wie vor.

»Du Vollidiot.«

»Himmel.« Er fuhr sich mit den Händen übers Gesicht und ließ sie dort. »Nicht schon wieder.«

»Zunächst werde ich es dir leicht machen. Ich stelle eine Frage, du antwortest: Liebst du Grace?«

»Ja, aber ...«

»Beantworte nur meine Fragen«, unterbrach Anna. »Die Antwort lautet Ja. Liebt Grace dich?«

»Schwer zu sagen – seit heute.« Er massierte die Stelle an seiner Brust, wo sie fast ein Loch in ihn gebohrt hatte.

»Die Antwort lautet Ja«, sagte Anna kühl. »Seid ihr beide alleinstehende, ungebundene, erwachsene Menschen?«

Er bemerkte selbst, dass er zu schmollen begann, und das gefiel ihm kein bisschen. »Ja – und?«

»Ich kläre nur die Vorabinfos, sammle die Fakten. Grace hat ein Kind, richtig?«

»Du weißt ganz genau ...«

»Also ja.« Anna nahm ihre Tasse und trank einen Schluck Kaffee. »Magst du Aubrey?«

»Natürlich mag ich sie. Ich liebe sie. Wer würde das nicht tun?«

»Und mag sie dich?«

»Sicher. Was ...«

»Wunderbar. Wir haben uns Klarheit über die Gefühle der beteiligten Akteure verschafft. Jetzt gehen wir zu den Lebensumständen über. Du hast einen Beruf und ein neues Geschäft. Du scheinst ein kompetenter Mann zu sein, der gern zupackt und über die Fähigkeit verfügt, bestens für seinen Lebensunterhalt zu sorgen. Hast du irgendwelche größeren Schulden gemacht, die du nur mit Mühe zurückzahlen kannst?«

»Um Himmels willen!«

»Ich wollte dich keinesfalls beleidigen«, sagte sie munter. »Ich nähere mich dem Thema nur so, wie du es tun würdest: mit Ruhe, Geduld, ein vorsichtiger Schritt nach dem anderen.«

Aus schmalen Augen sah er sie an. »Anscheinend haben in letzter Zeit mehrere Leute Probleme mit der Art, wie ich meine Entscheidungen treffe.«

»Ich mag die Art, wie du deine Entscheidungen triffst.« Sie griff nach seiner Hand und drückte sie. »Ich hab' dich sehr gern, Ethan. Ich finde es großartig, in dieser Phase meines Lebens noch einen großen Bruder zu bekommen.«

Er rutschte auf seinem Stuhl herum. Ihr aufrichtiger Blick rührte ihn, aber er hatte auch das Gefühl, dass sie ihm bewusst etwas Nettes sagte, um ihn auf die bevorstehende Standpauke vorzubereiten. »Ich weiß nicht, was hier vorgeht.«

»Ich denke, du wirst es schon herausfinden. Also, wir können davon ausgehen, dass du materiell abgesichert bist. Wie wir wissen, ist Grace bestens in der Lage, für sich selbst zu sorgen. Du besitzt ein eigenes Haus und ein Drittel dieses Hauses. Insofern ist die Unterkunft kein Thema. Weiter im Text. Glaubst du an die Institution Ehe?«

Er erkannte schon von Weitem die Fangfrage. »Bei manchen Leuten funktioniert's. Bei anderen nicht.«

»Nein, nein, glaubst du an die Institution an sich? Ja oder nein.«

»Ja, aber …«

»Warum, zum Teufel, kniest du dann nicht nieder, hältst einen Ring in der Pranke und bittest die Frau, die du liebst, deinem Dickkopf noch eine Chance zu geben?«

»Ich bin ein geduldiger Mensch«, sagte Ethan langsam, »aber allmählich bin ich es satt, mich beleidigen zu lassen.«

»Wag es ja nicht, von diesem Stuhl aufzustehen«, sagte sie warnend, als er ihn zurückschob. »Sonst kratze ich dir die Augen aus. Ich hab' weiß Gott größte Lust dazu.«

»Scheint auch ansteckend zu sein.« Er gab nur nach, weil es einfacher schien, es in einem Rutsch hinter sich zu bringen. »Dann mal los, sag, was du mir zu sagen hast.«

»Du glaubst, dass ich dich nicht verstehen kann. Du glaubst, dass ich nicht nachfühlen kann, was in deinem Innern an dir frisst. Du irrst dich. Ich wurde vergewaltigt, als ich zehn Jahre alt war.«

Der Schock rüttelte ihn auf, Schmerz drückte ihm das Herz ab. »Gott, Anna! Gott, das wusste ich nicht.«

»Jetzt weißt du es. Macht es eine andere aus mir, Ethan? Bin ich nicht dieselbe Person wie noch vor dreißig Sekunden?« Sie griff wieder nach seiner Hand und hielt sie diesmal fest. »Ich weiß, wie es ist, ohnmächtig und verängstigt zu sein und sich den Tod zu wünschen. Ich weiß, wie es ist, trotzdem etwas aus seinem Leben machen zu wollen und dabei immer dieses Entsetzen in sich zu spüren. Ganz egal, wie viel du gelernt hast, ganz egal, ob du es allmählich akzeptiert hast und weißt, dass es auf keinen Fall deine Schuld war – der Schmerz lässt dich nicht los.«

»Das ist nicht dasselbe.«

»Es ist nie dasselbe. Es unterscheidet sich von Mensch zu Mensch. Aber wir haben noch etwas gemeinsam. Ich habe meinen Vater nie kennengelernt. War er ein guter oder ein schlechter Mensch? Groß oder klein? Hat er meine Mutter geliebt, oder hat er sie nur benutzt? Ich weiß nicht, was ich von ihm geerbt habe.«

»Aber du kanntest deine Mutter.«

»Ja, und sie war wunderbar. Wunderschön. Und deine nicht. Sie hat dich misshandelt, körperlich und seelisch. Sie hat dich zu ihrem Opfer gemacht. Warum lässt du es zu, dass sie noch immer Macht über dich hat? Warum lässt du sie immer noch gewinnen?«

»Es geht jetzt um mich, Anna. In einem Menschen muss etwas gekippt, krank geworden sein, damit er so wird wie sie. Ich stamme von derselben Linie ab.«

»Die Sünden der Eltern, Ethan?«

»Ich nehme nicht ihre Sünden auf mich, ich spreche von ihrem Erbe. Man kann seine Augenfarbe weitergeben, seine Statur. Ein schwaches Herz, Alkoholismus, langes Leben. Solche Dinge können sich in einer Familie fortpflanzen.«

»Du hast eingehend darüber nachgedacht.«

»Oh ja. Ich musste eine Entscheidung treffen, und das habe ich getan.«

»Also hast du entschieden, dass du niemals heiraten und Kinder haben kannst.«

»Es wäre nicht fair.«

»Nun, dann solltest du lieber bald mit Seth reden.«

»Mit Seth?«

»Irgendjemand wird ihm schließlich sagen müssen, dass er niemals eine Frau und Kinder haben darf. Am besten erfährt er es so früh wie möglich, damit er sich davor schützen kann, sich gefühlsmäßig auf eine Frau einzulassen.«

Drei Herzschläge lang konnte er sie nur anstarren. »Wovon redest du, verdammt noch mal?«

»Von seinem Erbe. Wir können doch nicht wissen, welche negativen Eigenschaften Gloria DeLauter an ihn weitergegeben hat. Sie ist innerlich weiß Gott gekippt, wie du sagst. Eine Hure, eine Trinkerin, ein Junkie, wie man hört.«

»Der Junge ist vollkommen in Ordnung.«

»Was spielt das für eine Rolle?« Sie hielt Ethans zornigem Blick stand. »Wir dürfen nicht zulassen, dass er ein Risiko eingeht.«

»Du darfst ihn nicht mit mir in einen Topf werfen.«

»Wieso denn nicht? Ihr habt unter ähnlichen Umständen gelebt. Ja, auf dem Tisch der Sozialbetreuung landen viel zu viele Fälle, die Parallelen zu deinem und seinem Fall aufweisen. Ob wir ein Gesetz durchbringen könnten, das es Kindern von misshandelnden Eltern verbietet, zu heiraten und eigene Kinder zu haben? Denk mal an die Risiken, die wir damit ausschalten würden.«

»Warum kastriert man sie dann nicht lieber gleich?« sagte er gehässig.

»Ein interessanter Vorschlag.« Sie beugte sich vor. »Wenn du derart entschlossen bist, keine kranken Gene weiterzugeben, Ethan, solltest du vielleicht über eine Sterilisation nachdenken.«

Das instinktive, typisch männliche Zusammenzucken brachte sie zum Lachen.

»Das reicht, Anna.«

»Ist es das, was du Seth empfehlen würdest?«

»Ich sagte, das reicht.«

»Oh, es reicht schon lange«, erwiderte sie. »Aber beantworte mir eine letzte Frage. Denkst du, dass gescheiten, traurigen Kindern ein erfülltes, normales Leben als Erwachsene verwehrt sein sollte, nur weil sie das Pech hatten, von einer herzlosen, vielleicht sogar bösen Frau geboren zu werden?«

»Nein.« Er stieß zitternd die Luft aus. »Nein, das denke ich keinesfalls.«

»Keinesfalls, aber diesmal? Keine Einschränkungen? Dann muss ich dir sagen, dass ich vom professionellen Standpunkt aus ganz und gar deiner Meinung bin. Er soll alles haben, was er sich erwerben kann, was er sich schaffen kann, und alles, was wir ihm geben können, um ihm zu zeigen, dass er sein eigener Herr ist und nicht nur das beschädigte Produkt einer schlechten Frau. Und das Gleiche gilt für dich, Ethan. Du hast dein Leben in der Hand. Ein Vollidiot bist du vielleicht manchmal«, sagte sie lächelnd und stand auf, »aber auch liebenswürdig, anständig und ungeheuer lieb.«

Sie ging zu ihm und legte den Arm um seine Schultern. Als er seufzte und sein Gesicht an ihren Körper drückte, schossen ihr die Tränen in die Augen.

»Ich weiß nicht, was ich tun soll.«

»Oh doch, das weißt du sehr gut«, murmelte sie. »Da du aber so bist, wie du bist, wirst du noch eine Weile darüber nachdenken müssen. Tu dir diesmal nur den Gefallen, ein bisschen schneller zu denken.«

»Ich schätze, ich gehe jetzt mal in die Bootswerkstatt, um einen klaren Kopf zu kriegen.«

Da plötzlich mütterliche Gefühle für ihn in ihr aufstiegen, bückte sie sich und küsste ihn auf den Kopf. »Soll ich dir was zu essen einpacken?«

»Nein.« Er drückte sie, bevor er aufstand. Als er sah, dass sie feuchte Augen hatte, klopfte er ihr auf die Schulter. »Nicht weinen. Cam reißt mir den Kopf ab, wenn er erfährt, dass ich dich zum Weinen gebracht habe.«

»Ich weine nicht.«

»Na dann.« Er ging zur Tür, zögerte und drehte sich noch einmal um. Er betrachtete sie, wie sie da in der Küche stand, mit nassen Wimpern und zerzaustem Haar. »Anna, meine Mutter – meine richtige Mutter«, fügte er hinzu, weil Stella Quinn für ihn seine einzig wahre Mutter war – »hätte dich geliebt.«

Mist, dachte Anna, als er hinausging, jetzt werde ich gleich doch noch heulen.

Ethan ging weiter, vor allem als er Anna schniefen hörte. Er wollte allein sein, um wieder klar denken zu können und sich zu sammeln.

»Hey.«

Die Hand schon auf der Türklinke, blickte er über seine Schulter und entdeckte Seth auf der Treppe – wohin der Junge sich blitzschnell verzogen hatte, nur Sekunden bevor Ethan aus der Küche gekommen war.

»Hey – was?«

Seth ging langsam nach unten. Er hatte alles gehört, jedes einzelne Wort. Selbst als sich ihm der Magen umgedreht hatte, war er geblieben, um zu horchen. Während er Ethan jetzt altklug musterte, glaubte er ihn zu verstehen. Er fühlte sich geborgen.

»Wohin gehst du?«

»Zur Bootswerkstatt. Ich will noch ein paar Dinge fertig machen.« Ethan ließ die Tür wieder zufallen. Da war etwas in den Augen des Jungen … »Alles in Ordnung?«

»Ja. Kann ich morgen mit dir auf dem Kutter rausfahren?«

»Wenn du willst.«

»Wenn ich mitfahre, sind wir eher fertig und können mit Cam am Boot arbeiten. Am Wochenende kommt noch

Phillip dazu, dann sind wir alle zusammen in der Werkstatt.«

»So ist es geplant«, sagte Ethan verwirrt.

»Ja. So ist es geplant.« Sie alle zusammen, dachte Seth mit plötzlich aufwallender Freude. »Es ist harte Arbeit, weil es bei diesem Wetter scheißheiß in der Werkstatt ist.«

Ethan unterdrückte ein Grinsen. »Gib acht auf deine Sprache. Anna ist in der Küche.«

Seth zuckte die Schultern, sah sich jedoch argwöhnisch um. »Sie ist cool.«

»Ja.« Ethan lächelte. »Cool, das ist sie. Bleib nicht die halbe Nacht auf und zeichne oder schau Fernsehen, wenn du morgen früh mit mir rausfahren willst.«

»Ja, ja.« Seth wartete, bis Ethan nach draußen gegangen war, dann schnappte er sich die Tasche, die neben dem Stuhl stand. »Hey!«

»Mein Gott, Junge, lässt du mich vor morgen noch mal von hier weg?«

»Grace hat ihre Handtasche vergessen.« Seth drückte sie Ethan in die Hand. Seine Miene war unschuldsvoll. »Ich schätze, sie war mit den Gedanken woanders, als sie gegangen ist.«

»Ja.« Stirnrunzelnd schaute Ethan auf die Tasche. Das blöde Ding wog mindestens zehn Pfund, dachte er.

»Du solltest sie ihr bringen. Frauen drehen durch, wenn sie ihre Handtasche nicht bei sich haben. Bis dann.«

Er lief wieder ins Haus und stürmte die Treppe hoch direkt zu dem ersten Fenster, das zur Front des Hauses ging. Von dort beobachtete er, wie Ethan sich am Kopf kratzte, sich die Tasche wie einen Fußball unter den Arm klemmte und langsam zu seinem Transporter ging.

Seine Brüder konnten sich wirklich blöd anstellen, dachte er. Dann grinste er. Seine Brüder! Mit einem Jubelschrei rannte er die Stufen hinunter zur Küche, um Anna so lange zu nerven, bis sie ihm etwas zu essen machte.

KAPITEL 20

GRACE HATTE VOR, sich abzukühlen und zu beruhigen, bevor sie zu ihren Eltern fuhr, um Aubrey abzuholen. Wenn sie innerlich so aufgewühlt war, konnte sie es vor niemandem verbergen, ganz zu schweigen vor einer Mutter oder einem einfühlsamen Kind.

Das Letzte, was sie jetzt brauchen konnte, war ein wohlmeinendes Verhör. Das Letzte, was sie anderen zu bieten hatte, waren Erklärungen.

Sie hatte gesagt, was es zu sagen gab, und getan, was zu tun war. Und es fiel ihr nicht ein, sich deshalb Vorwürfe zu machen. Wenn es bedeutete, dass sie eine langjährige Freundschaft verlor, eine Freundschaft, die sie stets hochgehalten hatte, konnte sie nichts dagegen tun. Irgendwie würden Ethan und sie es schon schaffen, vernünftig zu reagieren, um in der Öffentlichkeit höflich miteinander umzugehen und niemand sonst in ihre Auseinandersetzungen hineinzuziehen.

Es würde gewiss keine einfache, angenehme Situation sein, aber man konnte damit leben. Schließlich hatte die gleiche stille Übereinkunft drei Jahre lang auch mit ihrem Vater funktioniert, oder etwa nicht?

Sie fuhr zwanzig Minuten lang nur herum, bis ihre Finger sich entkrampft hatten und das Lenkrad nicht mehr wie einen Schraubstock umklammerten. Und auch ihr Gesicht, das sie im Rückspiegel sah, hätte keine Kinder und kleinen Hunde mehr erschrecken können.

Sie sagte sich, dass sie sich jetzt unter Kontrolle hatte. So völlig unter Kontrolle, dass sie sich vornahm, mit Aubrey zu McDonald's zu gehen, um ihr eine Freude zu machen. Und an ihrem nächsten freien Abend würde sie mit ihr zum Fest der Feuerwehr fahren. Auf keinen Fall würde sie sich im Haus vergraben und Trübsal blasen.

Sie knallte die Wagentür nicht zu – in ihren Augen ein weiteres Zeichen dafür, wie ruhig und gelassen sie jetzt war, noch stampfte sie die Stufen zu dem hübschen im Kolonialstil erbauten Haus ihrer Eltern hoch. Sie blieb sogar kurz stehen, um die blasslila Petunien zu bewundern, die vor dem Panoramafenster aus einem Hängetopf quollen.

Es war reines Pech, dass ihr Blick ein paar Zentimeter abschweifte – und sie ihren Vater im Panoramafenster erblickte. Er hielt auf seinem Lehnsessel Hof wie ein König auf seinem Thron.

Ihre Wut kochte über und katapultierte sie durch die Haustür wie eine Schleuder.

»Ich habe dir einiges zu sagen.« Sie ließ die Tür hinter sich zukrachen und marschierte ins Wohnzimmer, wo sie vor dem Hocker, auf den Pete seine Füße gelegt hatte, stehen blieb. »Lauter Dinge, die sich schon lange in mir aufgestaut haben.«

Er starrte sie fünf Sekunden lang nur an, dann hatte er sein Gesicht in der Gewalt. »Wenn du mit mir reden willst, schlägst du gefälligst einen zivilisierten Ton an.«

»Ich bin es leid, zivilisiert zu sein. Mir steht es bis hier, zivilisiert zu sein.« Sie fuhr sich mit dem Finger über den Hals.

»Grace! Grace!« Mit geröteten Wangen und aufgerissenen Augen eilte Carol aus der Küche herbei. Aubrey saß auf ihrer Hüfte. »Was ist denn in dich gefahren? Du regst die Kleine auf.«

»Bring Aubrey wieder in die Küche, Mama. Es wird ihr

schon kein lebenslanges Trauma bescheren, wenn sie hört, wie ihre Mutter die Stimme erhebt.«

Wie um zu beweisen, dass Streit unvermeidlich war, warf Aubrey den Kopf zurück und heulte laut los. Grace unterdrückte den Impuls, sie zu packen, fluchtartig mit ihr das Haus zu verlassen und ihr Gesicht mit Küssen zu bedecken, bis ihre Tränen versiegt waren. Stattdessen blieb sie fest. »Aubrey, hör jetzt auf damit. Ich bin nicht ärgerlich auf dich. Geh mit Grandma in die Küche und trink ein Glas Saft.«

»Saft!« Aubrey brüllte das Wort schluchzend heraus und streckte die Arme nach ihrer Mutter aus. Dicke Tränen liefen ihr über die Wangen.

»Carol, bring die Kleine in die Küche und beruhige sie.« Pete musste gegen denselben Impuls ankämpfen wie Grace. Ungeduldig scheuchte er seine Frau hinaus.

»Das Kind hat den ganzen Tag keine einzige Träne vergossen«, murmelte er mit einem vorwurfsvollen Blick auf Grace.

»Tja, dafür hält sie sich jetzt schadlos«, fuhr Grace ihn an. Als Aubreys Schluchzen ins Wohnzimmer drang, kamen zu ihrer Frustration dicke Schuldgefühle hinzu. »Und fünf Minuten nachdem sie getrocknet sind, hat sie alles vergessen. Das ist das Schöne daran, zwei Jahre alt zu sein. Wenn man älter wird, vergisst man Tränen nicht mehr so leicht. Du hast mich viele Tränen vergießen lassen.«

»Man kann keine Kinder aufziehen, ohne hin und wieder einen Tränenstrom zu provozieren.«

»Aber manche Leute schaffen es, Kinder aufzuziehen, ohne sie jemals wirklich zu kennen. Du hast mich nie richtig angesehen und dich bemüht herauszufinden, wer ich bin.«

Pete wünschte, er stünde ihr gegenüber. Und wünschte, er hätte Schuhe an. Man war eindeutig im Nachteil, wenn man ohne Schuhe in einem Lehnsessel lag. »Ich weiß nicht, wovon du sprichst.«

»Oder vielleicht hast du es ja doch gesehen – vielleicht täusche ich mich. Du hast es gesehen und hast es verdrängt, weil es nicht zu deinen Vorstellungen passte. Du wusstest es«, fuhr sie mit gedämpfter Stimme fort, die dennoch bebte vor Wut. »Du wusstest, dass ich Tänzerin werden wollte. Du wusstest, dass ich davon träumte, und ließest es geschehen. Es hat dich nicht gestört, dass ich Unterricht nahm. Vielleicht hast du hin und wieder über die Kosten gemeckert, aber du hast bezahlt.«

»Und im Lauf der Jahre kam ein ganz hübsches Sümmchen zusammen.«

»Warum, Daddy?«

Er blinzelte. Seit fast drei Jahren hatte sie ihn nicht Daddy genannt, und es traf ihn mitten ins Herz. »Weil du unbedingt Unterricht nehmen wolltest.«

»Was hatte es für einen Zweck, wenn du nie an mich glaubtest, nie loslassen oder zurücktreten wolltest, sodass ich den nächsten Schritt tun konnte?«

»Das sind alte Geschichten, Grace. Du warst zu jung, um nach New York zu gehen. Es war ein kopfloser Plan.«

»Ich war zwar jung, aber nicht zu jung, und wenn es ein kopfloser Plan war, so war es zumindest *mein* Plan. Ich werde nie wissen, ob ich gut genug gewesen wäre. Ich werde nie wissen, ob ich meinen Traum hätte verwirklichen können, denn als ich dich bat, mir dabei zu helfen, sagtest du, ich sei zu alt für solchen Unsinn. Zu alt für solchen Unsinn«, wiederholte sie, »aber zu jung, um mir zu vertrauen.«

»Ich habe dir vertraut.« Er fuhr in seinem Stuhl hoch. »Und sieh dir an, was geschehen ist.«

»Ja, sehen wir uns an, was geschehen ist. Ich schaffte es, schwanger zu werden. Hast du es damals nicht so ausgedrückt? Als wäre es etwas, das ich ganz allein zustande gebracht hätte, nur um dir eins auszuwischen?«

»Jack Casey war zu nichts nütze. Das wusste ich auf den ersten Blick.«

»Das sagtest du damals schon, immer und immer wieder, bis er den Reiz der verbotenen Frucht hatte und ich nicht widerstehen konnte, davon zu kosten.«

Petes Augen blitzten, als er aufstand. »Du gibst mir die Schuld an den Problemen, die du dir selbst eingehandelt hast?«

»Nein, ich allein bin schuld, wenn es hier um Schuld geht. Dazu stehe ich. Aber eines will ich dir noch sagen – er war längst nicht so schlecht, wie du ihn darstellst.«

»Hat er dich etwa nicht im Stich gelassen?«

»Das hast du auch getan, Daddy.«

Er hob blitzschnell die Hand, zu ihrer beider Entsetzen. Aber dann hielt er inne und ließ sie zitternd sinken. Er hatte sich nie an ihr vergriffen; es hätte ihm selbst viel zu wehgetan.

»Hättest du mich geschlagen«, sagte sie und kämpfte darum, mit leiser, ruhiger Stimme zu sprechen, »wäre es das erste echte Gefühl gewesen, dass du mir gezeigt hast, seit ich zu dir und Mama kam, um euch die Schwangerschaft zu beichten. Ich wusste, dass du wütend, verletzt und enttäuscht sein würdest. Ich hatte solche Angst. Aber so schlimm ich es mir schon vorgestellt hatte, es kam noch schlimmer, weil du nicht zu mir gestanden hast. Das zweite Mal, Daddy. Diesmal wäre es noch viel wichtiger gewesen, und du warst nicht für mich da.«

»Meine Tochter kommt herein und eröffnet mir, dass sie schwanger ist, dass sie mit einem Mann zusammen war, vor dem ich sie so oft gewarnt hatte. Um damit fertigzuwerden, braucht man Zeit.«

»Du schämtest dich meinetwegen, und du warst wütend bei dem Gedanken, was die Nachbarn sagen würden. Und statt mich richtig anzusehen und meine Angst zu erkennen, sahst du nur, dass ich einen Fehler gemacht hatte, mit dem du würdest leben müssen.«

Sie wandte sich ab, bis sie sicher, ganz sicher war, dass sie die Tränen unterdrücken konnte. »Aubrey ist kein Fehler. Sie ist ein Geschenk.«

»Meine Liebe zu ihr könnte nicht größer sein.«

»Oder die zu mir kleiner.«

»Das ist nicht wahr.« Ihm wurde übel vor Angst. »Das ist einfach nicht wahr.«

»Du hast dich von mir zurückgezogen, als ich Jack heiratete. Du hast mich verlassen.«

»Du hast dich auch distanziert.«

»Mag sein.« Sie drehte sich wieder zu ihm um. »Ich habe es ohne deine Hilfe versucht, dieses eine Mal, ich sparte all mein Geld für New York. Aber ich konnte es nicht aus eigener Kraft schaffen. Dann wollte ich meine Ehe ohne Hilfe retten, und es gelang mir ebensowenig. Mir blieb nur noch das Baby, das ich in mir trug, und an ihr wollte ich nicht auch noch versagen. Als ich sie bekam, warst du nicht ein einziges Mal im Krankenhaus.«

»Doch.« Ohne es zu bemerken, griff er nach einer Zeitschrift und rollte sie zu einer Röhre zusammen. »Ich war dort, um sie mir durch die Sichtscheibe anzusehen. Sie sah genauso aus wie du. Lange Beine, lange Finger, und auf dem Kopf nur ein Hauch blonder Flaum. Ich bin auch zu deinem Zimmer geschlichen. Du hast geschlafen. Reingehen konnte ich nicht. Ich wusste nicht, was ich zu dir sagen sollte.«

Er strich die Zeitschrift glatt, blickte stirnrunzelnd auf das strahlende Model auf dem Titelblatt und warf sie dann auf den Tisch. »Ich schätze, das hat mich von Neuem wütend gemacht. Du hattest ein Kind bekommen, du hattest keinen Ehemann, und ich wusste nicht, was ich dagegen tun sollte. Ich habe feste Prinzipien, was solche Dinge betrifft. Es ist schwer, solche Überzeugungen abzulegen.«

»Du brauchtest nicht all deine wunderbaren Überzeugungen aufzugeben.«

»Ich habe immer darauf gewartet, dass du mir eine Chance geben würdest. Als dieser Mistkerl dich im Stich ließ, dachte ich, du würdest einsehen, dass du Hilfe brauchst, und wieder nach Hause kommen.«

»Damit du mir sagen konntest, dass du es die ganze Zeit gewusst hättest.«

In seinen Augen flackerte etwas auf – Kummer? »Ich schätze, das habe ich verdient. Ja, das hätte ich vermutlich getan.« Er setzte sich wieder. »Und ich hatte ja auch recht.«

Sie lachte müde auf. »Komisch, dass die Männer, die ich liebe, immer recht haben, was mich betrifft. Bin ich in deinen Augen eine zarte, zerbrechliche Frau, Daddy?«

Zum ersten Mal seit langer, langer Zeit sah sie ein Lächeln in seinen Augen. »Mein Gott, Mädchen, du bist so zart und zerbrechlich wie gehärteter Stahl.«

»Na, das ist ja wenigstens etwas.«

»Ich wünschte mir immer, du wärst eine Spur nachgiebiger. Statt zu kommen, nur einmal zu kommen und um Hilfe zu bitten, putzt du lieber die Häuser anderer Leute und schuftest bis morgens früh in einer Bar.«

»Nicht du auch noch«, murmelte sie und trat ans Fenster.

»Wenn ich dich unten am Hafen sehe, hast du meistens dunkle Ringe unter den Augen. Aber wenn man dem Geplapper deiner Mutter glauben darf, wird sich das ja bald ändern.«

Sie blickte ihn über die Schulter an. »Wieso?«

»Ethan Quinn ist nicht der Mann, der zulassen wird, dass seine Frau sich mit zwei Jobs zu Tode schuftet. So einen Mann hättest du dir gleich suchen sollen. Ehrlich und verlässlich.«

Sie lachte erneut und fuhr sich mit der Hand durchs Haar. »Mama irrt sich. Ich werde Ethan nicht heiraten.«

Pete wollte noch etwas sagen, schloss jedoch fest den Mund. Er war klug genug, um aus seinen Fehlern zu lernen. Wenn er sie dem einen Mann in die Arme getrieben hatte, indem er auf seine Fehler eingegangen war, könnte er sie vielleicht von dem anderen wegtreiben, indem er seine Vorzüge aufzählte.

»Na ja, du kennst ja deine Mutter.« Dabei ließ er es bewenden. Er zupfte an den Knien seiner Kakihose und versuchte, seine Gedanken in Worte zu fassen. »Ich hatte Angst, dich nach New York gehen zu lassen«, platzte er heraus, dann rutschte er auf seinem Stuhl herum, als sie sich vom Fenster abwandte, um ihn anzuschauen. »Ich hatte Angst, dass du nicht zurückkommen würdest. Außerdem hatte ich Angst, dass dir dort etwas passieren könnte. Meine Güte, Grace, du warst erst achtzehn und so verflixt unerfahren. Ich wusste, dass du gut tanzen konntest. Jeder sagte das, und du warst so hübsch. Ich dachte, dass du, wenn du dorthin gingst und das Glück hättest, nicht von irgendeinem Perversen erschlagen zu werden, für immer dort bleiben würdest. Ich wusste, dass du es nicht schaffen konntest, wenn ich dir kein Startkapital gab, und deshalb weigerte ich mich. Ich dachte, entweder wärst du gezwungen den Plan aufzugeben oder, wenn nicht, würdest du noch ein, zwei Jahre brauchen, um genug Geld anzusparen.«

Als sie schwieg, lehnte er sich seufzend in seinem Sessel zurück. »Man schuftet sein Leben lang, um sich etwas aufzubauen, und während man das tut, denkt man, dass man das alles eines Tages seinem Kind hinterlassen wird. Mein Daddy hat mir das Geschäft vererbt, und ich dachte immer, dass ich es an meinen Sohn weitergeben würde. Stattdessen kam eine Tochter, und das war in Ordnung so. Ich habe es nie bedauert. Aber du wolltest nie haben, was ich dir geben wollte. Oh, du hast gearbeitet. Du warst immer eine fleißige Arbeiterin, aber jeder konnte sehen, dass es nur ein Job für dich war. Es war nicht dein Lebensinhalt. Nicht dein Leben.«

»Ich wusste nicht, dass du so gedacht hast.«

»Spielt keine Rolle, was ich gedacht habe. Es war nicht das Richtige für dich, nur das zählt. Schließlich hoffte ich, dass du eines Tages heiraten würdest und dein Mann vielleicht das Geschäft mit übernehmen könnte. Auf diese Weise würde ich es dir dennoch hinterlassen, dir und deinen Kindern.«

»Dann heiratete ich Jack, und auch dieser Traum ging nicht in Erfüllung.«

Seine Hände lagen auf seinen Knien. Er hob seine Finger, ließ sie wieder sinken. »Vielleicht interessiert Aubrey sich eines Tages dafür. Ich habe nicht vor, mich in absehbarer Zeit zur Ruhe zu setzen.«

»Ja, vielleicht.«

»Sie ist ein gutes Kind«, sagte er und blickte immer noch auf seine Hände. »Und so glücklich. Du … du bist eine hervorragende Mutter, Grace. Du machst deine Sache besser als die meisten anderen unter solchen Umständen. Du hast es geschafft, dir und ihr ein gutes Leben aufzubauen, und das aus eigener Kraft.«

Ihr Herz flog ihm zu. »Danke. Danke, dass du das sagst.«

»Ach … und deine Mutter würde sich freuen, wenn ihr heute zum Abendessen bleibt.« Endlich schaute er auf, und der Blick, mit dem er sie ansah, war nicht kühl, nicht distanziert. In seinen Augen stand eine Bitte – und viel Bedauern. »Ich übrigens auch.«

»Sehr gern.« Dann ging sie einfach zu ihm, setzte sich auf seinen Schoß und bettete den Kopf an seine Schulter. »Oh Daddy, du hast mir so gefehlt.«

»Du hast mir auch gefehlt, Grace.« Er wiegte sie weinend. »Du hast mir auch gefehlt.«

Ethan setzte sich auf die oberste Stufe von Grace' Veranda und stellte ihre Handtasche neben sich. Er musste zugeben, dass er mehrmals versucht gewesen war, sie zu öffnen und nachzusehen, warum sie so schwer war. Unglaublich, wie viel unnützes Zeug Frauen mit sich herumschleppten, für unverzichtbar hielten.

Aber bisher hatte er der Versuchung erfolgreich widerstanden.

Wo steckte sie nur? Vor zwei Stunden war er auf dem Weg zur Bootswerkstatt schon einmal an ihrem Haus vorbeigefahren. Da ihr Wagen nicht in der Einfahrt stand, hielt er nicht an. Gut möglich, dass ihre Tür unverschlossen war, sodass er die Handtasche einfach ins Wohnzimmer hätte stellen können. Aber das wäre sinnlos gewesen.

Während der Arbeit hatte er angestrengt nachgedacht. Viele

seiner Gedanken kreisten um die Frage, wie lange sie wohl brauchen würde, um sich abzukühlen und statt fuchsteufelswild nur noch ärgerlich auf ihn zu sein.

Mit Ärger konnte er noch umgehen.

Dann dachte er, dass es vielleicht ganz günstig war, sie noch nicht zu Hause anzutreffen. So hatten sie beide mehr Zeit, sich zu fassen.

»Hast du schon eine Entscheidung gefällt?«

Ethan seufzte. Er hatte seinen Vater gewittert, bevor er ihn hörte, bevor er ihn lässig auf den Stufen sitzen sah, die Füße an den Knöcheln gekreuzt. Es lag an den gesalzenen Erdnüssen in der Tüte, die Ray im Schoß hielt. Er hatte immer eine Schwäche für gesalzene Erdnüsse gehabt.

»Noch nicht ganz. Ich kriege es irgendwie nicht auf die Reihe.«

»Manchmal muss man seinem Gefühl folgen, nicht dem Kopf. Du hast einen gesunden Instinkt, Ethan.«

»Mein Instinkt hat mich ja gerade in diese Lage gebracht. Hätte ich sie nie angerührt ...«

»Hättest du sie nie angerührt, dann hättet ihr beide verleugnet, wonach viele Menschen zeitlebens suchen, ohne es jemals zu finden.« Ray griff raschelnd in die Tüte und holte eine Handvoll Erdnüsse heraus. »Warum etwas bedauern, das so selten und kostbar ist?«

»Ich habe ihr wehgetan. Ich wusste ja, dass es so kommen würde.«

»Genau da hast du einen Fehler gemacht. Nicht als du die Liebe nahmst, die sich dir bot, sondern als du kein Vertrauen in ihre Dauerhaftigkeit hattest. Du enttäuschst mich, Ethan.«

Das war ein Schlag ins Gesicht. Von der Art, die am meisten schmerzte, wie sie beide wussten. Ethan starrte auf die ausgetrockneten kleinen Stiefmütterchen, die neben den Stufen die Köpfe hängen ließen. »Ich habe versucht zu tun, was ich für das Richtige hielt.«

»Das Richtige für wen? Für eine Frau, die dein Leben mit dir teilen wollte, ganz egal, wohin es dich führte? Für die Kinder, die du haben könntest? Du bewegst dich auf gefährlichem Grund, wenn du Gott austricksen willst.«

Verärgert sah Ethan seinen Vater an. »Gibt es einen?«

»Wen?«

»Gibt es einen Gott? Du solltest es ja wissen, da du seit ein paar Monaten tot bist.«

Ray warf seinen großen Kopf zurück und ließ sein wunderbar dröhnendes Lachen hören. »Ethan, ich habe deinen trockenen Witz immer gemocht, und ich wünschte, ich könnte die Geheimnisse des Universums mit dir diskutieren, aber die Zeit läuft uns davon.«

Kauend betrachtete er Ethans Gesicht, und sein amüsiertes Gesicht wurde weich. »Dich zum Mann heranwachsen zu sehen war eine der größten Freuden meines Lebens. Du hast ein Herz, so groß wie deine geliebte Bucht. Hoffentlich hörst du darauf. Ich möchte, dass du glücklich bist. Auf euch alle kommen viele Probleme zu.«

»Seth?«

»Er wird seine Familie brauchen. Seine ganze Familie«, fügte Ray leise hinzu und schüttelte den Kopf. »Es gibt zu viel Leid in unserem kurzen Leben, Ethan, um das Glück abzuweisen, wenn es an unsere Tür klopft. Vergiss nicht, die Freuden des Lebens hochzuhalten.« Dann zwinkerte er ihm zu. »Wappne dich, mein Sohn. Deine Bedenkzeit ist abgelaufen.«

Ethan hörte Grace' Wagen und blickte zur Straße. Er wusste, ohne hinzuschauen, dass sein Vater jetzt nicht mehr neben ihm saß.

Als Grace sah, dass Ethan sie auf den Verandastufen erwartete, hätte sie am liebsten erschöpft den Kopf aufs Lenkrad gelegt. Sie wusste nicht, ob ihr Herz noch eine zweite emotionsgeladene Aussprache durchhalten würde.

Stattdessen stieg sie aus und ging um den Wagen herum, um die schlafende Aubrey von ihrem Sitz loszuschnallen. Aubreys Kopf lag schwer an ihrer Schulter, als sie auf das Haus zuging und sah, wie Ethan seine langen Beine anzog und aufstand.

»Ich habe keine Lust, schon wieder mit dir zu streiten, Ethan.«

»Ich hab' dir deine Handtasche gebracht. Du hast sie bei uns vergessen.«

Überrascht runzelte sie die Stirn, als er sie ihr hinhielt. Das zeigte nur, wie durcheinander sie war. Sie hatte nicht einmal bemerkt, dass ihre Tasche fehlte. »Danke.«

»Ich muss mit dir reden, Grace.«

»Tut mir leid. Ich muss Aubrey jetzt ins Bett bringen.«

»Dann warte ich.«

»Ich sagte doch, dass ich keine Lust habe, zu streiten.«

»Und ich sagte, dass ich mit dir reden muss. Ich warte.«

»Dann warte gefälligst, bis ich so weit bin«, sagte sie und rauschte ins Haus.

Schien so, als ob die Wut sich noch nicht zu Ärger abgeschwächt hatte, dachte er, setzte sich jedoch wieder. Und wartete.

Sie ließ sich Zeit, zog Aubrey aus, deckte sie mit einem weichen Laken zu und räumte das Schlafzimmer auf. Dann ging sie in die Küche, um sich ein Glas Limonade einzuschenken, das sie gar nicht wollte. Aber sie leerte es bis auf den letzten Tropfen.

Durch die Fliegentür konnte sie ihn auf den Stufen sitzen sehen. Einen Moment lang spielte sie mit dem Gedanken, einfach die Haustür zu schließen und den Riegel vorzuschieben, um es ihm zu zeigen. Aber dann merkte sie, dass ihr nicht mehr genug Wut geblieben war, um so kleinlich zu sein.

Sie öffnete die Fliegentür und ließ sie leise hinter sich zufallen.

»Liegt sie schon im Bett?«

»Ja, sie hat einen anstrengenden Tag hinter sich. Und ich auch. Hoffentlich dauert es nicht so lange.«

»Ich wollte dir nur sagen, wie leid es mir tut, dass ich dich verletzt und unglücklich gemacht habe.« Da sie nicht herunterkam und sich neben ihn setzte, stand er auf und wandte sich ihr zu. »Ich habe alles falsch angefasst, ich war nicht ehrlich zu dir. Es hätte anders laufen müssen.«

»Ich zweifle nicht daran, dass es dir leidtut, Ethan.« Sie trat ans Geländer, stützte sich ab und blickte auf ihren kleinen Garten. »Aber ich weiß nicht, ob wir wieder Freunde sein können, so wie früher. Ich weiß, wie schwer es ist, mit jemandem entzweit zu sein, der einem viel bedeutet. Heute Abend habe ich mich mit meinem Vater ausgesöhnt.«

»Ja, wirklich?« Er ging auf sie zu, dann hielt er plötzlich inne. Sie war ihm ausgewichen, kaum merklich, doch deutlich genug, um ihm zu zeigen, dass er nicht mehr das Recht hatte, sie zu berühren. »Das freut mich.«

»Dafür muss ich mich wohl bei dir bedanken. Wäre ich nicht so wütend auf dich gewesen, dann hätte ich nicht die

Wut auf ihn rausgelassen und mich mit ihm ausgesprochen. Dafür bin ich dir dankbar, und ich nehme auch deine Entschuldigung an. Aber jetzt bin ich müde, also ...«

»Du hast heute viele Dinge zu mir gesagt.« Sie würde ihn nicht abwimmeln, bevor er fertig war.

»Ja.« Sie trat zurück und schaute ihm offen ins Gesicht.

»Manches stimmte, aber nicht alles. Dass ich nicht eher gezeigt habe, was ich für dich empfinde ... es ging einfach nicht anders.«

»Weil du es so sagst.«

»Weil du höchstens vierzehn warst, als ich anfing, dich zu lieben und zu begehren. Ich war fast acht Jahre älter. Ich war ein Mann, als du noch ein Mädchen warst. Es wäre falsch gewesen, damals etwas mit dir anzufangen. Vielleicht habe ich zu lange gewartet.« Er hielt inne und schüttelte den Kopf. »Nein, ich habe auf jeden Fall zu lange gewartet. So hatte ich viel Zeit, über uns nachzudenken. Ich schwor mir, dich niemals in mein Leben hineinzuziehen. Du warst die Einzige, die ich so sehr wollte, dass ich ihr das nicht antun durfte. Außerdem wusste ich, dass ich dich niemals mehr gehen lassen könnte, wenn es mir je gelänge, dich zu erobern. Ich hätte es nicht ertragen, dich zu verlieren.«

»Und du warst sicher, dass es keinen Bestand haben würde?«

»Ich war sicher, dass ich für immer allein bleiben musste, um kein Unglück heraufzubeschwören. Und bis vor Kurzem bin ich damit auch ganz gut klargekommen.«

»Du betrachtest es als edles Opfer. Ich betrachte es als Ignoranz.« Sie hob die Hände, da sie neue Wut in sich aufkeimen spürte. »Ich denke, wir belassen es lieber dabei.«

»Du weißt ganz genau, dass du dir Kinder wünschen würdest, sollten wir heiraten.«

»Ja, sicher. Und obwohl ich niemals verstehen werde, warum du keine eigenen Kinder zeugen willst, gibt es auch noch andere Wege, um eine Familie zu gründen. Gerade du solltest das wissen. Wir hätten Kinder adoptieren können.«

Er starrte sie an. »Du ... ich dachte, du wolltest schwanger werden.«

»Da hast du richtig gedacht. Ich wäre gern schwanger geworden, weil ich dann dein Kind in mir gespürt hätte.

Aber das heißt nicht, dass für mich keine andere Möglichkeit in Betracht kommt. Was wäre, wenn ich keine Kinder bekommen könnte, Ethan? Wenn wir uns liebten und heiraten wollten, und dann fänden wir heraus, dass ich keine Babys bekommen kann? Würdest du deshalb aufhören, mich zu lieben? Würdest du mir sagen, dass du mich nicht heiraten könntest?«

»Nein, natürlich nicht. Das wäre ...«

»Das wäre keine Liebe«, beendete sie den Satz für ihn. »Aber bei uns ist es keine Frage des Könnens. Es ist eine Frage des Willens. Ich hätte versucht, deine Gefühle zu verstehen, hättest du sie nicht vor mir verborgen. Hättest du mich nicht zurückgewiesen, als ich dir helfen wollte. Und ich will nicht immer nur Kompromisse schließen. Ich will nicht mit einem Mann zusammen sein, der meine Gefühle nicht respektiert und der seinen Kummer nicht mit mir teilt. Ich will nicht mit einem Mann zusammen sein, der mich nicht genug liebt, um bei mir zu bleiben. Um mir zu versprechen, dass er mit mir alt wird und meinem Kind ein Vater sein wird. Und ich will nicht zeit meines Lebens nur eine Affäre mit dir haben und später meiner Tochter erklären müssen, warum du mich nicht genug liebst und respektierst, um mich zu heiraten.«

Sie ging zur Tür.

»Nicht.« Er schloss die Augen, kämpfte gegen die Panik an. »Bitte, wende dich nicht von mir ab, Grace.«

»Ich bin es nicht, die sich abwendet. Begreifst du denn nicht, Ethan? Du bist es, der sich die ganze Zeit abwendet.«

»Ich bin wieder an dem Punkt angelangt, an dem ich einmal angefangen habe. Ich sehe dich an und verlange nach dir. Jetzt kann ich nicht mehr zurück. Ich habe mir so vieles geschworen, und ich breche jeden einzelnen dieser Schwüre. Ich habe zugelassen, dass *sie* sich einmischt«, sagte er langsam. »Ich habe zugelassen, dass *sie* zwischen uns tritt. Aber ich will es wiedergutmachen, wenn du mir noch eine zweite Chance gibst.« Er hob die Schultern. »Ich habe gründlich darüber nachgedacht.«

Sie lächelte leise. »Na, das ist aber neu.«

»Willst du wissen, was ich jetzt gerade denke?« Er folgte seinem Instinkt, hörte auf sein Herz und stieg die Stufen hoch. »Ich denke, dass es immer nur um dich ging, Grace, nur um dich. Und es wird auch in Zukunft so sein. Ich kann nicht dagegen an, dass ich auf dich aufpassen will. Das heißt nicht, dass ich dich für schwach halte. Du bist einfach so kostbar für mich.«

»Ethan.« Er würde es schaffen, dass sie nachgab. Sie wusste es. »Bitte nicht.«

»Und ich denke, dass ich dir letztlich doch nicht die Wahl lassen kann, ohne mich zu leben.«

Er nahm ihre Hände und hielt sie fest, als sie sich von ihm lösen wollte. Während er ihr in die Augen schaute, zog er sie zu sich hinunter, wo die letzten vergoldeten Strahlen des Sonnenuntergangs sie trafen.

»Ich werde dich nie im Stich lassen«, sagte er zu ihr. »Ich werde nie aufhören, mir zu wünschen, dass du an meiner Seite bist. Du machst mich glücklich, Grace. Ich wusste es nicht genug zu schätzen, aber von nun an wird es anders sein. Ich liebe dich.«

Er drückte die Lippen auf ihre Stirn, als sie zitterte. »Die Sonne geht unter. Du hast gesagt, das wäre die beste Zeit für Träume. Vielleicht ist es auch die beste Zeit, um seine Träume zu verwirklichen. Ich will diesen Traum verwirklichen – und ich möchte, dass du mich ansiehst«, sagte er leise und hob ihr Gesicht. »Willst du mich heiraten?«

Glück und Hoffnung überschwemmten sie. »Ethan …«

»Du brauchst jetzt noch nicht zu antworten.« Aber er hatte die Antwort bereits gesehen und führte, von tiefer Dankbarkeit erfüllt, ihre Hand an seine Lippen. »Erlaubst du, dass Aubrey meinen Namen trägt? Dass ich ihr Vater sein kann?«

Tränen schossen ihr in die Augen, doch sie drängte sie zurück. Sie wollte ihn deutlich sehen, wie er vor ihr stand und sie ernst anblickte, vom letzten Tageslicht beschienen. »Du weißt …«

»Noch nicht«, murmelte er und küsste sie diesmal auf die Lippen. »Da ist noch etwas. Willst du Kinder mit mir haben, Grace?«

Er sah, wie die Tränen, gegen die sie angekämpft hatte, überflossen. Wie hatte er jemals daran denken können, ihnen diese Freude, dieses Recht, diese Verheißung zu versagen?

»Schaffe neues Leben mit mir, ein Leben, das aus der Liebe entspringt und das ich in dir wachsen sehen kann. Nur ein Narr würde denken, dass etwas, das aus unserer Liebe entsteht, anders als wunderschön sein kann.«

Sie umfasste sein Gesicht mit den Händen. »Bevor ich antworte, muss ich wissen, ob du all das wirklich willst, nicht nur meinetwegen, sondern deinetwegen.«

»Ich will eine Familie. Ich will aufbauen, was meine Eltern aufgebaut haben, und das kann ich nur mit dir.«

Sie lächelte. »Ja, ich will dich heiraten, Ethan. Ich gebe dir meine Tochter. Ich will Kinder mit dir haben. Und wir werden beide aufeinander aufpassen.«

Er zog sie eng an sich, nur um sie zu halten, während die Sonne versank und der Abend hereinbrach. Ihr Herz schlug schnell und leicht an seinem, und ihr Seufzer verhallte, Sekunden bevor der Ziegenmelker in dem Pflaumenbaum nebenan sein Lied anstimmte.

»Ich hatte schon befürchtet, dass du mir nicht verzeihen würdest.«

»Ich auch.«

»Dann dachte ich, ach, Unsinn, sie liebt mich so sehr. Ich kriege sie schon rum.« Er lachte und bedeckte ihren Nacken mit zärtlichen Küssen. »Du bist nicht die Einzige, die hier nach jemandem den Haken auswerfen kann.«

»Du hast lange genug gebraucht, um den Köder zu schlucken.«

»Wenn man Geduld hat, kriegt man am Schluss immer das Sahnestück.« Er barg sein Gesicht in ihrem Haar, um ihren Duft wahrzunehmen und ihre Haut zu spüren. »Und ich habe das Sahnestück bekommen. Oder besser – gutes, solides Steingut.«

Lachend beugte sie sich nach hinten, um ihm in die Augen zu sehen. Sein Spott richtete sich gegen sie beide. »Du bist ein kluger Mann, Ethan.«

»Vor ein paar Stunden hast du noch gesagt, ich wäre dumm.«

»Da warst du es ja auch noch.« Sie drückte einen geräuschvollen Kuss auf seine Wange. »Jetzt bist du klug.«

»Du hast mir gefehlt, Grace.«

Sie schloss die Augen und hielt ihn fest. Dabei dachte sie, dass dies ein Tag der Vergebung war. Der Hoffnung. Des Neubeginns. »Du hast mir auch gefehlt, Ethan.« Sie seufzte, dann schnupperte sie verblüfft. »Erdnüsse«, sagte sie und schmiegte sich an ihn. »Komisch. Ich könnte schwören, dass ich Erdnüsse rieche.«

»Ich werd's dir erklären.« Er hob ihr Gesicht, um sie zärtlich zu küssen. »Gleich.«

Werkverzeichnis der im Heyne und Diana Verlag erschienenen Titel von Nora Roberts

© Bruce Wilder

› Zusatzmaterial

HEYNE ‹

Die Autorin

Nora Roberts wurde 1950 in Silver Spring, Maryland, als einzige Tochter und jüngstes von fünf Kindern geboren. Ihre Ausbildung endete mit der Highschool in Silver Spring. Bis zur Geburt ihrer beiden Söhne Jason und Dan arbeitete sie als Sekretärin, anschließend war sie Hausfrau und Mutter. Anfang der Siebzigerjahre zog sie mit ihrem Mann und den beiden Kindern nach Maryland aufs Land. Sie begann mit dem Schreiben, als sie im Winter 1979 während eines Blizzards tagelang eingeschneit war. Nachdem Nora Roberts jedes im Haus vorhandene Buch gelesen hatte, schrieb sie selbst eins. 1981 wurde ihr erster Roman *Rote Rosen für Delia* (Originaltitel: *Irish Thoroughbred*) veröffentlicht, der sich rasch zu einem Bestseller entwickelte. Seitdem hat sie über 200 Romane geschrieben, von denen weltweit über 500 Millionen Exemplare verkauft wurden; ihre Bücher wurden in mehr als 30 Sprachen übersetzt. Sowohl die Romance Writers of America als auch die Romantic Times haben sie mit Preisen überschüttet; sie erhielt unter anderem den Rita Award, den Maggie Award und das Golden Leaf. Ihr Werk umfasst mehr als 195 New-York-Times-Bestseller, und 1986 wurde sie in die Romance Writers Hall of Fame aufgenommen.
Heute lebt die Bestsellerautorin mit ihrem Ehemann in Maryland.

E-Books

Alle Romane in diesem Werkverzeichnis sind auch als E-Book erhältlich.

Besuchen Sie Nora Roberts auf ihrer Website
www.noraroberts.com

1. *Einzelbände*

Licht in tiefer Nacht *(Come Sundown)*
So lange Bodine denken kann, liegt ein Schatten über dem Familienanwesen. Ihre Tante Alice lief mit achtzehn fort und wurde nie wieder gesehen. Was niemand ahnt: Alice lebt. Nicht weit entfernt, ist sie Teil einer Familie, die sie nicht selbst gewählt hat …

Dunkle Herzen *(Divine Evil)*
Eine New Yorker Bildhauerin erlebt in ihren Albträumen eine »Schwarze Messe«, welche in ihrem Heimatort in Maryland stattfindet. Sie erinnert sich an den grauenvollen Tod ihres Vaters und entschließt sich zur Heimkehr in ihr Elternhaus. Dunkle Mächte werden daraufhin wiedererweckt.

Erinnerung des Herzens *(Genuine Lies)*
Eine alleinerziehende Mutter und erfolgreiche Autorin soll für eine Filmdiva die Memoiren verfassen. Sie erhält deshalb immer häufiger Drohbriefe, je mehr sich die Diva in ihren brisanten Informationen öffnet.

Gefährliche Verstrickung *(Sweet Revenge)*
Die schöne Adrianne führt ein Doppelleben: bei Tag elegante Society-Lady, bei Nacht gefürchtete Juwelendiebin. Doch all ihre Einbrüche sind bloß Fingerübungen für ihren größten Coup: Sie will jenen Mann bestehlen, der einst ihrer Mutter das Leben zur Hölle machte. Nur einer könnte ihre Pläne zunichtemachen: Philip Chamberlain, Ex-Juwelendieb und Interpol-Agent …

Das Haus der Donna *(Homeport)*
Eine amerikanische Kunstexpertin wird zu einer wichtigen Expertise über eine Bronzefigur aus der Zeit der Medici nach Flo-

renz eingeladen, doch vorher wird sie überfallen und mit einem Messer bedroht. Die Echtheit der Figur und der Überfall stehen in einem gefährlichen Zusammenhang.

Im Sturm des Lebens *(The Villa)*

Teresa Giambelli legt die Führung ihrer Weinfirma in die Hände ihrer Enkelin Sophia und in die von Tyker, dem Enkelsohn ihres zweiten Mannes, beide charakterlich sehr unterschiedlich. Als vergiftete Weine der Firma auftauchen, erkennen beide, dass sie gemeinsam für ihre Familie und das Weingut kämpfen müssen.

Insel der Sehnsucht *(Sanctuary)*

Anonyme Fotos beunruhigen die Fotografin Jo Hathaway, und deshalb kommt sie nach Jahren zurück in ihr Elternhaus auf der Insel Desire. Dort findet sie ihren Vater und die Geschwister vor. Jo versucht herauszufinden, weshalb ihre Mutter vor langer Zeit verschwand.

Lilien im Sommerwind *(Carolina Moon)*

South Carolina. Tory Bodeen findet keine Ruhe, seit vor achtzehn Jahren ihre beste Schulfreundin Hope ermordet wurde. Heimlich stellt sie Nachforschungen an, unterstützt von Hopes Bruder. Sie stellen fest, dass Hope das erste Opfer einer Mordserie ist.

Nächtliches Schweigen *(Public Secrets)*

Der Sohn eines umjubelten Bandleaders wird entführt und dabei versehentlich getötet. Die Tochter Emma beobachtet die Untat, stürzt dabei und verliert jede Erinnerung an die Täter. Sie quält sich mit Vorwürfen und versucht mithilfe eines Polizeibeamten, ihr Gedächtnis wiederzuerlangen. Dadurch gerät sie in große Gefahr.

Rückkehr nach River's End *(River's End)*
Auf mörderische Weise verliert die kleine Livvy ihre Eltern, ein Hollywood-Traumpaar. Die Großeltern bieten ihr im friedlichen River's End eine neue Heimat. Jahre später kommen die Erinnerungen und damit die Gefahr, dass bedrohlicher Besuch eintreffen könnte.

Der Ruf der Wellen *(The Reef)*
Auf der Suche nach einem geheimnisumwitterten Amulett vor der Küste Australiens wird James Lassiter bei einem Tauchgang ermordet. Dessen Sohn Matthew und sein Onkel sind weiter auf der Suche, zusammen mit Ray Beaumont und dessen Tochter Tate, und entdecken ein spanisches Wrack.

Schatten über den Weiden *(True Betrayals)*
Nach der Trennung von ihrem Mann erhält Kelsey einen Brief von ihrer totgesagten Mutter. Diese widmet sich seit ihrer Entlassung aus dem Gefängnis der Pferdezucht in Virginia. Kelsey entdeckt dort ihre Wurzeln, verliebt sich, beginnt aber auch in der Vergangenheit ihrer Mutter zu forschen: Weshalb wurde ihr ein mysteriöser Mord zur Last gelegt?

Sehnsucht der Unschuldigen *(Carnal Innocence)*
Innocence am Mississippi ist für die Musikerin Caroline Waverly der richtige Ort der Erholung nach einer monatelangen Tournee mit Beziehungskonflikten. Tucker Longstreet, Erbe der größten Farm in Innocence, verliebt sich in Caroline. Drei Frauen werden innerhalb einiger Wochen ermordet, eine von ihnen war die ehemalige Geliebte von Tucker.

Die Tochter des Magiers *(Honest Illusions)*
Roxanne teilt das geerbte Talent für Magie mit Luke, einem früheren Straßenjungen, den ihr Vater, ein Zauberkünstler, einst auf-

nahm. Allerdings erleichtern sie Reiche auch um deren Juwelen. Sie werden Partner in der Zauberkunst und in der Liebe. Ein dunkler Punkt in Lukes Vergangenheit lässt ihn verschwinden – Jahre später taucht er wieder auf ...

Tödliche Liebe *(Private Scandals)*
Die erfolgreiche Fernsehmoderatorin Deanna Reynolds hat Glück im Beruf – und in der Liebe mit dem Reporter Finn Riley. Doch eine eifersüchtige Kollegin und anonyme Fanpost machen ihr das Leben schwer.

Träume wie Gold *(Hidden Riches)*
Philadelphia. Die Antiquitätenbesitzerin Dora Conroy kauft eine Reihe von Objekten und gerät damit ins Blickfeld von internationalen Schmugglern. Sie und der ehemalige Polizist Jed Skimmerhorn beginnen, Diebstähle und Todesfälle im Umkreis der geheimnisvollen Lieferung zu untersuchen.

Verborgene Gefühle *(Hot Ice)*
Manhattan. Auf der Flucht vor Gangstern landet der charmante Meisterdieb Douglas Lord im Luxusauto von Whitney. Dabei erfährt sie von Douglas' Plan, im Dschungel von Madagaskar einen sagenhaften Schatz zu suchen.

Verlorene Liebe *(Brazen Virtue)*
Zwei Schwestern. Während Grace unbekümmert alleine als Krimiautorin lebt, arbeitet Kathleen als Lehrerin an einer Klosterschule und verdient sich nebenbei Geld mit Telefonsex für den Scheidungsanwalt. Ein lebensgefährlicher Job, denn Grace findet Kathleen mit einem Telefonkabel erdrosselt.

Verlorene Seelen *(Sacred Sins)*
Washington. Blondinen sind die Opfer eines Frauenmörders, die Tatwaffe immer eine weiße Priesterstola. Mithilfe der Psychiaterin Tess Court versucht Police Sergeant Ben Paris, die Mordserie aufzuklären. Doch nicht nur er hat ein Auge auf Tess geworfen.

Der weite Himmel *(Montana Sky)*
Montana. Der steinreiche Farmer Jack Mercy verfügte in seinem Testament, dass seine drei Töchter aus drei Ehen erst dann ihren Erbteil erhalten, wenn sie ein Jahr lang friedlich zusammen auf der Farm verbringen. Sie versuchen es, doch in dieser Zeit geschehen auf der Farm mysteriöse Dinge.

Tödliche Flammen *(Blue Smoke)*
Reena Hale ist Brandermittlerin und kennt durch ein schlimmes Kindheitserlebnis die Macht des Feuers. Neben Bo Goodnight interessiert sich noch jemand sehr für sie – allerdings verfolgt dieser Unbekannte ihre Spur, um die Macht des Feuers für seinen Racheplan zu benützen.

Verschlungene Wege *(Angels Fall)*
Reece Gilmore ist auf der Flucht: vor der Erinnerung und vor sich selbst. Als sie sich endlich in einem Dorf in Wyoming dem einfühlsamen Schriftsteller Brody anvertraut, glaubt sie, zur Ruhe zu kommen. Doch die Vergangenheit holt sie bald ein.

Im Licht des Vergessens *(High Noon)*
Phoebe MacNamara kennt die Gefahr. Geiselnehmer, Amokläufer – kein Problem für die beim FBI ausgebildete Expertin für Ausnahmezustände. Aber erst die Liebe zu Duncan hat sie unverwundbar gemacht. Glaubt sie. Bis sie von einem Unbekannten brutal überfallen wird. Fortan muss sie um ihr Leben fürchten.

Lockruf der Gefahr *(Black Hills)*
Tierärztin Lilian führt auf ihrer Wildtierfarm in South Dakota ein erfülltes, aber auch abgeschiedenes Leben. Fast zu spät erkennt sie die Gefahr, der sie ausgesetzt ist, als ein Mann sie und ihre Familie bedroht. In letzter Minute nimmt sie die Hilfe ihrer Jugendliebe Cooper an. Kann er sie retten?

Die falsche Tochter *(Birthright)*
Als die Archäologin Callie Dunbrook an den Fundort eines fünftausend Jahre alten menschlichen Schädels gerufen wird, ahnt sie nicht, dass dieses Projekt auch ihre eigene Vergangenheit heraufbeschwören wird.

Sommerflammen *(Chasing Fire)*
Die Feuerspringerin Rowan kämpft jeden Sommer erfolgreich gegen die Brände in den Wäldern Montanas. Doch seit ihr Kollege dabei ums Leben kam, plagen sie Schuldgefühle. Hätte sie Jim retten können?

Gestohlene Träume *(Three Fates)*
Tia Marshs Leben gehört der Wissenschaft. Dass das Interesse für griechische Mythologie ihr einmal zum Verhängnis wird, ahnt sie nicht – bis sie Malachi Sullivan begegnet. Der attraktive Ire ist dem Geheimnis dreier Götterfiguren auf der Spur, und nicht nur er will die wertvollen Statuen um jeden Preis besitzen …

Das Geheimnis der Wellen *(Whiskey Beach)*
Eli Landon wird unschuldig des Mordes an seiner Frau verdächtigt. Im Anwesen seiner Familie an der rauen Küste Neuenglands sucht er Zuflucht. Auch seine hübsche Nachbarin, Abra Walsh, will dort ihre schmerzhaften Erinnerungen vergessen. Doch während sich die beiden näherkommen, holt sie die Vergangenheit ein.

Ein Leuchten im Sturm *(The Liar)*
Nach dem Unfall ihres Mannes erfährt Shelby, dass Richard ein Betrüger war. Der Mann, den sie geliebt hat, ist nicht nur tot – er hat niemals existiert. Shelby flüchtet mit ihrer Tochter zu ihrer Familie nach Tennessee, wo sie Griffin kennenlernt. Doch Richards Lügen folgen ihr und werden zur tödlichen Bedrohung.

Strömung des Lebens *(Under Currents)*
Von außen betrachtet ist das Leben der Bigelows perfekt. Doch hinter den Kulissen tyrannisiert der Vater seine Familie. Als Sohn Zane sich schließlich zur Wehr setzt, kommt das jahrelange Martyrium ans Licht. Fast zwanzig Jahre später findet die junge Landschaftsgärtnerin Darby McCray in Lakeview ein neues Zuhause. Auch Zane kehrt als erfolgreicher Anwalt in seinen Heimatort zurück. Die beiden fühlen sich sofort zueinander hingezogen, doch ihre aufblühende Liebe wird von der Vergangenheit überschattet. Was damals geschehen ist, holt die beiden wieder ein und wird zur gefährlichen Bedrohung ...

Vermächtnis der Dunkelheit *(Legacy)*
Adriana erlebt in ihrer Kindheit Traumatisches, doch sie geht als starke Frau daraus hervor. Schon mit siebzehn gründet sie ein gefeiertes Fitnessunternehmen in New York. Alles scheint perfekt, bis Adriana ein Drohbrief erreicht, dem jedes Jahr ein weiterer folgen wird. Um Abstand zu gewinnen, beschließt sie, nach Traveler's Creek zurückzukehren, wo ihre Großeltern leben. Während Familie und Freunde zusammenrücken und alte Wunden heilen, kommt Adrianas Stalker immer näher. Aber diesmal ist sie bereit, sich zu verteidigen.

2. Zusammenhängende Titel

a) Quinn-Familiensaga

– Tief im Herzen *(Sea Swept)*
Maryland. Der Rennfahrer Cameron Quinn kehrt zurück in die Kleinstadtidylle an das Sterbebett seines Adoptivvaters. Dieser bittet ihn, sich mit den beiden Adoptivbrüdern um den zehnjährigen Seth zu kümmern. Er ist ein ebenso schwieriger Junge, wie es Cameron einst war. Hinzu kommt, dass sich die Sozialarbeiterin Anna Spinelli einmischt, um zu prüfen, ob in dem Männerhaushalt die Voraussetzungen für eine Adoption gegeben sind.

– Gezeiten der Liebe *(Rising Tides)*
Ethan Quinn übernimmt während der Abwesenheit seiner Brüder die Rolle des Familienoberhaupts. Seine Arbeit als Fischer und die Verantwortung für den zehnjährigen Seth binden ihn an die kleine Stadt. Außerdem liebt er Grace Monroe, eine alleinerziehende Mutter, welche den Haushalt der Quinns führt.

– Hafen der Träume *(Inner Harbour)*
Gemeinsam kämpfen die drei Quinn-Brüder um das Sorgerecht für Seth, denn sie wissen, dass Seths Mutter eher am Geld als an dem Jungen gelegen ist. Da kommt die Bestsellerautorin Sybill in die Stadt und will unbedingt verhindern, dass Seth von Philipp und seinen Brüdern adoptiert wird.

– Ufer der Hoffnung *(Chesapeake Blue)*
Seth Quinn hat sich durch die Fürsorge seiner älteren Brüder zu einem erfolgreichen Maler entwickelt. Als er aus Europa nach Maryland zurückkehrt, wird er von seiner leiblichen Mutter mit der Publikation seiner Kindheitsgeschichte erpresst. Seth lernt Drusilla kennen, welche sich auch nicht mehr mit ihrer leiblichen Familie identifizieren kann.

b) Garten-Eden-Trilogie

– Blüte der Tage *(Blue Dahlia)*
Tennessee. Die Witwe Stella Rothchild kehrt mit ihren kleinen Söhnen in ihre Heimat zurück. Die Gartenarchitektin beginnt, sich ein neues Leben in der Gärtnerei Harper aufzubauen, unterstützt von der Hausherrin Rosalind. Alles ist gut, bis Stella dem Landschaftsgärtner Logan Kitridge begegnet. Doch jemand will diese Verbindung verhindern.

– Dunkle Rosen *(Black Rose)*
Rosalind Harper hat sich in die Arbeit gestürzt, um den Tod ihres Mannes zu überwinden. Besonders der Gartenkunst widmet sie sich. Doch in dem harperschen Anwesen geht ein Geist um. Rosalind engagiert den Ahnenforscher Mitchell Carnegie, um zu erfahren, um welche übernatürlichen Kräfte es sich dabei handelt.

– Rote Lilien *(Red Lily)*
Hayley Phillips kommt mit ihrer neugeborenen Tochter Lily zu ihrer Cousine Rosalind Harper und findet dort ein neues Heim. Für Rosalinds Sohn Harper empfindet sie tiefe Gefühle, doch dann ergreift eine dunkle Macht von Hayley Besitz.

c) Der Jahreszeiten-Zyklus

– Frühlingsträume *(Vision in White)*
Gemeinsam mit ihren Freundinnen Parker, Laurel und Emma betreibt Mac eine erfolgreiche Hochzeitsagentur. Sie lebt und arbeitet mit den drei wichtigsten Menschen in ihrem Leben – wozu braucht sie da noch einen Mann? Doch als Mac Carter trifft, gerät ihr so gut ausbalanciertes Leben ins Wanken.

– **Sommersehnsucht** *(Bed of Roses)*
Freundschaft und Liebe – das geht nicht zusammen. Zu dumm nur, dass sich Emmas langjähriger Freund Jack völlig überraschend als ihre große Liebe erweist. Nun steckt Emma in der Klemme, zumal sie weiß, wie sehr Jack an seiner Freiheit hängt.

– **Herbstmagie** *(Savor the Moment)*
Laurel verliebt sich in den smarten Staranwalt Del, den Bruder ihrer Freundin Parker. Er ist für sie die Liebe ihres Lebens, aber sieht der heiß begehrte Junggeselle das ebenso?

– **Winterwunder** *(Happy Ever After)*
Parker ist anscheinend mit ihrem Beruf verheiratet – bis Malcolm in ihr Leben tritt. Aber wie soll sie mit ihm eine Beziehung führen, wenn er sich weigert, über seine Vergangenheit zu sprechen?

d) Die O'Dwyer-Trilogie

– **Spuren der Hoffnung** *(Dark Witch)*
Iona verlässt Baltimore, um sich im sagenumwobenen County Mayo auf die Suche nach ihren Vorfahren zu machen. Als sie den attraktiven Boyle trifft, bietet er ihr an, auf seinem Gestüt zu arbeiten. Schnell spüren beide, dass sie mehr verbindet als die gemeinsame Leidenschaft für Pferde. Doch dann droht ein dunkles Familiengeheimnis das Glück der beiden zu zerstören.

– **Pfade der Sehnsucht** *(Shadow Spell)*
Ionas Cousin Connor O'Dwyer hat die Frau fürs Leben noch nicht gefunden, doch auf wundersame Weise fühlt er sich immer mehr zur leidenschaftlichen Meara hingezogen. Das Glück wird getrübt, als Cabhan, der alte Feind der Familie, Meara benutzt,

um sie alle zu vernichten. Hält der Kreis der Freunde dieser Herausforderung stand?

– Wege der Liebe *(Blood Magick)*

Branna und Fin waren schon mit siebzehn ein Paar, doch dann ist ihre Liebe zerbrochen. Branna liebt Fin zwar noch immer, sie fühlt sich aber von ihm verraten und misstraut ihm seither. Doch sie gehören beide zum magischen Kreis der Freunde und kämpfen gemeinsam gegen Cabhan, den unversöhnlichen Feind des O'Dwyer-Clans. Aber welche Rolle spielt Fin eigentlich in diesem Kampf? Ist er in die Machtspiele seines Vorfahren verwickelt, oder steht er aufseiten von Iona, Connor und Branna?

e) Die Schatten-Trilogie

– Schattenmond *(Year One)*

Lana und Max verbindet eine große und außergewöhnliche Liebe. Als eine weltweite Seuche ausbricht und New York innerhalb kürzester Zeit ins Chaos stürzt, fliehen sie aus der Stadt und gründen mit Gleichgesinnten die Gemeinschaft New Hope. Doch auch hier rückt die Gefahr dem Paar bedrohlich nahe. Lana setzt alles daran, dem Inferno zu entkommen, denn sie trägt inzwischen ein Kind unter dem Herzen, die »Auserwählte«, ihre zukünftige Tochter, die als Einzige in der Lage sein wird, dem Leid der Menschheit ein Ende zu setzen.

– Schattendämmerung *(Of Blood and Bone)*

Fallon trägt eine schwere Verantwortung: Sie wurde mit den Kräften geboren, die notwendig sind, um die postapokalyptische Welt vom Bösen zu befreien. Doch dafür muss sie ihrer geliebten Familie den Rücken kehren und von der kleinen Farmerstochter zur mutigen Kriegerin werden. Gleichzeitig tritt immer wieder Duncan in ihr Leben, mit dem sie etwas Tieferes verbindet, als sie sich eingestehen will. Um den dunklen Mächten und dem Mörder ihres leiblichen Vaters Einhalt zu gebieten, muss das junge Mädchen magische und nichtmagische Wesen zusammenbringen und Hinterhalt und Intrigen enttarnen, die die Gesellschaft noch vor der ersten Schlacht zu unterwandern drohen.

– **Schattenhimmel** *(The Rise of Magicks)*
Die erste Schlacht ist bereits geschlagen, doch der große Kampf um Gut und Böse steht noch bevor: Die junge Fallon führt ihre Armee nach Washington D.C., um die schwarze Magie aus der Welt zu verbannen. Sie ist die Auserwählte, die nach der Apokalypse die Welt wiederaufbauen und ihre Bewohner vereinen soll. Auf der jungen Frau liegt eine große Last, denn die Familie des Mörders ihres Vaters sinnt auf Rache an ihr und ihren Liebsten. Doch ihre große Mission fällt Fallon mittlerweile leichter als die Deutung ihrer Gefühle für Duncan, dessen Schicksal unlösbar mit ihrem verwoben ist.

3. *Sammelbände*

a) Die Unendlichkeit der Liebe

(Drei Romane in einem Band)

Auch als Einzeltitel erschienen:

– **Heute und für immer** *(Tonight and Always)*
Kasey gewinnt das Herz von Jordan und seiner Nichte Alison, aber jetzt fürchtet Großmutter Beatrice, dass sie die Macht über ihre Familie verliert.

– Eine Frage der Liebe *(A Matter of Choice)*
Ein Antiquitätenladen im Herzen Neuenglands. Ohne Jessicas Wissen dient er einer internationalen Schmugglerbande als Umschlagplatz für Diamanten. Zu ihrem Schutz reist der New Yorker Cop James Sladerman nach Connecticut, wo ihm Jessica die Ermittlungen aus der Hand nimmt.

– Der Anfang aller Dinge *(Endings and Beginnings)*
Die beiden erfolgreichen Fernsehjournalisten Olivia Carmichael und T.C. Thorpe sind erbitterte Konkurrenten im Kampf um die neuesten Meldungen. Sie kommen sich näher, doch da gibt es einen dunklen Punkt in Olivias Vergangenheit.

b) Königin des Lichts (A Little Fate)

(Drei Fantasy-Kurzromane in einem Band)

– Zauberin des Lichts *(The Witching Hour)*
Aurora muss den Königsthron zurückerobern, nachdem Lorcan ihre Eltern getötet und ihre Heimatstadt zerstört hat. Verkleidet gelangt sie an den Hof des Tyrannen. Dort trifft sie auf dessen Stiefsohn Thane und verliebt sich.

– Das Schloss der Rosen *(Winter Rose)*
Der schwer verletzte Prinz Kylar wird von Deidre, Königin der Rosenburg, auf welcher ewiger Winter herrscht, gerettet und gepflegt. Dafür will Kylar die Rosenburg von ihrem Fluch befreien.

– Die Dämonenjägerin *(World Apart)*
Kadra ist auf der Jagd nach den Bok-Dämonen. Dabei erfährt sie, dass sich der Dämonenkönig Sorak des Tors zu einer anderen Welt bemächtigt hat. Um beide Welten vor dem Untergang zu bewah-

ren, folgt sie Sorak dorthin. Sie landet mitten in New York, in der Wohnung von Harper Doyle. Sie braucht seine Hilfe.

c) **Im Licht der Träume** (A Little Magic)

(Drei Romane in einem Band)

– Verzaubert *(Spellbound)*

Der amerikanische Fotograf Calin Farrell begegnet im Schlaf der Hexe Bryna, welche ihn um Hilfe bittet, und wird dazu bewogen, nach Irland zu reisen, ins Land seiner Vorfahren. Dort kommt er dem Rätsel auf die Spur: Die Vorfahren von Calin und Bryna waren vor tausend Jahren ein Paar. Doch der Magier Alasdir hatte ihr Leben zerstört – und er versucht es aufs Neue.

– Für alle Ewigkeit *(Ever After)*

Allena aus Boston soll eigentlich ihrer Schwester in Irland helfen. Durch Zufall verbringt sie stattdessen einige Tage im Haus von Conal O'Neil. Die offenbar zufällige Begegnung scheint vom Schicksal vorbestimmt zu sein, denn die beiden fühlen sich stark zueinander hingezogen.

– Im Traum *(In Dreams)*

Die Amerikanerin Kayleen landet durch einen Sturm im Haus des Magiers Draidor. Kayleen verliebt sich sofort in Draidor, und er bereitet ihr einen im wahrsten Sinne des Wortes zauberhaften Aufenthalt.